〖中华诗词存稿·名家专辑〗
中华诗词学会 编

诗潮蔚蓝

宋彩霞 著

中国书籍出版社
China Book Press

图书在版编目（CIP）数据

诗潮蔚蓝 / 宋彩霞著. -- 北京：中国书籍出版社，2019.12

ISBN 978-7-5068-7722-0

Ⅰ. ①诗… Ⅱ. ①宋… Ⅲ. ①诗词—作品集—中国—当代②诗歌评论—中国—当代—文集 Ⅳ. ① I227 ② I207.2-53

中国版本图书馆 CIP 数据核字 (2019) 第 291587 号

诗潮蔚蓝

宋彩霞 著

责任编辑	王志刚
责任印制	孙马飞　马 芝
封面设计	采薇阁
出版发行	中国书籍出版社
地　　址	北京市丰台区三路居路 97 号（邮编：100073）
电　　话	（010）52257143（总编室）（010）52257140（发行部）
电子邮箱	eo@chinabp.com.cn
经　　销	全国新华书店
印　　刷	北京虎彩文化传播有限公司
开　　本	710 毫米 × 1000 毫米 1/16
字　　数	280 千字
印　　张	27
版　　次	2019 年 12 月第 1 版　2019 年 12 月第 1 次印刷
书　　号	ISBN 978-7-5068-7722-0
定　　价	398.00 元

版权所有 翻印必究

《中华诗词存稿》编委会名单

顾　　问：郑欣淼　郑伯农　刘　征　沈　鹏
　　　　　　葉嘉莹

编 委 会：（按姓氏笔画排序）
　　　　　　丁国成　王　强　王改正　王德虎
　　　　　　刘庆霖　吕梁松　李一信　李文朝
　　　　　　李树喜　陈文玲　张桂兴　范诗银
　　　　　　欧阳鹤　杨金亭　林　峰　罗　辉
　　　　　　周兴俊　周笃文　宣奉华　赵永生
　　　　　　赵京战　钱志熙　晨　崧　梁　东
　　　　　　雍文华

主　　任：范诗银

副 主 任：林　峰　刘庆霖

执行主编：吕梁松　王　强　李伟成

秘　　书：李葆国

总　序

　　我们这个诗歌大国有一个很好的传统，历来注重"采诗"、搜集整理诗歌材料。作为唯一的全国性诗词组织的中华诗词学会，自1987年5月成立以来，就十分重视这项工作。学会每年的学术研讨会和历届"华夏诗词奖"，都出版论文集和获奖作品集。纪念学会成立二十年、三十年时，还专门编辑出版了《大事记》《论文选集》《诗词选集》。《中华诗词》创刊以来，每年都制作年度合订本。2007年5月，在北京天识东方文化艺术传播有限公司的资助下，以近代以来诗词创作、诗词理论、诗词运动重要文献汇编，当代名家个人作品专集等为主要内容，出版了《中华诗词文库》。经过十来年的编辑整理，已经出了近百卷。这些诗集、文集的出版，记录了近百年来尤其是改革开放四十多年来，中华诗词从起步、复苏走向复兴的砥砺前行的历程，为近、当代诗歌史的撰写准备了丰富的资料。

　　党的十八大以来，中华民族优秀传统文化重新受到应有的重视。习近平总书记《念奴娇·追思焦裕禄》词和《军民情》七律的相继发表，引领中华大地诗潮滚滚而来。《中共中央关于繁荣发展社会主义文艺的意见》和中办、国办《关于实施中华优秀传统文化传承发展工程的意见》，都明确提出"加强对中华诗词、音乐舞蹈、书法绘画、曲艺杂技和历史文化纪录片、动画片、出版物等的扶持。"国家教育部组织制定由中华诗词学会起草的新中国语言体系中的新韵书《中华通韵》已经通过国家语言文字工作委员会语言文字规范标准审定委员会审定，即将颁布全国试行。这些都使我们真切地感受到，中华诗词的春天真的到来了。诗人们乘着骀荡春风，正以高昂的激情，书写着中华民族伟大复兴的新时代、新史诗，国家富强、民族振兴、人民幸福的中国梦；正以与人民同呼吸、共命运的诗人之心，对人民的欢乐、人民的忧患、人民的情怀给以诗意的表达；正以"美"或"刺"的诗人之笔，对市场经济大潮中人民对幸福生活的期待，对美好未来的希望，对假丑恶的深恶痛绝，或给以方向，或给以赞美，或给以鞭挞。正如习近平总书记所指出的："好的文艺作品就应该像蓝天上的阳光、春季里的清风一样，能够启迪思想、温润心灵、陶冶人生，能够扫除颓废萎靡之风。"

当前，传统诗词创作者和诗词爱好者队伍发展迅速，已超过三百万。每天创作的诗词作品超过唐诗、宋词、元曲的总和。诗词评论研究队伍也成长很快，诗词评论、诗词学、诗词创作理论研究成果丰硕。如何从浩如烟海的诗词作品中"淘"出优秀作品，并使之存下来、传下去，如何使诗词研究理论成果"面世"并发挥应有的指导作用，确实是摆在我们面前的无可回避的一个重要课题。中华诗词学会是一个没有国家编制，没有国家拨款的社会团体，事业的运转主要靠社会赞助和会员费支撑。俊识（北京）文化传媒有限公司总经理吕梁松、北京采薇阁总经理王强，两位一直是对中华传统文化情有独钟的热心人，慷慨解囊，愿意同中华诗词学会一起，搜集整理编辑推出《中华诗词存稿》这套书，共同为中华诗词文化的继承和发展，做成这件十分有意义的事情。

《中华诗词存稿》主要搜集整理出版三部分内容的资料：一是当代诗词名家的个人作品集；二是当代诗词评论家、诗词学者的学术著作集；三是当代诗词作品、诗词理论学术成果阶段性、专题性、地域性的集成类作品集。诗词作品强调精品意识，沙里淘金，把"有筋骨、有道德、有温度"的优秀诗词作品搜集起来。诗词评论、研究类资料强调理论性和创新性，应具有鲜明的个性特点，具有创建性的见解。集成类的资料应有一定的史料保存价值。总之，做成一套具有当代价值和历史意义的好书。在此，我们编委会人员，向提供资料、筛选编辑、版面设计、校对勘误，包括所有为这套资料付出辛勤劳动的同志们，表示真诚的谢意！

郑欣淼

二〇一九年七月于北京

回到歌唱的本质（代序）

杨洪源

目前，中国古典的诗词艺术正以前所未有的速度复兴，正在不断地走进学术，走进大众，走进屏幕，走进学校，走进家庭，走进人们日益充实、日益高质量的生活。对现在的古典诗人来说，这是一种非常有利的社会环境。古典诗坛也正以流派纷呈的创作力和艺术探索来迎合这种氛围。

古典诗坛的流派从大的方面说可以分为三派：古派、新派、中派。笔者于此，向无偏好。但是古，就要古得雅正；新，就要新得透彻；中，就要中得和谐。以此来论，中派在目前还是主流的。

在中国的传统中，诗与词是有分工的，语言是有区别的。所谓诗庄词媚是也。诗居庙堂之高，词处江湖之远。所谓诗言志，词抒情是也。当然，我们今天大概也不必拘泥，以词语为诗或以诗语为词，这都是可以的，都是值得提倡的。为什么？因为说到底，无论诗或者词，最初的起源其实都是歌唱。诗，先秦时代指的就是《诗经》的作品，是周代各种歌曲的唱词。词当然就更不用说了。所以，笔者一贯认为，好的诗词作品必须显示歌唱的韵律。

宋词的歌唱大致有三大种类，起源于花间的北宋短调，情思绵绵的南宋慢词，以及以文为诗、以诗为词的苏辛高唱。有一种说法认为南宋慢词是词学的正宗，以至于慢词曾垄断词坛许多个世纪。直到清代的纳兰容若崛起于词林，为花间短调继脉，一举扭转了慢词独擅的局面。但纳兰在风格上还是偏向婉约一面的。

在笔者看来，慢词拿腔拿调，姿态不易学，但一旦摸准了，则很易写，只要写成了，模样大体就有了，因为慢词不需要秀句，甚至要避免秀句。短调易学却不易佳，短调必须有秀句才好，文章本天成，妙手偶得之。

慢词的歌唱通常是沉靡的,如泣如诉的,短调则自由得多,明快得多。生活本不容易,笔者愿意读诵的还是明快的作品,还是阳光的语句。宋彩霞老师的词作就具有这种明快和阳光。

宋彩霞老师曾获诗词中国"最具影响力诗人"荣誉称号,是目前中国古典诗坛极为活跃的一位大家。她无疑是属于中派的。她的作品写得率真、随性、阳光、快乐。她的语言风格濡古出新,平易流畅,健劲有味。

宋彩霞老师的作品,词作要胜于诗作。她的词有宋人风致,但是绝不仿古,尤擅短调,秀句频出,可读可诵,长调也有上佳的表现。本文试图通过大量的举例对她的词作进行一些粗浅的评述。

一、隽永的短调歌风

宋老师的短调作品特色是极为鲜明的,秀句频出,颇耐诵。人们总是说,好的作品是耐诵耐品的,其实细细分析起来,耐诵与耐品是有所不同的。诵所重者,是要发之于声;品所重者,是要沉浸于想。耐品不一定耐诵。下面的作品可以展现宋老师短调作品的这个特质。

《卜算子·秋情》:

不是不伤秋,只是秋难控。心上徘徊一个秋,寂寞秋声共。　　秋雨任消磨,秋趣参差弄。但有秋歌伴雨来,送我秋波梦。

此词写得句句有秋,回环往复,将词的韵律之美完整地呈现。

《卜算子·池塘漫步》:

不是不伤秋,六合依然远。作嫁生涯不得闲,渐失韶光面。　　人在小池塘,踏浪飞花灿。文字清华小楫舟,携入芙蓉卷。

此词写得率真,但有一点笔者不太同意,作嫁生涯虽然不得闲,但韶光面是不太容易失去的,应改为"恰益韶光面"才好。当然这是笔者开的玩笑。

《行香子·返京车中》:

来去匆匆,西北胶东。看窗前、变幻无穷。一兜新韵,千里行踪。听海滨潮,德州雨,历山风。　　向秋潇洒,辞晓从容。现如今、也作雕虫。锦囊太窄，好句难工。觅柳梢青，齐天乐，满江红。

此词上片写行程，下片写吟咏，平易明快，说锦心绣口不为过矣。

《浣溪沙·赏梅》：

一树梅红独自看，风吹轻雪也缠绵。神驰已忘暮钟寒。　　世上几人香在骨？灵中万树翠生烟。此花与我最相怜。

"世上几人香在骨？"真真是词人当然也是痴人的千古之问，而梅花当得此问。

《定风波·春望》：

北海风光望里新，梢头有约问前身。花语曾经言不断，留恋。　　东君伴我六逢春。浑忘他乡漂泊地，千里。　　生涯浩荡是诗魂。摇笔烟云生五彩，澎湃。襟怀依旧守天真。

这首词豪迈、自信地写出了作者的诗词生涯。"生涯浩荡是诗魂""襟怀依旧守天真"说得多好啊。

《临江仙·红梅》：

柔骨偏傲轻雪色，多情天也难禁。清香自如识胸襟。不随桃李艳，为待那人吟。　　八表云停九月暗，参差仙籁而今。无痕宿梦苦追寻，横斜疏影瘦，如故是冰心。

此词结合着古人名词的意境，写得缠绵婉转，写得多情深沉。"清香自如识胸襟"，梅乎？人乎？中国古典诗词的魅力就在这里。

《蝶恋花·观蝶》：

红湿红飞从不歇，多少烟云，多少无情月。人见只知真似雪，谁知翼上凉和热？　　弦冷琴声犹未绝，柳色深深，今古何区别？梦蝶醒来情更切，蛛丝暗向窗边结。

"人见只知真似雪，谁知翼上凉和热？"这种抒发哪里是观蝶啊？分明是人生的艰辛。而"梦蝶醒来情更切，蛛丝暗向窗边结"则颇有现代朦胧诗的意韵，带有象征主义的艺术色彩。

宋老师的短调佳作还有很多，她擅于进行这类抒发和吟唱，好句颇多，又非常适合现代人的审美习惯。

二、真率的长调佳构

短调与长调，它们并不是截然对立的，相关的区别毫无疑问只具有相对的意义，宋彩霞老师的长调也非常具有可读性。

《满庭芳·次韵文朝将军》：

风暖琼花，霾凝瑞彩，镜天霁色幽芳。玉英真素，云集斗新妆。秾丽妖娆漫与，夕阳映、碧满飞梁。行吟处，泠泠滴翠，万象点池塘。　　情长，今喜见，乾坤浩气，腾日扶桑。有多少新词，诗意生光。天遣澄清海晏，中国梦、唱响东方。朱弦按，红牙拍板，高咏莫彷徨。

这首是次韵词，写作发挥受到限制，但是层次分明，节奏铿锵，一曲很好的颂歌。风雅颂，赋比兴，皆是诗词的应有之义。

《金缕曲·次韵敬和叶嘉莹先生西府海棠雅集》：

故苑泠泠水。漾西园、翠波清丽，红楼曾纪。淡注胭脂仙子态，占尽春光妩媚。有老树、悲欢都记。一曲清词来海外，趁东风光照朱门邸。说世事，赏花美。　　海棠红透春光里。这园林、楼台七宝，万千情意。无数沧桑随眼过，多少红颜泣泪。都做了、斑斑文字。禹甸春风圆好梦，看神龙今已腾空起。浮大白，向天底。

此词亦是次韵词。作者对比兴手法的使用是微妙纯熟的，几乎可以看作是对叶嘉莹先生的一曲赞歌，写的深情委婉。"一曲清词来海外，趁东风光照朱门邸""无数沧桑随眼过，多少红颜泣泪。都做了、斑斑文字"真是写尽了叶嘉莹先生的诗词人生。

《最高楼·贺周笃文老师八十华诞》：

湘江畔，曾漫数流萤，曾跃马出征。名山沧海长为客，文光常伴寿星明。奏黄钟，歌赤壁，颂清平。更训诂、腕中成大典。又育得、李桃天下满。舒块垒，更餐英。冥搜尽象吞云梦，钩沉索隐起雷鸣。展长笺，白字上，再一横。

此词属于祝寿词，是人际交往中的应酬一类，这类作品往往难于工妙。但宋老师的这首词写得也很出色，特别是"冥搜尽象吞云梦，钩沉索隐起雷鸣"两句大气磅礴，又非常形象。这说明应酬之作也可以写得很好。袁枚在《随园诗话》中说："《三百篇》行役之外，赠答半焉。逮自河梁，洎李、杜、王、孟，无集无之。己实不工，体于何有？万里之外，交生情，情生文；存其文，思其事，见其人，又可弃乎？今而可弃，昔可无赠；毋宁以不工规我？"可为鉴证。

《湘月·遣怀》：

家山旧约，问南飞燕子，因何长别？天上人间寻韵字，甘苦能同谁说？别样芬芳，琼枝摇曳，招引玲珑月。西楼从此，万千风露凝血。　谁解象管蛮笺，荷光翠影，句句霜花结。梦里徘徊生羽翼，漫说鸳鸯蝴蝶！鬓发萧疏，词情杳杳，长伴黄金阙。芳菲应在，望中多少奇绝！

此词首句言"家山旧约"，末句言"芳菲应在，望中多少奇绝"，首尾呼应，结体严谨，比兴手法，抒发作者诗词生涯中的感慨。

《烛影摇红·癸巳恭王府海棠雅集》：

春破红深，彩云蘸露真娇嫩。风流天付探花人，真个萦方寸。海外芹泥雨润，要相携、香檀急衮。海棠牵袖，绿柄轻摇，词流成阵。　四座清欢，玉杯满酌情相近。天将清梦与诗人，频作东风信。还有弦歌作引。念知音、芳心不尽。万千风露，耿耿星河，都成新韵。

此词是雅集中的作品。"天将清梦与诗人，频作东风信""万千风露，耿耿星河，都成新韵"，晓畅明快。

《贺新郎·舟游微山湖》：

棹下波能觉。有扁舟、涛声满艇，鹭鸥相约。玄鹤鸣风寻知己，飞遍天涯海角。却总是、阴差阳错。谁借长箫吹九曲，唱平生、碧水高山诺。漫解得、网蛛索。　西风驿马无重数。气横秋、心驰八表，最看风度。檐雀帘前忙如箭，低首凝眉忽略。但远望、穴巢失却。碧水芳林何堪觅，听新潮、再把情怀托。振袂起，藐荒漠。

这首《贺新郎》抑扬顿挫，出语健劲，当真是"最看风度"。特别是"谁借长箫吹九曲，唱平生、碧水高山诺"，真是豪放平生的纵情歌唱。

《水调歌头·蝉》：

宿恨对残暑，寂寞不随风。餐烟饮露深树，莫道可从容。总是山盟难许，空有深情暗诉，一一梦云空。夜半对孤影，怕听子时钟。　　绿阴老，铅泪洗，却情浓。晓星残月，偏照流水各西东。幸有灵犀尚在，更喜宫商相和，琴瑟已相逢。记取同心语，莫忘玉玲珑。

这首《水调歌头》咏蝉，用语精工，想象丰富，像秋水一样流畅。

从总体上说，宋彩霞老师的词作不使用奇谲的意象，不使用难解的典实，她顺势出语，白描成章，绣口即雅，流畅即工。

三、暖韵的大量使用

笔者一直认为，韵有冷暖，如绘画的颜料有冷暖一样。以"a an ang ao iu ou"等做韵的韵部大都是暖韵，读起来不冷。虽然笔者承认从纯粹的艺术性来说，冷韵可能更加具有魅力。但是我们的生活里不能都是那样的诗词。诗词不仅是艺术的载体，也是生活的载体，也是情趣的载体，也是休闲的载体。当我们遇到不如意的时候，也许读一读"暗淡轻黄体性柔"要比读"寻寻觅觅冷冷清清"更能舒缓我们的情绪。

在全部的《平水韵》中，暖韵占据着明显的优势地位，反映出，人类艺术情志的进化就是这样一步步走来的。

《鹧鸪天·得梁东老墨宝端为人间送彩霞有赠》：

笔自雄奇韵味佳，不须刻意竞瑶花。芝兰手植香盈袖，月桂歌生绿满家。　　文百帙，气清华。万千桃李漫天涯。芳菲满案谁能比，端为人间送彩霞。

《蝶恋花·威海至京华车中作》：

车里吟哦真浪漫。仄仄平平，铺向燕山远。把握时间常顾盼，观钟惹起佳人怨。　　莫问诗缘谁主管。此刻新词，专绕车轮转。一瞥香山心已颤，芝兰漫得秋花绽。

《蝶恋花·读聂绀弩秋老》：

又是秋风吹旧帽。不卷珠帘，只卷灯前稿。阅尽人间衰盛草，黄花依旧清香绕。　　老始风流谁会笑？语涩途艰，细看知音少。且向丛林寻一道，时时自有春风扫。

《玉楼春·扬州瘦西湖》：

诗情就在西湖畔，风轻细波流拍岸。红鱼逗浪逐兰舟，惹得客人频顾盼。　　浩歌九曲真情唤，画桥美景长在眼。伊人今日水之湄，正借叶繁书烂漫。

《朝中措·游金湖荷花荡》：

且将汗水筑诗廊，日子便芬芳。朝看粉红蓓蕾，知她韵味多长。　　满湖波荡，千墩绿放，对对鸳鸯。向晚一帘幽梦，醒时又见朝阳。

《蝶恋花·桂花》：

吹雨秋风休打扰，数朵黄花，不怕秋声老。笑看苍天云影渺，匆忙翠盖团团小。　　梦里灵犀参透早，向晓南园，莫说留香少。转喜深红成一抱，孤芳何必人倾倒。

以上词作所压的都是暖韵，暖韵在宋彩霞老师的词作中占有绝对的优势。

四、极有分寸的现代词汇使用

宋彩霞老师的词作中大量但也是很有分寸地使用现代词汇，特别是古代没有的实词、名词。现代词汇在古典诗词创作中的应用是一个大问题，现代词汇的审美化更是为众多的诗人所关心。一般来说，一首作品的现代词汇含量过大，往往会降低作品的审美指数，这是因为古典的词汇都经过了二千余年无数诗词作品的艺术加持，具有不断熏染而成的且默默散发的审美气质。而现代词汇没有这样的熏染和加持，往往流于直白寡味。但是有分寸地使用则会增加作品的现代气息，取得非常良好的艺术效果。在笔者看来，现代词汇的审美化这个问题，首先不是诗人个体的创作问题，而是整个古典诗坛的氛围问题，它需要时间，需要作品量的积累。

《浣溪沙·京华中秋》：

月色撩人分外柔，秋光万里豁双眸，清风引我上高楼。　　磊落诗心凭快递，光昌气象付骅骝，澄圆明月正当头。

其中的"快递"一词不仅是现代词汇而且是最近十年或十五年才出现的词汇，这个词汇的使用让这首作品更加明快。

《卜算子·观〈烟雨凤凰〉》：

月淡凤凰奇，水碧清凉界。试向珠帘啼一声，情坠相思海。　　不是不伤情，只是情难再。收拾悲欢谢幕时，瘦了原生态。

其中的"谢幕"和"原生态"都是现代词汇，让全词颇有很不一样的读诵感觉。

《鹧鸪天·雨中观蒲场中学诗词文艺演出》：

蒲场潮声涨几分，亭台鼓点令销魂。雄狮舞出儒溪韵，快板敲开四寨门。　　声婉转，语流春。诗词唱响在山村。缠绵最是毛毛雨，化作胭脂虞美人。

此词中的"鼓点""快板""毛毛雨"都是很现代的词汇，这些词汇的色泽与全词的基本色泽是协调的。使用现代词汇最忌讳今古混乱，色彩不协调，分崩离析。

《鹧鸪天·丽水碧湖湿地》：

古堰古村古庙痕，古窑古树古碑文。香樟叠翠双城道，大港堆青一水春。　　情脉脉，意缤纷，滩涂治理忘晨昏。碧流飞鹭声传月，取次匀妆眉黛新。

此词"大港"和"滩涂治理"都是现代词汇，这样使用首先是清楚表达的需要，其次也具有一定的审美气质。

《少年游·京华至贵阳车中作》：

两千里路向西南，风物眼中看。蘑菇岭外，直冲霄汉，高速下平川。　　夕阳一点真红透，脉脉挂霜天。斜照临窗，铿锵给力，闲谱小重山。

此词的"高速""给力"都是非常现代的词汇，毫无疑问，这样使用使作品非常具有现代气息。

《踏莎行·见莲花池公园三生石》：

百角初圆，千花渐放。风牵一袖如何向？佳人相问苦相猜，回眸叶下鱼相傍。　茎折谁知，露匀一饷。那年那事曾惆怅。三生石畔顾仙娥，银河尚有些些浪。

"那年那事""些些"这都是现代词汇。"那那"模式的词语，以及"曾经"这样的双音节词汇，是现代词汇中最先实现审美化的词汇，在诗词创作中得到很多的使用，非常具有深情的韵味，可见诗坛的氛围和作品量累积的重要。

《卜算子·看码头》：

我望水之滨，滚滚争潮汐。无限新生入我诗，颜老诗犹碧。　大港为多情，运载春消息。塔吊垂天百丈腾，吊起天南北。

此首几乎可以看作是先锋体的作品。码头，现代工业文明的一个重要节点。作者的用语与工业文明的繁忙也非常契合。"滚滚争潮汐""运载春消息"都表现了这种契合。而"颜老诗犹碧""吊起天南北"等语又豪气满怀，比喻恰切，不失为诗家的咏颂之语。

五、尝试恢复诗词的实用价值

为什么在古人那里诗词这样繁盛呢？因为对古人来说，诗词不仅是艺术的欣赏和情操的陶冶，更具有重要的实用价值。以唐代为例，历代唐天子几乎都是具有相当水准的写作者和鉴赏家，对学士出身的人来说，不会写诗，在大唐的官场，你怎么混呢？所谓"唐天子待翰林之厚，虽朋友不如也"，这实际上是唐诗繁盛的根本历史原因。

在现代社会，这种传统是不可能恢复的。但是诗词的实用价值依然值得期待。诗词家参与社会活动，写作相关的诗词，引起社会公众的关注，提升诗词的社会影响，这些都是很重要的诗词实践。纯粹的象牙塔中的吟唱虽然优雅，却会让诗词之路越走越窄。

无论有诗还是无诗，宋彩霞老师参加各种活动都积极写作。在笔者看来，这实际上是恢复诗词实用价值的一种努力。比如如下的这些词作都是如此。

《鹧鸪天·赞国航"金凤"乘务组》：

展翼鲲鹏气象高，风华正茂立云霄。一从亮相蓝天后，廿载芳菲万里娇。　　情万缕，爱朝朝，满腔炽热搁风骚。冲天必有凌云志，大写中华一代骄。

《玉楼春·观老年合唱团》：

槐阴树下歌成阵，唢呐琵琶弹未尽。音随舞步起飞花，好似流波潮有信。　　铿锵鼓点敲新韵，来报清明消息近。齐声高唱大中华，九十春秋宏国运。

《浣溪沙·曹妃甸放歌》：

卅载耕耘起海东，巨轮往返擎长风。明珠璀璨缀天红。　　筑港吹沙新气象。开源舞凤缚苍龙。长歌一曲是黄钟。

《西江月·孟定芒团传统手工造纸》：

两手铺开亘古，掌心拍出临沧。双江流远谱回肠。都是能工巧匠。　　一纸青春洁白，千家碧水清芳。芒团技艺物华长。风韵轮番传唱。

《小重山·班春劝农》：

谁为南溪计梦长？我将流水意、寄沧浪。牡丹红伞各登堂。些些雨、恰好劝农桑。　　尘世自温凉。风声千万丈、又何妨。惯看天地两茫茫。凭鼓点、能不起铿锵。

《浣溪沙·次韵答李旦初教授乙未迎春见寄》：

几载奔波西复东。迎霾沐月秀云松。亲聆白雪数飞鸿。　　要集涓涓千水绿，应扶默默小花红。长歌不朽是清风。

《鹧鸪天·铁岭新城八景之湿地幽情》：

水面风荷傲野荒，芦青蒲厚几分长？日催碧照人将醉，波荡金潭夜未央。　　心底月，梦中霜，自然生态溯流光。我来正是山花发，十里熏风一瓣香。

《蝶恋花·读广西民歌手诗词新唱》：

四十年来歌锦绣。曲曲生情，曲曲玲珑透。唱响清明微雨后，琼枝结满相思豆。　　我读民歌诗百首。字字如花，字字香盈袖。开满宜州花不瘦，歌坛继有回春手。

六、回到诗词的歌唱本质

诗词的本质是歌唱，这是笔者在文章的开头就已经表达的观点。所谓提高诗词的写作水平，说到底就是提高歌唱的水平。歌唱如何深入人心，诗词的写作如何脍炙人口，它们的道理都是相通的。宋彩霞老师的作品中经常有"放歌"等字样，可以说是抓住了这个本质。

从这个角度出发，你是愿意整天听哭哭啼啼的歌曲呢？还是愿意听阳光明快的歌曲呢？宋老师的词作基本不做凄然之语，她是浸透着女性婉约特质的豪放派词人，即便在表达深沉内容的时候也是如此。

《蝶恋花·读聂绀弩归途》：

信口文章容易得，一笔尊前，滴尽东风黑。雪拥关山天道窄，锥心坦白人愁直。　扪虱纵横成痼疾，暮去朝来，不辨江南北。花落风狂诗霹雳，乌云一路朝天立。

此词应是表达深沉的内容的，作者出语之健劲令人惊叹，"暮去朝来，不辨江南北"，"花落风狂诗霹雳，乌云一路朝天立。"这是多么豪放的以扬代抑的词句啊！

《玉楼春·登黄鹤楼》：

临阶一曲梅花落，鹦鹉洲头帆寂寞。梦中历历是新歌，北塔晴川曾有约。　冲天不见飞黄鹤，一派秋声吩咐着。烟波莫问醉如何？我与诗仙来对酌。这首词构思率真，出语豁达、自信，是欢快的歌声。

《南乡子·过东湖》：

故地复重游，云步凌波小钓钩。点水沙鸥频缭绕，回眸，雾掩垂杨老树头。　好梦总清柔，风起风停水自流。我恋东湖湖恋我，悠悠，不再娇枝替雨愁。

此词所要表达的内容是很有些悠然与缠绵的，一句"不再娇枝替雨愁"，完全展现了阳光的宋氏风格。

《临江仙·雪》：

特地银妆来入境，此番践约寒冰。光含晓色结高情。玉龙多少爱，怎会任零丁。　　落到人间归不得，红尘道上难停。飞花有意恋新庭。扶摇如可借，从此霭云轻。

　　此词为咏物体，意境极佳，与古今名作相较豪不逊色。笔者认为是作者的重要代表词作之一。"落到人间归不得，红尘道上难停。"每一个有生活、有追求的人不都是这样吗？"扶摇如可借，从此霭云轻。"既是豪放的期待，也是美好的祝福。

　　能进行阳光歌唱的作者，也一定能表达深沉婉转的内容。下面这首词创作经年，笔者于七八年前就非常喜欢，现在仍复如是。那么就让这首《满江红》来为这篇粗浅的文章作结吧。

　　《满江红·秋荷》：

　　莫便秋风，吹瘦这、一池仙客。冷云水、更寒清梦，雨声堆积。岁月无多枝易老，乾坤虽大身难适。渐霜紧、辜负了葱茏，空相忆。　　追往事、今非昔。红易减、娇羞失。恨西风无限，晚来天色。鸿雁不传千里梦，秋蝉叫断三更笛。隔烟波、不灭是相思，来生觅。

2018年11月3日

（杨洪源，1970年生，辽西人，现居抚顺，高级工程师。倾情国学，于十三经等儒家经典、先秦诸子、前三史颇为属意；喜学诗，亦喜学赋。）

目 录

总　　序 …………………………………………………… 郑欣淼 1
回到歌唱的本质（代序）………………………………… 杨洪源 1

诗词精选

踏雪写校黑板报（1969 年）…………………………………… 3
女儿女婿公派海外攻读博士学位（2019 年）………………… 3
六一儿童节寄语留学女儿及小外孙（2019 年）……………… 3
向汨罗（2019 年）……………………………………………… 3
奉节天怡国宾大饭店外景（2019 年）………………………… 3
天尽头漫笔（2019 年）………………………………………… 3
己亥京华中秋（2019 年）……………………………………… 4
盆景菊花（2019 年）…………………………………………… 4
北　望（2019 年）……………………………………………… 4
与母亲赴新疆（1972 年）……………………………………… 4
烙巧花（1993 年）……………………………………………… 5
女人节答友人问二首（2019 年）……………………………… 5
初访汨罗影珠书屋（2019 年）………………………………… 5
过瞿塘峡（2019 年）…………………………………………… 5
京西杂咏《夜雨》（2019 年）………………………………… 5

京西杂咏《踏青》（2019年）	6
京西杂咏《十年》（2019年）	6
京西杂咏《学舞》（2019年）	6
京西杂咏《为有》（2019年）	6
京西杂咏《读月》（2019年）	6
京西杂咏《熬莲子粥》（2019年）	6
京西杂咏《上班四季》（2019年）	7
京西杂咏《编辑自嘲》（2019年）	7
北京至庆阳机上（2019年）	7
雨中访庆城博物馆读李梦阳（2019年）	7
雨中过庆城鹅池洞（2019年）	7
庆城香包街拾句（2019年）	8
砀山摘梨即景（2019年）	8
过陈胜墓（2019年）	8
贺《诗词之友》出刊百期寄脉峰兄（2019年）	8
临清宛园《揽月》亭得句（2019年）	8
山东诗词研讨会临清三禾宾舍京剧演唱会（2019年）	8
黄洋界上欲赏界碑未果	9
赏井冈山之仙女瀑	9
井冈山访毛泽东同志旧居读书处	9
读《山左履痕》集句致蒿峰先生（2019年）	9
读《云起楼诗存》集句致蒿峰先生（2019年）	10
秋　思（2019年）	10
过门头沟珍珠湖遇雨（2019年）	10
己亥京华中秋（2019年）	10
二过高祖斩蛇处（2019年）	11
临清访张自忠将军纪念馆（2019年）	11
获"第一届山东优秀诗人"感言（2019年）	11

由"一家三代是青年"句得句（2019年） …… 11
己亥汨罗国际诗歌艺术周集句谒杜甫墓（2019年） …… 12
对　月（2019年） …… 12
岐黄故里（2019年） …… 12
访庆阳赞齐秀梅工艺美术大师（2019年） …… 13
纪念闻一多先生（2019年） …… 13
礼赞曾庆良将军（2019年） …… 13
日岛海市（2019年） …… 14
北郭秋砧（2019年） …… 14
东浦渔灯（2019年） …… 14
登光岳楼用葆国兄韵并摘句（2019年） …… 14
第二届中华诗人节（中国·奉节）歌（2019年） …… 15
茅台酒歌（2019年） …… 15
砀山酥梨歌（2019年） …… 15
伤春怨·淫雨（1975年） …… 16
浣溪沙·赏梅（1977年） …… 16
贺新郎·星冷流云睡（1977年） …… 16
浣溪纱·春雨（1982年） …… 16
玉楼春·立春（2002年） …… 16
鹧鸪天·秋思（2005年） …… 17
蝶恋花·春寒（2005年） …… 17
蝶恋花·喜有书山能对坐（2006年） …… 17
摊破浣溪沙·秋情（2009年） …… 17
临江仙·次韵和晓川师《海滩漫忆》（2010年） …… 17
鹧鸪天·漫忆（2010年） …… 18
蝶恋花·读聂绀弩《赠梅》（2011年） …… 18
蝶恋花·读聂绀弩《推磨》（2011年） …… 18
玉楼春·登黄鹤楼（2011年） …… 18

瑞鹤仙·秋心（2012年）……………………………………… 18

卜算子·看威海码头（2012年）………………………………… 19

玉楼春·金鞭溪（2013年）……………………………………… 19

鹧鸪天·过沙湖（2013年）……………………………………… 19

南乡子·笑笑将周岁赴常州车上作（2018年）………………… 19

生查子·为女儿女婿公派海外留学作（2019年）……………… 19

解佩令·访华夏城赞夏春亭董事长（2019年）………………… 20

朝中措·到盐城（2019年）……………………………………… 20

朝中措·盐城赋盐（2019年）…………………………………… 20

朝中措·情恋大洋湾（2019年）………………………………… 20

朝中措·谒盐城籍民族英雄陆秀夫（2019年）………………… 20

朝中措·致语盐城青春诗会诗友（2019年）…………………… 21

朝中措·盐城大洋湾（2019年）………………………………… 21

朝中措·串场河晨景（2019年）………………………………… 21

朝中措·盐城丹顶鹤（2019年）………………………………… 21

朝中措·盐城湿地小立（2019年）……………………………… 21

朝中措·樱花小镇放歌（2019年）……………………………… 22

南歌子·春日（2019年）………………………………………… 22

南歌子·夏日（2019年）………………………………………… 22

南歌子·秋日（2019年）………………………………………… 22

南歌子·冬日（2019年）………………………………………… 22

拂霓裳·秋思（2019年）………………………………………… 23

减字木兰花·二过高祖斩蛇处（2019年）……………………… 23

水调歌头·良梨镇酥梨（2019年）……………………………… 23

青玉案·菊花（2019年）………………………………………… 23

品味佳酿

韦天罡论……………………………………………………………… 27

千古韵，万般情……………………………………………… 32
满树芳华情未尽……………………………………………… 37
开唐宋新枝，振时代词笔…………………………………… 41
一犁烟雨踏花归……………………………………………… 45
一心要写吾真………………………………………………… 50
难得才情高格调……………………………………………… 55
新时期诗词的独特书写……………………………………… 61
周笃文和他的空灵壮丽的山水诗…………………………… 68
一首咏物词给我的启示……………………………………… 71
情词并茂　流丽杰特………………………………………… 73
站在崇高精神层面的………………………………………… 75
大情·大气·大襟抱………………………………………… 75
深谷幽兰淡淡馨……………………………………………… 79
一路诗相伴　千支曲有情…………………………………… 82
蠡水观沧海　诗章见性情…………………………………… 88
青山听雨　滴滴清圆………………………………………… 92
空灵入妙　著手成春………………………………………… 97
字里行间痛断肠……………………………………………… 102
用心书写最鲜活的生命体验………………………………… 105
世情凭俯仰　吾道自登攀…………………………………… 109
家国大爱　别开生面………………………………………… 111
通才健笔　自在流行………………………………………… 114
胸中浩气　笔底风雷………………………………………… 117
毓秀水乡　诗意开江………………………………………… 124
真香古趣　著手成春………………………………………… 128
灼灼纪都韵　淼淼弥水情…………………………………… 132

评点美什

寓真词选评 …… 139
浣溪沙·初春读书即记 …… 139
浣溪沙·初春读书即记 …… 139
菩萨蛮·夏日偶怀 …… 139
菩萨蛮·雪中寄语 …… 140
菩萨蛮·夏日偶怀 …… 140
菩萨蛮·夏日偶怀 …… 140
菩萨蛮·夏日偶怀 …… 140

邹积慧诗选评 …… 141
看　山 …… 141
北极村 …… 141
采　风 …… 142

其他作者诗词选评 …… 142
临江仙·咏申城兼寄故人 （薛　景） …… 142
越调·天净沙红船 （王善同） …… 143
初　冬 （赵雪峰） …… 144
天宫一号升空 （熊东遨） …… 144
浪淘沙·巴山背二哥 （吕子房） …… 145
青莲如梦 （韩玉梅） …… 145
题《紫藤伯劳图》 （石正华） …… 146
鹧鸪天·务工人员 （熊建华） …… 146
观　钓 （马士林） …… 147
登黄山 （王纪波） …… 147
新年后出外打工者 （隋鉴武） …… 148
清平乐·鞋匠 （郁忠尧） …… 149
烛影摇红·开福寺 （薛　景） …… 149
高空电工 （王　金） …… 150

踏莎行·夜 （刘如姬）	151
小重山·赋天堂鸟 （薛　景）	151
雅丹地貌赏游 （郝秀普）	152
乡村小店司厨偶得 （王永收）	152
临江仙·三春芳华 （文　静）	153
雨中文笔塔 （星　汉）	153
初冬临钓 （牛少梅）	154
衡水湖感兴 （孙恒杰）	154
菩萨蛮·架线工 （祁国明）	154
狼牙山五壮士颂 （顾　绅）	155
破阵子·涉县赤岸村放歌 （王玉民）	156
泰州梅园 （苏　俊）	157
临江仙·邻家小丫 （何其三）	158
复　员 （冉长春）	158
天柱山狂想 （张明新）	159
清平乐 （王建强）	160
雪　城 （项海杰）	161
冰城暮色 （失作者）	161
江城武汉 （薛　景）	161
秋日访吕思勉故居 （颜正源）	162
咏紫藤花 （墨竹子）	162
临江仙 （牛少梅）	163
题红梅公园之红梅 （生吉俐）	163
初冬登顶济南佛慧山 （张同军）	164
夜读散原精舍诗 （齐　悦）	164
题　图 （如　花）	164
山　居 （白凤岭）	165
秋　别 （武建东）	165

秋 菊 （罗国军） …………………………………… 166
剑 （丁 欣） ………………………………………… 166
寄心音 （谢洪英） …………………………………… 167
文朋冬日来访 （祁汝平） …………………………… 167
次韵王恒鼎《暮春书怀》（杨继东）………………… 167
山 望 （失作者） …………………………………… 168
午夜敲诗 （孙绍成） ………………………………… 168
水调歌头·魅力常州 （李跃贤） …………………… 169
沁园春·常州行吟 （姜春山） ……………………… 169
常州情 （刘华群） …………………………………… 169
春日于毗陵季子亭前 （陈 充） …………………… 170
望江来访 （沈天鸿） ………………………………… 170
临江仙·端阳遥寄江南 （梁 东） ………………… 171
端阳再寄江南 （梁 东） …………………………… 171
一剪梅·白玉兰 （姜美玲） ………………………… 171
题常州国家级"非遗"三首乱针绣兼怀杨守玉
　先生（刘 毅）……………………………………… 172
菩萨蛮·唱"两会"（岳如萱）……………………… 172
虞美人·望夫礁 （姜美玲） ………………………… 173
沁园春·拥军书记下边防 （汪业盛） ……………… 173
回忆拆迁老村（王志伟）……………………………… 174
第二届周汝昌杯部分诗词点评………………………… **174**
昆仑哨卡之春（程良宝）……………………………… 174
游杜甫江阁（谭 仁）………………………………… 175
我与新中国同龄感怀（闵希侯）……………………… 175
红梦缘——忆周汝昌先生 （李永安） ……………… 175
冬韵（党雅芬）………………………………………… 176
感母恩（中华通韵）（韩会莉）……………………… 176

纪念周汝昌先生百年诞辰暨赏读先生笺注
　《杨万里选集》感怀（李国柱） ················· 176
鹧鸪天·忆鞍马巡边（程良宝） ················· 177
阮郎归. 小园丝瓜（刘古径） ················· 177
莺啼序·乡野金秋（李支柱） ················· 177
鹧鸪天·初夏松花江畔（史建平） ················· 178
天仙子·驻村扶贫日记（彭　共） ················· 178
水调歌头·热河怀古（季德立） ················· 179
水调歌头·七秩春风（杨晶晶） ················· 179
浣溪沙·万绿湖（许　明） ················· 179
江西庐陵"堆花杯"获奖作品点评 ················· 180
承　洁（江苏） ················· 180
贺新郎·游井冈山缅怀朱德元帅 ················· 180
方跃明（上饶） ················· 180
三月三日过庐陵有作 ················· 180
王天明（河北） ················· 181
游井冈山感赋 ················· 181
李声满（湖南） ················· 181
读文山《沁园春题潮阳张许二公庙》 ················· 181
陈瑜玉（山东） ················· 182
沁园春·庐陵 ················· 182
卢旭逢（广东） ················· 183
水调歌头·咏江西堆花 ················· 183
朱剑秋（吉安） ················· 183
念奴娇·庐陵 ················· 183
生吉俐（北京） ················· 184
阜田石莲洞 ················· 184
谢　艳（湖南） ················· 184

井冈山···184

王建端（广东） 185

读文天祥诗···185

诗情感铭

临江仙·威海至京华车中作（宋彩霞）······················189

北京至广元机上 （宋彩霞）··································192

临江仙·武当见栀子（宋彩霞）································193

岐山莲花池书所见（宋彩霞）··································193

船上人家（宋彩霞）···194

飞舟湖上 （宋彩霞）···196

满江红·秋荷并序（宋彩霞）····································196

玉楼春·金湖观荷（宋彩霞）····································199

玉楼春·观荷（宋彩霞）··199

鹧鸪天·秋思（宋彩霞）··200

卜算子·初访李清照故居 （宋彩霞）·····················201

卜算子·万溶江印象（宋彩霞）································202

卜算子·参加湖南省农民诗词研讨会 （宋彩霞）············202

南乡一剪梅·端阳怀屈原并首届中国荆州诗人节 （宋彩霞）203

望天台山卧佛岭（宋彩霞）······································205

诉衷情·感事（宋彩霞）··206

桂　花 （宋彩霞）···207

访良心谷生态园 （宋彩霞）····································207

【越调·小桃红】贺《常用曲牌新谱》出版座谈会
　　召开 （宋彩霞）···207

元旦诗 （宋彩霞）···208

挑夫二首 （宋彩霞）···209

望梅花·踏雪寻梅 （宋彩霞）································211

满江红·乙未岁杪感怀（宋彩霞）·················· 212
卜算子·观《烟雨凤凰》（宋彩霞）·················· 214
满江红·祭英烈（宋彩霞）·················· 216
菩萨蛮·寻活（宋彩霞）·················· 218
仰望卧佛岭（宋彩霞）·················· 219
壬辰春分赋得兼怀老杜（宋彩霞）·················· 219
小重山·沙坡头拾韵（宋彩霞）·················· 221
西江月·初访大雁塔（宋彩霞）·················· 222
过龙江（宋彩霞）·················· 223
京城初雪（宋彩霞）·················· 224
酷相思·蝉（宋彩霞）·················· 225
南歌子·读红楼梦（宋彩霞）·················· 226
鹧鸪天·七夕拟七女（宋彩霞）·················· 226
女人节赋（宋彩霞）·················· 227
感　事（宋彩霞）·················· 228
长相思·只说潮声涨几分（宋彩霞）·················· 229
虞美人·随感（宋彩霞）·················· 229
踏莎行·风移花影声如铁（宋彩霞）·················· 230
清平乐·雨（宋彩霞）·················· 231
念奴娇·祭辛弃疾
写在辛弃疾逝世800周年（宋彩霞）·················· 231
木兰花慢·观涛（宋彩霞）·················· 233
庆春泽·威海建市二十周年（宋彩霞）·················· 233
最高楼·学习习近平同志《念奴娇·追思焦裕禄》
　　感赋（宋彩霞）·················· 234
归乡途中（宋彩霞）·················· 235
南乡子·马江海战感赋三首（宋彩霞）·················· 236
咏金骏眉（宋彩霞）·················· 237

舟过漓江 （宋彩霞） ················· 238
中　秋 （宋彩霞） ··················· 239
蓦山溪·张家界走笔 （宋彩霞） ········ 240
赞煤矿工人 （宋彩霞） ··············· 240
卜算子·咏桂 （宋彩霞） ·············· 241
蝶恋花·旧体诗新诗我与你 （宋彩霞） ·· 241
策马扬鞭又一巡 （宋彩霞） ··········· 242
父亲节怀家父 （宋彩霞） ············· 243
常州机电学院诗词授课致诸君 （宋彩霞） ··· 243
鹧鸪天·岁杪 （宋彩霞） ·············· 244
戊子年末有幸喜得金也度君诗集 （宋彩霞） ··· 244
鹧鸪天·次韵答于慧 （宋彩霞） ········ 245
读晓雨诗词二首 ····················· 246
我读秋水里的火焰 （苏岚烟） ········· 246
晓雨新词《南歌子》赏析 （苏岚烟） ··· 248
东风第一枝·己亥新正 （宋彩霞） ······ 249
宋彩霞作品五首 ····················· 250
不停的雨 （宋彩霞） ················· 252
故　乡 （宋彩霞） ··················· 253
黄昏的飞鸟 （宋彩霞） ··············· 254
蝉　鸣 （宋彩霞） ··················· 255
重阳夜，阳台的桂花 （宋彩霞） ······· 256
致被拆去的海草屋 （宋彩霞） ········· 257
六月之遇 （宋彩霞） ················· 258
礁　石 （宋彩霞） ··················· 259
诗在气，气贵雄浑 ··················· 260
托物言志，意致高远 ················· 263
情中有思尽惝恍 ····················· 267

沉雄俊逸的白雨诗	269
我们的脚下沾有多少泥土	272
人间天上觅诗魂	275
生命化、情感化、人格化的联动画卷	279
才情兼胜　巾帼名家	282
《白雨庐集》序	287
莫道女儿身　亦有豪雄气	291
《黑咖啡》序	298
踏着缪斯的节拍吟唱	303
不息的人生诗梦	306
《秋虹》拾翠	310
写诗者，格虏精神也	312
点染秋虹是彩霞	314
秋之火灼灼　雨来自悠悠	317
秀枝知遇当清雨，雨霁欣观硕果图	321
健劲清新白雨庐	328
人品与作品	336
坚守西楼绽芳菲	338
赏宋彩霞《读聂绀弩十二拍》	341
读宋彩霞《秋虹》与《白雨庐集》札记	343
《秋水里的火焰》序	347
一扫毫端俗媚尘	354
《秋虹》跋	358
总为歌憔悴　甘心不得闲	360
一网捞春色　千钩钓月丸	364
灵犀一点寄疏狂	369
境不见底　意可动天	371
心中锦绣章　清和四十春	374

不同艺术的对话与启示……………………………………… 377
彩笔生花　霞映诗坛……………………………………… 386
嫁衣尽占彩霞光…………………………………………… 389
后　　记…………………………………………………… 393

诗词精选

踏雪写校黑板报（1969年）

一脚浅还深，迎寒雪满襟。
真情随粉笔，黑白识童心。

女儿女婿公派海外攻读博士学位（2019年）

门径是清溪，双双举案齐。
灰尘飞不到，因有弄潮儿。

六·一儿童节寄语留学女儿及小外孙（2019年）

学海浩无涯，陶儿与小娃。
依稀红树里，为摘最高花。

向汨罗（2019年）

求索有余甘，风云万象含。
应知汨罗水，不息湛如蓝。

奉节天怡国宾大饭店外景（2019年）

楼从峭壁雕，气象为谁招？
桥下潺潺水，含风细动摇。

天尽头漫笔（2019年）

日自尽头生，云从海边起。
滩涂澎湃花，来去波涛里。

此有尽头称，当真不可登？
遥知天道处，里面自腾腾。

朝霞红又紫，冉冉涛中起。
谁笔可生花，拿来图画里。

己亥京华中秋（2019年）

两鬓惊丝白，花儿兀自黄。
东南将满月，心海忽盈舫。

盆景菊花（2019年）

黄花留一手，不待摇盆久。
寂寞苦多时，谁来分子丑。

北　望（2019年）

夜晚数流星，双眸转不停。
红尘千里路，哪朵是曾经。

与母亲赴新疆（1972年）

身似浮萍赴北疆，穷天僻远正茫茫。
原知破碎凄凉地，不让高堂去异乡。

烙巧花（1993年）

不烙秋霜不烙瓜，不烧野味不烧茶。
将花烙到银桥上，让爱飞天飞海涯。

注：巧花：一种烙的面食。每年七夕家家户户烙巧花。

女人节答友人问二首（2019年）

谁言女子不如男，看取诗坛潮正酣。
握紧初心那支笔，新诗开印两三三。

哪能得句必芳菲，况我偏无李杜威。
只要园中开放过，管它绿瘦与红肥。

初访汨罗影珠书屋（2019年）

影珠环抱一青螺，竹自参天鹭自歌。
晓转方塘捉鱼去，诗人举手摘星河。

过瞿塘峡（2019年）

一舟面向老塘西，波有风声韵脚齐。
峭壁青峰随手拍，一时忘却水云低。

京西杂咏《夜雨》（2019年）

夜雨潇潇响北窗，起看路上水汪汪。
因它打湿枕中梦，多少心情泡了汤。

京西杂咏《踏青》 (2019年)

黑山顽石叠层岚，上有云天下有潭。
何必来寻好颜色，家山日日海天蓝。

京西杂咏《十年》 (2019年)

老来偶作开心忆，忆住京华年复年。
春雨寒风无碍梦，梦中月见十回圆。

京西杂咏《学舞》 (2019年)

雨收天未十分晴，早有大妈歌舞声。
买菜途中看不足，也来学步结新盟。

京西杂咏《为有》 (2019年)

脉脉杨花飞上头，群车起舞汇如流。
等闲一路绿灯亮，来引晴光永定楼。

京西杂咏《读月》 (2019年)

我言皎皎总情长，横挂南天常不满。
你未必光芒万千，拿云布雨天将管。

京西杂咏《熬莲子粥》 (2019年)

慢火轻轻漩作涡，心情仿佛坠红荷。
将诗炖上新鲜味，味道原来需打磨。

京西杂咏《上班四季》 (2019年)

迎着朝阳东更东，年年风景与今同。
前方总有倾城韵，斟满桃红斟菊红。

京西杂咏《编辑自嘲》 (2019年)

送走朝霞又晚霞，修文审句即生涯。
如何赐我一神笔，不让流光早鬓华。

北京至庆阳机上 (2019年)

载着高情踏气流，白云浑厚向舱柔。
如今我也到怀抱，不负春来不负秋。

雨中访庆城博物馆读李梦阳 (2019年)

凤凰环抱小池溏，冒雨来瞻李梦阳。
气象谁如前七子，至今诗梦到高唐。

自注：李梦阳，明代中期文学家，诗人。复古派"前七子"领袖。提倡"文必秦汉，诗必盛唐"。

雨中过庆城鹅池洞 (2019年)

持伞来观池洞畔，青苔水眼真缭乱。
回眸再向东河望，翠柏成荫连不断。

石块垒墙墙不倒，鹅池担水不难讨。
摩崖石刻遗诗存，古堡清溪长自好。

庆城香包街拾句（2019年）

一见香包记忆新，柳眉钩就色初匀。
赤橙黄绿青篮黑，百媚千娇向我亲。

砀山摘梨即景（2019年）

枝杈垂下四三子，欲摘攀扶人跃起。
稍不小心离手儿，眸前忽见一滩水。

过陈胜墓（2019年）

荒草摇摇一角凉，石碑含泪向苍茫。
千年都怪贼庄贾，气数本来含短长。

贺《诗词之友》出刊百期寄脉峰兄（2019年）

人间好律贵如金，流水高山友谊深。
笺上有春春若梦，又将红色系初心。

临清宛园《揽月》亭得句（2019年）

揽月亭前识水深，一波一浪碧森森。
临清人物传千古，未负清流未负心。

山东诗词研讨会临清三禾宾舍京剧演唱会（2019年）

鼓板敲来起二黄，长歌一曲一回肠。
心怀蓦地随流水，宾舍清音入梦长。

黄洋界上欲赏界碑未果

红米炖开新世界。黄洋界上早无界。
眸前忽见卡来拦，为使增收又分界。

赏井冈山之仙女瀑

松涛竹海一坡闲，有女纤纤下碧弯。
腰细才能博王爱，不知舞倒几江山。

井冈山访毛泽东同志旧居读书处

一方枫石立茅庐，领袖当年结伴居。
读出开天新画卷，能留青史万行书。

读《山左履痕》集句致嵩峰先生 (2019年)

听诗静夜分，不与众峰群。
久雨巫山暗，新晴锦绣文。
更谁开捷径，速拟上青云。
浩荡天池路，高歌一送君。

依次集自：杜甫《陪郑广文游何将军山林十首》、《秦州杂诗二十首》、杜甫《晴二首一》、李商隐《商於新开路》、李商隐《洞庭鱼》、王维《送张判官赴河西》。

读《云起楼诗存》集句致嵩峰先生（2019年）

田园须暂往，此物最相思。
海上生明月，人间要好诗。
拨云寻古道，撼晓几多枝。
秋水清无底，坐看云起时。

依次集自：杜甫《留别贾严二阁老两院补阙（得云字）》、王维《相思》、张九龄《望月怀远》、白居易《读李杜诗集因题卷后》、李白《寻雍尊师隐居》、李商隐《柳》、杜甫《刘九法曹、郑瑕丘石门宴集》、王维《终南别业》。

秋 思（2019年）

晚绿虔诚发，春红大半休。
诗将心底出，景自梦中留。
海上无非事，田园有爱头。
当窗思绪乱，不是那年秋。

过门头沟珍珠湖遇雨（2019年）

古径野风吹，蜿蜒挂小旗。
云飞云出岫，水接水涟漪。
落叶青罗薄，淘沙白蔼奇。
忽来迎面雨，归洒大湖湄。

己亥京华中秋（2019年）

不见拿云手，闲看一页秋。
节能添寂寞，诗可任风流。
消息凭孤赏，头条许共搜。
况今天上月，浩荡照无愁。

二过高祖斩蛇处（2019年）

古道争锋地，功成一代王。
斩蛇开汉业，回马起南阳。
事自亭台始，花犹泗水方。
登高生肃穆，暮色正苍苍。

临清访张自忠将军纪念馆（2019年）

壮士惊寰宇，风烟百战生。
挥刀成大将，说岳养精英。
气节终难变，忠魂可正名。
今来歌一曲，告慰在临清。

获"第一届山东优秀诗人"感言（2019年）

日夜逐轻肥，行吟自采薇。
初心生羽翼，水墨叩春扉。
域外人初跃，诗中燕始飞。
新词多未校，执笔试芳菲。

由"一家三代是青年"句得句（2019年）

电子图中时早搏，二锅头酒已难斟。
用宽怀给人方便，让细致躬行淡心。
和作良田耕不尽，善为至宝得清音。
一家三代光明道，十万花光开若金。

己亥汨罗国际诗歌艺术周集句谒杜甫墓（2019年）

埋骨何须桑梓地，此中兼有上天梯。
百花气色虽千变，犹有荒田未得犁。
云势崩腾时向背，音声莫辨省东西。
客来不用愁风雨，旧绿新黄响未齐。

依次集自：近现代·毛泽东《改诗赠父亲》、唐·李商隐《玉山》、元·耶律铸《金乐歌》、明·刘崧《夜闻布谷》、唐·许棠《过分水岭》、清·周绍昌《和郑斋同年落叶诗其四》、明·李东阳《天津八景其二镇东晴旭》、明·成鹫《落叶》。

对　月（2019年）

卿卿自古奈风侵，电闪雷鸣不发音。
你未必光芒万丈，但终归简势千寻。
懒同星海争高下，独共南天守老阴。
怀抱费斯汀格律，能将一笑作书淫。

自注：《费斯汀格法则》：不纠缠，就是最高级的活法。

岐黄故里（2019年）

鼻祖千年开一旗，天机得悟几何疑。
庆城故里论医道，黄帝内经持本时。
素问病症知淡荡，灵枢刺法读参差。
岐黄公德昭天下，大药难能万世师。

访庆阳赞齐秀梅工艺美术大师（2019年）

　　生来铁杵久磨成，剪绿裁红妙手灵。
　　漫把春光雕仔细，好将事业起雷霆。
　　方连案上千行锦，可绣窗前五彩屏。
　　敢谓金针缝博雅，愿君织得世间宁。

纪念闻一多先生（2019年）

　　新诗起步在西岸，冬夜草儿开烂漫。
　　红烛生春见识来，微波死水愁名叹。
　　愿将热血救存亡，何惧周身遭子弹。
　　我读先生骨肉诗，已非文采齐云汉。

　　自注：闻一多发表第一首新诗《西岸》。与梁实秋合著《冬夜草儿评论》，第一部诗集《红烛》，第二部诗集《死水》在颓废中表现出深沉的爱国主义激情。

礼赞曾庆良将军（2019年）

　　一生事业在拿云，指上风雷无线电。
　　身处曹营挽巨澜，可量西路躲长箭。
　　不闻不问做糊涂，亲力亲为应万变。
　　我赞将军智慧全，敲来皓月光成片。

　　自注：曾庆良（1917—1996）江西省于都县人。1931年参加中国工农红军。任西南军区通信处处长，中国人民解放军总参谋部通信部军事科学研究室主任，总参谋部通信部副主任。1961年晋升为少将军衔。

日岛海市 (2019年)

东方黑夜片时沦,旭日冲天冉冉新。
千浪共淘滩上石,一衣难罩海中尘。
飞鸥有梦迎晴昼,战炮齐声保绿茵。
碧血英雄应识你,如今气象已成春。

自注:日岛原为露出海面的一片礁石,原名"衣岛",是太阳最早升起的地方。1894年,日岛曾发生过一场异常激烈的炮战,是在甲午之战中难得的一场胜仗,即日岛保卫战。

北郭秋砧 (2019年)

秋风秋雨抱秋霜,天外砧声有点忙。
海气徐来人世换,山烟泛得梦情长。
常怀岁里晨昏意,屡乐途中水陆航。
只恐卿卿辜负我,不如先自赋铿锵。

东浦渔灯 (2019年)

一灯悬下又横空,照亮流波似火红。
钓里春光应独在,渔中晚影可生丛。
线摇坐上垂纶客,雪卷舟前入画风。
日月因情皆作证,古来海浪浣英雄。

登光岳楼用葆国兄韵并摘句 (2019年)

一上斯楼碧水柔,天光浩荡读风流。
运河航自隋唐始,古道情生世纪秋。
非是闲情来拾句,皆因诗教立湖头。
京杭文化由来久,不负先贤接力舟。

自注,葆国兄有句"非是闲情来傲句,确因诗教立潮头",余甚喜爱。

第二届中华诗人节（中国·奉节）歌 (2019年)

我踏天边雪，翩翩来奉节。机舱一打开，诗潮扑面热。昨日下瞿塘，诗声千里长。青山千叠外，九曲九回肠。诗能钻地缝，播下青青种。何惧有天坑，诗能缝一统。夔门一打开，诗从水上来。瀼水可当墨，笔下坐风雷。诗洪冲云闸，诗吟可相狎。诗情寄永恒，诗自能得法。我来意如何？走笔气吞河。涛挟雷霆响，能共醉时歌。

茅台酒歌 (2019年)

君不见世界名酒出夜郎，声名鹊起过海洋。君不见风流隔壁千家醉，一朝开瓶十里香。银座今朝要封顶，该有斯文喜合并。剪彩飘红五大桌，美酒未斟已酩酊。店家端为展酒旗，推杯换盏莫迟疑。酒体醇厚情谊满，三杯两盏恰合宜。忽闻邻桌一声吼，风流哪肯落人后。以诗接龙论输赢，十步成诗走一走。遥看鼻祖八百年，万国博览开新篇。莫说金樽容易劝，劝左劝右劝红颜。酒意诗情冲霄汉，人人均是芙蓉面。扶头醉韵觅流霞，要用国酒开诗宴。

砀山酥梨歌 (2019年)

君不见一望无际绿荫翠，枝头风日太新美。君不见万亩梨园潮如春，酥梨更比春妩媚。风流最是梨树王，千个万个压枝黄。老树能倾一生爱，三百年来情意长。忽见路边摊前嫂，正用木勺开襟抱。制作梨膏真透明，坐对梨山终日好。造物端得赐我侪，便和老树站一排，深情与你合张影，夕阳树下笑颜开。我赏梨园此风采，心潮澎湃浩如海，一方佳气欲何如，生在砀山真自在。

伤春怨·淫雨（1975年）

　　恶雨添愁寂，滴滴都含凄戚。草色苦成泥，彻夜红英啼泣。　　已知洪波急，要把沧桑易。但恨太无情，这次第、难收拾！

浣溪沙·赏梅（1977年）

　　一树梅红独自看，风吹轻雪也缠绵。神驰已忘暮钟寒。　　世上几人香在骨？园中万树翠生烟。此花与我最相怜。

贺新郎·　星冷流云睡（1977年）

　　星冷流云睡，掩苍苔、萋萋衰草，残红更替。娇月烟波无声响，惟有琼花飞坠。清绝处、菊篱凋敝。泼墨三千勤弄砚，挽秋毫、撰我凌云字。和楚梦，开金蕊。　　流云不说心中事，雾非烟、沧海横流，江天鼎沸。惆怅迢迢沧波去，或有芳菲能寄？不堪看、书空满纸。辜负廊桥桥下水，枉东流、不管丁香意。谁借我，凌云翅？

浣溪纱·春雨（1982年）

　　昨夜东风与燕谋。送来琼液下田头。晨时处处话清柔。　　不忍稻梁饥一日。更期农户壮三牛。东篱不再是荒丘。

玉楼春·立春（2002年）

　　东风入梦将人劝，偏有雪花寒不断。相思无计怨归鸿，寂寞倚栏都数遍。　　诗书岁岁长为伴，料理小舟期彼岸。柔肠今日又逢春，画朵杏花开不倦。

鹧鸪天·秋思（2005年）

秋冷风声也是霜，况兼明月照波光。云中雁唳谁同听？鸥荡芦花益浩茫。　　天苦短，梦还长。山溪曲似九回肠。怕将心事随词笔，写尽曾经一段香。

蝶恋花·春寒（2005年）

冷柳不知风淡薄，斜倚枝头，挂影东南角。残雨啸声檐上落。樱花却与春无约。　　信是天宫难掌握。遍演疏狂，嫩蕾无从着。当是东君该认错。因何不守春风诺？

蝶恋花·喜有书山能对坐（2006年）

冷入江波声未左，苇雪无寒，一任云飞过。喜有书山能对坐，梦花心叶清新些。　　为爱诗词情似火，纸上烟云，也把龙蛇课。唤起长风吹一舸，霜晨雪夜吟哦么。

摊破浣溪沙·秋情（2009年）

霜压梧桐落叶寒，心弦不敢向人弹。风歇钟停虽又暮，续残篇。　　天若有情天亦老，月如无意月何圆？莫叹草间皆白露，是缠绵。

临江仙·次韵和晓川师《海滩漫忆》（2010年）

足下金沙娇软，滩头小浪温柔。红妆风趣搏清流。鹭飞云渐去，岸远楫商讴。　　一榻书香梦海，无端雪意心头。琴台诗赋也春秋。扶琴寻旧约，攒酒为诗筹。

鹧鸪天·漫忆 (2010年)

喜得东风第一支，桃红柳绿紫云飞。浅滩碧浪流沙醉，海角天涯好运随。　　诗作证，笔为媒。蛾眉淡淡画为谁？银宵同沐西江月，梦里常开一剪梅。

蝶恋花·读聂绀弩《赠梅》 (2011年)

容我孤山藏几尺，小鹊惊飞，一树伤心白。枯槁无形关塞隔，人情输与窗儿黑。　　但见苍茫风瑟瑟，十里春云，唤醒梅花笛。未许长天欺病客，月昏水浅相思得。

蝶恋花·读聂绀弩《推磨》 (2011年)

一梦输人牢忆记，一种襟怀，一敞何容易。一阵春雷全国醉，一番天地中宵泪。　　把坏心情磨粉碎，齐步迷宫，不越雷池意。已作三千长久计，卷宗就在环行里。

玉楼春·登黄鹤楼 (2011年)

临阶一曲梅花落，鹦鹉洲头帆寂寞。梦中曾历那支歌，燕北晴川因有约。　　冲天不见飞黄鹤，一派秋声吩咐着。烟波别问醉如何？我与诗仙来对酌。

瑞鹤仙·秋心 (2012年)

晓霜寒漠漠。正递减芳菲，悄然难觉。西塘嫩冰薄。况花残眼底，为谁羞落？为谁寂寞？但琼瑶、天涯地角。叹如今、雨急风高，历历此情何托？　　诗乐。无边香色，灼灼洪流，画堂金阁。妖娆共酌。时光一瞬萧索。渐去么、淡紫娇红翠绿，赢得空山瘦削。却依然、有个人儿，寸心守约。

卜算子·看威海码头 (2012年)

我望水之滨,滚滚争潮汐。无限新生入我诗,颜老诗犹碧。　　大港为多情,运载春消息。塔吊垂天百丈腾,吊起天南北。

玉楼春·金鞭溪 (2013年)

一甩金鞭溪北岸,波浅浪轻春水满。顽猴攀树逐轻柔,此会此情真浪漫。　　罢采小花收玉腕,小径荫浓增眷恋。东风回晚日迟迟,留住杜鹃开小宴。

鹧鸪天·过沙湖 (2013年)

沙烫沙新沙细微,伞娇伞亮伞低垂。悬听碧苇摇千缕,握把金沙美一回。　　沙特软,眼迷离,天然粉面太新奇。云存朝露留千里,自信清凉可振衣。

南乡子·笑笑将周岁赴常州车上作 (2018年)

万象眼前来,黄浅红深叠叠排。诗可醉心甜日子,清斋。随雨随风亦快哉。　　门合又门开,座上临屏正剪裁。我向手机呼切切,乖乖。你在龙城笑满腮。

生查子·为女儿女婿公派海外留学作 (2019年)

书海有神州,案上阳春节。才试摘梅花,再钓青州雪。　　能享四时风,禁得层冰结。大道直如飞,上有琼瑶阙。

解佩令·访华夏城赞夏春亭董事长 (2019年)

花香晴昼,鹂鸣翠柳。竹枝歌、重音清透。绿水青山,更验证、拨春成就。最难忘、举锤舞袖。　金山独秀,银山独秀。十多年、倾情坚守。梦海传奇,借梦来、情深相诱。料今生、凯歌捷奏。

自注:董事长夏春亭等人修山15年,深刻领会"绿水青山就是金山银山"这一发展理念;《梦海传奇》系夏春亭先生创作的演艺秀。

朝中措·到盐城 (2019年)

东君已暖向南枝,顷刻便成诗。手把风光不湿,盐将岁月传媒。　一城春气,樱花烂漫,风雅相随。煮海之歌唱响,天蓝鹭白鱼肥。

朝中措·盐城赋盐 (2019年)

盐成每把爱相期。你是太阳妻。黑夜从难失约,暾红偶尔来迟。　滩头晒梦,耕潮煮海,晶结相思。咸淡随君口味,光辉注定为媒。

朝中措·情恋大洋湾 (2019年)

谁将汗水滴盐巴,故事已开花。朝看葱茏似锦,知她韵致多佳。　风涂色彩,诗开画卷,粉漫枝丫。百种风情扶醉,千秋不谢芳华。

朝中措·谒盐城籍民族英雄陆秀夫 (2019年)

擎天捧日有何求。共为国筹谋。海气昏沉日月,山光迥灭江流。孤忠海国,崖山版荡,辜负貔貅。持节可歌可泣,观涛不再惊秋。

自注,《宋史》:当时有先兆曰:"擎天者,文天祥。捧日者,陆秀夫。"

朝中措·致语盐城青春诗会诗友 (2019年)

长歌短调灿云霞,何况好年华。斗俏无边青紫,东风驮梦枝丫。雁飞瀛阁,情穿蛱蝶,诗娶樱花。愿借盐城万象,鹏程万里天涯。

朝中措·盐城大洋湾 (2019年)

美轮美奂大洋湾。七彩逗回环。楠木盐裙绿野,樱花粉黛朱颜。 登瀛阁上,望江楼外,抱满花团。春向紫藤一拜,光摇青竹三千。

朝中措·串场河晨景 (2019年)

且将大网拉春江,日子便清香。朝看粉红蓓蕾,知她有过沧桑。 满河波荡,千墩绿放,傍水汤汤。桥上市民幽梦,初心韵味长长。

朝中措·盐城丹顶鹤 (2019年)

爱为至宝好襟怀。不改是和谐。踩着高跷有脚,滩涂路上无鞋。 赤条起落,倾情坚守,寂寞沉埋。心作生涯不尽,羽毛斗浪花开。

朝中措·盐城湿地小立 (2019年)

梦中日夜浣流沙,这里似如家。沧海桑田背后,多情唯有盐巴。 堆山浪起,芳舟静待,小鹤餐霞。借我春光一缕,诗花种向天涯。

朝中措·樱花小镇放歌 (2019年)

早生洁白晚生风,引我到图中。淡粉千层挂坠,琼瑶独有情钟。娇娇气象,含羞带媚,蝶吻深红。可下无云花雨,风姿耀眼无穷。

南歌子·春日 (2019年)

小雪来清座,红梅去晚妆。鱼儿拱水享初阳。柳外玉兰赶着、嫁新郎。　　日子寻常过,冰凌哪里藏。人间万物各登堂。桃李甘棠不管、旧沧桑。

南歌子·夏日 (2019年)

柳上蝉鸣早,林间雀梦迟。渔翁端坐老塘西。钓暑钓风钓雨、已忘机。　　一架葡萄瘦,三排豆角肥。姑娘忙着剪秋葵。更有娃儿小跑、摘花回。

南歌子·秋日 (2019年)

细雨绵绵水,闲花淡淡秋。丹青不共黑山头。看那漫天纤雨、湿灯流。　　露白枝难恋,桃红业已休。晚来轻絮几尤悠。可有青莲云梦、上西楼。

南歌子·冬日 (2019年)

入夜东风瘦,惊怀蜡雪寒。最难将息是情缘。寂寞都从岁里、劝杯宽。　　我咏三更满,君修一句安。酸甜苦辣未曾删。只盼春来刻满、大团圆。

拂霓裳·秋思（2019年）

菊花摇。万千红绿向秋凋。枝未老，此时谁可避萧萧。读你沧桑泪，写我老岁谣。待明朝。小梅花、端得倚琼瑶。　　莺莺燕燕，这次第、太无聊。天一色，水溶山态两相饶。别来成已久，却道是初邀。梦之高。问红尘、谁可领风骚。

减字木兰花·二过高祖斩蛇处（2019年）

斩蛇起义，十里长亭留霸气。那日歌声，慷慨铿锵尚可听。　　砀山大道，高士名流飞捷报。今上高台，诗与秋花同步开。

水调歌头·良梨镇酥梨（2019年）

万亩园中绿，一步一痴迷。梨膏温润，绸带红与彩云齐。满树黄金点缀，百载青春循轨，肥沃在花泥。民风本淳朴，成就砀山梨。　　酥梨脆，真滋味，蜜甜儿。此时此景，万个千个向阳西。俯仰周围紫陌，关注良梨百姓，幸福上阶梯。百岁南园韵，不老向群黎。

青玉案·菊花（2019年）

霜欺雨打无妨梦。但只见、秋风送。一抹芬芳谁与共？月华相照，露珠分捧。摇曳成新宠。　　不须长护能垂拱。大紫娇红别人弄。我有南山来画栋。白青交错，碧黄横纵。枝上春心动。

品味佳酿

韦天罡论

诗词是一方璀璨的天空。从古至今，诸多名家以其丰硕的成果演绎着它们的博大、深邃、神奇和亮丽。诗词的经典作品，风采如明月之辉，历久而弥新；魅力如北斗之光，定格在永恒。这些作品之所以与世长存，因为它是时代生活造就的鲜活生命。在这方面，前人的创作成就、理论探索和当今社会需要，会给我们许多富有价值的启迪和借鉴。韦天罡是深得其中真味的。"你才情横溢，又少年老成。你有'每从乡野赊村酿'的潇洒，又有'一纸书轻万户侯'的豪迈。从作品中透露出的是你对自然的体悟、人性的洞察、社会的思考。而生活的磨砺，更让你的诗词风骨清俊健朗，深沉敦厚。"这是《中华诗词》2018年6月18日在湖北 荆州"中华诗人节"上为首届"刘征青年诗人奖"得主韦天罡所撰之颁奖词。天罡是近年成长起来的诗坛新秀。韦天罡，布依族，贵州紫云人，1988年4月生，大学汉语言文学专业毕业。其诗带着大山的雄浑，穿越古今，纵横南北，给人以磅礴之感；又似涓涓溪流，清新明快，沁人心脾，读后使人爽籁之感油然而生。我喜欢他的诗，就因为他笔下有才情流淌，时常令人一咏三叹。

语言风格典雅新美。天罡的作品，语言既幽美干净又通俗易懂，二者兼得。如《再见芭猫冲》："独自来寻前世因，当时一笑竟成尘。初心不改酬知己，家犬依然识故人。陌上花开香似旧，堤边柳绿色如新。匆匆步履经年后，小字红笺入梦频。"起句突兀，尾句含蓄，语言通俗而不失隽永。其《迟眠》：

> 栏杆拍遍月华明，长夜迟眠近五更。
> 有客谈经夸鼠技，无人试剑借鸡声。
> 倾心敢效蚕丝尽，放眼尤怜马骨轻。
> 莫笑癫狂常醉酒，醒来喜看小诗成。

这首切题、切意、切事，在失眠中把自己的心思写了个透。虽然睡得晚，也常常醉酒，但是有诗写成也是值得高兴的事，还有什么比这更加惬意的呢？读来真是明白如话，平实近人。

　　用典精巧亦诗词之妙。"雕虫蒙记忆，烹鲤问沉绵"，不说作赋而说雕虫，不说寄书而说烹鲤，不说疾病而说沉绵；如清王世禛所说："作诗用事以不露痕迹为高。"（《池北偶谈》）诗论家肯定用典，是有条件的，不是一律肯定。如癖典掉书袋等则予否定。天罡在用典方面比较讲究，他善于用典，不用僻典，多用熟典，且自然、贴切，读来厚重。如《重阳》：

　　　　东篱煮酒过重阳，草字书成腕力伤。
　　　　绿野堂前分闸蟹，白莲社里读诗章。
　　　　山门有客花曾艳，冷月无声梦亦香。
　　　　莫怨秋心全是恨，秋心已带半痕霜。

　　"东篱煮酒过重阳"句，"东篱"语出陶渊明《饮酒》诗，"草字"即草书；"绿野堂前分闸蟹"句，"绿野堂"典出唐代裴度，事见《新唐书·裴度传》。何为"分闸蟹"？大闸蟹有数味：蟹肉一味，蟹膏一味，蟹黄一味；"白莲社里读诗章"句，"白莲社"典出东晋释慧远，事见晋代无名氏《莲社高贤传》。由此可见作者用事用典，出以己意并有所创造。不重复自己是自爱，不重复别人也是自尊。他信手拈来，恰到好处。这都与他博览群书、勤奋好学有着紧密的联系。他追求一种"现当代"的语言风格，这种"现当代"的语言再加上适当的用典，恰到好处的融合，使之自然，抒情有托，语言风格里就会隐隐透着凝练，这种风格值得赞许。

　　书写情感真挚饱满。清代吴乔曰："夫诗以情为主，景为宾。景物无自生，惟情所化，情哀则景哀，情乐则景乐。唐诗能融景入情，寄情于景……"天罡亦不例外。他吸取与融汇了当代人的审美情趣、价值判断、情感追求，使其诗中意象丰富高雅、灵动和谐。其《故人索句以寄之》：

　　　　且凭杯酒证前因，小篆红笺墨未匀。
　　　　好梦长随蕉下鹿，痴心犹恋画中人。
　　　　情多不写怜花句，缘浅翻为陌路尘。
　　　　休问别来成底事，凝眸依旧等闲身。

是写诗人对故人的喃喃低语,隽永朦胧。从"杯酒"之间起笔,显得突兀奇巧,以下层层递进,引经据典时,也是丝丝入理,显华美而不流于浮艳,彰清雅而不落于俗套。"好梦长随蕉下鹿,痴心犹恋画中人"实中有虚,虚中有实。"蕉下鹿"出于成语"蕉叶覆鹿"。一个"犹"字看出诗人依然执着。尾联中,笔锋一转,气定神闲。"凝眸"二字,乍看似无奈之举,实则是沉而不浮,郁而不薄,值得玩味。其《酒后寄燕无双》:

> 每于酒后忆君时,去日襟怀剩此诗。
> 万里飘蓬耽白玉,十年回首误青丝。
> 欲烧高烛情难却,纵有真香梦已迟。
> 岁月无声摇落处,初心报与故人知。

燕无双,我猜测是天罡当年的红颜知己吧?诗从开始到结尾,既有诸多的无奈,也有难却的未了情。尾句戛然而止,但表达了一种情怀,那就是:世风都改进,不改是初心。

其《临江仙·寄燕无双》:

> "记取当年携手处,低眉未语先羞。初开栀子过墙头。清灯疏影外,锦字为谁留。 美好年光都散了,今生今世难求。断鸿曾寄最高楼。闲来翻旧照,往事湿双眸。"

词结空灵凄怆,是对一段有缘无分的恋情之委婉地表述。用笔清逸,遗貌而得神,读之令人有无端的怅悒。文辞丽雅,情感真挚。词蜿而意切,写离情,如此,当赏。这里我要送一句话给天罡:爱而不得也是人生常态。

选材上注重写平凡人、身边事。平凡人、身边事和日常生活琐事与具体细节作为对象和创作领域,表达个人的生活琐事,如喜怒哀乐、悲欢离合、生命体验、偶发事件等具体生活细节,作为创作的基本题旨。天罡以他的创作实践,心怀悲悯,肩扛道义。他的书写接着生活的地气与韵脚,是以最真实的情感,观察社会。如《送二弟回警校》:

> 又驾轻车送远行,迢迢十里出山城。
> 须知汽笛沉鸣处,更有慈颜噎语声。

勤阅文章读青史，还凭肝胆请长缨。
年来学业修成后，好把生涯事万珉。

他写兄弟情，文风清新，情怀激越。谆谆叮嘱，手足情深。贴近实际，贴近生活。其《十年同学会》：

弹指匆匆岁月迁，爱随风雨恨随烟。
十年始信离非梦，一笑深知聚是缘。
且尽狂欢消永夜，难凭意气答从前。
诸君散去天涯后，莫使霜花到鬓边。

"诸君散去天涯后，莫使霜花到鬓边。"笔随情移、一气贯注；此乃记事抒情的上乘之作。其《端午酬吴直明兄邀饮》：

不辞清减奈愁何，阔饮高谈且放歌。
铸剑全无燕市价，扬帆剩有楚江波。
柔情欲寄鸿偏少，侠气长留梦更多。
肝胆相交凭一诺，襟怀朗抱任消磨。

"肝胆相交凭一诺，襟怀朗抱任消磨。"则是直抒胸臆，豪气万千。其《寄洪城诸君》：

冗务重重难自由，栏杆拍到最高楼。
江湖依旧思无限，儒事经年意未休。
月在窗前人尽去，名于身外梦何求？
生涯每羡诸君子，一纸书轻万户侯。

则表现了他的豁达，不追求名利的初心。有一气呵成之势，读来回肠荡气。

诗乃心灵之香。好诗词能令人振奋、沉醉、感发意志，流通精神。这样写出来的诗词就与大众不隔心。诗心如何体现？我个人归纳起来，大概有三类情况，一是家国情怀，不是空洞喊口号，是要达到"感时花溅泪"的那个程度，在天罡的作品里，如"尘迹徒悲填海鸟，壮怀甘效吐丝蚕"者是也；二是万物之爱，像稼轩的"一松一竹真朋友，山鸟山花好弟兄"，天罡的作品如"为读西厢赊月色，因怜蝶舞种桃花。山中犬吠听风雨，楼外虫鸣看晚霞"者是也；三是人类共感，比如李后主写愁的词句"自是人生长恨水长东",此类作品在天罡这里,比如"狂歌只怕湿双眼,佯笑何辞瘦一围。白璧妆成寒夜静,烛花零落素鲛飞。无人再种倾城梦,身向云山不记归""忍把文章消月夜,难凭酒力答衣襟。人前不识灵犀角,辜负当年一片心。""经年已负平生约,从此无由再折梅"等。这些诗句,或是写出了一种阔大的意境,或是捕捉到了让人心头一颤的细微敏锐的那一刻,都具有兴发感动的力量。

　　绿情红意固诗人之所钟,但家国情怀更是诗人之所系也。"诗人对宇宙人生,须入乎其内,又须出乎其外。入乎其内,故能写之;出乎其外,故能观之。入乎其内,故有生气;出乎其外,故有高致。"(王国维《人间词话》)关注时代,反映现实向为历代诗家所重,也是今日我等诗词创作之主要取向。尽管天罡关注社会、关注现实的作品不是很多。但我相信他在今后的创作中会有所侧重,处理好"为谁而写?为什么要写?写什么?"的关系。诗应不朽。这是诗的唯一审美标准,也是诗人毕生追求的终极目标,他还年轻,我有理由相信他诗词的未来,不可限量哉。

　　(本文为命题作,韦天罡系首届"刘征青年诗人奖"得主。

　　　　　　　　　　　　　　　原载《中华诗词》2018年第11期)

千古韵，万般情

——罗辉先生组词《老来相伴江城子》解读

戊戌春夏之交某日，罗辉先生来杂志社，送我一本小册子。下班回到家里，我迫不及待地阅读。一本《老来相伴江城子》，翻到"夕阳无迹黑云低，冷风摧，夜寒欺。有眼难分、南北与东西""古往今来多少事，唯生死，太悬殊"就再也翻不动了。一种死者不能返，存者何以生？一种毕生之痛，虽死不忘，何待思量？一种深哀托诸魂梦，鹣鲽情深，数曲悲歌，博尽我之眼泪！痛断人肠！

作为历史上悼亡诗词作者的潘安、元稹、苏轼，他们的作品之所以备受推崇，是因为真实地反映了中国妇女历来克勤克俭，为抚育子女、操持家务等付出了大量劳动；由于社会的男尊女卑，她们的功绩往往被忽视。再加上中国人讲"含蓄"，一般习惯于感情不外露，夫妇之情尤其如此。翻遍古代数以万计的诗篇，其中深刻抒发夫妻感情的作品实不多见。也许由于死神的降临，使积聚心头的情感一下子爆发出来，汹涌澎湃，无所阻挡，一旦见诸文字，吟成悼亡诗，就往往会引起心灵的共鸣。在当代诗人阵列中，罗辉先生也有此遭际。

《老来相伴江城子——寄给天堂妻子的思念》，一共二十六阕。前有小序曰："2014年12月，妻子被确诊为身患癌症，历时千日，虽几经医治，受尽折磨，却依然无力回天，最终撒手人寰，于2017年4月28日逝世。三年来，病榻前无可奈何的厮守，其情其境，历历在目，终生难忘，只能比照东坡思妻，将不尽思念注入《江城子》。正值妻子周年忌日之际，特结成小集，寄给天堂……"

开篇用倒叙手法，云："连理枝头孤鸟鸣，眼睁睁，语嘤嘤。无奈流光、独自数寒星。落叶残红归去矣，融水土，化空灵。一路风声一路行，过长亭，对浮萍。涉水爬山、谁与濯尘缨？梦得东坡凄婉句，千古韵，万般情。"（《江城子·写于妻子周年忌日》，2018年4月）在这首小词中，读不到一句令人感觉"矫情"之语，词语的运用简练凝重。每一个音节的连接都有冷涩凝绝之感，如诉如泣。压抑沉重的气氛就在这"幽咽泉流"中弥散开来，让人艰于呼吸，又难以逃避。

让时光回到三年前：

"急盼晨光换夜光，踏寒霜，问安康。几次轮番、驻足待机旁。借得扫描闻数语，心一怔，纸三张。　顷刻愁肠成断肠，首难昂，口难张。谎报床前、只道是轻伤。遥忆相濡常以沫，空叹息，命遭殃。"（《江城子·急取病检报告》，2014年12月）

"几次轮番、驻足待机旁。借得扫描闻数语，心一怔，纸三张。"寥寥数语，就把那种焦急的等候病检报告的心情刻画了出来。最让作者在"顷刻愁肠成断肠"的状态下，还要"谎报床前、只道是轻伤"。细节真实而具体。"夜阑无月卧寒斋，影形呆，晓风哀。但愿长空、今日雨云开。目睹肿瘤标志物，犹祈祷，莫重来。""独倚床前观点滴，才穿眼，又穿心。"（《江城子·陪妻子手术前后》，2015年元月）这是手术期间的两首，表达了他的真情期许。

接下来的是往返于家里和医院的陪护料理。

"霏霏霪雨湿衣襟，水流深，脸皮皱。若是平常、还是梦中人。足下薄冰尤惹祸，常打滑，自伤神。　手中生怕摔餐盒，若鹏蹲，看馄饨。赶到床前、心痛泪留痕。一次一瓢张一口，凝倦目，盼良辰。"（《江城子·起早上医院送饭》，2015年元月）

这是《早起上医院送饭》两首之一，在寒冷的元月，一个六十多岁的人，手提着饭盒，行进在路上，真的是如履薄冰。"赶到床前、心痛泪留痕。一次一瓢张一口"，这句可以理解为双关：可以是丈夫一勺一勺地喂妻子吃饭，心痛得流泪；也可以是妻子看到丈夫深一脚浅一脚地匆匆而来，脚底结着冰，头上冒着热气，心痛丈夫为自己奔波，眼泪汪汪，感人之处犹在。

"窗前寒雨冻心头。梦难留，念难收。逝水无情、不系顺风舟。强打欢颜聊数语，人转背，泪偷流。　往时同唱信天游，用镰钩，数沙鸥。可叹而今、惟有断肠柔。但愿华佗能再世，挥妙手，亮明眸。"（《江城子·医院陪护妻子》，2015年3月）

《医院陪护妻子》也是两首，这是第二首。上片是写在医院的艰难守候，强作欢颜，转过身去便是流泪的场景。下片则是回忆以往的共同生活的点滴，企盼"华佗能再世，挥妙手，亮明眸"。

可是美好的期盼在半年之后发生逆转。

"惊闻病变怕登楼，话凝喉，语胡诌。永夜无眠、难以梦睢鸠。往昔关关犹在耳，回眸处，凤鸾俦。　而今孤雁有何求？逆风道，药难投。生怕归程、险处不回头。若是柔肠能照月，归故里，话乡愁。"（《江城子·惊闻妻子癌症转移》，2015年12月）

这是医院最无情的宣判。它令作者"永夜无眠、难以梦睢鸠"。这个消息折磨的是他，摧毁了他的意志，"生怕归程、险处不回头"。开始担忧了，是不是要回一次乡里？他在想。

"夕阳无迹黑云低，冷风摧，夜寒欺。有眼难分、南北与东西。暮色苍茫枝影杳，流逝水，不堪提。　谁言六道会轮回？纵皈依，亦迷离。守护床前、凝目待神奇。最怕长眠不知醒，频望取，护身仪。"（《江城子·守护病重妻子》，2016年元月）

妻子状态每况愈下。"夕阳无迹黑云低，冷风摧，夜寒欺。有眼难分、南北与东西。"发自肺腑的心情素描，用词讲究，的是词家语。下片："谁言六道会轮回？纵皈依，亦迷离。守护床前、凝目待神奇。最怕长眠不知醒，频望取，护身仪。"而目前作者最担心的是妻子"长眠不知醒"，因此不敢轻易休息而"频望取，护身仪"。读来，令人下泪。

"梦中西出玉门关，雪梅妍，玉盘圆。闻讯如来、佛有再生缘。　待到枯枝新叶茂，将携手，拜高禅。""古往今来多少事，唯生死，太悬殊。（《江城子·妻子昏迷同值守》，2016年元月）

迷茫中作者发问："闻讯如来、佛有再生缘。"如果真能"枯枝新叶茂"，我将携着妻子去拜高禅。按理说作者是唯物论者，但迷茫中是没有办法的办法，才有又一问。

由此作者深深感叹：

"古往今来多少事，唯生死，太悬殊。只有经历过的人，才有这一体悟。惊心怵目纸伤怀，突然来，手难抬。　泪水如潮、字字浸悲哀。若有菩提、何许又招灾？无奈夜阑寒气逼，星暗淡，月徘徊。"（《江城子·签字病危通知单》，2016年元月）

这是作者最不能面对的现实，如今到来了。他不禁三问："若有菩提、何许又招灾？"除了无奈还是无奈。

"寒风寒雨颤寒心，望焦唇，听呻吟。有口无言、眉目自传人。生怕体温烧不退，天难亮，月难寻。　举头窗外黑云沉，泣声吞，不堪闻。欲拜菩提、送我一枝春。梦里梅花披白雪，成活佛，撒灵芬。"
(《江城子·深夜医院陪护妻子》，2017年3月)

开句连用三个"寒"字，心凉到底了。望着妻子烧焦的嘴唇，听着疼痛的呻吟，焦急万分。再看窗外的黑云压顶，泪都吞进了肚里，祈求菩萨可否送我一枝春？四问而不得答，何止四问！

"难熬白昼又黄昏，卷云皴，夕阳沉。贴近床头、哽咽触孤衾。难煞白衣天使手，仪表乱，痛锥心。　走来一路过迷津，叩关门，涕盈襟。苦短行程、连雨又连阴。无奈阴霾遮望眼，肠欲断，孑然身。"
(《江城子·于医院守护病危妻子》，2017年4月)

锥心的疼痛，千百次的祈求发问，白衣天使的万般努力，也无力回天，没有能挽救妻子的生命，一路走来，痛断肝肠。

纵观作者二十六首《江城子》，与潘安诗："望庐思其人，入室想所历。帏屏无仿佛，翰墨有余迹。流芳未及歇，遗挂犹在壁。怅恍如或存，回遑忡惊惕。如彼翰林鸟，双栖一朝只。如彼游川鱼，比目中路析。春风缘隙来，晨溜承檐滴。寝息何时忘？沈忧日盈积。"与沈约诗："去秋三五月，今秋还照梁。今春兰蕙草，来春复吐芳。悲哉人道异，一谢永销亡。帘屏既毁撤，帷席更施张。游尘掩虚座，孤帐覆空床。万事无不尽，徒令存者伤。"异曲同工。

罗辉先生用了二十六首《江城子》都意犹未尽的，是那种相濡以沫的亲情。他受不了的不是没有了轰轰烈烈的爱情，而是失去了伴侣后孤单相吊的寂寞。"往时同唱信天游，用镰钩，数沙鸥。"在梦里能够看见的，也全是逝去亲人往日生活里的琐碎片断。好似不经意的一笔，却令人回味无穷。因为在那些琐碎里，凝结着化不去的亲情。在红尘中爱的最高境界是什么？执子之手是一种境界；相濡以沫是一种境界；生死相许也是一种境界。在这世上有一种最为凝重、最为浑厚的爱叫相依为命。那是天长日久的渗透，是一种融入了彼此之间生命中的温暖。面对这样锥心泣血的悼亡之作，任何解读都似乎是黯然逊色的。人世间没有任何语言可以完全表达老年失伴、孤雁离群的深沉哀伤，也没有任何语言能够准确评论悼亡诗的真情。那是需要在生命里反复吟唱、静夜中不断怀思的乐音。这一组《江城子》可算是质朴无华的千古音韵。语言未多加修饰，也不用典，但由于感情真挚、浓烈，作品非常感人。从这组词中，我们可以强烈地感受到，罗辉先生是一位感情丰富、有血有肉的真诗人。

无数的人毫不吝惜地把苏轼《江城子》"绝唱"这个词赠与了他。我想罗辉先生用字字情和声声泪的陪伴写就的二十六首现代生活版的《江城子》必将成为悼亡诗的经典之作。

（本文作者写于2018年8月28日，原载《心潮诗词》2018年第10期）

满树芳华情未尽

通读郑伯农先生的新著《郑伯农文选》，敬佩之余，我想来想去，想用两句话来概括我的阅读感受：满树芳华情未尽，群书诗意味方长。

回忆起来，我和先生相识只有八年。2010年夏天，我在《中华诗词》杂志做小编。当时，要强的我在心里暗暗使劲儿，一定要把中国诗词界所有名家的稿子弄到手。不久，天遂人意，郑主编转来澳门诗词学会会长冯刚毅先生的几首诗词稿子。我赶紧录入，发现一首长调词有几处不甚协律，就自作主张，改了改，自以为改得恰到好处，得意了好几天。那期杂志出版后不久，就收到冯会长的一封信，指出有一处是音乐的术语，不应改。这令我羞愧难当。伯农先生对我说，以后注意就是了，我们当编辑的，也得注意不能因律害义。这是一份珍贵的记忆，是意象形态的记忆，而不是概念性的记忆。

有人说现在的诗歌泛滥成灾，大家都来写诗，但精品很少。他时常对我说，尽管有些乱七八糟的东西出来，但时间是一个筛子，会把不好的东西筛掉，真正的精品会留存下来，不会消失。比如唐代诗歌，有初唐四杰王、杨、卢、骆，盛唐"李杜"，中唐白居易，晚唐小"李杜"。"江山代有才人出，各领风骚数百年。"诗意的存在是栖居在每一个人内心之中的；哪怕是一个不会写诗的人，他的内心也会有诗意。那是他的精神、他的思想、他的向往、他的理念，即使他自己感觉不到，别人也不知道，但这份诗意总会对他潜移默化地产生影响。

郑先生集著名文艺理论家、诗论家、诗人于一身，在文学界很有盛名。他人品完美，人格高尚。不仅我有这样的看法，在文学界，只要一提起先生大家都会说，那是一个好人哪。这样的评价或许有些笼统，有些平常，不那么响亮；但作为一个生命个体，能得到这样一个众口一词的评价，并非易事。它需要以善良的天性为基础，还要以后天的长期写作、持续修为和不断完善自我为支撑。也就是说，一个人要赢得有口皆碑，仅有善良的天性还不够。"性相近、习相远，苟不教，性乃迁"。

还需要通过持之以恒的虚心学习，刻苦实践，以守住自己的天性，并使之得到升华。郑先生六十年的创作生涯，充分证明了这一点。他的每一篇作品，每一首诗词，也诠释着作文与做人、人品和文品之间的关系与道理。他在《登山海关老龙头》里写道：

> 雄关险隘接危楼，莽莽长城镇海流。
> 万里烟波奔眼底，几尊礁石立潮头。
> 浪高方显水天阔，心静何惊风雨稠。
> 漫说汪洋空涨落，怒涛卷处有渔舟。

以浪高水阔而衬心静，分明见诗人面对狂涛大浪，微笑从容，境之所造，无我而我。

安能倾水洗周天，共看冰清玉洁满人间！（《虞美人·长白山天池》）面对"四海烟尘"，他呼唤的是"冰清玉洁"。有这等襟抱的人，写张家界黄狮寨诗也不同凡响：谁拔奇峰千仞挺，直将浩气送天庭。

斗室无华藏浩气，遗辉千古耀高丘。（《访胡志明故居》）还是歌"气"颂"法"。不同地点、不同时期的诗作，气韵相连，乃襟抱的自然倾吐，绝非强作与装腔巧饰也。

《元宵节感怀》"天涯何处无烽火？几处今宵月不圆。"《夏夜观天》"伊甸烽烟今又狂，吞邦掠地草民殃。"而在写法上因情赋体，追求口语化和幽默感。

人们的生活分为两种，一种是物质生活，一种是精神生活。社会上的许多人，由于被汹涌的外在生活潮流所裹挟，也是时间有限，他们通常所过的大都是外在生活。也有那么一些有着独立意志的人，不管职务如何变，也不管五光十色的外在生活多么诱人，他在处理外在生活的同时，从不放弃属于自己的内在生活。总是千方百计地挤出一点时间，给自己留一点空间，以静下心来进入自己的内心世界，在属于自己的小花园里流连一番。无疑，郑先生是属于后者。他勤学敏思，他的写作过程，既是不断觉悟的过程、不断审美的过程，又是不断反思反省的过程，使自己得到修行，以使人性更善良、内心更富足、道德更高尚、灵魂更高贵。

同时他还是一位心中有佛陀，有虔诚，有爱，有生命向往的诗人。他的佛陀无处不在，但永远缥缈在他的所求和得到之间。诗词不是理性的产物。它仅仅是一种感受、一种心态、一种情绪的有意味的流动。他有一首词这样写道：

无有山盟海誓，未经月下花前。结伴何须长脉脉，苦胆痴心自相连。回眸三十年。　　同看阴晴圆缺，共尝苦辣酸甜。总把热肠酬冷眼，秉性难随世道迁。匆匆白发添。（《破阵子·银婚赠妻》）

伯农先生工诗擅词，精于韵律。作品有的清新，有的刚健。《破阵子·银婚赠妻》词，为其清新疏朗之作。以写夫妻卅载胜慨，极见风格清婉之特色。上片回忆夫妻经年，经过磨合，已然彼此相融，达相濡以沫之情境，现实生活柴米夫妻，爱情与生活的真实碰触，向往与现实的差异，构成人生真实情境。只有俗世生活，才能鉴证真正的婚姻生活，缺少浪漫但温馨真实。费卅年灯火，以平俗赠妻，开怀抱，更见性情中人本色。当不着痕迹，却让人动容。以"同看"句承接下片，"阴晴圆缺"也罢，"酸甜苦辣"也罢，风风雨雨走过来了。"匆匆白发添"作结，更表现了作者心声。世事虽难料，但爱情演化成血浓于水的亲情的真诚，哪怕平实无华，亦动心萦怀。伯农先生微笑回忆，感情的落脚点踏实有力，朴素中见真纯。因作者精通音律，对于词声调之安排与音乐曲调间关系十分重视，按内心情感脉络和音律、情感之需要来安排，更见情致。通篇不着一"情"字，却处处皆情，感人肺腑。

爱尔兰剧作家萧伯纳说："一个人的风格有多大力量，就看他的主张有多强烈，他的信念有多么坚定。"读郑先生的文字，便有这种强烈的感觉。很多文章看似在写庸常生活中的人与事，但是通篇彰显着正气和昂扬向上的力量，就像有一股哨声传递出的清音穿透厚厚的云层，让人不能忽略，也无法忽略。他的语言坚定有力，铿锵有声，如钟鼓齐鸣，在理论的喧嚣中彰显当代性。这是先生写作的一大特点，也可以说是他作品中一个非常鲜明的特色。

一个好的作家，首先是关注社会的，关注民生，贴近生活的，能从社会的角度、人性的高度去考量人生、阅读生活，从而写出对人类社会发展有益的文学作品。文字的价值就在于，诗人坚信存在着超越历史时间的可能性，在时间里失去的，必将在时间里收回。

在新书《郑伯农文选》首发之际，谨向郑老深深一鞠，表达我深深的敬意。

（本文定稿于2017年9月24日）

开唐宋新枝，振时代词笔

——读周笃文新作《齐天乐·曹妃甸放歌》

读周笃文教授的词，真是高山仰止。每都能读到一种明亮与幽致、豪放与婉约，无论思想境界与章法词彩，均无愧一流。其胸襟肝胆，蕴之于笔端，行之于词间，熠熠生辉，光彩照人，令我肃然起敬，欣赏不已，不忍释卷。仅以其新作《齐天乐·曹妃甸放歌》读之，这种感触更加深刻。虽为管中窥豹，亦可见其一斑也。《齐天乐·曹妃甸放歌》如下：

海疆福地曹妃甸，明珠焰光璀璨。造地吹沙，深洋筑港，伟矣中山遗愿。百年梦醒，正龙起沧溟，浪腾天半。牧海耕滩，钢城卅里顿时现。　　如山巨轮泊岸，看长波摆荡，暾旭红满。构厦云连，喷油浪涌，井架天高涛远。词流振笔，竞声铿金石，万花飞旋。四象三才，共齐声礼赞。

这是一首生机勃勃、跳荡纵横、思理深远的改革开放颂歌；是体大意深、神完笔健之力作，足为词家楷式；是开宋唐新枝，振时代词笔的成功范例。

这首词以曹妃甸为背景，讴歌唐山大地震后三十年间倒海翻江巨变的词。曹妃甸位于唐山市南部70公里，原系滦南县南部海域一带状小岛，总面积为16平方公里，因岛上原有曹妃庙而得名。作者用浓墨重彩凸现景物的原生态的轩昂气势，并运用线条、色彩与变形的手法强化意象，缩百年于一瞬，纳万象于毫端。以几乎是呐喊的方式宣泄出来，具有特别打动人心的穿透力量，冲击读者的感官，使你为之怦然心动。全词盘空硬语，奇气拿云，发前人所未发，如用造地吹沙、筑港、龙起、浪腾、牧海、耕滩、长波、暾红、构厦、喷油、井架、万花，次第登场，熔铸成一组奇伟的意象群，令人目不暇接。

"海疆福地曹妃甸，明珠焰光璀璨。"党中央、国务院对曹妃甸的开发建设极为重视，明确指出曹妃甸是一块黄金宝地、环渤海地区的耀眼明珠。首句以感叹语破空而起，开门见山。晚清况周颐《蕙风词话》云："近人作词，起处多用景语虚引，往往第二韵约略到题，此非法也。起处不宜泛写景，宜实不宜虚，便当笼罩全阕。"李程作《日五色赋》云："德动天鉴，祥开日华。旨可通于词矣。"正合作者是词采用的技巧。

"造地吹沙，深洋筑港，伟矣中山遗愿。"早在1919年，伟大的民主革命先驱孙中山先生就把深邃的目光投向了曹妃甸，在他的《建国方略》中写道："兹拟建筑不封冻之深水大港于直隶湾中……顾吾人之理想，将欲于有限时期中发达此港，使之与纽约等大。"孙中山先生心目中的北方深水大港，指的就是曹妃甸。这里寄托了一代伟人强国的蓝色梦想。"造地吹沙，深洋筑港"，纯用口语，自然而然，清纯无滓，到口即消。"吹"字下得好，极具动感。

"百年梦醒，正龙起沧溟，浪腾天半。牧海耕滩，钢城卅里顿时现。"由于立足点的变化而导致视觉的阔大，并激发作者对历史的感慨。这颗耀眼的明珠使作者想到了孙中山的遗愿在今天得以实现，而激动不已。"正龙起沧溟"，四句皆写景，一气贯注，铿然作响，颇得大江东去一泻千里之势。少陵《阁夜》"五更鼓角声悲壮，三峡星河影动摇"也只是"星河影动摇"，苍凉而已，如何抵得了"龙起沧溟，浪腾天半"的轩昂壮伟。"牧海耕滩"，极具新意。"钢城卅里顿时现。""顿时现"似乎用手都能提起来，由远至近，近而又戛然而止，引起共鸣与回响，云：《文心雕龙·深思》："文之深思，其神远矣。故寂然疑虑，思接千载，悄焉动容，视通万里；吟咏之间，吐纳珠玉之声；眉睫之前，卷舒风云之色。"以作者词验证，居然穿越古今而通之，并有超出古人之气象。又"如山巨轮泊岸，正长波摆荡，暾旭红满"，有移步换形之趣。线条勾勒：巨轮如山，泊岸成排，随波摆动，而与线条交织的苍茫海波中，又有红色的一轮朝阳点缀。点线映衬，红蓝分明，构图设计，颇近画理。色彩是物对太阳光的折射，它之鲜明，足以夺目。马克思在《〈政治经济学〉批判》中就说过："色彩的感觉是一般美感中最大众化的形式。""暾旭红满"最是亮点，极具匠心，真能极自然之伟观。超以象外，得其环中。气韵深长，余意不尽。

"齐天乐"之调向称难填。以其惯用仄平仄仄、仄平平仄之句式，与诗法不同，而特具声情。如：海疆福地、焰光璀璨、巨轮泊岸、暾旭红满等皆特具声口，不可丝毫假借。正如清代李渔在《窥词管见》中云："诗有诗之腔调，曲有曲之腔调。诗之腔调宜古雅，曲之腔调宜近俗，词之腔调则雅俗相和之间。"正恰此类。前代词人中，善能以浅显之语发清新之思、以平易之句写沉着之情者，当推词中李后主、李清照。读词至此蓦然回首，突然醒悟，方知此三句若合符契，灵犀相通，流畅通脱，高昂向上，几臻于极致，句句明浅而兼精雅，真个是力透纸背！令人觉其浅而弥深，淡而弥永。

"词流振笔，竞声铿金石，万花飞旋。四象三才，共齐声礼赞。"读到这里，我真切感到作者制词真力弥满，万象在旁。要解析这五句，恐怕最好的释文就是作者唐山行的孪生作《踏莎行·南湖》了：

水似云柔，花如人笑，楼台座座精而巧。踏歌人在画中行，醉人最是秋光好。　　湖面舟移，林间鸟叫。天机野趣开新貌。诗家结队谱新声，高情雅似兰亭道。

岸花炫色，浪日舒光，天地人融为一体。徜徉在曹妃甸最好的风景带上，领略迷人的景象，诗人词家怎能不诗性勃发呢？诗人这种觉醒意识，是同祖国大好河山山水的感召分不开的。正是天机衮衮的奇山异水，使诗人得到升华，乃能创作出如此壮丽神奇的绝作。"声铿金石，万花飞旋"，真是别开生面的千古绝唱。

纵观作者词，意境雄伟，瑰奇壮丽，驰走风雷，大气磅礴，气象高华。炼字琢句，极见功力，用语旖旎流畅，用典自然不隐晦；分层设色，移步换形，将变化惝恍、缤纷多彩的艺术形象，用新奇的表现手法，信手写来，笔随兴至，充满动感和张力，展现作者丰富的想象力与层次感和生动的意象美。若没有荡思八极、纳须弥于芥子的气魄，没有振衣千仞、涅而不缁的襟抱与才情，是创造不出这样壮美精绝的境界的。这绝非溢美之词。

周笃文正是把人民的心声、时代的要求，用圆熟的艺术技巧、卓越的艺术才华，去讴歌、去关注而创作出有别于其他任何时代的社会主义新时代诗词。他一生致力于词学研究和诗词创作，勤奋研究，灵思天成，自然得法。本词章法可见一斑。正是"倡古""知古""求正""容变"主张的实践者，是承前启后、继往开来的词学研究专家和词家，是适应时代、走向大众、发挥艺术个性、表现时代风采的歌者！

（本文原载2011年第2期《东坡赤壁诗词》，载《中华诗词》2011年第8期，收入《宋彩霞作品选·评论卷》中国书籍出版社2016年版）

一犁烟雨踏花归

——阳光诗人梁东先生诗词读后

  今天在这里汇聚一堂，隆重举办梁东先生诗词研讨会。我有幸能参加这个盛会，很高兴也很激动。梁东先生不但为人、为官很阳光，而且为戏剧、为书法、为诗词，也都是一流的行家里手。他对新时期的诗教工作，做出了突出的贡献。中华诗词能有今天的大好局面，梁东先生功不可没。读梁东先生诗作，更是感慨颇深，有三点体会，汇报给大家。

  在当代诗教中，梁东先生致力最勤，影响广泛，贡献最大。

  有这样一个故事：有一位姓刘的诗友，一方面一再告诫梁东老"你太疲惫了，70多岁了，建议要少出差，多多保重。"可另一方面呢，迫于工作需要，又在给梁东老"布置任务"。他刚要外出，这位朋友的特快专递已在案头。于是梁东老写了一首幽默的诗作给了这位朋友："天马行囊未自哀，倦游依旧上高台。暮归鸿雁窗前语：前度刘郎今又来。"友人形容他，为了诗教，"奔走呼号"于长城内外、大江南北。用梁东老的话讲，为了中华文化的传承和发扬，自己践行着"虽九死其犹未悔"的信念，此志不渝。这是源于他从一开始就把诗教同全民素质的提高，同民族崛起的伟大使命连接在了一起。

  辑录在《梁东论诗文丛》里的思想与观点，就是明证。如《以德治国，以诗育人》（2002、4、杭州）、《诗教，为了民族的振兴》（2003、12、南京）、《重要的在强中固本》（2004、9、常德）、《诗教与社会和谐》（2005、8、望奎）、《为民族崛起而弘扬诗教》（2005、8、望奎）、《春风化雨兴诗教》（2005、12）、《诗砺情操，践荣止耻》（2006、5）《诗教，建设共有精神家园》（2007、12、淮安）。这些文章基本形成了他若干年来，在理论与实践相结合的基点上辛勤耕耘的成果，对诗教工作有着很好的推动与指导作用。请看他的《致杨叔子院士》云：

　　　　一往情深路几千？暮云芳草不成眠。
　　　　清风松嫩高贤聚，暑气江川客梦牵。
　　　　通肯新连黄鹤水，呼兰续写黑龙篇。
　　　　杏园无尽春消息，聊共沂歌五十弦。

《无题——敬和家佐兄原玉》
　　　　兰言倾盖枕清川，几度西山醉醴泉。
　　　　些许童心常论道，差强老气欲摩天。
　　　　梦中惯作诗家态，归去犹吞世上烟。
　　　　我有鸥盟林下约，柳梢明月缺还圆。

　　都可谓一往情深的至情文字。若问梁东先生与广西诗情几何？一览此诗，便识诗人风骨。

　　另如瓜州诗教由点到面，形势喜人，有赠云：
　　　　清波何处接天流？濯足披襟万里舟。
　　　　我欲乘风济沧海，书生枕下带吴钩。

　　清代沈德潜《说诗晬语》说："有第一等襟抱，第一等学识，斯有第一等真诗。"读梁东老此诗，单从起结四句，就可见先生之襟抱和胸怀。梁老既富才气，又充满生活激情，故笔墨所致，便有突出的个性特色。

　　如《系念繁昌》云：
　　　　繁星点点忆春寒，半世睽违相见难。
　　　　覆釜犹升三岛月，浮丘安得九华丹。
　　　　峨溪白练横江舞，荻浦归帆入梦欢。
　　　　唤取香醪邻舍约，乘风顺水下银滩。

　　此时的月光一定穿越五十多年的时空隧道，跨越千里的关山阻隔，把繁昌的诗友和作者联系起来了，把家乡的江边和北京联系起来了。如果说，这首诗反映了作者对岁月流逝的莫名惆怅和对长江、对家乡的眷恋，那么这首诗到了繁昌之后所产生的阵阵涟漪当是始料不及的。

　　《汉中石门石刻》云：
　　　　焚石扬汤动晓昏，开通神道铸精魂。
　　　　一天衮雪风推浪，四壁飞龙战漏痕。

> 汉魏烟云涵造化，褒斜刀斧运乾坤。
>
> 人间当重十三品，千载文心颂石门。

梁东先生将"衮雪"拟之为铸精魂，涵造化，开通神道，千载文心云云，真可谓非同凡响。

梁先生诗笔不择巨细，其咏恭王府海棠云：

> 飞檐斗拱竞红妆，殿锁烟霞列画廊。
>
> 不是名花攀富贵，芳菲一半是诗香。

周笃文老师评其曰："不是王侯宅第抬高了花卉，而是此花令帝子园林大放异彩，结句便占尽了胜场。自来咏花者，少有如许手段。"一语中的。

除此之外，凡涉及国家前途、民族命运、国际风云、人生志向等大主题作品，无不表现出其民族大义、家国情怀。改革开放二十周年，他大声唱出：

> 风霆南国迅，帷幄出雄奇。
>
> 一夜春雷动，三更行色迟。
>
> 八荒云作锦，四海浪催诗。
>
> 世纪开新域，扬帆沧海时。

汶川地震，他感慨多难兴邦，咏出："横流沧海中兴业，头颈高昂多事秋。"2008年南方遭遇特大冰雪灾害时，他云："殷红粹白晶莹玉，不向鸿毛比重轻。"其民族气节、家国襟怀、凛然正气可见一斑！

梁东先生具有悲悯情怀和对生命意识的深刻关注，他是带着"热血和微笑"来讴歌我们这个时代的阳光诗人。

《光明日报》（2011年8月12日）刊登沈鹏和梁东两位先生关于《马山集》研究的通信。梁东先生认为聂绀弩"是个披肝沥胆的诗人。到了被打入另册的1962年，他无可奈何地缺了几分底气，但又做不到真正的'三缄其口'（真正的诗人都做不到），只有在无奈中发出表明心迹的哀鸣……马山集是真正的诗人（大写的中国知识分子的代表）留给世人的'热血和微笑'，尽管它是无助中的哀鸣！"当他"顷接沈鹏兄赐赠"《聂绀弩马山集手稿研究》一书，并附新作七律《聂绀弩马山集手稿杀青》，次韵奉和，诗成，难解心中郁结：

> 雪拥云封去不留，青松归路晚山稠。
> 锥心期有鸿蒙跃，喷血何曾汗漫游。
> 宜死宜生谁做主，非牛非马我登楼。
> 江边未允怀沙去，千古诗痕土一丘。

在《再步沈鹏兄〈读马山集〉原韵》中吟道：

> 手提肝胆未深藏，不避人前泪满眶。
> 旅梦云溟删旧句，投荒雪暗抚新殇。
> 牛倌舒放神牛气，马号偷存瘦马章。
> 立地修行何所有，袈裟脱尽是儒装。

在聂绀弩《马山集读后感赋之三》中云：

> 落霞斜映马山巅，投笔何堪晓夜眠。
> 忍泪先凝和泪血，锥心已注洗心泉。
> 六经许我开生面，此世伊谁共绝弦。
> 双膝高蜷长跪去，难磨酽墨问苍天。

他在自注中说聂绀弩诗谓清诗人中难有如王夫之句（六经责我开生面，七尺从天乞活埋）者，钱钟书指聂诗可与此二句相当。余然其说。丁芒先生著文说："1986年聂绀弩逝世时，遗体两膝弯曲，高高撑在灵床上，再也无法平直。"对此最后形象，"每思之，如鼓擂心。"给我一个突出的印象就是：字里行间充满着强烈的生命意识和悲悯情怀。这一组七律，《中华诗词》杂志前主编杨金亭先生非常看好，认为是梁东老师近年来最好的诗词之一。

再拿其《八十自寿》来说：

> 无端八秩扣荆扉，回首青丝已十围。
> 岂止城南怀旧事，勉从心曲酿芳菲。
> 才偏缺贝华光浅，秀却添金底气微。
> 魂梦无嫌春色晚，一犁烟雨踏花归。

好一个"魂梦无嫌春色晚，一犁烟雨踏花归。"难怪周笃文老师评价说"满目苕秀的春光和诗人的潇洒,哪有一丁点老气暮怀。"

梁老的诗作,就是对生命意识的最好诠释。

我曾有幸得梁东老赐赠墨宝:端为人间送彩霞。今天以一首《鹧鸪天》,把这个寓意深刻的佳句回赠给梁东先生:

鹧鸪天·梁东老研讨会感赋

笔自雄奇韵味佳,不须刻意竞瑶花。芝兰手植香盈袖,月桂歌生绿满家。文百帙,气清华。　万千桃李漫天涯。芳菲满案谁能比,端为人间送彩霞。

并祝梁老及高泰老师八十双寿。

2012年5月13日于合肥皖能大厦

(本文是作者在梁东诗词研讨会上的发言,收入《宋彩霞作品选·评论卷》,中国书籍出版社2016年)

一心要写吾真

古人云："读万卷书，行万里路，抒万般情，拓万丈胸"。这正是树喜其诗、其人的真实写照。在这里，找不到些许的矫饰和造作。或游历，或感遇，或伤时，或相思，或怀旧，或论道，或禅悟，作者都是直抒胸臆，坦陈心扉。动真感情，说真心话，写真性诗，是真正意义上的诗人最基本的条件。用树喜自己的一句话就是"李杜堪师不仿，一心要写吾真。"

树喜诗的第一个特点：寓情辽远深邃。

他对人赖以生存的客观世界与主观世界进行过深层的思考。他的诗词或以史为鉴，或直指时弊，评古论今。其历史的反思和现实的追问，闪射出理性之光，辽远、深邃。在他的《无题四则》体现得淋漓尽致：

  岁老春浓紫气熏，此身尚有未招魂。
  心中旧事还新事，梦里山深与海深。
  怯酒有时还醉酒，惜春多半是伤春。
  落红簌簌真如昨，人不送花花送人。

  长忆黄昏古渡头，骊歌轻解木兰舟。
  镜中华发理还乱，醉里豪情放且收。
  有刺有花皆是路，无风无雨也成秋。
  彩云又照当时月，人在江南第几楼！

  莫道东风弯不直，跋山涉水太参差。
  江南已遍橙黄果，雁北犹然残雪枝。
  欲把炎凉说世事，莫如诗酒唱相思。
  乱红又落潇湘馆，可有新愁似旧时！

  滚滚红尘色不空，香车宝马画桥东。
  几番温冷冬春异，别样忧丝远近同。

梦里新愁翻旧纸，醒来老酒醉西风。

蓬莱多少黄昏雨，洒向无边寂寞中。

诗发乎情，方能感人之情与撼人心魄。树喜这四首，一波三折，"心中旧事还新事，梦里山深与海深。怯酒有时还醉酒，惜春多半是伤春。""镜中华发理还乱，醉里豪情放且收。""滚滚红尘色不空，香车宝马画桥东。几番温冷冬春异，别样忧丝远近同。"采取写实手法直指人心，把人生诸多的彷徨、感慨以及对风雨、温凉的认知，用"莫道东风弯不直，跋山涉水太参差。"一句挽断。正是在这种启示下，诗人写道："有刺有花皆是路，无风无雨也成秋。"与苏东坡"也无风雨也无晴，一蓑风雨任平生"异曲同工。诗因景寄情，情景交融，沉郁苍凉，却又因情感与景物的融合，才显得豪迈阔大、高远。

诗言志，我认为这也正是树喜诗的本质。因为他无时无刻不在把这种志向的高远深邃，融于他的诗词中。他的诗词题材广泛，笔墨酣畅，气势飞动，无论是在歌颂祖国的大好河山，抒发爱国情怀的作品中，还是在人生感叹、乡村田园、居家过日子、咏史咏物的作品中，都寄托了他的辽远和深邃之情。他在书豪情写壮志，抒发不得志的忧愤时，不写愁肠百结，失意万缕。而是巧妙地写道：

梦里不知处，琴弹流水，酒醉琼瑶，浪卷江东。既今宵春好，莫论前程，说甚愁生丽句，病酿佳人，怒起英雄！似南朝曲调，又怎堪听！月冷，二十四桥烟波，最早秋生。年来不记归程，便寒星残斗，竟向谁明！凭手机电脑，雕刻心情。任伊妹儿，链接天涯地角，拷贝绿惨愁红；回眸处，心事叮咛，望长天，云断孤鸿。逍遥界，莫辨蝶鹏。飞行，看湖海一勺，云霞一把，乱山一丛！猛醒，当今歌舞世界，谁问廉冯！三十六招醉剑，夜挑孤灯。

——《自度曲梦逍遥》

其《八声甘州之甘州》：

把一支玉笛走阳关，金风下凉州。见秦时明月，汉家酒井，西夏残楼。昔日羌戈胡马，云影未淹留。新起丹霞阵，艳压城头。　　不似前番梦境。则斜阳巷陌，浅喜深忧。对星移物换，思绪迥难收。叹耆卿，游踪未至，弄几回、舞榭啭（转）歌喉。谁知我，漫斟低唱，醉卧沙秋。

这首词无论写景、鉴古说今，还是咏物造像、谋篇布局，还是气魄胸襟，都体现了作者人生取向、胸怀和深沉。其《浪淘沙·年关寄友（在上海）》云：

雨雪正茫茫，湿了行囊。几番客路又南翔。梦里徘徊如燕子，寻觅家乡。　窗外蜡梅香，诗酒文章。弦歌后面有嗟伤。爆竹声声浑似昨，多了彷徨。

树喜表面是在写今，实际是在写历史，时空转换，不着痕迹。这正是树喜艺术手法的高超之处。严羽的《沧浪诗话》云："夫诗有别材，非关书也；诗有别趣，非关理也。然非多读书、多穷理，则不能极其至。"作者博览群书，对于文学、历史、哲学方面，更是广读精研，从而作品中创造出全新的艺术形象，形成的是作者自己的独特的艺术风格。

树喜诗的第二个特点是：随机生发的哲理思考。

树喜是一个有深沉之思的人，随处触发，往往都有独特的解会。他不停留在简单的触景生情，而是向人生、历史、社会的层面作更深一步的探索，把诗意引向更深的层次，从而升华到哲学的高度。袁枚说："但肯寻诗便有诗，灵犀一点是我师。"树喜应该是袁论的执行者，不管他自己是否意识到。我以为他是"肯"于"寻诗"的。近年来，他每到一处，范山模水，披风抹月，他几乎都有吟咏，而且让人感到，各地的"大珠""小珠"被他收拾一处，落入他的"玉盘"里，璀璨夺目，叮咚作响。清初王夫之在《姜斋诗话》中说"身之所历，目之所见，是铁门限"。韩愈主张"文以载道"。《文心雕龙》云："辞之所以能鼓天下者，乃道之文也。"并对什么是道做出了解释："写天地之辉光，晓生民之耳目也。"文学的深刻性表现在责任感，便体现在哲理层面的挖掘深度。树喜的诗正是这样，由景入情，由情入理，使得内涵层层深入，达到哲学的高峰。他的《清平乐·山中溪流》云：

渐行渐远，曲曲还款款。圆缺阴晴全不管，涂抹山光浅浅。　时而隐匿潜行，时而欢跳奔腾，精彩只一小段，看来好似人生。

树喜在乡间看到的点滴或观察景致来对佳山秀水进行描绘，然后他把自己摆进去，"精彩只一小段，看来好似人生。"用"圆缺阴晴全不管"来进行发问，从而上升到一个哲学层面的思考。古人的山水诗往往在"思"上用力，而作者的山水诗，使人感受到一种蓬勃向上的激昂情怀。这种情怀大大增强了诗的感染力，这应该是作者对山水诗的一种拓展。其《菩萨蛮虞姬墓二题》云：

楚歌四面红妆促，英雄不肯乌江渡。一剑了西风，芳丘寂寞红。　兴亡关向背，莫道战之罪！辗转几沉浮，江山不姓刘。

美人仗剑红酥手，秋风垓下传刁斗。盖世气凌云，楚歌不忍闻。　乌江无觅处，剩有虞姬墓。何事最伤神，战争和美人！

读罢此词可见作者真意不在游山玩水，而在抒情言志（"兴亡关向背，莫道战之罪！"）。至此，作者的思路纵横驰骋了。虞姬墓给作者带来了什么样的思考、引发了什么样的共鸣呢？作者意味深长地写道："何事最伤神，战争和美人！"真是难得的哲学咏叹！

树喜诗第三个特点是：以景写情的审美品格。

树喜是一个敏感的诗人，他品性淳高而感情丰富。喜怒悲欢，时涌笔底，而各具特色。他善于把主体审美感情的"意"与审美客体的景象、实物的"象"融合起来，形成独特的审美情趣，寓形象思维于审美之境。他的词以其独特的视角、独特的表达方式，构成了鲜明的个性风格，发人神智，过目不忘。再看《卜算子·致一片黄叶》：

君自早春来，又向深冬去。万绿丛中一抹黄，报道秋消息。　遍处是红颜，谁个能知己！待到千山凋落时，踏雪来寻你。

首句开门见山，直入主题。"来""又向"既递进又具动感。

"万绿丛中一抹黄，报道秋消息。"流丽之句。与刘禹锡《忆江南》"春去也，多谢洛城人"及其《抛球乐》"春早见花枝，朝朝恨发迟。及看花落后，却忆未开时"异曲同工！"遍处是红颜，谁个能知己？"此句是上句的注脚，是词眼，无此句也便没有下句；是清语，非绝语，与上句相连接，给下句做铺垫，得此一句，便觉竟体空灵。此等语愈朴愈厚，愈厚愈雅。至真之情，由性灵肺腑中流出，不妨说尽而愈无尽。他毫不隐饰,把自己摆进去,又和盘托出了,这才是诗人特有的气质。非性情厚、阅历深未易道得。"待到千山凋落时,踏雪来寻你。"语淡而情深。不曾作态,恰妙造自然,婉曲而近沉着,新颖而不穿凿。与北宋陈与义"今年何以报君恩,一路荷花相送到青墩"堪相媲美。树喜这首词中,从春到秋,从遍处红颜到日趋零落,构成了一幅画图,气象阔大,感情高远,诗情浓郁,令人肝肠沸烈!是在进行着近乎悲壮的寻觅,在不被关注的角落里歌唱。

古今咏红叶者多矣,而咏黄叶者于所见诗词似未有人道。树喜却别出心裁,独开一支,以黄叶为吟咏对象,且准确传神,哲理独具,于娓娓道来中铺陈,似不着力处见工。一再吟诵,反复品味,短短44字,通灵剔透,其淡入情,其丽在神,于词为正宗中之上品。作者笔下,黄叶身份品性绝高,竟比红叶过之而无不及。此诗一笔赶下,痛快淋漓,体现了崇高的美学品格,可谓本集抒情诗词之压卷之作。这些诗句或酣畅,或嘹亮,或潇洒,或飞动,或沉郁,或烂漫,或璀璨,或魁伟,或强健,或高妙,都能"以状写之景如在目前,含不尽之意见于言外"。诗家语之运用,端的是匪夷所思;而树喜诗学之自觉与诗作之不苟,亦于此可见。

外部世界,自然万物,对每个人都是客观存在,然而要师从、要认同,要和自己的主观世界相作用,那就有一个"相结合"的问题。主观世界我们可以从树喜的诗作里随处感受到一颗滚烫的赤子之心,一颗对国家、对人民赤诚的心。这是根本。再加上树喜对中华诗词的至爱之心,以心血倾注于创作实践。他的诗尊重传统,讲求格律。丰富的历史知识和才情、阅历、学力是树喜的强项,写经济生活和社会百态都无愧于生活。他的实践再一次证明了东坡先生"腹有诗书气自华"的论断。"外师造化,中得心源",是唐张彦远评历代名画时的一个有名论断。这里完全可以为我的读后感做一个小结。

短文局促,难探幽微。不足之处请各位专家学者指正。

(此文是2014年6月20日,由中华诗词学会与中国书籍出版社联合主办的"《中华诗词文库》名家诗词诗论作品集"出版座谈会上的发言。收入《宋彩霞作品选·评论卷》,中国书籍出版社2016年)

难得才情高格调

——杨月春《古韵新歌》解读

不记得哪篇文章里，我曾经说过"好为人序、好为人评"，这难免遭人诟病。但是，为杨月春《古韵新歌》说几句话，我却是欣然，因为我喜欢她的作品，喜欢她的人品，喜欢她的才情，更敬佩她的高雅格调。

恕我斗胆，当今文坛，文学的价值评判确实有点本末倒置。写几篇白话小说、报告文学、电视剧很容易吸引眼球，造成明星效应。（早在10年前就有好多诗友劝我写电视剧，说凭你的文采一定能一炮打响。）当代作家、文学爱好者中，开口闭口博尔赫斯、加西亚·马尔克斯者大有人在，而对于中国的国学闭口不谈或者干脆不懂。殊不知数千年中国文学史中，诗经、先秦文学、建安文学、汉赋、唐宋诗词、元曲、清明小说，一座又一座的文学丰碑，没有一座是今人能轻易逾越的。上世纪初的几位文学大师如鲁迅、郁达夫、沈从文、聂绀弩、钱锺书等无一不是国学根底深厚才有不朽的作品传到后世。换句话说，只要你是个中文写作者，你就不能漠视中国的国学，否则你就成了食洋不化的无源之水、无根之木。

杨月春是深得其中真味的。这从她的作品里可以读出来。没有扎实的国学根底，断然写不出这样的作品。

当然，更重要的是才情。

清代诗人袁枚云："书到今生读已迟。"话有点过头，但也不无道理。生而无才，光靠死读书是不能出语惊人的。从这个角度，我认可这句话。很显然，中规中矩地写几首旧体诗词不难，弄清楚格律，依样画葫芦就行了。但要在作品中展现才情流淌出浓郁的诗味就难了。现以获得首届"周汝昌杯"传统诗词大赛一等奖的作品为例，《摸鱼儿·缅怀红学泰斗周汝昌先生》：

望长天、仙魂何在？难寻考探新卷。追思泰斗常萦泪，梦里亦难相见。心默唤。却惹起、思弦成翅随征雁。重掮心愿，定指作毫锋，月悬菱镜，青梗砚相伴。　　空伤感，香烬轩空烛短，愁盈花谢春远。红楼新证惊人语，赢得文坛铭赞。新菊缅，常感念、一生沥血遗文卷。高风天漫。抚卷自无眠，滴干珠泪，唯有一声叹。

这里引用周笃文老师的点评："深情妙想，文如其人。一起五句，望长天而追想仙踪，思泰斗而泪盈梦境。宛转关情，非凡手能到。心默唤八句，笔姿一挽，便推出思弦成翅之奇想，飞到青埂峰去造访先辈大文豪，可谓想落天外。"诚哉斯言。

诗乃心灵之香。好诗词能令人振奋、沉醉、感发意志，流通精神，以至于手舞足蹈而不觉。打开《古韵新歌》，亦时有令我兴奋之句。灵心善感，壮志凌云。发为诗词，弥见烟霞之高致与磊落之诗心。尤其难能可贵的是，月春的诗词不但格调高雅，而且清通可诵，如同山涧溪水一样流畅自然，不用琢磨，无须索解，自然而然便受到她情感的冲击。

山水，是涌动于诗人心中的最重要的情愫。她在第三部分的小序中写道："山水含芳意，春风入画图。她说她喜欢王维、孟浩然、陶渊明等先贤的山水田园诗词。更欣赏他们那种淡泊明志、宁静致远的心态。山水含清晖，清晖能娱人，她用诗词的方式表达自己商旅过程中所见山水、人文、景物的感受；更愿意在物欲横流的社会面前，无欲自然心似水，通过修为淡泊明志，抵御名利的诱惑，守住自己宁静的心田。"她是这样想的，也是这样写的。如《游盘山组诗》共计十五首。

《山上人家》

　　　　盘山自古景奇佳，簌簌松峰万朵崖。
　　　　莫怕山深无卧处，香云缭绕有农家。

《仙境》

　　　　流连冀北水云间，平日难能有空闲。
　　　　但忘山前来去路，赖于山里且做仙。

《茅屋》

　　　　倚杖有心上顶端，踌躇更怕脚腿酸。
　　　　听得挂月峰眩目，茅户读书不看山。

反映此一题材之佳句妙想，真可谓层出不穷。如《禅院钟声》：

古时明月古时松，古寺仍鸣夜半钟。

看透人间烦恼事，红尘利色总为空。

一、二句写出境之清幽景致。第三句笔锋一转，陡地以深切感悟，为我们推出一个哲理来。笔姿灵活，引人入胜。不可轻易读过。再如：

《松下清泉石》

乱云化雨润奇峰，便有清泉百股生。

明月清风谁与坐，泉石松下有仙翁。

全章灵气珊珊。最喜其以"清泉百股生"。接着以"明月清风谁与坐"问，最后自答。是奇思妙想。

《晨钟暮鼓》

佛前谁是修禅人，跪拜应修欲念身。

无欲自然禅意到，晨钟暮鼓警凡尘。

首句"佛前谁是修禅人"直接发问，引人警醒。后面一气呵成，颇具禅意。

《盘山柿子》

秋来遍野好风光，红叶枝头缀满黄。

城里依然愁暑热，盘山柿子已添霜。

《盘山红果》

莫道盘山只翠茏，秋来景色与霞同。

山楂不吝胭脂色，尽染层林处处红。

见出诗人笔下神采与胸中奇气，皆极饶风致之美句。

月春诗的另一情结，是对家山先贤之缅怀。有两首长短句最见匠心。春残芍红，我徜徉于红学泰斗周汝昌先生故居旁的海河故道追思缅怀周汝昌先生，心中惆怅无限，作词以记之。

芍药花残伤念远。散乱红香，曾醉红楼畔。解味痴情萦梦断，西山无语飞云乱。　　故道柳风摇两岸。如血残阳，照我徘徊晚。欲捧清波驱此怨，泪流却使长河满！

【注】："解味痴情萦梦断，西山无语飞云暗"，周汝昌先生生前研究红解梦，别号解味道人。仙逝后长眠于北京西山。故道：故道指海河故道，其为海河一景，毗邻周先生故居之地。"

其"如血残阳，照我徘徊晚。欲捧清波驱此怨，泪流却使长河满！"意境高拔，读之泪下。

《洞仙歌·千秋一寸心》

悼周汝昌先生逝世周年有感

依依河柳，缀泪珠成串，故道初晴坠红满。雀声咽、愁绪欲剪还增，偏又见，芳草无情路断。　　倚栏凭吊处，月又西残，一代鸿儒渐行远。案雪一灯明，墨笔空悬。曹公梦、解评谁管？叹去去、长辞竟无还，泣诵展儒篇，寸心斯见！

诗人认为"曹公梦、解评谁管？"她仿佛不假思索信口吟出。而"叹去去、长辞竟无还，泣诵展儒篇，寸心斯见！"每读至此，我都忍不住击节，我知道她是从心底里凄清婉转的，牵动人九曲回肠。而这种用过功夫的自然流畅是最难做到的，非才女莫能。

《惹人更欲说红楼》

沧桑如水向东流，半卷红楼总是愁。

解味痴寻青埂去，惹人更欲梦红楼。

诗对一代鸿儒周汝昌先生的文章、著作深表敬仰。充分肯定了其《红楼梦》之研究成果。悲壮慷慨。

还有对天津大爆炸中英烈的悼念。如《写在天津港大爆炸遇难者头七忌日》，逢头七忌日，津城雷雨交加、人泣天悲，以此诗沉痛悼念在8.12天津港大爆炸事故中逝去的同胞。

雨落雷惊玉宇哀，残烟犹绕废墟台。

魂消梦断浑无计，百命痛失不复来。

又如：《悼念在大爆炸中牺牲的消防员》

闻新婚吉日年轻消防队员，赶赴救火现场不幸壮烈牺牲，含悲而作。

燕尔新婚才几日，冲天大火殒英才。

一帘绣好重莲舞，双枕描成对燕来。

妻小回身藏泪落，母慈翘首盼儿来。

离殇魂去津城暗，泪雨连天洗落埃。

对殉难者的痛惜无以言表，故于句末重笔表之。

月春为诗工于炼句，笔致雅畅。境界之清奇，尤足多者，如2015年参加《中华诗词》南戴河金秋笔会的几首诗如：

《荷塘采风》
　　　　水畔低迴下笔迟，荷花自古有名诗。
　　　　梦中我似蝶翩舞，飞到花心觅好词。

《秋日荷塘采风》
　　　　学做荷诗绕水塘，叶黄暗绿茎棕黄。
　　　　残塘何处寻诗眼，忽见红莲立晚阳。

《秋荷情》
　　　　雁队向南一字排，我偏向北赏花来。
　　　　秋塘不是无情物，留朵红莲为我开。

《海畔中华荷园泛舟有感》
　　　　柳飘莲动小舟摇，忘过荷塘第几桥。
　　　　好似江南终不是，又听荷雨又听涛。

海岸上有一艄公雕像目似感伤，引动恻隐之心而作：
　　　　迎风踏浪偏成梦，搁浅沙滩似感伤。
　　　　我慕艄公心向海，进舱偷做小船娘。

上面几首小诗活泼、灵动，极合诗法，或许这正是现代诗词所追求的效果，月春做到了，于是她的诗词充满了新诗活力。

《奉和马凯副总理韵热烈庆贺四代会召开》

　　诗词唱和莫来迟，老树新花赞俏枝。古月不随流水去，好帆犹可助船驰。　海池研墨吟词曲，天纸裁笺作画诗。万里鲲鹏风正举，九天揽月正当时。

好一个"万里鲲鹏风正举，九天揽月正当时"诗之高情雅韵，熠熠生辉，谁不为之动容。月春春秋方富，持之不懈，其成就岂可限量。

最后以我的两首诗作为本篇的结束语，以表达我对杨月春诗家的敬意：

首届"周汝昌杯"诗词大赛致月春

　　　　君是诗坛一小丫，却能摘得大金瓜。
　　　　无边春色因函月，优美秋声向此花。

台上连珠飞广宇，客中带彩落奇葩。

初心不改青云志，长约清风饰岁华。

京津冀"创之美"最美女性杨月春印象

小院瑶花抱一窝，手工极品似星罗。

飞机衮衮浮空语，艺栈萧萧有浩歌。

已把灵心酬雨露，还将肺腑写山河。

精英大美京津冀，笔底春风复更多。

【注】"飞机"句，乃该公司研制的无人驾驶飞机。

2016年12月于京华

新时期诗词的独特书写

——寰球华人中国梦·第二届深圳杯优秀诗词解读

在改革开放四十周年的节点上，我收到陶涛先生发来的"寰球华人中国梦·第二届深圳杯诗词大赛入围参编300首"，让我写点感想。当我一气读完，我的感觉宛如在嘈杂的市井中发现新的看点；又似在海底深处打捞远远超出艺海拾贝的收获。那是一个中国梦，一个民族生生不息的梦。这些作品书写着栩栩如生的人物形象，字里行间始终包含着诗人自己的价值判断，激浊扬清，褒优贬劣。从道德到审美，从题材到句读，那种向上向善向美的艺术追求，均有体现。继承了传统又在新时期有新的创新。

用大爱之心去拥抱世界。我首先想说的就是，一个诗人必须对这个世界有独特的感受，这种独特的感受引导人们去发现一个与众不同的世界。这种独特的感受，就是诗意的发现和诗意的眼光。《江孜宗山古堡》（卢象贤），就是一个忠于自己感受的诗人所产生的与众不同的诗意发现。诗云：

宗山有古堡，色以红黄缀。卓尔岩石巅，浑然一古碣。斯地本边陲，见猎贼心悦。剧盗不列颠，终年思洞窃。初来贼数千，旋来旋被灭。再来贼逾万，诛戮及鱼鳖。军民卫家园，拼争何惨烈。众寡奈悬殊，壮士徒眦裂。清廷弱不援，城屠江呜咽。所余数十人，但向古堡撤。贼炽方盛时，团团围似铁。誓死不降夷，跳崖全大节。贼亦不敢前，军从来路折。神鹰夜嗷鸣，罡风朝吹雪。百年我吊临，中肠犹灼热。宗山有古堡，色以红黄缀。黄是华人皮，红是华人血！

这首诗具有强烈的时代气息和鲜活的生命感悟。该诗所述是一个真实的历史故事，当年电影《红河谷》对这个故事作了生动逼真的解读。题材罕见，场面激烈，誓死不降，跳崖全节，读来惊心动魄。讴歌中华民族传统、与当今实现中国梦的理想紧密结合，有益于正能量的发挥。

诗风老道，诗句雅正，首尾照应，结构完整，用入声韵，更显壮怀激烈，"黄是华人皮，红是华人血"一句破题，便有千钧重量。

《鹧鸪天·贺珠港澳大桥通车在即》李养环：

路接龙宫入杳溟，伶仃洋已不伶仃。千秋风物因时异，万顷波涛任我行。　牵玉线，缀繁星。长虹百里向天横。歌飞港澳倾珠海，响彻云衢又一声。

咏物感时诸句，准确切题。咏大桥工程，即从当地着手："伶仃洋已不伶仃"大翻陈案。以下五句，一气贯下：牵玉线、繁星、长虹、天桥，愈唱愈高。不愧为表现改革成就之力作。

《莲花山谒邓公铜像》周学锋：

春雷起自岭南东，卷地东风华夏同。
纵有琼楼竿天立，莲山仍是最高峰。

小诗写大事，作品构思巧妙，一二句起承做铺垫，设置前提。忽而奇峰突起，让人联想伟人业绩，精神立见万丈。

《巫山红叶歌》冯峥嵘：

巫山横劈一江开，不尽江涛万古来。壁立林深猿啸急，峰回峡转水徘徊。西接高原连雪域，东瞻海气望蓬莱。远溯鸿蒙龙骨在，高撑碧落柱瑶台。方圆九峡三千里，洞壑纵横云雾起。奇峰缥缈绝凡尘，传闻自古有仙人。旦作朝云暮为雨，高唐一赋雅无伦。今日仙人何处觅？百丈阳台空寂寂。寻遍巫山十二峰，唯见江枫红欲滴。漫山烈烈似驱寒，高擎如炬报秋安。击石凌风生剑响，烘云照水捲文澜。巫山何以多红树？娇娆应是仙魂驻。昔闻红叶可题诗，倩谁题此江山句？君不闻、夔门水拍起罡风，自古名标天下雄。白帝城高霜磬冷，一声史唱入秋红。君不闻、屈祠云外楚骚声，秭归岩上柏松鸣。三滩舀尽西陵水，如何题得古今情？对此不由长太息，生生不竭思何极。江山旺气壮民魂，中华代有兴邦力。璀璨文明卓不群，每从宇内树奇勋。斯世图南医积弱，民心如沸事如焚。恰如良木经霜后，高华美质吐清芬。我以霜吟踏秋水，秋生颜色水生文。指看高峡平湖外，万千红树正缤纷。

该诗内容丰富，立意较高，以巫山红叶为象征，运用国画大写意的手法，泼彩勾勒，结尾二句，铺开来写国家大势，"指看高峡平湖外，万千红树正缤纷"，增添了激励、鼓舞的力量。全诗格调高昂，意蕴无穷，读来令人感叹。

《水调歌头·戊戌春长孙炎儿由公司外派驻南非填此壮行》廖国华：

作别坂田道，万里趁云樓。男儿年近而立，去国莫须嗟。已负如山重任，未懈拿云壮志，衔命赴天涯。况有亲人嘱，句句记无差。　银滩外，彩虹下，兴犹赊。从此情牵一路，着手种千花。不负芸窗苦读，耐得他乡寂寞，自可见风华。东望曦光里，那有国和家。

在这首词里，作者没有按习惯去校正思维，而是让心灵直接去感受，从感受出发，听从心灵的指引，这是诗词的起点，也是诗与非诗的分野。儿孙外派，以此壮行，勉励"着手种千花"之外，还希望他时时回望国和家，意味深长。

《港珠澳大桥》华慧娟：

一桥飞架起雄风，九曲蜿蜒入碧空。
绚丽虹霓惊伟略，威仪气象见神工。
黄龙横卧洪波上，紫电腾骞咫尺中。
海运南天鹏正举，煌煌羽翮带霞红。

写重大提材不流于空泛，形象生动，不同于一般的歌颂。"一桥飞架起雄风，九曲蜿蜒入碧空"，开头起得好；"海运蓝天鹏正举"，展现大湾区鹏程万里，霞彩满天，气势如虹。

不同的人对世界的感受是不一样的，而诗人只有凭借非凡的想象力，将感觉赋予联想，才能将现象化为心象。如

《咏天眼兼怀南仁东先生》安全东：

恒河沙可数，星子雨能量。
世昧镜心沏，心雄胆力张。

《沁园春·诗画深圳》王一平：

今朝又树旗旌，让世界之窗画满屏。喜华灯溢彩，花团竞艳，人歌闹市，车走雷霆。和煦天风，陶钧地火。指顾河山尽是情。潮声急，正追中国梦，五彩纷呈。

《南乡子·惠州城际轨道》王蔚：

才笔点飞虹，遁地穿江逐昊穹。神速堪称无敌手？长风。孰与当今争霸雄！

《临江仙·一代少年郎》毛德慧：

德智兼修方是本，青春之梦飞扬。蟾宫折桂看谁强。百年中国梦，一代少年郎。

上述作品，能让人超越现实的困顿，感知心灵的广阔，值得肯定。

俯拾社会底层的珍珠。那些生活在底层的普通民众，赫拉巴尔称之为"底层的珍珠"，他们勤劳善良、淳朴，屡经生活的磨难，却总能笑着面对，他们都很卑微，却又像金子一样闪光，他们悲喜人生故事冷峻的底色上泛着一抹暖色，让我们感动。如：

《打工》李荣聪：

> 新年刚过又离村，临别低头脉脉亲。
>
> 待到明晨儿醒后，爹妈已是外乡人。

外出打工者最艰难的，是割别亲人、离开故乡时刻。作者捕捉了最为典型的几个细节来表现，句句催人泪下。让人窥见了农民工生活的艰辛，并从侧面反映了目前农村方方面面的社会问题。具有深刻的现实意义。"待到明晨离别后，爹娘已是外乡人。"寻常口语，刻画离情，语言平淡感人。

《清洁工》何少秋：

> 早起身披四月风，轻哼小调扫西东。
> 虽无唢呐扶清韵，却有心花绽碧丛。
> 茧手躬勤清秽物，襟怀坦荡对长空。
> 长街净送晨行爽，一抹新阳照桔红。

《清洁工》梅早弟：

> 底层身处未彷徨，默默无言四季忙。
> 两只车轮推日月，一枝竹帚扫炎凉。
> 几番风雨雷惊顶，数度须眉汗滞霜。
> 但使鹏城添靓丽，何辞污垢染吾裳。

《春节后返工者》曾少立：

> 行囊载梦又匆匆，报站前方入广东。
> 厂在繁灯春海畔，山移长夜快车中。
> 挂怀老幼有残雪，回首乡关是远风。
> 多少团圆手机照，一人看得笑涡红。

奔向锦绣前程的那条路，并不平坦。作为新时代的诗词作者，细致精准的书写农民进城者的种种艰难，而他们笔下的人物，却全部活得努力、认真，哀而不伤，怨而不怒，懂得如何苦中作乐、自得其乐，这样的生活态度抚慰了读者的心灵，又让作品中所表现出来的现实主义更加开阔温暖。

诗词的另一种打开方式。在参赛作品中，散曲也占有一席之地。如何雅俗兼备？怎么去叙事，怎么把故事写好，如何把民间意识和精英意识和谐地融合到作品中，我通过解读作品，感受到了张力。如[正宫·端正好]看绥德秧歌（散套）（刘艳琴）：

"县城里看秧歌，大嫂我新鞋帽。三两步赶到城郊，畅好是秧歌队伍开来了，猛可里一阵冲天炮。[滚绣球]（大秧歌）匹头里重卡潮，紧后随四轮娇。潮的是披彩帷拉巨鼓和吹手鸣锣开道，娇的是扎红绸驮小鼓和鼓手过巷穿桥。扭了个五大洲，摆成个七斗勺。满场子彩绸飞绕，一地里花伞招摇。这边厢脚尖旋舞云中立，那搭里身段娴娜水上漂，爱煞人的妖娆。[倘秀才]（搬水船）老艄公握船桨秋波暗抛，搬船女坐船头蛾眉淡扫，也不管俺心慌脸发烧，那一对儿冤家勤挑逗，擅风骚，不害臊。[脱布衫]（二人场子）跑圆场意态堪描，跌软腰绝技难学。立金鸡宝刀不老，摆杨柳舞姿真俏。[小梁州]红红火火闹元宵，望不断的汹涌人潮。前街里去鼓喧嚣，后街上挤歌呼啸，进不得退不得好心焦。[幺]何如我扭一扭开心笑，你看我扭动纤腰，高唱祝福歌，踏着节拍跳，展露这诱人身段，身段儿秀苗条。[尾声]电台摄像来，外宾夹道瞧，谁不夸咱这绥德秧歌妙，天下名州真个沸腾了。"

据陶涛先生讲："大赛收到不少曲作，但大多未能把曲的风貌和味道写出来。此曲写绥德秧歌，场面宏阔，乐声鼎沸，人群欢快，将当地的民情风俗以风趣俏皮的语言一一如绘的表现出来，令读者身临其境。"描写人情世态，真实亲切，如"老艄公握船棹秋波暗抛，搬船女坐船头蛾眉淡扫，也不管俺心慌脸发烧，那一对儿冤家勤挑逗，擅风骚，不害臊。一下就抓住了读者。俗中有雅，反映了新时代的特点，可谓与时俱进。

【越调·寨儿令】观壶口瀑布　南广勋："底气足，势能足，千寻落差不在乎。冲过王屋，便是通途，一路闯江湖。雾腾腾落雨抛珠，马萧萧地震山呼。游人围两岸，柴火共一炉，呜呼，好大一樽壶！"一气呵成，到口即消，安排的紧凑妥帖。"冲过王屋，便是通途，"极具气势，读来过瘾。"游人围两岸，柴火共一炉，呜呼，好大一樽壶！"戛然而止！诙谐幽默，可爱之极。

平实是一种坚守。诗出平常。我们生活在一个平常的世界，周遭无非寻常之物。似乎这是一个诗意寥寥的空间。那么，到哪里去寻找诗意呢？《砌砖工》（张先州）在这首新诗里作了回答："一桩桩心事/种在砖头的缝隙里/如雨的汗水浇灌/梦里生根发芽/儿女的路/在瓦刀划过的弧线上延伸/年迈父母的病/在抚平灰浆中疗养/日子在一天天敲打中/结实起来/墙，一高再高"砌砖工是农民工中的一大群体，农民工又是社会的一大群体。把心腹事砌进砖缝里：那是女儿的成长；父母的医疗；渐渐提高的日子。这些都随着墙一步步长高。用错综的笔法和深邃的意象加以深化，弥具陌生之美感。他们的有限追求反映劳动大众的境遇，诗人选择他们的"理想"来表现中国梦，是典型化的，有代表性的。《老井》（吴文华）："/又对你提起老井，提起/年迈的故乡，年纪大了/背驼了，青苔多了/远走它乡的子孙/时刻，念念/老井的泉，泉水的甜/那一口口老井/活在故乡，一波波的/浇地，养牛羊/养牛羊，浇地/自井口望天，望远方。"改革开放以来，年轻人大多都离开了故乡，或打工，或读书，进入城市或飞身海外，成了他乡或异国的游子，但他们岂能一日忘记曾经或还在养育自己的故乡。老井这个意象涵盖了故乡的种种，但主体是自己的祖辈和父母。作品借"老井"将祖辈父母的养育之恩与盼归之忧表达得淋漓尽致。《我有一个承诺》（吴楠）："/今夜的都市竟会如此绚丽！/满天的星光恍然跌落大地，/化作万家灯火，/璀璨，静谧。/余下苍茫夜幕，/任由我的想象与期许。/画一只彩蝶，/在黑暗中翩翩起舞，/灵动了晚风的沉吟。/我有一个承诺，/要让我的家人过上简单幸福的生活。/这承诺不应只在梦里。/你看那每个梦醒，/都是黎明。"诗人以新奇、关爱的眼睛看世界，世界上无不充满诗意的光辉。在这里，诗人发现一只彩蝶在翩翩起舞，便产生了要让家人过上简单而又幸福的生活这样一个期许。可见作为一种心灵对生活超越的状态，化寻常之物为诗中意象。有诗云："尽日寻春不见春，芒鞋踏遍陇头云。归来笑拈梅花嗅，春在枝头已十分。"在这里诗人发现，辛辛苦苦走了那么多路，原来自己所要寻找的美，就在身边，就在黎明。

诗人是大地的歌者。纵观本次大赛，的确产生了不少好诗。他们以乐观的心态、以疏朗愉快的笔调，吐纳世间风流。因之，阳光、乐观、向上，歌盛世，憬未来，有许多锦绣华章。

汉代大诗家董仲舒云："诗无达诂"。是说对一首诗的理解各异，没有一个统一的规范。那么引申开来，写诗自古就没有一个统一的技法。最后评判高低的标准，是诗的内核驱动力，是是否打动了心境，是否至善至真至美。这是一种取舍，也是一种价值取向。

（此文是应邀参加寰球华人中国梦·第二届深圳杯诗词大赛颁奖典礼暨诗词文化高峰论坛，所作的优秀诗词现场点评演讲。）

周笃文和他的空灵壮丽的山水诗

当代著名古典文学家与诗人周笃文,毕生从事古典文学研究与诗词创作,是著作等身的名家。著名词学家刘庆云教授评其人云:"他从湘中大地走来,自幼感染着屈子的骚魂、贾傅的才调。沐浴着汨罗江的碧水,影珠山的岚光。灵心善感,才华横溢。他曾跃马沙场,经历秦关汉月;他曾久客京华,潜心韦编古典,结识文坛耆宿;他曾寻幽探险,遍历祖国名山大川。正所谓'读万卷书,行万里路,交万人英'。才情、阅历、学力,成就了他在吟坛斫轮。"

《洞庭风韵碑廊》所收之《岳阳楼远眺》,是周笃文先生献给故乡山水的一篇力作。全诗如下:

> 重上高楼豁远眸,人天胜境小勾留。
> 君山一点烟波里,占断名湖无限秋。

这是诗人一首登临即兴之作。虽是小作勾留,却将湖山胜景的浩大气象、精彩景色以及诗人的空灵骚雅的情怀定格于诗艺的永恒中了。洞庭湖为天下巨浸,岳阳楼为千古名楼。历来吟咏之佳作,手不胜屈。

孟浩然的《洞庭湖上张丞相》:

> 八月湖上平,涵虚浑太清。
> 气蒸云梦泽,波撼岳阳城。

杜工部的《登岳阳楼》:

> 昔闻洞庭水,今上岳阳楼。
> 吴楚东南坼,乾坤日夜浮。

伟丽庄严极矣,教后人如何着墨。刘禹锡"遥望洞庭山水色,白银盘里一青螺。"取其灵巧。黄山谷"可惜不当湖水面,银山堆里看青山。"取其惊险,角度一变,写尽了诗人潇洒的风致与高旷的情怀来。

先看周先生诗的起句,可谓探手擒题,直入靶心。一上来就将登高望远之意,和盘托出,用笔质重厚实。岳阳楼始于唐代宰相张说,宋代滕子京扩建时请范仲淹作《岳阳楼记》名声大噪,历千年而不衰。现存岳阳楼是长江三大名楼中唯一木质结构的古建。三层通高19.72米，重檐盔顶，如大帅设虎帐。面对千里平湖，举目远眺，波光接天，浩渺无际，真令人有神观飞越之感。此句着重"炼"了个"豁"字，强调了它的张力和万象扑眼的突兀感。比用"纵""舒""放"要更到位。其意境略似黄山谷的《登大云仓达观台》之"瘦藤拄到风烟上，乞与游人眼界开。不知眼界阔多少，白鸟飞尽青天回。"第二句紧承上意，用"人天胜境"加以补足远眸所见之湖山巨美。旋用"小勾留"三字，以大小相形之笔致铺垫之，便有举重若轻之妙。三句笔锋一转推出了此诗的主角"君山"来，顿觉别有天地。君山之美如片玉立于湖中。而能弹压万顷波涛，争光星辰日月，可谓山川融结之灵宝，高城望去最能荡摇心目。黄山谷从九死一生贬谪中获赦回乡，途经巴陵登岳阳楼。时值大雨，欣然提笔成二绝句。有"未到江南先一笑，岳阳楼上对君山"，心境已无复迁客悲戚了。陈与义于建炎初避兵祸来岳阳写了《巴丘书事》：晚木声酣洞庭野，晴天影抱岳阳楼。……未必上游须鲁肃，腐儒空白九分头。忧国伤时，令人悽断。同一岳阳楼，因时、地、人事之不同而情境迥别。本诗作者处太平兴隆之世，作烟霞山水之游，感受自然不同。满怀陶然胜地的欣喜，投射到眼前景物，情之所移，便是一派欢愉之色。君山与岳阳楼直线距离近二十公里，钟灵毓秀，如浮夜珠。又有湘妃舜帝、龙女书生之爱情故事加以点缀。屈子文华与始皇武功前后映照。真成山河圣域，天下奇观了。欣赏如此绝妙湖山，秋光诗意两相融荡，自非一般登临可比，故第四句以"占断名湖无限秋"作结。自然余味罩罩，令人玩味不尽了。通观全诗，用笔极具姿态。起句凝重，二句则一变而为轻灵。三句用一点之小山与浩渺之烟波相对，更添变化之美。再用"占断"二字收束全章，更是小中见大之笔法，既空灵而又劲健。将诗人光风霁月的洒落情怀，表现得淋漓尽致了。《岳阳楼远眺》诗，之所以感人，还和作者的情感因素有关。因为诗里不仅有壮美风景，还有浓郁的乡情。周笃文就是岳阳汨罗人，是生于斯，养于斯的父母之邦。本人又是文史专家，屈子骚赋更是他主攻的方向，交相叠加，故笔端饱含着浓情厚爱与一股超迈的逸气。此诗作于二〇〇七年秋季。同时还有两首五绝《丁亥中秋登岳阳楼》：

日月重辉际，湖山浩荡秋。
新风融古韵，万岁岳阳楼。

文运中华壮，灵源一脉长。
三才兼万象，举目望湖湘。

  第一首笔纳重辉，情通秋韵，为我们展现了辽阔而悠远的时空境界。前二句写登上岳阳楼之气势，可以涵纳日月。"浩荡"句一片空灵，此真"词源倒流三峡水，笔挥横扫千人军"之手段。与老杜"吴楚东南坼，乾坤日夜浮"（《登岳阳楼》）正堪匹敌。《诗纬》云："诗者天地之心"。诗以山川为灵境，山川亦赖诗心之发扬。因此就有了"新风融古韵，万岁岳阳楼"之慨叹。其"万岁岳阳楼"最为撼人心魄，是先生这次行脚真实情怀之实录，故能高步千古，独标清节。其二首胜处在于气象恢宏，妙涵理趣。前两句以文运发壮怀，弥见气骨之高。宋人张孝祥《念奴娇·过洞庭》一词中写道："尽挹西江，细斟北斗，万象为宾客。扣舷独啸，不知今夕何夕！""万象为宾客"本是诗家创作的一种高深境界，也就是说自然界的各种物象，能够触发诗家观察、思考的对象，它们能触发创作灵感，可以说是诗家须臾不分的朋友。华夏之奇山异水，甲于寰宇。试想高山一亭，吐纳云气，有何限生命之意识、宇宙之气象，于此中呈现和流行。看似是信手拈来，实为灵光爆发之体现。人与自然的关系是表现的那样和谐、优美、从容和快乐。这不正是天人合一的境界之完美体现吗？以开放式景语作结，真得个中三昧，可谓余音袅袅，清气远出之佳作。

  （原载《东坡赤壁诗词》2015年第1期，收入《宋彩霞作品选·评论卷》，中国书籍出版社2016年）

一首咏物词给我的启示

日前读到高昌先生的新作《鹧鸪天·那枝莲》，他的用语极富生活情味，又新奇可喜。这些簇簇生新的创格语言，很有陌生感。我眼前为之一亮，爱不释手。反复品味，有许多话要说，情不自禁写下下面的文字。词云：

瓣瓣心香聚有缘，喧哗人海那枝莲。节长节短丝长在，花谢花开情自牵。　青仄仄，粉团团。常从烟雨忆田田。秋波春水随时运，荡荡风云淡淡看。

这是以譬喻的手法寄托情思之作。如此描写莲花，可谓别开生面。"瓣瓣心香聚有缘，喧哗人海那枝莲。"开篇两句，入手擒题，占尽了气象。对喧哗人海里的那朵莲的邂逅的描绘，曲折地传达了缘分是天定，用笔清逸，遗貌而得神。

令词人魂牵梦系的莲，在作者看来"节长节短"与"花谢花开"也是原生态的茅舍东篱，季节轮回，春花秋月，造物无私，一视同仁。但却"丝长在，情自牵。"欣悦之状见于字外。此类旁敲侧击的表现手法是很别致的。语淡而情深。不曾作态，恰妙造自然，婉曲而近沉着，新颖而不穿凿。与北宋陈与义"今年何以报君恩，一路荷花相送到青墩堪"相媲美。流露出安贫乐道的自然高致，仿佛一个巨大的口袋，接住了此前所有的感叹，封口收束，一切都归于沉寂。每个人对生命的理解可能不同，每个人在生命的尽头有着不同的遗憾，我赞赏那最后的坚持，不管为了什么。

下片进一步描述莲的成长，以"青仄仄，粉团团。"跌宕，从空灵回到人间。纤笔细描，以细节的真实补足语境。此等语在男性词人中殊难见到。"常从烟雨忆田田。"用笔幽折，寄情芬芳。得此一句，便觉通体空灵。此等语愈朴愈厚，愈厚愈雅。至真之情，由性灵肺腑中流出，不妨说尽而愈无尽。在历经风霜雨雪，尝遍生活酸甜苦辣的同时，对人赖以生存的客观世界与主观世界，进行深层的思考；对历史的反思和现实的追问，闪烁着理性之光，辽远、深阔。结拍"秋波春水随时运，荡荡风云淡淡看"多么自然的语言，多么通透的心境。掺入理趣，可见出作者的淡定与深邃的思致。他毫不隐饰，把自己摆进去，又和盘托出了，表现了诗人对风雨人生的散淡情怀与坚定信仰。

是词构思奇逸，造语生新是其风格的最大特色。忽天忽地，神光离合，用散点技法，来表现意识流，给传统诗词带来了一些新机与异趣。下片多用叠词，用得都很贴切，一点没有硬凑之感。而是加重了语气，有意给自己设立难度，却给词增添了不少情趣。

古今咏莲者多矣，而高昌先生别出心裁，独开一支，准确传神，哲理独具，于娓娓道来中铺陈，似不着力处见工。一再吟诵，反复品味，短短55字，通灵剔透，作者从新诗入手，故于意象的追求下力殊深。在语言的使用上，很有特色与新意。这在时下众多作手中是并不多见的。在立意与表述上都透着汩汩的灵气与力辟新境的劲头。可说是别具特色的一首作品。

（原载《东坡赤壁诗词》2014年第5期，收入《宋彩霞作品选·评论卷》，中国书籍出版社，2016年）

情词并茂　　流丽杰特

——李树喜《卜算子·黄叶》读后

李树喜先生一首《卜算子·黄叶》，以手机短信见示，看后眼前为之一亮。诗意从深深的感触中生发出来，可谓文情并茂。全篇如下：

君自早春来，又向深冬去。万绿丛中一抹黄，淡淡秋痕迹。　　遍处是红颜，谁个能知己！待到千山寂落时，踏雪来寻你。

首句开门见山，直入主题。"来""又向"既递进又具动感。清代况周颐《蕙风词话》云："近人作词，起处多用景语虚引，往往第二韵约略到题，此非法也。起处不宜泛写景，宜实不宜虚，便当笼罩全阕。……唐代李程作《日五色赋》首云：'德动天鉴，祥开日华。'……有弁冕端凝气象。旨可通于词矣。"《黄叶》之开端正合此说。

"万绿丛中一抹黄，淡淡秋痕迹。"流丽之句。与刘禹锡《忆江南》"春去也，多谢洛城人"及其《抛球乐》"春早见花枝，朝朝恨发迟。及看花落后，却忆未开时"异曲同工！况周颐评刘词曰"下开北宋张先、秦观一派，唯其出自唐音，故能流而不縻。"此评一语中的。

"遍处是红颜，谁个能知己？"此句是上句的注脚，是词眼，无此句也便没有下句。是清语，非绝语，与上句相连接，给下句做铺垫，遂成奇艳。得此一句，便觉竟体空灵。此等语愈朴愈厚，愈厚愈雅。至真之情，由性灵肺腑中流出，不妨说尽而愈无尽。在历经风霜雨雪，尝遍生活酸甜苦辣的同时，对人赖以生存的客观世界与主观世界，进行深层的思考；对历史的反思和现实的追问，闪射出理性之光，辽远、深阔。他毫不隐饰，把自己摆进去，又和盘托出了，这才是诗人特有的气质。非性情厚、阅历深未易获得，余喜极咏之，虽寒冬季节，但觉日丽风清，淑气扑人眉宇，令人爱不忍释。所谓风流高格调，其在斯乎！

"待到千山寂落时，踏雪来寻你。"语淡而情深。不曾作态，恰妙造自然，婉曲而近沉着，新颖而不穿凿。与北宋陈与义"今年何以报君恩，一路荷花相送到青墩"堪相媲美。诗发乎情，方能感人之情与撼人心魄。树喜先生这首词中，从春到秋，从遍处红颜到日趋零落，构成了一幅画图，气象阔大，感情高远，诗情浓郁，令人肝肠沸烈！可见树喜表面是在写今，实际是在写古；看起来是在写物，实际是在写历史。是在进行着近乎悲壮的寻觅，在不被关注的角落里歌唱。唯斯难能最难能啊！这正是树喜艺术手法的高超之处。南朝梁刘勰《文心雕龙》"寂然凝滤，思接千载；悄然动容，视通万里"，盖此之谓也。

　　古今咏红叶者多矣，而咏黄叶者于所见诗词似未有人道。树喜却别出心裁，独开一枝，以黄叶为吟咏对象，且准确传神，哲理独具，于娓娓道来中铺陈，似不着力处见工。一再吟诵，反复品味，短短44字，通灵剔透，其淡入情，其丽在神，辙沁入心，久久不能忘怀。真能不愧"绝妙"二字。于词为正宗中之上品。作者笔下，黄叶身份品性绝高，竟比红叶有过之而无不及。看似不甚经意，所谓"得来容易却艰辛"。

（原载《东坡赤壁诗词》2012年第2期，收入《宋彩霞作品选·评论卷》，中国书籍出版社，2016年）

站在崇高精神层面的
大情·大气·大襟抱

——读《颖川诗词》走近陈文玲

我读《颖川吟草》《颖川诗草》《颖川诗词》，再读《互联网与"新实体经济"》《不能把去产能作为一个口号以摧毁的方式去产能》《中国经济可以跨越：亚洲依然是世界经济发展的中心》等诗文，收获了感动，收获了崇高。

质朴干练的陈文玲女士长期从事经济研究。她是原国务院研究室司长，中国国际经济交流中心总经济师、学术委员会副主任。她曾多次参与起草《政府工作报告》，先后参加国家"十五""十一五""十二五""十三五"相关规划制定、研究或评审。她集著名经济学家、诗人、书法家、研究员、博士生导师于一身，参加党中央、国务院一些重大文件的起草和国家多项重大课题的调研，许多研究成果、文献得到党中央、国务院领导的重视和批示，被国家决策采纳。这些都体现了她的职业和学识的个性特征。她还担任着中华诗词学会副会长。在繁忙的工作调研之余，进行诗词创作，非常难能可贵。带着敬仰之情，我走近了她，解读了她诗词世界里那些崇高精神层面的大情、大气和大襟。

近年来诗坛的一些诗词作品，多少出现了一些所谓"唯美"的倾向。对理想信念的追求、对山水以及对英雄的赞颂似乎要离我们而去，这是当代人的一种缺氧。《颖川诗词》让我们在艺术的审美流程中忽然生出这样一个全新的体会：诗词不可以没有英雄气概，不可以没有对崇高精神的敬畏和诠释，不可以没有理直气壮表现时事的作品。无论时代将走向怎样，社会将发展成怎样的文明样式，我们都应该铭记祖国的大好河山，铭记一个民族的命运，永远为后代传递一种能量。从这个意义上讲，《颖川诗词》是在为今天的人们补氧。

诗词的创作是比较难的事情，它不仅考验你的学识，也考验你的体力。它像文字里的建筑、雕塑和油画，要的就是让世间万物呈现华丽美妙的效果，不丽不美，没有情感不成诗。陈文玲以超群的才情作保证，以浓烈的情感做基调，以名山大江和熟稔的人事为题材，在短短五年时间里，先后整理出版了《颍川吟草》《颍川诗草》《颍川诗词》三部曲，令人心生钦佩。

她的大情体现在：凡落笔处，皆有不忍。

她一方面调查研究国家的经济，一方面进行诗词创作。在这个过程中，她始终坚持正能量，抱着对人性的虔敬之心，进行着一场诗词的修行。她观察事物和创作作品都比较容易有新的发现，在创作中有开创，有坚守。她在诸多作品中，都充盈着强烈的大情。爱，还是不爱，在大众这里，是如何面对某个具体情感的问题；在陈文玲先生那里，则是个终极问题。她爱民族、爱家乡、爱国家、爱人类，她的爱不是狭隘的，不是唯我独尊的，是一种广博的爱。

她的大气体现在：站在珠穆朗玛峰上看中国。

她有一首写天台山琼台仙谷的词：《醉操翁·琼台仙谷》上片云："悬崖。空峡。神娲。是谁家？薄纱，崇峰峻岭云梯达。　一步一处新芽，绿如花，树树是仙葩。无限风韵足下答。攀岩走壁，回首山拔。"韵脚密集，难度很大。她写的不仅嫩红浅绿，还有枝繁叶茂。她还把黄河、长江地域乃至全国、全球的范围来考量、来审视，颇有"站在珠穆朗玛峰上看中国"的气势。如：《卜算子·昆仑》云："出世便沧桑，龙脉长天仰，伟岸雄浑舞动时，万里群山响。"还有"站在外星球上看地球"的胸怀如：《踏莎行·天地》云："大地藏辉，长天吐瑞，无边无际乾坤醉。刚柔相济塑时空，年年岁岁春秋媚。　元气精微，神魂交汇，人来人往情为贵。江河湖海涌新潮，谁知亘古皆前辈。"

这气势和胸怀如何了得！她纵观古今，联系上下，使涉及的时空范围相当大；又因为多年的知识积累，她对黄河长江看得分外清晰。她在：《浪淘沙令·黄河情愫》云："成也土成田，败也泥潭，推高河道挂前川。满目疮痍沟壑纵，岁岁年年。　何处觅清涟，天上人间，丛丛芳草驻高原？日月星辰随水逝，大道无言。"黄河在她的笔下描摹的具体入微而又客观真实。这是文气、浩然正气，更是鹤立鸡群的才情以及对家国矢志不移的高情大气。

她的大襟抱体现在：介入现实的姿态。

诗词要有介于现实的姿态。在我读过陈文玲女士诗词集后，这个字眼不时地闯进我的脑海。她也选一些平常平庸的生活做题材，但通过想象创造了个人的精神世界。有时她会将听到、看到的、考察到的广播、电视、新闻会等传闻，触发创作灵感，有时候她会将听到看到的与自己的想象思考和批判结合在一起，写成作品。但她也注意到了就是不要把现实写成固定不变的现实。这种介入是社会的，包含着大的视野。相比之下，对于那些只写无题之句而言，陷于一种自我陶醉的小我写作氛围，那样的作品价值是有限的。这里牵扯到诗词与大众的关系，很多诗人会说：我不在意诗词读者的多寡，我的诗词是写给少数人看的。这种说法的确精妙，而且近乎天衣无缝。但从实际来看，如果一个人的诗词受到极大欢迎，他内心的喜悦也是无以言表的。因此诗词如何介入现实，如何走进大众，也是常谈常新的话题。陈文玲先生在这方面是做过尝试的。我在今年《中华诗词》杂志第3期时代风云栏目里曾经编发过她如下两首词：《诉衷情·最美是心恋——赠蒲金清最美家庭》云："情浓于水驻高原。柔美是心恋。时光缓缓流逝，奉献爱，化清泉。　穿藏地，过山川，共蓝天。悟人生贵，夺秒争分，建设家园。"这首应该是响应中宣部号召，为时代楷模人物写的赞歌。其：《卜算子·赞邓州编外雷锋团》云：

理想化雄鹰，携手长天共。回首当年战友情，已入中国梦。　播撒爱无声，点点滴滴奉。春雨随风潜入心，化作人生境。

则是她深入基层，诗词走向大众的一个范例。

一首优美的诗词，必定会给读者一种美的享受，带来心灵的启迪、思想的震撼，也就是说必然有可读性、艺术性和思想性。在《文心雕龙》中，刘勰说："情以物迁，辞以情发""文变染采世情，兴废系于时序"，强调创作时决不能忽视对自然的感悟和体验，也不能离开生活实际闭门造车，更不能不了解时代的脉搏、不抓住时代的特征，强调文学创作要"述志为本"。综上可见，陈文玲作品既非曲高和寡的"阳春白雪"，也不是朴素通俗的"下里巴人"，但又二者兼而有之。熟悉陈文玲女士的人都知道，她之所以能够用诗词来讴歌我们这个时代，展现这样的大情大气大襟抱，是因为她诗中所描写的许多事件都是她亲身经历并有所研究的。这是艺术来源于生活的佐证。她在参与制定国家经济发展战略的同时，又享受崇高精神层面的修炼，收获了宝贵的诗意人生。正像她在《捧一杯诗意的淡淡清茶》一文中说的那样，她每每都写出了感动。她的《十六字令·诗》："诗，梦里青藤月下织。平平仄，泼墨有相识。"正是她诗意人生的写照。我走近陈文玲先生是诗词之缘，结识陈文玲先生是我的荣幸，她带给我的是满满的正能量。诗化人生是幸福的。最后用我的一首感怀词作为结束语，并表达我对陈文玲先生的敬意。

玉楼春·贺陈文玲女士《颍川诗词》新书发布会暨中华诗词高端研讨会召开。

芝兰手植真高洁。涵绿披红多少叠。颍川诗意总撩人，三卷长歌歌遍彻。　　海山十万翻新阕。大爱弥天情切切。生涯情系大风潮，许国寸心如寸铁。

（本文定稿于2016年4月6日，收入《宋彩霞作品选·评论卷》，中国书籍出版社，2016年）

深谷幽兰淡淡馨

——浅谈曹辉诗词的语言特色

曹辉是个热爱诗词的女子。她用行动诠释了对诗词的爱，用热忱倾注了对诗词的情。她的诗词已经形成鲜明的语言特色。

散文语言

"愣在其中，歌声四起，镇住情之山脉。百惑因缘，因缘百惑，岂可虚花虚饰。为谁等待，听故事、竟成编剧。心上人儿在哪？桃花怎么苍白？　阳光似乎吝啬。笑相思、照于顽石。如果真能比翼，愿同呼吸。音乐因谁勾勒。且休戏、红尘擦掮客。转念深深，春风习习。"

这是曹辉的词作《天香·再听"为你等待"》，仿佛在讲个小故事，那种娓娓道来的述说中，是作者一颗如水的女儿心。作为一个从散文起笔后习诗词的人来说，曹辉的散文与诗词可以说相得益彰，秋色平分。而她的诗词创作显然融入了深厚的散文色彩。这是种有趣的现象。有人说曹辉的诗词读来就像说话，非常自然。这种大化自然通过诗词载体形式体现出来，更具散文直观效果。艺术是相通的。可喜的是，曹辉在这方面做出一些尝试。

生活语言

左手摘桃花，右手牵春色。放任红尘雀跃心，幸福从容得。　山路露欢颜，花朵藏羞涩。今日阳光潋滟开，差遣风勾勒。

这首《卜算子·登山偶得》是曹辉诗词创作中比较有特点的词作。那种轻松和恬淡，通过诗词率性传递出一种小女人的小幸福。创作来源于生活，读词如读人，读词如读故事，这就是曹辉诗词语言的亮色。再来看《西江月·大野迎春》：

顽草坡南言梦，白云坡北回眸。蟠龙山顶望中收，三月桃花醒否？　本想春风从我，谁知她要自由。原来一个犟丫头，真爱何妨放手。

读其词，能侧面了解一个人，这种感觉，从曹辉的诗词作品中折射出非常清晰的痕迹。

醉洒清辉八月宵，十方遂意各扶摇。深谙小我期生翅，欲化中流盼涨潮。　　心跃跃，浪滔滔。襟怀磊落傲天骄。浮一大白当真爽，架个天梯步步高。

《鹧鸪天·丙申中秋赏月》乐观向上是曹辉的性格特点，也是幸福的通感模式。

白描语言

曹辉的用语极富生活情味，又新奇可喜。如《无题》：

尘中花一朵，姿色很寻常。

南风不嫌我，聘我做新娘。

这是绝妙的春之礼赞。南风催生了不起眼的野草闲花，给它以一个灿烂开放的机会。"枣花如米小，也作牡丹开。"于是平常的花卉也像新娘一样风光起来。又如《采韭菜》：

讨个小消遣，清欢有几人。

园中秋色盛，垄上韭花新。

任是飘零梦，也持淡泊身。

轮回风勒索，缘起好寻因。

写朋友相聚的清欢。此处化用杜甫《赠卫八处士》"夜雨剪春酒，新炊间黄粱"的成句，其意，以"讨个小消遣，清欢有几人"如此简练生动的口语，真是到口即消，令人欣喜。"园中"一联对仗自然工整又极生活化。三、四两联掺入理趣，可见出作者的淡定与深邃的思致。

《浣溪沙·寄趣》：

爱是心中一首歌，春风吹皱梦中波。初寒笑问奈其何。　　山上未曾杨柳绿，词中硬约杏花过，谁知四月话偏多。

自然的语言，开泰的心境。以"四月话偏多"作结，是说明撩人的春光引来诗人絮絮叨叨的唠舌。欣悦之状见于字外。此类旁敲侧击的表现手法是很别致的。再如

"俗念共流年，人生总波澜。看光阴，如此刁蛮。谁被晨昏迷惑后，续半阕，更为难。"

(《唐多令》)用"刁蛮"形容时光流逝之无情，也是簇簇生新的创格语言，很有陌生感。

曹辉诗词可圈可点之处很多。无论在立意与表述上都透着汩汩的灵气与力辟新境的劲头，可说是别具一副笔墨的作品，能令人耳目为之一新。

（原载《中华诗词》2017年第8期《青春聚焦》）

一路诗相伴　千支曲有情

　　与梁剑章先生初识于宁晋《2014河北省诗词协会年会》上，而后又应邀去平山县进行诗词讲座，在石家庄刘清芳先生诗词研讨会，邢台杜福贞、范峻海先生诗词研讨会上见过面。他以主持人的风采，口吐连珠，每每都给我留下深刻的印象。在范峻海先生研讨会结束时，他风尘仆仆找到我，告诉我他要准备出版6本书，要我为他其中的一部诗集作序。一叠诗稿放置我的面前，行将付梓。这时候我倒真有几句话想说说。

　　在诗的百花园中，爱好者颇为广泛，从王侯将相到平民百姓，都有醉心吟咏者，历代诗集诗话多有记载。但作诗填词的主体无疑是士大夫阶层。屈原以后，诸如李白、杜甫、辛弃疾、苏轼以及清末黄遵宪、丘逢甲、陈三立等在诗词史上留下一系列闪光的名字。他们大多立身正直，秉承儒家治国平天下的理念，仁民爱物，余事为诗以抒情言志，胸襟博大，志向高远。屈原"长太息以掩涕兮，哀民生之多艰"；杜甫"穷年忧黎元，太息肠内热"；文天祥"人生自古谁无死，留取丹心照汗青"，无数富有忧患意识与爱国情怀的诗篇，显示出诗人崇高的品格，为后世永垂风范。如果我们的党政官员多出一些文化素养很高的诗人，必能在民族的传统文化复兴中起到表率作用。

　　首先，人是要有点精神的。与那些被乱花迷眼的写作者相比，梁剑章先生写得朴素。基层打拼锻炼了他的攻坚克难的勇气和精神，以惊人的天赋和刻苦的努力自学成才。传统诗词是中华文化皇冠上的一颗明珠，艺术规律决定了必要的"游戏规则"。他没有像有些人把精力花在议论这些规则的有或无上。他一头钻进去，承认并尊重数千年来逐渐形成的规律性认识，以及其永恒的生命力。他又一次付出了攻坚克难的不懈追求。这本集子收入的是他2003年至2005年三年的行脚。他以日记、随感的形式记载了他的工作、生活。诗集中展现的是作者对人生的感悟和对事业的忠诚。从艺术上说，他的律绝和词作，都反映了阶段性的可喜成果。客观地说，这部诗集中的作品绝不是"字字珠玑"，也不必给他加上"桂冠诗人"的头衔，然而有一点可以肯定，他没有想"抄近路"，效法某些不伦不类的东西，而是老老实实地埋头沉心，伏下身子，一步一步往前走。我赞赏这种来自出发点的正确把握和义无反顾的精神。以十多载的打拼，记录了自己和国家的命运和心跳。无论是叹息和质问、正常和反常、理性和感性，没有切肤感受，谁可洞见？！似乎不需要论证，一读即知。比如他笔下的：

    总将愚钝揽胸怀，车赴津门独自裁。
    仰目晨光霞幻彩，低思征旅雨徘徊。
    有疑总赖名师解，逢难常凭挚友排。
    涤荡身心安静气，何愁姹紫不凝腮。

（《赴天津车上》）他要把那些装潢行业上的先进经验拿来，装点自己的姹紫嫣红。这样的题材也写得有声有色，的确不易。在《行香子·聊城行》一词里小序他写道：

  甲申初夏，赴聊城考察调研建材市场发展情况，与聊城北顺装饰材料市场经理支金顺等聊起歌厅小姐在邮电局发电报时，招呼家乡同伴过来，言"钱厚、人憨、速来"，为之精辟简短之言而作。

  婀娜多姿，粉面金环。步轻移、邮电门前。嫣然有笑，电报精言。赞钱儿厚，业儿旺，人儿憨。青葱靓丽，年华豆蔻。正其时、一展风帆。轮番失业，误入烟寰。看身儿堕，志儿灭，心儿酸。

把反常现象揭示得淋漓尽致，发人深省。乙酉初夏，在赣州市考察建材市场，与赣南建材大市场总经理刘忠平等市场领导班子见面。他在《赣州行》一诗中写道：

    小荷初绽会新朋，踏访赣州古道中。
    杯底清茶寻往事，江心老酒话今情。
    如诗岁月纤纤影，走冀风霜缕缕踪。
    几载翔游装饰里，也存酸苦也存荣。

是他考察建材市场的真实情景。

其次，他有高度的政治、文化自觉。剑章先生执着的努力从大方向源于对中华传统文化忠贞不渝的信念。现在，中国人都在谈文化自信。文化自信来源于文化自觉。剑章先生是有这种文化觉悟的。在他的诗作中,表现了他对中华诗词炙热的感情。正是中华文化的伟大的生命力和无穷魅力,造就了他的坚定信念,也成为他"入虎穴""得虎子"的不竭动力。他在《临江仙·由京乘机赴温州》写道:

  正是春光明媚,琼花铺满芳洲。雄鹰直向海云楼。扶摇行万里,高处仰风流。 无有青云之志,难巡四海江瓯。迎风破浪站潮头。会当凌绝顶,大宇主沉浮。

好一个"无有青云之志,难巡四海江瓯"!他在贺《永兴,这一方热土》报告文学集出版里写道:

  一部新书赖众功,催开美苑万花红。
  灯前伏案凝心血,笔底挥毫揽大风。
  发展欣凭文学助,深耕更靠梦魂同。
  濠河树下长流水,鼓胀征帆正向东。

  云淡天高阔,清风放远楼。
  常从包史鉴,不信有贪貅。

(《包公祠吟》)反映了他的政治自觉。乙酉春日,与河北省散文学会常务副会长尧山壁、副会长袁学骏、副秘书长潭鸿彬等参加元氏县举办的封龙山创作笔会。他在《踏莎行·山行》云:

  夜幕初临,朦胧山色,抬头仰望星光没。风声摇曳柳林丛,长长山路流萤遏。 静静前行,悠悠自得,轻轻莺语听真切。忽然拔地一声鸣,白光耀耀冲天阙。

下阕结句气象是何等的发煌!《天津环渤海家居广场赞》:"长廊铺满欢声溢,我自诗心逐浪飞。"《温州装饰城赞》:"勤在桃源寻玉蕊,常从美苑觅红妆。家居故事知多少,喜看温州又一章。"《西江月·台州行》:"曾记天山雪雨,几番盛会相迎。台州城里话重逢,一揽建材佳境。 建起家私大厦,又牵专业商城。乘风借势舞龙腾,唤得惊鸿琼影。"《西柏坡》:"石碾推来新世界,农镰割去旧乾坤。岗南水库清波漾,浩气英风猎猎存。"《临江仙·山东省建材市场赞》:"自古田园播种,今朝商海神驰。引来新业绽芳姿。大明湖上景,装饰路中诗。"《踏莎行·白河赏月》:"夜色温柔,白河如练,长桥缎带霓虹闪。波光明镜走粼粼,风吹绿野牵飞燕。 星月交辉,暖风送软,举杯对饮家居宴。圣贤故里揽芳春,胸中大计冲江岸。"《石家庄》:"踏步南阳论细真,回程夜幕数风尘。窗前凝望黎明色,又揽石门一片春。"

以上诗词都洋溢着心灵的大美与良好的心态,滚动着时代的强音,而又凸显着现代的诗艺元素。有了这种觉悟和动力,从而避免少走弯路,再加上前面说的克服困难的精神,剑章先生还会"登堂入室",一以贯之地努力下去,还会不断地拾级而上。

第三,循此以进,必上层楼。梁先生是名副其实的"官员"。当代诗坛上的官员,是一个有特色的群体,其表现可圈可点。这一代人由于历史的原因,多半难于系统地接触传统文化尤其是诗词的根脉,及其艺术规律。然而生活的艰辛、感悟,实践的积累,尤其是传统文化难以抑制的光芒,割不断的磁场引力连新诗人都"前贤读破三千纸,勒马回缰写旧诗"(闻一多句),官员队伍中的不少人,不期而然地成为改革开放以来造就"中华诗词热"的重要推手。他们兴致盎然,甚至夜以继日地投入诗词的学习和创作。他的《临江仙·包头行》就最有说服力:

夏日离京西去,万花辉映钢城。舒眸烟柳走娇莺。蓝天飞雁远,草茂骏骐腾。 今夜情归何处?建材装饰摇铃。铺开浓墨写真经。灯前圆美梦,笔透五更星。

信赖和成果没有辜负他们。我有许多官员朋友,成为当代诗坛的佼佼者。实践证明,大凡浸润于传统诗词,由于诗词传递中华文化的元典精神和中华民族的人文气质,使他们如鱼得水般找到了自己的家。有诗为证:"扮美家居路几何?春风十载走长河。流通浩浩催新艳,市场泱泱舞大戈。 知进退,赖精磨,欣凭慧眼数潮波。创新赢得旌旗举,更踏征尘奏凯歌。"《鹧鸪天·中国北方地区建材市场发展论坛赞》:"虽是寒冬暖意生,京津贵客到名城。携来装饰新潮卷,舞动家居锦绣程。 凭毅力,靠精诚,筹谋伟业拨寒冰。高台莫论乡音小,只待苍穹展大鹏。"(《迎接建材流通业专家莅临郑州》)在这个精神家园里，人们更直接领略了爱国主义的最强音。

《哈尔滨行》他云：

且斟小酒对良辰，北国风光冰上寻。有雨祥云添瑞气，无尘俗界静禅心。　已收昨日清霜冀，但觅今宵大雅音。把盏千杯犹未尽，畅谈彻夜总销魂。

在《沈阳行》里他写道：

不问莺声枉自愁，寒冬虽漫有潮头。虬枝常待风吹早，高岭欣迎雨对流。　锦绣蓝图灯下绘，经年伟业海中酬。但期心共云端骛，驶向春天第一舟。

他考察的脚步遍布大江南北，更加亲近自然。他在《金缕曲·瘦西湖》吟道：

莫道西湖瘦。更穿行、长堤十里，柳花盈袖。白塔晴云虹桥里，点点春光香透。湖上草、丛丛含露。竹市小楼临水阔，香海慈云绿杨牵肘。梅岭舞，叶园走。　谁言天下西湖有。数江川、瓜州城里，此湖足够。舒卷闲庭心飘逸，唤得诗情牛斗。松叠翠、烟台红皱。二十四桥明月夜，玉人箫声荡回依旧。杯底酒，远知否？

在《魏县行》里云：

放马平原一路驰，漳河卫水绕晨曦。天龙助我凌风阔，古魏腾云舒凤仪。　千载高台贤下士，一方沃土展新旗。谁言春鸟晚来度，依旧风翻杨柳枝。

在重新审视中华道德思想的光辉，领略人间的真善美后，他有所感悟。"不尽长街飞雪里，惊雷正待发新枝。"（《大庆行》）在《鹧鸪天·津门行》他感叹道："金风巧奏装修曲，步步行来步步诗。"在《邯郸行》里他又道"北往南来尘路里，笙歌伴我走天涯。"在《摊破浣溪沙·无锡行》云："山水风光美画图，小桥明月溢芳珠。锦绣人家织长梦，鼓琴书。　装饰家居魔幻彩，高楼大厦走云殊。激滟太湖堤影里，晚霞铺。"在《南阳陶瓷市场行》道："未了心声未了情，相依国企展新旌。谁知多少神来笔，都在寒霜雪月萌。"在《新乡行》里吟：" 曾认新乡作故乡，一年一度总牵肠。激情岁月知多少，遥领风骚奔小康。"

是的。这真是："十载商风催浩荡，一腔心血透关山。春风正待拂杨柳，直把诗吟向远帆。"（《南通审稿》）

这些正是每一个公务人员不可或缺的。梁先生颇有诗人气质，举凡海内外山川名胜、四时风景，以及友谊亲情与种种生活磨难感悟，皆随时随地写成诗篇，或抒发壮伟的抱负，或寄托委婉的情思，或深刻地沧桑体验都入诗词中。昔人谓仁者与天地万物为一体，诗人之心可包括宇宙。梁先生诗中的关爱大到国家民族，小到一花一鸟，正乃仁者与诗人发自内心的情感。在诗艺方面，他修辞炼句，力求雅正精工，法取乎上。姜先生步入诗词之宫，选择了一条艰辛的道路，读书积学，追慕前贤；为诗反复推敲，中规中矩，在此基础上登堂入室，成就未可限量。他热爱装潢事业，又受乡土文化之熏陶，上举乡贤，足堪诗法，循此以进，必上层楼。

笔者在中华诗词杂志社做编辑，服务于诗友，成就甚微，承梁先生虚怀若谷，不耻下问，殷殷嘱为序言，遂不揣浅陋，妄自论介，谬误之处，尚祈指正。

（乙未年夏月于京华白雨庐，收入《宋彩霞作品选·评论卷》，中国书籍出版社2016年）

蠡水观沧海　诗章见性情

——罗福江《乡缘》序

余在20世纪90年代就曾拜读过罗老诗词集《乡韵》，得知先生于诗，发于心，兴于情，达于理，终成于境界。只是忙于工作，无暇拜见先生。直到几年前，先生几经打听亲临我家才得与先生相识，遂成忘年之交。而后多次向先生请教，我深怀钦仰之情，复闻罗老之孝悌，尤增敬佩之意。今罗老第二本诗词集《乡缘》即将付梓，又以诗词见示，余读后感慨不已。从《乡韵》到《乡缘》我都能读到一种心路的参悟，那就是罗老深于情，笃于志，乡情、亲情、友情，民胞物与之怀，同仇敌忾之气，世事沧桑之感，无一不充溢于字里行间，读之令人可亲可敬，可歌可泣。古人云，动人者情也。诗言志，是包括情在内的。读了《乡缘》，使我更加感受到了情的巨大魅力。仿佛展开一幅情思的画卷。诗中爱国之情澎湃，乡情民情浓烈，亲情感天动地，其家国情怀可见一斑。

诗中洋溢的，首先是爱国之情。古人云：江山如画，一时多少豪杰。山者祖国之山，水者祖国之水；钟情于山水者，皆爱国之情怀也。他在《昆嵛山水库》云：

　　石坝高高驰盛名，连峰锁谷镇蛟龙。
　　源头无染深山寺，渠畔先黄良种樱。
　　鸟唱云中松递翠，蜂忙水外影摇红。
　　内中多少英雄泪，化作清风入画屏。

诗人在看到"鸟唱云中松递翠，蜂忙水外影摇红"后，话锋一转，道出了"内中多少英雄泪，化作清风入画屏"。在如此美妙的景致里，诗人没有忘记祖国的大好江山，是多少前人流血牺牲换来的，正所谓："花要开的美，花瓣带露水，人要笑的美，先掉几滴伤心泪。"信不巫也。

　　船头倚剑面朝东，未解戎装怒挺胸。
　　心里几多悲愤事，至今不肯向人倾。

——《谒邓世昌铜像》

罗老先生既接受传统人文思想影响，又曾受到新思潮之洗礼。爱国爱民、先忧后乐，贯串其一生。试看：在参观了迟浩田上将手书"荣成伟德将军碑廊"后，他这样写道：

> 将军挥笔起碑廊，字字流金万古香。
> 踏尽石阶意未尽，思量收获斗难量。
> 民生水火出英烈，血灌山川长栋梁。
> 信有真情荫后世，胜于侈论纸千张。
>
> ——《伟德将军碑廊观后感》

其"民生水火出英烈，血灌山川长栋梁。"何其豪迈，真是气壮山河！爱国情怀跃然纸上。

先生诗中关心社会，心系百姓。人民的生活，人民的疾苦，成为诗中的主线，诗中的灵魂。这浓浓的乡情，是对故乡、对故乡的工业、对故乡的土地、故乡的人民所表现的深沉的爱和壮志凌云般的激情，也是诗中最感人的地方。例如：散步归来懒上楼，路旁邻里话新秋。凉蛩伴奏欢声细，羞月偷听斜探头。（《夜乘》）柳条作响不经师，得趣齐吹年少时。小女一旁空指树，央求祖母也折枝。（《吹柳》）雁影归来挂晚霞，一生风雨走天涯。莫悲故里无居处，四壁青山原是家。（《回故乡》）

2006年夏天在孙家滩小住时，有人自带旅行小帐篷夜宿海滩，他这样写道：

> 昼驾摩托夜宿沙，帐篷支起两三家。
> 清风富产尽情用，小贝深藏信手扒。
>
> ——《访游客》

其：《鹧鸪天·再访集贤寺》：

> 破殿浮屠根已除，麦田成片绿平铺。纷纷香客移情久，郁郁相识银杏孤。　　集有散，舍无图，兴衰细事古难书。依稀许是晨钟响，敢问禅心该有无？

如果说神州大地上的行止多与风土人情有关，那么，诗人的脚步一直伸向了山区、海岸、学校和黄土地，这似乎专为他的诗思插上了翅膀。这涉及一个时代转换的记录，这种转换对当今的中国诗人是必要的。今天，我们强调作品的时代精神，至关重要，但如果缺乏对时代的真实感受，全靠"自我胸中出"去把握"时代"，却也未见得准，因此亲历亲见多么重要！你看他"羞月偷听斜探头。""雁影归来挂晚霞，一生风雨走天涯""入梦残宵惊海韵，辞别少酒醉朝霞""顽童不顾前程远，又在随潮踏浪花"这些句子诙谐有趣，极具动感。清吴雷发《说诗菅蒯》主张"有意作诗，不如诗来寻我"，意指灵感袭来，在不期然而然中方得佳句；而为作诗而作诗，一味搜索枯肠的苦吟，则难入佳境。先生在乡间看到的点滴或借助童心，或观察景致来对佳山秀水进行描绘，然后他把自己摆进去，"兴衰细事古难书，依稀许是晨钟响，敢问禅心该有无"来进行发问，从而上升到一个哲学层面的思考来。有良知的诗人多做苍生之念，他的心与人民永远无法分开。这种对人民的关爱，体现了诗人崇高的胸怀，这正是诗的格调崇高的原动力。古人的乡情诗往往在"思"上用力，而作者的乡情诗饱含着对家乡发展的殷切期望，使人感受到一种蓬勃向上的激昂情怀。这种情怀大大增强了诗的感染力。这应该是作者对乡情诗的一种拓展。

第三，作者在诗中体现出来的感天动地的亲情。其代表作有：

家住山腰近市中，繁华静谧两相融。
时逢老叟好登陟，小巷楼旁上下通。

——《新居》

顺访故人园，柴门拦在外。
今渠代老渠，旧井浇新菜。
采酿蜜蜂忙，更迭人事快。
瓜蔬两不知，静等阳光晒。

——《过故人园》

最令我感动不已的是：

鹧鸪天·悼双亲并序

先考乃本村第一位中共党员，先妣为本村第一位百岁寿星。虽家徒四壁，却作为党的地下交通站达七年之久。二老出生入死而寿，茹苦含辛而乐。儿永慕先泽，填《鹧鸪天》一首，悼之。

血染家山草木腥，双亲地下跑交通。闻敌怒火生七窍，送信埋名起五更。　　云漫漫，水重重，救亡风雨又兼程。任凭旷野豺狼叫，总把归踪做去踪。

注：2007年3月11日和2010年1月9日，《威海晚报》用两个整版长篇报道了母亲的事迹。

诗友隋鉴武先生读后，以《百岁老人吕洪兰》为题赋诗颂扬，诗曰：

投身抗战历峥嵘，硕果今成老寿星。

哪敢心粗誓词忘，从来党重个人轻。

读书看报明时理，走线飞针尚女红。

岁月风涛增劲健，后生当效奋前程。

此诗首刊于2010年1月17日威海晚报（后《中华诗词》刊载），母亲看后很是高兴。这首鹧鸪天就是我遵母嘱填的答谢词。原题为《母亲忆地下交通站》，刊于2010年4月4日威海晚报。现母亲已经去世，遂将此词改题加序刻于双亲碑阴。

此等孝心真令后生肃然起敬！这些诗句或酣畅，或嘹亮，或潇洒，或飞动，或沉郁，或烂漫，或璀璨，或魁伟，或强健，或高妙，都能以状写之景如在目前，含不尽之意见于言外。诗家语之运用，端的是匪夷所思；而罗老诗学之自觉与诗作之不苟，亦于此可见。

"外师造化，中得心源"，是唐张彦远评历代名画时的一个有名论断。这里完全可以为我的读后感做一个小结。外部世界，自然万物，对每个人都是客观存在，然而要师从、要认同，要和自己的主观世界相作用，那就有一个"相结合"的问题。主观世界我们可以从罗老的诗作里随处感受到一颗滚烫的赤子之心，一颗对国家、对人民、对故乡赤诚的忠心。这是根本。再加上罗老对中华诗词的至爱之心，以心血倾注于创作实践。他的诗尊重传统，讲求格律。丰富的阅历是罗老的强项，写经济生活和社会百态都无愧于生活。他的实践再一次证明了东坡先生"腹有诗书气自华"的论断。

短文局促，难探幽微。最后谨以一首新声韵小诗祝贺《乡缘》出版：

乡韵乡缘《醉太平》，芳菲满树《柳梢青》。

感君一曲《思佳客》，照我人生《望远行》。

（收入《宋彩霞作品选·评论卷》，中国书籍出版社，2016年）

青山听雨　滴滴清圆

——王善峰《青山听雨》序

近日，读到诗友王善峰的诗词稿《青山听雨》，有一种被召唤的感觉，从心底深深地生发出来，于是写下下面的文字，刍荛之见，不敢称评，浅陈体会而已。

翻开《青山听雨》，字里行间，溢发着一种真情实感。在这里，找不到些许的矫饰和造作。或行游，或感遇，或伤时，或相思，或怀旧，或论道，或禅悟，作者都是直抒胸臆，坦陈心扉。我以为，动真感情，说真心话，是诗人之所以能成为真正意义上的诗人最基本的条件。

首先，善峰诗中融注着沉重的历史沧桑感，善于把眼前的现实与历史贯通起来，读后令人掩卷沉思，久久不能忘怀。

千古浩然气，凛凛尚如生。旌旆奔来眼底，榴火一庭明。麾下貔貅万骑，笔底风云千变，将略与儒行。风流俱往矣，谁与论穷通！　身如羁，心徒壮，恨何穷！坐看乌飞兔走，空有泪纵横。安得倚天抽剑，斩破牢笼铁网，一振拂苍穹！文章留万卷，何足慰英雄！

——《水调歌头·重吊稼轩祠》

这首词从眼前所见起兴，追忆稼轩平生，寄托无限感慨，后半阕简直就是夺他人酒杯浇自家块垒！

风雨忧殷昼掩关，闲愁百种上心端。
种田谷贱卖田易，失业人多就业难。
黑洞沉沉连富贾，红楼暗暗宿高官。
民财国利销多少，腐儒诗成敢问天？

——《有感》

诗人在历经风霜雨雪，尝遍生活酸甜苦辣的同时，对人赖以生存的客观世界与主观世界，进行着深层的思考。"种田谷贱卖田易，失业人多就业难。"直指时弊。诗人对历史的反思和对现实的追问，闪射出理性之光，辽阔、深远。他毫不隐饰地把自己摆了进去，"腐儒诗成敢问天"，一种忧世情怀和盘托出，这才是诗人特有的气质！

桂彩流空，长天净、云收雨歇。东南望，台澎何处，肝肠沸烈。杜宇啼残家国梦，梦魂飞度关山月。正亲人歌哭唤归来，声声切。　　分离恨，终须雪；分裂志，终须灭。看相携共补，金瓯无缺。大海翻腾华夏泪，长城凝聚炎黄血。唱和平一曲彻神州，冲天阙。

——《满江红·有感连宋大陆之行，对月抒怀，用岳武穆韵》

诗发乎情，方能感人之情与撼人心魄。善峰在这首词中，用"桂彩""云收""杜宇""梦魂"等意象群，构成了一幅气象雄浑的画图，气象阔大，感情高远，诗情浓郁，含义深刻，真是豪气冲天，肝肠沸烈！诗人从眼前流空的月色起笔，遥望东南遥远的台澎，落想天外，用"杜宇啼残家国梦，梦魂飞度关山月"两句把台湾亲人那种复杂的家国之思完美地表达了出来。善峰表面是在写今，实际是在写历史，时空转换，不着痕迹。这正是善峰艺术手法的高超之处。刘勰《文心雕龙》所谓"寂然凝虑，思接千载；悄然动容，视通万里"，盖此之谓也。

其次是刻骨铭心、天荒地老的爱情篇章。这本选集里爱情诗甚多，亦忧伤、亦美丽，情辞并茂，尤为杰特。现不惜篇幅，引录如下：

生计驱将暂别离，不辞遥远更相依。
华堂客散双归晚，午夜街头热吻时。

奇山住罢更西山，流荡颠沛凡几迁。
相依相伴还相濡，蜜煮黄连苦耶甜？

飘蓬断梗苦相依，浪起风生不禁持。
三载情缘终是梦，良辰何必有佳期！

坎坷情缘忆易伤，旧疮重触意如狂。
人间苦恨何日了，却付他人论短长！

——《忆旧游》

家计辛勤苦乐同，一车共载雨和风。
山村十里颠簸路，笑指坡头连理松。

——《赠内》

玄霜捣罢玉成尘,俱是夫妻一片心。
但得百年长稳健,不需驾鹤入青云。

——《为妻捣药即兴口占》

为有痴情入醉吟,寒香小集记青春。临歧持赠成凝噎,眼底心头泪欲涔。 携素手,步芳辰,可怜长做梦中人。他生若坠梅花海,花下莫辞相见频。

——《鹧鸪天·感旧》

少小多情恋水芝,红香和梦入新诗。痴魂一片柔如水,长护瑶华托翠裾。 银汉窄,会无期,残宵梦断雨声稀。征鸿过尽书难寄,一寸相思一寸灰!

——《鹧鸪天·思荷》

灯朦胧,夜朦胧,袭袭轻寒阵阵风,独行道路中。 云相逢,月相逢,唯有离人隔九重,君西我向东。

情朦胧,意朦胧,情意朦胧似酒浓。情歌唱晚风。 郎心同,姐心同,结个同心寄雁鸿,高飞过万峰。

云飘飘,雨飘飘,雨落沙堤海浪高,侬心也涨潮。 衣香消,发香消,鬓影衣香记昨宵。相思快于刀。

——《长相思·步晓雨韵》

无深情者不配言诗。善峰真深于情者也:"华堂客散双归晚,午夜街头热吻时""山村十里颠簸路,笑指坡头连理松",何等热烈真挚!" 衣香消,发香消,鬓影衣香记昨宵。相思快于刀""携素手,步芳辰,可怜长做梦中人。他生若坠梅花海,花下莫辞相见频",何等缠绵!"相依相伴还相濡,蜜煮黄连苦耶甜?""三载情缘终是梦,良辰何必有佳期!"何等执着!"云相逢,月相逢,唯有离人隔九重,君西我向东",何等哀婉!"银汉窄,会无期,残宵梦断雨声稀。征鸿过尽书难寄,一寸相思一寸灰!"何等怅惘!"天生一个小馋猫,发作馋虫不可挠。深夜街头无夜市,骑车沿巷买香蕉",何等体贴!"坎坷情缘忆易伤,旧疮重触意如狂。人间苦恨何日了,却付他人论短长!"何等感慨!"郎心同,姐心同,结个同心寄雁鸿,高飞过万峰""但得百年长稳健,不需鸾鹤入青云",何等坚贞!一往情深,金石为开,故能灵机勃发,不求高妙而自然高妙。

第三,善峰诗中所表现的关心人民疾苦,关心弱势群体命运的悲悯情怀,正是中华民族文化的精髓所在,正是传统诗词的主线。我们看诗圣杜甫《三吏》《三别》,白居易《秦中吟》,张俞的《蚕妇》等诗词,无一不体现了这个精神主线。

故园虽有地,有地不生金。
昨日来城市,今成种草人。

这首《打工行吟·绿化工》,简直就是当今时代的《悯农》诗!

连天广厦凝朱碧,喧阗间巷人如织。云际望银钩,无言独倚楼。　他乡生计渺,故里音书少。明日又天涯,萧条度岁华。

——《菩萨蛮·步晓雨〈路上〉韵》

把农民工进城找工作的艰辛和无奈表现得淋漓尽致。又如:《失眠歌》:

天局地促生涯拙,衣食茫茫走东西。
平生何尝重名利,生计驱人意转迷。
车轮碾碎崎岖路,缁尘滚滚染素衣。
越陌度阡无所住,流荡颠沛足别离。
老亲幼女抛故里,幼女黄口亲古稀。
可怜稚子别离惯,不做缘颈索母啼。
雨雪易混征人泪,风霜欲度绿鬓丝。

写得何等真切感人,读之催人泪下。

还有最为典型的长诗《临沂老父打工辞》,他在这首诗里吟到:"六月骄阳正中天,日炙大地欲生烟。临沂老父腰脊偻,挥汗筛沙高楼前。搅拌机转催料急,臂酸腰痛不敢闲。挂锨摇腰立半霎,又恐老板见詈言。老父今年六十二,家在沂水蒙山间。山清水秀奈田瘠,况值谷贱不值钱。……日暮灯火高楼望,背人还拭泪潸潸。妖歌曼舞君莫看,听唱老父打工难。君不见荧屏夜夜歌盛世，老翁垂死不得闲；君不见款爷自摆黄金宴，贫娃却少读书钱；君不见大府无人愧禄俸，山村流亡破屋残；君不见神州遍地兴开发，穷途野老哭三边！几人敢效昌平李，上书直干九重天！"

　　这简直就是呐喊！他要唤醒世人，唤醒社会，这才是诗人的品格、境界，这才是诗人的灵魂！

　　还有一首《示女》诗，大家来看看：

　　　　平生恤物为家贫，岂是天生鄙吝人！
　　　　有尽资源需节俭，无私天道只酬勤。
　　　　半张破纸书长句，几页残笺写短文。
　　　　他日女儿求手稿，一堆废纸供搜寻。

　　写到这里我忍不住泪流满面。是啊，善峰他自己就是一个"贫士"，如今还为出版一本诗集的几千元钱而大费周章！

　　善峰走的是一条极为艰苦的求索之路。由于传统诗词的魅力，他与之结下了不解之缘。在书荒年代，他背诗最多，抄诗最勤。他一直在不断完善着，也一直在不断超越着。身处现代却贫于物质享受，在围困我们的浮躁和喧嚣中，始终不改变对艺术的这份执着与追求，依然托举着超重的信念，进行着近乎悲壮的坚守，在不被关注的角落里歌唱。唯斯最难能可贵啊！

　　善峰青春鼎盛，他以无数的自学成才的大师名家的精神鼓励自己，在艺术道路上穿崖越谷，攀高度险，已经渐入佳境，并且有望达到更高境界。最后我以一首小诗，结束我的短文并祝《青山听雨》出版。

　　　　一枝一叶尽情哦，谁解烟云浪漫歌？
　　　　听罢青山悲壮曲，心中泪雨已滂沱。

　　（2011年12月3日于京华白雨庐，收入《宋彩霞作品选·评论卷》，中国书籍出版社，2016年）

空灵入妙　著手成春

——《陈芝宗诗文选集》序

　　诗友陈芝宗诗家近以其《陈芝宗诗文选集》之诗稿见示。开卷展读，不禁欣然色喜。以为其下笔空灵，寄情高远，空灵入妙，有著手成春之高致。如《杜鹃花》云：

　　　　平生最爱杜鹃花，乐把深山当作家。

　　　　怒放原非为众赏，增添一色美中华。

　　前两句稍做铺垫，点出清新之乡间美景。三句用笔跌宕，营造出一个毫无杂音的环境，最后推出"增添一色美中华"之妙境，将诗人的慧心融入生机衮衮之境界，章法意境两臻上乘，令人为之拍案叫绝。如《春色》云：

　　　　无边春色无边绿，群鸟江南叫不停。

　　　　留得春晖常不老，从今百姓永年青。

　　三、四两句"留得春晖常不老，从今百姓永年青"由春色联想到愿景，可谓别开生面之奇思妙想。其《青蛙》云：

　　　　甘为世上作青蛙，捕食毒虫护稻花。

　　　　不学乌鸦空口唱，一生奉献与农家。

　　甘心保护稻花，自然是欣快的，可是诗人之灵心并不就此打住，而用"不学乌鸦空口唱"一句挽断，以扫为生。最后推出了"一生奉献与农家"，认为只有不空口唱，才能芳心永驻，才能奉献农家。这种哲理的升华，表现出作者冲和怡悦、道心长驻的精神世界。其《冬日》云：

　　　　冬至寒风伴彩霞，双双情侣跳伦巴。

　　　　谁言畅月无春色，岸上盛开蝴蝶花。

　　与前诗可谓同一机杼、深契道心之佳作了。对时代焦点的关注，是作品的另一亮点。如《锦堂春慢·教师颂》：

　　　　天晓星沉，穿衣便起，东方已露朝阳。早到园丁，添土浇水培秧。见茁壮新苗长，喜乐声笑悠扬。不觉人渐老，汗水常流，花吐馨芳。　　最美青春无价，为栽桃育李，历尽沧桑。虽改容颜何悔？更觉荣光。雨雨风风几度？还未致、师教无方！没法能防体弱，唯愿平生，屡出栋梁！

还有《教师小咏》：

　　　　黎明即起作工程，铸造灵魂担不轻。
　　　　心里相牵鸿雁影，雨中断续凤鸣声。
　　　　一张黑板开奇境，三尺平台育俊英。
　　　　四海茫茫大潮起，九州桃李颂芳名。

先生一生都在做着辛勤的园丁，他"为栽桃育李，历尽沧桑。虽改容颜何悔？更觉荣光"可谓真实写照也。"唯愿平生，屡出栋梁"是他的殷切期望。

又如《环卫工人赞》：

　　　　扫却残霾玉宇清，晨曦相伴送光明。
　　　　东街不许尘扬雾，西巷还收木落英。
　　　　路上奔流甜蜜梦，雨中断续晓鸠声。
　　　　阴晴变幻天难测，洒向人间无限情。

把对环卫工人的无边大爱表现得辉煌壮美，何等震撼人心。

展现多元的生活色彩是陈先生诗作又一特点。如他笔下的《理发师》：

　　　　巧手明眸高技艺，为民服务乐无忧。
　　　　洗除污秽曾三次，剪出芳容数一流。
　　　　吹起青丝增气派，焗完白发换春秋。
　　　　功夫绝顶人称赞，美好声名百姓留。

开句即对理发师给予高度评价。尤喜"洗除污秽曾三次，剪出芳容数一流"。

《锯板》云：

　　　　两人原本是冤家，拉锯居然协作佳。
　　　　上下齐心牵日月，往来同韵唱天涯。
　　　　汗珠一载淋芳土，美梦三更育爱花。

但愿天天常似此，恩恩爱爱众人夸。

咏物诗也写得有模有样，中间二联对仗工稳，二联出彩。

《回乡见闻》云：

正是芳菲满目天，回乡所见景新鲜。
晚来欢听青蛙叫，晨起欣观白鹭连。
紫燕天空来往舞，斑鸠溪岸反回迁。
田畴稻浪如潮涌，应是丰收大好年。

小诗欢喜。读来令人清爽。体现了回归自然的大自在。

《卖粽叶》云：

粽叶青青不值钱，一天卖得两三圆。
天光便到街边站，傍晚已磨脚底穿。
才见姑娘同徒步，又闻蛙曲遍平川。
虽然生意赚钱少，巧遇编成并蒂莲。

故事从卖粽叶开始，顺序写来主人翁的艰辛，虽然辛苦，但到最后一句完成了一个小故事。语言朴实。以上几首浓墨重彩把各类生活中的风情仪态描写的活灵活现。礼赞山水是本集的华彩乐段。比如放歌山水的《秀丽靖安》云：

靖安处处放光华，一片茏葱一片花。
九岭高低无朽木，双溪大小有名车。
著名景点游人赞，优美县乡群众夸。
疑是桃源生此地，客来胜境忘回家。

好一个"一片茏葱一片花"，真的是一片化机。

《白石游》云：

我趁春来白石游，百花开放鸟唧啾。
手攀峭壁穿深巷，脚踏天梯入小楼。
霞客行踪今尚在，神仙足迹古还留。
登山好比人生路，不上巅峰誓不休。

由"手攀峭壁穿深巷，脚踏天梯入小楼"入到"登山好比人生路，不上巅峰誓不休"出，完成了人生哲理的升华。如下这两首结句均是这种手法。

《赞天王谷》云：

> 最美天王谷，鲜花特别香。
> 荆山凝翠绿，紫水淌芬芳。
> 檐下灯笼挂，空中鸟雀翔。
> 漂流能励志，创业定辉煌。

《题桂平西山棋盘石》云：

> 风景西山美，棋盘浴彩霞。
> 两仙坡上乐，千载石为家。
> 手下无庸将，身旁有热茶。
> 浮云枰上过，乐不论乌纱！

《东风第一枝·重阳节登高》云：

甲午重阳，秋风飒爽，八方同学云集。共登高峻山头，扶壁攀崖千级。行云作做，汗纷飞，衣服俱湿。怎顾及、不怕艰辛，直上险峰迎发。　　插茱萸、祈祷声急；庆祖国、生辉熠熠。上有奔月嫦娥，下有潜海舟楫。祝君富贵，福禄寿、三星常煜。贺各位、永葆青春，再把那功勋立。

奇山异水之大美、天趣，都从笔底汩汩流出，令人为之陶醉。律句对仗工整华美，洵非凡手所能想象。山水向来厚佑诗人，杜甫、黄山谷入川而后诗笔益工。烟霞吐纳，山水钟灵，故能字妙笔新感人如此。正如作者在《元旦》云：

> 长大方知要立身，半生拼搏乐天真。
> 羊肠窄路难移步，诗苑崎岖勇觅春。
> 莫学儒林痴中举，宜跟文海智高人。
> 导师指引阳关道，跃马扬鞭再百轮。

"羊肠窄路难移步，诗苑崎岖勇觅春"优游佳山后再寻书卷，其梦能不空灵幽眇吗？

对国家命运和民众疾苦的关注，也是诗中的重点。如《摘茶果》入到林中被击头，哎哟惊叫不停休。丰收反而心中急，唯恐硕果压崩楼。

写得如此诚挚感人，他替老百姓着急，如无感同身受之大爱赤诚是做不到的。

《说狗》：

如今狗乘小车游，舞爪张牙吠四周。
街上行人回避快，不然被咬命难留。

为养狗成众深深地担忧。

《老兵获颁抗战胜利纪念章》：

为歼日寇献青春，不顾头颅杀敌人。
戴上徽章心激动，老来竟会泪纷纷。

真实而后感人泪下。

写国家改天换地的伟大工程尤有特色。

《女焊工》：

身段苗条本领强，手拿工具放光芒。
巧将废料编成宝，焊了门窗焊太阳。

尾句尖新。又《龙潭国家森林公园》：

潭中不见有蛟龙，难道腾飞探月宫。
怪兽珍禽无数计，花红树绿万千重。

浓墨重彩，一往情深如此！

以上诸作在表现人生感悟上尤见功力。将一种"老骥伏枥，志在千里"的英雄气概与风流自赏、潇洒从容的心态充分地呈现出来，光昌壮伟，令读者为之神往。

陈芝宗诗家，谦逊诚恳，其诗空灵自然，没有一点套话。用笔如行云流水，深得传统文化之熏陶，思笔俱超，能与古今诗客把臂入林。这对于余事为诗的朋友来说必有激励与启迪作用。我们虽未见面，但因诗缘，他几次电话相邀，遂不揣浅陋，写下上面的文字。祝陈先生诗笔长新，春光永驻，是为序。

丙申立冬日于京华白雨庐

字里行间痛断肠

——徐新国《缅怀纪念一章》解读

亲情，血浓于水的骨肉之情，是人的生命中最宝贵的东西。亲情诗词，自然主一个"情"字。白居易说："感人心者，莫先乎情。"最能感动人心的就是真情。袁枚说："且夫诗者由情生者也，有必不可解之情，而后有必不可朽之诗。"

诗人，都是极富有人性感情的，无论他是豪放派还是婉约派，都具有丰富的人性之美，儿女亲情是这种人性的体现。亲情诗大都浅显易懂，但是浅显凝练的文字只要注入了诗人的丰富情感，就会感动千千万万的人。

徐新国在这本集子里的缅怀纪念一章，竟有悼念父亲、母亲词60首。我至今没有看到哪一位诗人能够写给自己的父母亲60首悼念诗词。从除夕到清明，从中秋到风霜雨雪天，每每都有。如：

怕清明又清明，清明怕落伤心泪。苍茫意绪，飘零花坠，都因雨溃。愁损柔肠，有情难寄，使人憔悴。恨春风春雨，年年来到，却无法，阴阳会。苦恼亲恩难孝，望高天、心生惭愧。　坟前祭拜，天涯游子，无颜面对。寂寞山坡，遥思往日，肝肠青悔。怨它风不是，唤春回地，唤人无计。

（《水龙吟·春日思父母》）开头"怕清明又清明，清明怕落伤心泪"句，信手拈来。每一个音节的连接都有冷涩凝绝之感，犹如声声咽泣，压抑沉重的气氛就在这"幽咽泉流"中弥散开来，让人艰于呼吸，又难以逃避。结尾"寂寞山坡，遥思往日，肝肠青悔。怨它风不是，唤春回地，唤人无计"我读到此，觉得一定有个痛心的故事。果然不出所料。请看《人月圆·思父并序》，前有小序云：由于家境贫寒，衣被单薄，冬夜难耐，父亲本有哮喘病，不想在一夜大雪中冻死，时年六十整岁，痛何以堪。当时我正在部队服役，每念及此，悔恨不已。

平生百厄纷纷恨，最恨乃寒风。一冬飘雪，人间夺命，我父其中。　　六十刚满，行云正挺，甲子春同。又岂能料，良宵夜永，人去屋空。

一个字：痛。四个字：痛断肝肠。五个字：最恨乃寒风。

他在《巫山一段云·有怀父母》中云：

春雨绵绵下，心情自在磨。清明时节泪滂沱，无语对山坡。　　离别平常事，谁知亲梦托。儿孙不孝罪千箩，此债永难脱。

其《鹊桥仙·祭父母》中云：

羔羊跪乳，乌鸦反哺，独我不曾敬孝。家国尽职两难全，此恨事、终身难了。　　时光飞逝，如梭缥缈，但喜年年料峭。亲恩怀念几时休？欲待那、山川俱老。

"儿孙不孝罪千箩，此债永难脱。""家国尽职两难全，此恨事、终身难了。"负疚还是负疚，遗恨千古啊！其《苏幕遮·中元节祭父母》中云：

想爹妈，春到夏。仙乐飘飘，总为愁肠稼。情似洪流河决坝。天若无情，明月如何挂？　　化冥钱，烧纸画，有请亲恩，一定风云驾。美酒佳肴全摆下，浩荡皇恩，已放相思假。句句带血啊！

以下句子更是字字血，声声泪：

萧萧，又逢露冷，霜夜黯然凄，思虑难消。向玉皇祈祷，泪雨如潮。　　但愿高山流水，常慰我、终日心焦。真真怕、清明一来，不住号啕。

——《凤凰台上忆吹箫·寒夜思父》

"电报哀音，鸽传噩讯，长空又飞凄雨。吟魂突玉碎，痛之楚，悲无路。哀伤几许？早泪满鲛绡，哽咽难语。冲天怒，把妈还吾，把妈还吾！　　哭哭，苦苦哀求，请玉皇大帝，下凡相助！若还妈于吾，愿亲上、南天击鼓，承恩朝暮。为帝被衣衫，呈花端物。情驰骤，快还阿母，快还阿母！"

——《翠楼吟·闻母亲仙逝》

母亲是伟大无私的，母爱是人类最美好的感情，母爱，无时无刻不在沐浴着儿女们。由于作者在部队里，报效国家，接到母亲去世的消息，写下了这首翠楼吟。上片尾句"把妈还吾，把妈还吾！"与下片尾句："快还阿母，快还阿母！"遥相呼应，千呼万唤，千呼万唤啊。一种死者不能返，存者何以生？一种毕生之痛，虽死不忘，何待思量；一种深哀托诸魂梦，数曲悲歌，博尽眼泪！痛断人肠！全诗质朴无华，没有一点矫饰，却能引起读者的共鸣和回味。

徐新国同志用了60首词都舍弃不下的，是那种对父母的亲情，负疚、负罪之情。凝结着化不去的思念。面对这样的追思，解读都似乎是一种伤害，那是需要在生命里反复吟唱，静夜中不断怀思的乐音。这一组缅怀词可算是质朴无华的一组，语言未多加修饰，也不用典，但由于感情真挚、浓烈，十分感人。从这组词中，我们可以强烈地感受到，新国同志是一位感情丰富、有血有肉的真诗人。

一个真正懂得珍爱亲情的人，是最幸福、最充实、最高尚的人。亲情是最直接、最现实的人生体验，一个人可以与亲人相距天涯海角，但永远走不出亲人的心里。亲情不因时间和地域的久远而淡漠，亲情，是夏夜里一缕轻风温柔而惬意、是雨天的一把保护伞安全而放心，是心情的避风港、是心灵的依赖和寄托。徐新国是也。

2018年9月2日于京华白雨庐

用心书写最鲜活的生命体验

——走近女诗人刘能英

　　我在中华诗词杂志社做编辑的这几年中，曾经有数位友人和同仁向我推荐过刘能英的诗作，也编发上过刊，因此早就有了神交，只是无缘相见。直到2014年冬，在一次饭局上得以相识。她给我的印象是朴实、文静、不善言谈，性格内向。今年初在另一次饭局上我们第二次握手，才有了短暂地交流，得知她全凭生来具有的天赋，聪明智慧及悟性，刻苦钻研的精神，在七八年的时间里，不仅弄通了诗词的格律，而且懂得了诗词创作的意境、意象等艺术技巧，创作了大量的诗词作品，并深得诗之三昧。据不完全统计，从2010年到2012年近三年时间里，她获了大大小小60多个奖项。最近又斩获了2014年度"子曰"青年诗人奖。他的作品如何在这样短的时间里赢得了读者？带着这个疑问，我关注并且走近了她。最近她又以一组词作见示，读后颇受感动。原来她是用心书写着最鲜活的生命体验；用心书写着东舍茅篱的原初形态；用心书写着一些远去的和丢失的最宝贵的真诚。

　　她的书写情感与众不同。接着生活和情感的地气与韵脚，是以最真实的生活和情感，打动人心，并且是来自生命的素描而歌唱甚至呐喊。比如她在《清平乐·北京生活札记之三》里的长叹：

　　双休已惯，独自无聊看。看得长城多好汉，看得故宫人满。　　香山枫叶流红，锦笺预约成空。寂寞谁来与共，伤心半夜西风。

　　在《天香·下班途中》中真实地记录了北京日益严重的堵车现象：

　　舞地招莺，歌厅驻雁，凤阁流连云步。玉玺松窗，兰塘竹苑，一任西风秋雨。碧桐无语。君不见、锦城深处，多少香车塞断，渔樵晚来归路。偷闲梦回租户。十平方、尚安妻女。奔走早摊夜市，几曾言苦。唯愿今宵莫堵。趁佳节、团圆父和母。米酒频添，柴鸡慢煮。

　　并由此想到那些"偷闲梦回租户。十平方、尚安妻女。奔走早摊夜市，几曾言苦"的酸楚与忧伤，发出了："唯愿今宵莫堵。"的呐喊！"诗是现实的心灵"（黑格尔语）。诗是抒情的艺术，无情不是诗。她在《画堂春·忆弟》里充满了回忆，把"我"带到了"那年那月那重阳，无风无雨无霜。有田有地有池塘，还有花香。"的场景。接着她写道："山水可能记得，我们或许遗忘，曾经一起捉迷藏，直到天光。""直到天光"，戛然而止！撼人心魄！令人荡气回肠！《潇湘夜雨·癸巳中秋怀亡弟》则是用灵魂在歌哭：

一叶残荷，一场秋雨。一条远道缠绵，一声孤雁叫江天。那是我、常怀梦境？还是你、难舍人间？谁的泪，流经汉水，淌过长安。　　一杯桂酒，一轮皓月，一纸辛酸。塞进家书里，寄向黄泉。花谢了、无须哭泣，春到了、还会斑斓。他年后，萍蓬若聚，絮絮说从前。

文学对痛苦的叙述能产生强大的审美力度和精神力量，虽然没有警句的效果，但很能触动人心中最柔软的隐秘部分，而内心最柔软的部分正是人性的根源之地。这样来自生命里的真实的歌哭与痛，谁会不跟着痛？

但是，她不是时刻都喊痛。明亮与幽暗交织在她的词里，她对生命、生活的态度，在作品里得到完整的体现。她用白描手法写出了《鹧鸪天·北京生活札记之八》：

地铁公交走走停，晓烟吹尽晚烟生。未知今夕为何夕，哪计长亭复短亭。　　枝蔓蔓，叶青青，草花依赖日光灯。帝乡风浪无关我，任是雷惊梦不惊。

"帝乡风浪无关我，任是雷惊梦不惊。"体现了乐观和迎面而来的质朴，与"躲进小楼成一统，管他春夏与秋冬"异曲同工。她也有过迷惘，有过无奈和追忆。在《西江月·北京生活札记之七》里这样写道：

灯火延伸郊外，心情堵在途中。万般无奈数霓虹，数尽繁华千种。　　就算襟怀北海，那堪叶落西风。不知何去又何从。转眼青春似梦。

是啊，我们都有这样的体验：蓦然回首，为逝去的年华痛心疾首。能英也不例外，可人人都有这样的体验，但不一定你写得出来。而在《清平乐·北京生活札记之四》则记叙了生活细节，笔者也是独处京华五载，深有同感：

　　酸肩痛臂，拎着油和米。难得此时人不挤，地铁换乘公汽。　　一双倦履匆匆，一轮皓月溶溶。一夜西风有恨，一帘幽梦谁同。

　　下阕一连用了四个排比的"一"字，加重了语气，按时间顺序递进，可谓给力。在《西江月·北京生活札记之六》更是表现得淋漓尽致：

　　几树青梅结籽，一庭白露为霜。为冰为雪又何妨，日子消磨网上。　　莫问身安何处，不知心寄何方。夜深唯共影成双，还共浮尘跌宕。

　　其"为冰为雪又何妨"表明了她愿意为她所钟爱的事业付出霜晨雨夜的努力的决心。在《洞仙歌·北京生活札记之一》既对北京拥堵的交通、沙尘暴、雾霾的恶劣环境的担忧，也有自己清苦羁旅生涯的无奈：

　　五更未到，便匆忙穿戴。今日衣还去年买。草桥东，地铁开往何方，朝北走，应属西单一带。　　尘多风又燥，不似江村，四季无霾也无霭。路上万千人，偶遇明星，都不是，我之所待。想见那长安夜阑珊，却恨这交通，堵生无奈。

　　她登上北固亭对辛弃疾说："千年前的江山，千年前的风和雨。少年的梦，穿过巷陌，飘过草树。落在楼头，轻于烟雾，细于尘土。那一腔热血，满怀壮志，浸润了，英雄弩。"下阕她这样评价稼轩："不管此弓开否。但翻成、稼轩词句。几分激越，几分惆怅，唱红万户。报国之心，平戎之策，中兴之举，已随京口这，名亭北固，镇江千古。"（《水龙吟·登北固亭怀辛弃疾》）真是浩气纵横，谁会想到是出自一个女子之笔！

　　情感是心灵的洗练，心灵是情感的升华。她来京后生活的真实的体验，带来的是情感的真切和真诚。日常点滴生活里折射出的情感景象和滋味绵长醇厚，质朴感人，充满着对故乡和亲人，对生活和社会地深情歌唱。对情感的表达并不是以痛刺痛，而是生活报我以痛，我还生活以歌和爱。它超越了生活的苦难和艰辛，过滤了生活的渣滓，留下的是创作的甜。她在《我的乡村 我的乡亲》一文中写道：

　　"真想此刻就抛弃一切，于东篱把酒，度诗意人生。春赏百花秋赏月，诗咏凉风词咏雪。或放牧山歌，或垂钓乡野。或对牛弹琴，或听花解语。三杯淡酒，一壶清茶，半卷朱帘，看炊烟袅袅升起，夕阳慢慢西斜。与乡村同醉，与乡亲同乐。"

她的《摊破浣溪沙·野趣》就是这样一个实录：

为采池边那朵花，草虫惊我我惊他。偶见槐荫陡坡下，有西瓜。　　解带抛衣斜过坎，屏声敛气倒攀崖。隔岸却闻村妇喊：小心呀。

这首词洋溢着泥土气息，充满了小生活、小日子的小幸福、小甜蜜。在司空见惯的生活里，在她的笔下便成了令人羡慕的世外桃源，表现的是神仙一样的穷快活人。读这样可爱的、一气呵成的痴情表达，有谁会不动心？

这些带有泥土和青草气息的作品以及作品里鲜活的朴素情感，让诗坛的生态变得有生机和希望，有未来和荣光。她的旧体诗词却有着现代的元素，我说的现代元素至少有以下三层意思：

一、现代忧郁气质。刘能英的词没有脂粉气，也没有那些时代赞歌。更没有愤世嫉俗的狭隘心理。她总是从一个很小的方面展开，着力挖掘那些很小的地方所能蕴藏的具有时代感的忧郁。

二、现代生活感觉。旧体诗词或许以一字的凝练击穿通篇的主旨，现代诗歌以面来引领深厚。喜欢旧体诗词的朋友没有理由贬低现代诗歌，信口贬低的都是不懂诗歌的，正如喜欢现代诗歌的朋友没有必要说旧体诗词是枷锁是桎梏，那是他或许还不具备古典情怀。

三、现代诗人特质。我说的现代诗人不包括五四以来的那些呐喊，不包括政治抒情诗人，几乎也不包括80年代后的朦胧诗人。刘能英就是一位具有时代责任而以诗词为己任并在不断探索诗词的技艺的同时具备诗人骨气的人。

能英春秋方盛。她说"一天不读诗写诗，感觉像掉了魂似的。这辈子就打算与她齐眉并寿了。春风于我独留情。"（春风与我独留情）相信她持之不懈，其成就岂可限量哉。

（收入《宋彩霞作品选·评论卷》，中国书籍出版社，2016年）

世情凭俯仰　吾道自登攀

——郑雪峰《来鸿楼诗词》赏读

郑雪峰，字寒白，号来鸿楼主人，1967年生于辽宁兴城。葫芦岛渤海船舶职业学院副教授。2002年参加《中华诗词》杂志社举办的"青春诗会"。出版有《来鸿楼诗词》。我和郑雪峰未曾谋面，今岁，雪峰以《来鸿楼诗词》一辑相示，才感到他立足自己的性情，对所学各家均有取舍，有提炼，有融合。

首先，他以最真实的情感，打动人心。

> 眼底重冈流血遍，世间深谷变陵高。
> 都难忠骨寻抔土，终见丰碑起乱蒿。
>
> ——《忻口会战征念墙》

"亲旧抚棺人亦尽，关河归骨梦何曾。"（《志愿军四百三十七具遗骸由韩国返葬沈阳抗美援朝烈士陵园》）均是字字血、声声泪，很能打动人心，谁会不为之痛？其属对精确，也工非一朝。《花伞词》：

> 任他风雨任他晴，携手湖山胜处行。
> 便欲与君坚此约，小花伞下住三生。

又是多么的深情。其《蝶恋花》：

> 莫向人生求自主，多少无凭，那待从前数。惘惘中怀如夜宇，不辞坐受秋灯蠹。　　都被南风吹作土，恨亦山高，何不同吹去。独对沧波伤岁暮，回头更比回潮苦。"

起句高处领起，是人生无奈之感慨。接下两处比喻比拟，都紧应起句，柔肠百结，愁怀难释。尤其"独对沧波伤岁暮，回头更比回潮苦"极为沉郁，内心情感细腻，这样的痴情表达令人感动。

其次，得章法之要。

纵观郑雪峰《来鸿楼诗词》，深得大篇与短章之要，长短离合，厚薄得当。往往透过一层，突然点破，斩钉截铁。雪峰长短篇即如之。

长篇以叙事。如《广场行》《石狮行》《杂诗》《长安夜车行》《烧烤歌》诸篇，诗叙述简劲，着语冷峻。如《烧烤歌》云："十串廿串再售出"之后，以"足与佳儿买书包"一句挽断，不免令读者心中一酸。烧烤者的生活惨淡与卑微的希望，都在这两句中完成。短篇以穆诵。这在《车中》一诗里得到了充分表现：诗人看到"老翁与弱妇，倚立百无妥"时，"低呼且稍息，轮换坐我座。我行惯苦辛，人亦曾惠我。不须存感激，世路共坎坷"。相信读者读至此处都会产生相似的共鸣。

第三，他有忧民之念。

他挺起于底层，对基层民众的生活有深切的感受，尤其对于那些基层民众的境遇有着同情的理解。郑雪峰的感时之作皆借景而形之。最后用郑雪峰（《黎里谒柳亚子纪念馆》）里的句子和本篇题目缀成一联，作为结束语：吾道自登攀，苍生满眼诗宁济？世情凭俯仰，奇气蟠胸剑欲飞。

（原载2015年第9期《中华诗词》，收入《宋彩霞作品选·评论卷》，中国书籍出版社，2016年）

家国大爱　别开生面

能来参加杜福贞先生的诗词研讨会，很高兴也很荣幸。使我有机会能认识在座的领导和各位诗家，有了一次很好的学习机会。

作为中华文化的精髓，世界文明的至宝奇珍，风骚经典如是，历代诗集亦无不如是，陶谢李杜、苏黄辛陆，以及蔡文姬、李清照无一例外。这是因为诗词作为最美的艺术是学问才华、情怀人格的综合体现。一个没有高尚品德与家国大爱的人，是难以成为诗坛名家的。历代诗词专集，好多作者都是朝廷官员。新中国成立以后的毛泽东、朱德、董必武、叶剑英、陈毅等党和国家主要领导都是诗词名家。当今的马凯副总理，不仅工诗，更有诗论流传，不愧为诗人政治家。

杜福贞先生，曾经作为一方政府官员，而所创诗词，为其余事，竟能文采发煌，别开生面，亦不乏可圈可点之佳作，乃是这一宝贵传统的出色继承者。

福贞先生诗作多山水旅游内容，然却展示了其精美的诗艺与高远的情怀，读来令人神往。如《李清照纪念馆》云：

　　一代词人百代名，文承后主婉约风。
　　纵书千纸闺阁怨，难泻满腔肺腑情。
　　死亦鬼雄名霍霍，生成铁骨响铮铮。
　　自从才媛出华夏，文史巾帼未敢轻。

中间两联四句，最能凸显清照特质，应当是一首佳作。

另一首《长城咏》云：

　　古时要塞今名胜，汉域胡疆一统宁。
　　红日当空莺燕舞，民心方是铁长城。

"民心方是铁长城"，自然名隽，令人为之击节。另一首《观漓江两岸奇峰怪石》云：

　　峰有性灵石有态，任君揣测任君猜。
　　游人多少天然趣，苍狗白云变幻来。

诗人登山临水的游赏,每能获得心情的愉悦与活泼的诗心。作者诗却能透过一层,写出人生的感悟和自我性灵的提升。如《漓江七星山》:

岸畔七峰次第排,何年北斗落尘埃。
澄江飘绕青罗带,翠岭镶簪碧玉钗。
霞霭幽栖玄武洞,灵光飞射碧莲台。
更瞻浩气冲霄汉,烈士金塔耸岭崖。

从青罗带中,悟出了人间浩气,这就是诗化性灵的先例。

《扫街工观感》

起早搭黑沐冷风,街西扫罢扫街东。
何当铁帚云霄降,荡尽世污天地澄。

读陆游《钗头凤》

云隙沈园一点晴,东西劳燕邂相逢。
恨留千古钗头凤,真爱缘何未善终?

从现实的和古往的生活中获得激发,这实质上乃是摆落庸俗,实现灵魂救赎的一种自觉。

同样的佳例还有很多,如《蝶恋花·年节盼》:

别绪一腔丝万缕。素手轻敲,短信绵绵语。曾道年节回故里,未闻灵鹊梅梢喜。　泰泰安安福所系。欢度佳节,最是天伦趣。盼到活脱脱个你,挣钱多少谁盘计?

福贞先生诗中涉及了大量的生活片段如《青玉案·春节》下片:"人逢喜事精神抖,东市西集往来走。年货购添几笸篓。多了花炮,丰了老酒。今个别将就。"一经诗词的点染,便加倍动人。

福贞先生构思,亦颇有可圈可点之佳处。其《山坡羊·观海》下片:"神游物外通天脉。烦恼荣辱皆在外。呼,也畅快。吸,也畅快。"其《咏雪》下片:"育春润物值无价。何计去来一刹那?扬,也是花,沉,也是花。"简直就是一副天然风景画。

福贞先生视野开阔,阅历丰富,笔下的奇观异彩,不胜枚举。我的小文抛砖引玉，聊博方家诗友一粲而已。解读不足之处请作者和各位老师指正。

（本文是在2014年3月8日杜福贞诗词研讨会上的发言，收入《宋彩霞作品选·评论卷》，中国书籍出版社，2016年）

通才健笔　自在流行

——《彪炳千秋》印象

这是一部隔断尘氛、独标奇逸的诗集。这在物欲高涨、精神退潮、举世趋利、风气浮躁、严肃作品被边缘化的当下，无疑是一阵清风，一方明月，应当受到欢迎与尊重。这里，请允许我向刘清芳同志致敬！

"一事不止，儒者之耻"。培养通才，一直是我国古代教育的目标。孔子教人以六艺，而诗为六艺之首。孔门贤俊，例能言诗。像屈原、贾谊、三班（班固、班超、班昭，两司马（司马迁、司马相如）等都是乃文乃武，百科全书式的全才。唐太宗李世民，武略冠天下，治道弘古今，同时又是杰出的文人、书法家，而且还是《晋书》的重要作者之一。政治改革家王安石两为首辅，学究天人，诗文书法无不工妙。人称其竖碑横读，过目成诵，神识精妙如此。近人樊增祥机智纵横，五官并用，笔舌所至，能颠倒英豪，所向披靡。一生为诗七八万首，制作之富，古今无二。苏东坡才情独具，千古独步。李白的豪放，杜甫的沉郁，陶潜的恬适，商隐的幽深，每一人都够让人景仰无限，而这一切，却集于东坡一身。诗的练达，词的开阔，书的高迈，画的风骨，每一面都够常人追逐一生。如此才情，实在是千古一人而已！

今日的中国，蓬蓬勃勃，如日中天。奇才异质，亦如春花怒出。刘清芳同志就是这样一位通政略，精历史，才气纵横、书法雄奇的人。惟其广博，故能精深。清芳同志笔力沉雄，令人感奋。他是一位责重事繁的负责同志，闲中弄笔，乃有如此境界，殊为不易。他长期在河北省经济体制改革部门和国资监管部门工作，特别是2010年底卸去河北省国资委任职后，如他所愿，重新潜心学习了中国共产党党史、中国人民解放军军史，遍读中共中央党史研究所、中共中央文献研究所编辑出版的《毛泽东传》《周恩来传》《刘少奇传》《朱德元帅》《邓小平年谱》《陈云传》等中央领导集体主要成员的传记，大量阅读解放军军事家、开国上将、"两弹一星元勋"的传记和史料，在学习积累和思考中升腾起以诗歌礼赞领袖群体和国家栋梁的激情。他以信念和毅力为支撑，历经两年坚持不懈的努力，创作出550首作品，热情讴歌了老一辈创立辉煌伟业的无产阶级革命家、军事家、著名将帅和国防科技战线功勋卓著的科学家群体。他秉持着探索精神，才酝酿出浓郁厚重的诗情，创造出如此正能量的红色诗集。这也是我们把握与诠释《彪炳千秋》的重要切入点。我以为可从正、野、妙三方面加以考察：

先说"正"。 "天地有正气，杂言赋流形……是气所磅礴，天柱赖以尊。三纲实至命，道义为之根。"这是南宋丞相、民族英雄文天祥《正气歌》中所昭示的充斥天地的浩然正气。浩然正气，乃是华夏民族生存发展的命脉和灵魂。先哲有云："殷忧启圣，多难兴邦。"正是这种忧患意识，指引着我们戒骄戒躁、踏踏实实地向前迈进。正是这种悲情义感化作了掀天揭地的变革力量。从岳飞的"怒发冲冠，凭栏处、潇潇雨歇。……待从头、收拾旧山河，朝天阙"（《满江红》）的壮烈，到文天祥的："天地有正气，杂然赋流形。……时穷节乃见，一一垂丹青"（《正气歌》）的忠贞；乃至袁崇焕"一生事业总成空，半世功名在梦中。死后不愁无勇将，忠魂依旧守辽东"（《临行口号》）之悲怆；一直到田汉的《义勇军进行曲》"起来不愿做奴隶的人们，把我们的血肉，筑成我们新的长城"之义勇刚烈如此等等。最能感发意志。清芳同志的《读毛泽东传》云："雄胆伟魄谁能比，横扫黑暗如卷席。……三座大山一并移。"何其壮观！其《读周恩来传》云："开国总理廿六年，亿万人民装心间。"何其质朴！其《读刘少奇传》云："光明磊落品德贵，高位也是勤务员。"何其到位！其《两弹一星元勋邓稼先》云：隐姓埋名二十年，两弹方案亲手签。罗布泊里惊雷动，神器在手蔑霸权。都是响彻云天的英雄壮歌，传递的是正能量，读之令人血脉贲张，震撼不已。

次说"野"。 诗史上的大家，如王勃、李白、东坡、辛弃疾等多有突破某些格律的"破体"。陈师道说："东坡以诗为词，如雷大使之舞。虽极天下之工，要非本色"。即对此而发。是说也，未免失之于苛。据《康熙词谱》统计，全书凡八百余调，乃有二千三百多体。若无突破，何得如此？！清芳同志诗中时见生野荦确之笔。诗思怒涌，不避生词杂韵。他志向高远，学养深厚，擅于写鸿篇巨制。其近体诗于格律则疏略欠精之处，有待今后改进，然其中亦有可圈可点的上佳之作。周济评李后主词："如生马驹，不受控捉……粗服乱头，不减国色"，仿佛近之。《粟裕大将》其二云："浙南游击历三年，艰苦备尝志俞坚。"《粟裕大将》其四云："七战七捷俱神笔，南征北战闪光辉。"

最后说："妙"。"妙"为诗中高境。司空图《诗品》有"妙造自然，伊谁与裁。""情性所自，妙不可寻"皆以自然天成为"妙品"之本色。清芳同志诗中亦时有轻灵自然之句。如《粟裕大将》其二云："挺进江南入敌后，脱手斩得小楼兰。"其《两弹一星元勋王希季》之四云："航天大国得非易，创业艰辛凭坚毅。开路先锋连连胜，壮志雄心与天齐。"其《两弹一星元勋邓稼先》云：

西南联大焙英华，执教北大育新芽。

留美学成立返国，娃娃博士科学家。

情境香美，笔姿虚活，将诗情哲理，表现得如此自然微妙，是很不容易的。清芳同志主要特点是精神的深邃。下笔每如风行水上，自然成文。杨万里自云其晚年诗境："吏散庭空，即携一便面，步后园，登古城，采撷杞菊，攀翻花竹，万象毕来，献予诗材。盖麾之不去，前者未应，而后者已迫，涣然未觉作诗之难也。"这就是我读《彪炳千秋》产生的一些联想。

习近平同志2013年7月11日在河北省平山县西柏坡同县乡村干部、老党员和群众代表座谈时指出："对我们来说，中国革命历史是最好的营养剂。多重温我们党领导人民进行革命的伟大历史，心中就会增添很多正能量。"清芳同志给我们带了一个好头。《彪炳千秋》，是他献给祖国的一烛心香与满腔挚爱。今日的中国，国运昌盛。神州大地，日新其貌，赢来了千年不遇的历史契机。重温先贤，我们应当深自砥砺，万众一心，共创历史的辉煌。

（本文是2014年7月25日石家庄在刘清芳诗词研讨会上的发言，收入《宋彩霞作品选·评论卷》，中国书籍出版社，2016年）

胸中浩气　笔底风雷

——范峻海诗词读后

自然、富于表现力然而并不矫揉造作,发挥自己的特色却又不失共性,正是范峻海诗词的特点。与那些被乱花迷眼的写作者相比,他写得朴素。他出自草根,以惊人的天赋和刻苦的努力自学成才。他当过兵,做过公务员,退休后一心扑在诗词事业上。他灵心善感,发为诗词,弥见胸中浩气,笔底风雷。

浩然正气,让人深刻。

浩然正气,乃是华夏民族生存发展的命脉和灵魂。先哲有云:"殷忧启圣,多难兴邦。"孟子曾说过:"人恒过,然后能改;困于心,衡于虑,入则无法家士,出则无敌国外患者,国恒亡。然后知生于忧患而死于安乐也。"说的何其深刻。忧患意识就是这样生根的。峻海先生的书写与众不同,接着生活的地气与韵脚,是以最真实的情感,打动人心,让人深刻。

诗风的豪迈,来自诗人性格的豪放。最有代表性的是七古。数量之多,令人惊叹,质量之高,同样令人佩服!《三峡工程放歌》《神州儿女擒魔歌》《神七问天歌》《北京奥运浩歌》《奥运风云放歌》《龙舞鹏翥放歌》《韶山冲放歌》《毛泽东故居灯光浩歌》《梦诗家赏毛泽东诗词碑林歌》《玩火者必灭》《啸歌弹剑行》《张家界放歌》等等。他站在一定的高度,以赤子的目光,扫描着祖国的贫穷和落后,以拳拳的儿女之心,表达着哀怨。在死亡的痛苦之后,又表达出希望:"君不见开天辟地民作主,华夏三代起豪雄!君不见鏖战三千六百日,披星戴月斧凿鸣!""霹雳冲霄摇天地,晴空万丈舞彩虹。自兹烈马成良骥,吟鞭一指任纵横。两岸画卷吟不尽,日过千山万帆轻。浩浩碧流济南北,璀璨灯火亮锦城。今日为君歌一曲,山河史册绘丹青。"《(咏三峡工程)》)他笔下的边防战士和一位退役多年的老兵对伟大祖国的赤子之爱是这样呈现的:

《南国哨所》

　　　　山巅哨所傲天门，牧月犁星夜夜闻。

　　　　扯片流云擦亮剑，雄关扼守铸国魂。

他在《抗大赛诗桥》一诗中写道：

　　　　苍松浩月照石桥，将士当年气自豪。

　　　　诗句三千化龙剑，高悬北斗镇倭妖。

在《春寒》里写道：

　　　　手把红旗弄海潮，腥风浊浪雨潇潇。

　　　　已抛生死云天外，何惧迷魂不可招！

是何等的壮志凌云！在《登香山》中他叹道："风雨秋，登天头，香山阁上万重忧，……问君愁绪有几多？寸肠洗海海亦愁……"接着他又道："华夏自有豪杰在，自古奸佞必成囚。国际悲歌讴一曲，伫立拭目看神州。"字字精诚血泪，句句披肝沥胆。在《抗震》中他吟道："八万英灵心未死，黎民十亿哭汶川"和《颂谭千秋》"双臂千秋在，丹心恒久存。神州同泣泪，烈烈泰山魂。"在《感小悦悦之死》：

　　　　潮起潮回卷巨澜，人间冷暖雾中观。

　　　　魔轮滚滚心头碾，碾碎良知碾碎天。

并由此想到那些"过客匆匆多避嫌，拾荒义举动山川""挑星担月走八方，夏载骄阳冬载霜。串巷走街三日利，不值大款半勺汤。"（《卖菜翁》）的酸楚和忧伤，发出了"人心冷漠天知否？长叹一声泪湿衫。若知百姓三分苦，糙米充肠瓜做汤。"（《由牛城去朱庄水库》）的呐喊！文学对痛苦的叙述能产生强大的审美力度和精神力量，虽然没有警句的效应，但很能触动人心中最柔软的隐秘部分，而内心最柔软的部分正是人性的根源之地。这样来自生命里的真实的歌哭，谁会不跟着心痛？

　　"诗是现实的心灵"（黑格尔语）。他在《卢沟桥石狮》里云："经年荻草漫长河，龙战当年血雨摩。不到家邦大难日，晓风残月寂寥多。""当年国耻岂尘封？倭贼如今又砺兵。五百雄狮留一怒，浩歌唱起满江红。"撼人心魄！令人荡气回肠！

　　《忆秦娥·抗震救灾》则是用灵魂在歌哭：

万家灭，山崩地塌腥风虐。腥风虐，人神悲咽，举国关切。　　女娲十亿补天阙，九州赤城擒魔孽。擒魔孽，旌旗猎猎，遍地豪杰。

但是，他不是时刻都喊痛，明亮与幽暗交织在他的诗词里，他对生命、生活的态度，在作品里得到完整的体现。他用白描手法写出了《红盾人》：

楼挂白云顶挽霞，窗含燕赵百城花。

七千摘月捉星手，喜送春风暖万家。

催马扬鞭驰万里，胸襟不许染一尘。（《红盾乔迁有感》）表现了一位工商行政管理者廉洁奉公的职业操守。

舱间清气水中栽，身侧飞流舰外开。

欲赏长天云卷浪，开窗放入大江来。

《芜湖乘轮船至南京》真是浩气了得！

述情真挚，使人动情。

情，是人与生俱来的天性。作为万物之灵的人，他的生命因感情的照耀而显得异彩辉煌。苏东坡曾说过：读诸葛武侯《出师表》不堕泪者，其人必不忠；读李令伯《陈情表》不坠泪者，其人必不孝；读韩退之《祭十二郎文》不坠泪者，其人必不慈。因为慈爱忠信根于人之天性，故能有感而同然。一个人的感情世界愈丰富，其人格魅力亦更强烈，其人气场与成功率亦必然很高。"无情未必真豪杰，怜子如何不丈夫。知否兴风狂啸者，回眸时看小于菟。"这是鲁迅先生的现身说法。功业彪炳，仕兼将相的范仲淹，固然是威慑强夏的统帅，同时也是柔怀似水的情种。他的《苏幕遮》结拍云：

"黯乡魂，追旅思。夜夜除非、好梦留人睡。明月楼高休独倚。酒入愁肠，化作相思泪。"

其《御街行》下片云：

"愁肠已断无由醉。酒未到，先成泪。残灯明灭枕头敧，谙尽孤眠滋味。都来此事，眉间心上，无计相回避。"

百炼钢化为绕指柔。许霄昂称为"铁石心肠人亦作此销魂语。"英雄儿女古今同羡。词人吐属，故应如是。峻海先生更不例外，他在《念挚友》一诗中写道：

> 握手论心剖胆肠，玉壶煮酒共炎凉。
> 登高遥望万重意，我种相思满太行。

忠义之气，忧国之心，这挚友情何其浓烈！在故乡的旧居前，面对人去屋空的凄凉景象，他独自咀嚼着"残壁半垣蛋独唱，老房蛛网织凄凉。斜枝瘦树弄空影，乱叶苍苔饰短廊。鸣耳依稀呼乳字，泪眸恍惚见高堂。泣儿鬓发何如雪？欲说还休已断肠"（《故乡旧居忆慈母》）真是字字血、声声泪，令人读之气咽泪涌。在《重回西乡驻地》这首诗里，他在小序里说："1978年7月，余由京调西乡，在此耕耘九载后解甲归邢。西乡是余魂牵梦绕的第二故乡。2012年乘火车过此，乱绪飞雪，凝眸军营，恍见故居窗下篱笆上的几藤黄花惆怅，屋檐下几双燕子呼唤，故人招手……"读小序就令人感慨万千。

> 西乡一去两茫茫，雁阵秋风恋夕阳。
> 撩起黄昏回首望，老来泪眼转苍凉。

他是在用心书写着鲜活的生命体验。

他在《窖储萝卜》云：

> 风冻长空舞雪花，储藏萝卜吐新芽。
> 手拉一伙小生命，一窖春光分几家。

在《农家小院》云：

> 翩翩紫燕叫喳喳，春雨栽桃又种瓜。
> 绿色一园分日月，藤攀九户送红花。

在《公园垂钓》云：

> 赋闲独享水一湾，笑看鱼儿争钓竿。
> 钓尽晚霞红日落，甩得明月上青天。
> 萋萋绿草漫无边，牛自逍遥鸟自闲。
> 牧场遍寻无牧者，茫茫天地作围栏。

（《荷兰牧野》）云：

> 雄鸡唤醒牧牛郎，启圈挥鞭上野岗。

曲奏梅花笛声远，白云万朵绕家乡。

这些诗里洋溢着泥土气息，充满了小生活、小日子的小幸福、小甜蜜。在司空见惯的生活里，在他的笔下便成了令人羡慕的世外桃源，表现的是神仙一样的快活人。读这样可爱的、一气呵成的痴情表达，有谁会不动心？

这些带有泥土和青草气息的作品以及作品里鲜活的朴素情感，让诗坛的生态变得有生机和希望，有未来和荣光。

语言清新，令人拍案。

诗乃心灵之香。好诗词能令人振奋、沉醉、感发意志，流通精神，以至于手舞足蹈而不觉。读峻海先生诗词，时有令我兴奋之句。故乡山水，是涌动于诗人心中的最重要的情愫。《龙门》云：

玉泉飞瀑巧安排，跃上雄关五百台。

试看牛城一圈点，九龙浩浩大江来。

《龙潭飞瀑得句》云：

瀑狂雷怒撼千山，百丈玉龙挟雨烟。

一跃山巅松下卧，半勺碧浪掌心漩。

反映此一题材之佳句妙想，真可谓层出不穷。如：《泰山极顶雾》云：

雾裹云埋十九峰，天街玉殿已如空。

借得盘古一双手，抖落尘埃万里晴。

二句写出境之清幽，第三句为我们推出一个联想。笔姿灵活，引人入胜，不可轻易读过。再如：《夜行》云：

雾夜蒙蒙万象空，披襟弹剑啸歌行。

老来爱遇山中鬼，好续聊斋未了情！

《登山吟》云：

登山偏爱雾朦胧，亦假亦真梦幻生。

斗大乾坤肩上挎，剑光叩壁啸歌行。

《钓鱼翁感言》：

新月一湾水底升，半湖鸟语杏花风。

> 执竿渔叟星边坐，不钓鲈鱼钓太公。

全章灵气珊珊。最喜其"老来爱遇山中鬼，好续聊斋未了情！""执竿渔叟星边坐，不钓鲈鱼钓太公。""斗大乾坤肩上挎，剑光叩壁啸歌行。"以直通碧落补足，是奇思妙想，令人拍案了。其《草原心曲》云：

> 勒缰跃马舞金鞭，得得蹄声卷绿烟。
> 风劲箭鸣何处去？残阳射落白云边。

以及《遇雨》云：

> 风卷云头翻岭过，雾从壑底漫山来。
> 任他雷雨滂沱落，高枕虬松卧九陔。

见出诗人笔下神采与胸中奇气。其断句云："风劲箭鸣何处去？残阳射落白云边。"以及"任他雷雨滂沱落，高枕虬松卧九陔。"皆极饶风致之美句。又其《七星潭》云：

> 玉手挽八潭，黄花浑欲燃。
> 鸟啼悬壑壁，一步九层天。

《由紫金山去梦山》云：

> 樵夫云上走，野水草间漩。
> 西岭孵残月，北峰啼古猿。
> 飙来沧海立，花送翠篁喧。
> 身在灵霄上，遥巡天外天。

胸中英气勃勃，溢于纸上。"天河佳话走惊雷，梦催遨游已千回。闲凭斗酒啸歌去，平平仄仄上崔嵬""一条玉龙咆哮来，万声霹雳危崖颤""借得沉香劈山斧，欲填天河路平坦"（《啸歌弹剑行》）意境高拔，读之振奋。《壮怀》云：

> 天外青峰山外楼，山光云影共悠悠。
> 诗魂化作一行鹤，万里排空写劲秋。

皆掷地有声。峻海先生为诗工于炼句，笔致雅畅。而气象之发煌，境界之清奇，尤是多者。如《梦与刘公登泰山》云：

    曾经携手最高峰，一览白云千万层。
    尝欲联吟八百句，许它字字撼苍穹。

《观北海》云：

    无边银浪抱天怀，照眼梨花次第开。
    半醉狂夫掬北海，一轮红日掌心来。

《上太行》云：

    百里太行一望间，吟鞭西指傲群山。
    千峰浩气酿词句，笔蘸夕阳写九天。

《故居灯光》云：

    晚风送我谒山冲，窗下灯光彻夜明。
    疑是毛公忧国事，塘边独坐数寒星。

《抒怀》云：

    免去乌纱解百忧，白云为马任遨游。
    三山五岳胸中句，寥廓江天笔底流。

  好一个"三山五岳胸中句，寥廓江天笔底流"！峻海先生诗之高情雅韵，熠熠生辉，读之谁不为之动容！我为之点赞！

  （本文是2015年4月25日河北邢台范俊海诗词研讨会上的发言，收入《宋彩霞作品选·评论卷》，中国书籍出版社，2016年）

毓秀水乡　诗意开江

当前，中华诗词事业面临蓬勃发展的大好局面。这个大好局面不仅体现在全国诗词创作的繁荣，更体现在党和政府对中华诗词的高度重视上。《中共中央关于繁荣发展社会主义文艺的意见》明确指出："中华优秀传统文化是中华民族的精神命脉，是我们屹立于世界文化之林的坚实根基。坚守中华文化立场，坚持古为今用、推陈出新，秉持客观、科学、礼敬的态度，努力实现创造性转化和创新性发展。""加强对中华诗词、音乐舞蹈、书法绘画、曲艺杂技和历史文化纪录片、动画片、出版物的扶持。"在党中央强调"加强""扶持"的中华优秀传统文化项目中，文学门类里只提到"中华诗词"，而且突出置于其他艺术、宣传、出版门类的首位，足见重视程度之高。这使中华诗词界倍受鼓舞、激励和鞭策。

我国是一个诗的国度，中华诗词源远流长。一部中国文学史，诗词占有极其重要的份量。从某种意义上可以说，离开了诗歌，中国文学无从谈起。在中华诗国的灿烂星空中，每一代都有璀灿的诗星，汇成了一条星光夺目的银河星系。挖掘和整理先人的优秀诗作，汇集当代诗人词家的优秀作品，是我们的一份责任。开江诗词协会编辑出版的这套诗选一套四卷，精选120余位诗人的2000余首诗词。其中一卷为前人作品，另三卷为当代诗人作品。编印成《毓秀水乡　诗意开江》以飨读者，这对弘扬中国优秀文化传统，促进诗词事业发展繁荣，都是一件很有意义的事情。

开江县地处四川省东部，大巴山南麓，隶属于四川省达州市，旧名新宁县，有1450多年历史。建置以前，春秋战国时属巴国。如今开江县辖7乡13镇，总人口60万人。旅游资源丰富，人杰地灵，文化璀璨。自西魏废帝时建县以来，是有名的文化县。社会的变革，经济的繁荣，使得开江县历史悠久，文化底蕴深厚，演绎过中国历史上光彩夺目的画卷。

在这片美丽而神奇的土地上，一直活跃着一支不容小觑的诗歌队伍，涌现出了一大批优秀诗人，留下了大量的不朽诗篇。多少文人墨客，宦海游子，慕名到这里览胜怀古，触景生情，创作了很多脍炙人口的经世名作，在诗词领域可谓灿烂辉煌。开江历史上的窦容邃、周绍銮、郝孟宾，都是卓有成就的诗词大家。至于今天，除了以新诗闻名的张建华、蒋楠、胡有祺、贾载明、陈自川、朱映铮、周宗春、邵明等之外，诗词作者（包括新诗、旧体兼擅的"两栖"作家），实在不是一个小数字。其中如旅居各地的孙和平、李德明、伍蔚冰、彭启羽、刘昌文、曾宪鼒、曾繁峻、孙仁权、东霞等，影响着实不小。而目前长住开江本土的更是多多。已进耄耋之年而精神矍铄者如黄良鉴、刘仁杰，已入古稀而宝刀不老者如陈开胜、彭良昌、官朝明，年愈花甲而剑锋正厉者如谭顺统、武礼建、廖灿英、刘启燕、李国铨，早过"知命"之年而思维劲健者如冉文波，年富力强而后劲足，足者如李伟等，他们对于活跃川东诗坛氛围更是发挥着重要的作用。

中华诗词被誉为中国文学艺术皇冠上的明珠。诗词之美，就美在其内容博大精深，其风格绚丽多彩，其意境高古典雅，其韵律和谐优美。

纵览所选作品，充分展现出作者借助诗韵吟诵山川田园之美，或畅叙离别思念之情，或抒发览胜怀古之感，或寄托咏物言志之心。其情感之真切、意境之深邃、品格之高雅，尽显于斯。

所以学诗、吟诗、写诗，既可充分展现我们的人文风采，提高我们的文化素质和内在修养，更能激发我们热爱祖国报效桑梓的热情和信心。

这是一套面向广大诗词爱好者的好书。具有符合时代要求、质量上乘、雅俗共赏、通俗易懂的特点。

一是选材广泛，既注重历代大家名人的名作，又广泛征集了流落民间的遗珠。

二是所选作品的风格坚持了多样化。有清新蕴藉、淡雅隽永的，有豪迈慷慨、兀傲雄奇的，有浑厚跌宕、沉郁苍凉的，也有浅淡清纯、明白晓畅的，以反映不同作者的不同风貌，并满足读者对不同风味的需求。

有荣获第一届《全国百诗百联大赛》奖的李德明：《中秋咏月感台海事》：

轮影清辉气混茫，沧桑岁月恨悠长。
久违家国舟难渡，怅望云烟意未央。

> 白发频惊人作鬼，红颜应泣露为霜。
>
> 消融何日重霾尽？笑对金蟾共暖凉！

有被《中华诗词》评为月度优秀作品的廖灿英《犁田》：

> 春天来到犁耙上，汗播西畴耕事忙。
>
> 昨夜一镰秋穑梦，手头还有稻花香。

还有冉长春的《游未名湖》：

> 欲得风光绕岸行，秋蝉几树不稍宁。
>
> 呼来呼去均知了，湖水犹然道未名。

孙和平的《牛哥》：

> 放牛光景慢悠悠，牧笛声音自带愁。
>
> 但忆挂书牛角上，如今博士笑风流。

伍蔚冰的《蕨》：

> 山野春来随意发，东风挥洒到天涯。
>
> 冥冥不与安身地，石缝撑开也是家。

孙仁权的《吊太阳》：

> 五月乡村人倍忙，清晨刈麦午插秧。
>
> 心忧日脚西山去，扯根藤藤吊太阳。

以及一大批活跃在中华诗坛上的诗人如曾宪鬻、冉文波、李国铨、刘启燕、李伟；诗作如武礼建的《明月赋》，谭顺统（曾被《中华诗词论坛》评为"十佳版主"）的《荷花赋》等。以上诸作或酣畅、或嘹亮、或潇洒、或飞动、或沉郁、或烂漫、或璀璨、或魁伟、或强健、或高妙，诗家语之运用，端的是匪夷所思，别有韵致！

三是不拘名气，不泥古训，注重入选反映时代气息、贴近生活的作品。谭顺统的《荷花赋》"红荷不作风尘客，白莲羞入低俗行。心无尘垢，自是风度潇洒；腿有残疾，焉能步态昂扬？有荷之品性，自可解开利锁；无莲之风骨，焉能挣脱名缰？施仁政，不忘惩奸锄恶；行法治，牢记匡正扶良。无纲纪之约束，难得公权不任性；有明镜之高悬，何忧厉鬼再嚣张！权重须记勤政为民，位卑不忘忧国兴邦。养精培元气，修身拔病秧。甘于奉献，勇于担当。由它浮尘翻卷，我自意气轩昂"，面对荷花，生发感慨，透在字里行间，能"以状写之景如在目前，含不尽之意见于言外"。

近年来，开江诗词协会既注重了诗词队伍建设，提高创作水平，又立足当地，重视诗词文化资源的搜集、整理、利用，了非常重要的工作。其特色有"三多"人数多，骨干多，作品多。在其发行的《戛云亭诗词》中，开江作者数量几乎总是名列第一。这是功在千秋的义举。《毓秀水乡 诗意开江》尽管还有错漏不妥之处，还有需要商榷的地方，但瑕不掩瑜。我不必引经据典，亦不必旁征博引，更无须长篇大论，而必答曰：能以坚定之信念，孜孜不倦地弘扬传统文化，并以创作实绩屹立于华夏文苑，以确证和标志着中国文化的价值和魅力。这，就是文化自信！这一套很有意义的诗集，凝聚了开江诗词界一班人的辛勤汗水，必将对弘扬传统文化、**繁荣诗词事业**发挥应有的效用。

我在《中华诗词》做编辑，自知才疏学浅，从来不敢造次。凡有诗集、诗论出版请我作序者，一律婉拒谢辞。无奈开江诗词协会会长廖灿英同志以诗情相逼，多次诚邀；加之我久慕四川诗词界同仁有太多的好诗，也是我向他们学习的一次机会。于是，便只好恭敬不如从命，破例写出上述文字，请方家不吝赐教。

（丙申年初秋于京华白雨庐，收入《宋彩霞作品选·评论卷》，中国书籍出版社，2016年）

真香古趣　著手成春

读《云起楼诗存》走近蒿峰先生

　　诗词作为中华文化的精髓，世界文明的至宝奇珍，有一个重要特点，就是主政官员成为创作的主力，历代经典无不如是。陶谢李杜、苏黄辛陆，以及蔡文姬、李清照无一例外。这是因为诗词作为最美的文学形式，是学问才华、情怀人格的综合体现。一个没有高尚品德与家国大爱的人，是难以成为诗坛名家的。自隋唐开科取士以来，试帖作诗已成定律，历代官员都是经过严格训练的诗人。历代诗词专集，绝大部分作者都是官员。开国以后的毛泽东、朱德、董必武、叶剑英、陈毅等重要人物都是诗词名家。当今的国务院原副总理马凯，不仅工诗，更有诗论流传，不愧诗人政治家。

　　蒿峰先生，是位历史文化学者，同时又是一名政府官员，他长期担任山东省政府秘书长，工作异常繁忙。四十年工作在第一线，他的《云起楼诗存》收诗词六百多首。一个领导干部竟能在如此繁忙的工作之余，创作出这样一部具有鲜明时代特色和较高艺术水平的诗词集，殊为不易。作为一方官员，其地位与韩、柳、元、白、禹锡、吕温约略相近。而所创诗词，别开生面，可圈可点，可谓这一宝贵传统的出色继承者。

　　这是一部隔断尘氛、独标奇逸的诗集。作者以高蹈的襟抱，画诗的视角与才人的性灵，审视山水景物，贯通文脉，回归自然，抒写胸中的丘壑。涉笔成趣，诗味罩罩，令人有美不胜收之感。

　　《云起楼诗存》，顾名思义是对古典的一种崇尚与追求。这在举世趋利、风气浮躁的当下，无疑是一道清风，一轮明月，应当受到欢迎。以余观之，《诗存》有以下数点值得特为拈出：

　　古淡与静穆的品位，是《云起楼诗存》重要特点。如："湖中烟霭起，青雾透衣裳。水动鸭鸣近，风吹荷气香。芦葭如远黛，夜月似秋霜。伏案忽闻雨，声声敲苇廊。"（《湖居》）"小儿七岁学堂忙，夜半妈妈哭一场。嫌也嫌他难写好，既疼又骂反心伤。"（《儿嬉》其三）"阴阳两界恨分离，刺骨锥心遗恨迟？一梦数惊难入睡，披衣枯坐待鸡啼。"（《怀父二首》其一）"湖上秋来蒲穗黄，白荷摇曳赤荷香，连天绿水明如翠，如洗长空雁阵长。红霞满、野鸭翔，小儿无赖戏游忙。遥看归橹烟波远，柳下邻翁贪夜凉。"（《鹧鸪天·故乡秋色》）"细雨方停。日升雾去，河上裂凌。风暖似裁，地行如薰，已是春声。农家先感春萌。瞧户户、收拾耨耕。村里翁姑，田头少女，牛背笛横。"（《柳梢青·早春》）将一段清幽绝尘的诗心画境表现得如此静穆高华，辋川风致、摩诘禅心宛然如见。古淡与静穆，是昔贤修持的高境。邵康节诗云："静处乾坤大，闲中日月长"正指此类。所谓"静为善基""静极生慧"凡人耳目听睹大致相同，若能神闲气静以处之，则必有异于人之处。《文心雕龙。神思》云："陶钧文思，贵在虚静。疏瀹五藏，澡雪精神。然后令元解之宰寻声律以定墨，独照之匠窥意象而运斤。此盖驭文之首术，谋篇之大端。"可见淡静之于创作是何等重要。这也是我们把握与诠释《云起楼诗存》的重要切入点。

野趣与画心的融汇，是《云起楼诗存》又一擅胜之处。山水旅游，是一种闲情逸致、富于情调的生活。回归大自然，可以感受其勃勃生机，品味其神奇景致，领悟宇宙无穷变化之美。从而放下尘累，获得心灵的慰藉与救赎。当今回归山林自然，已成为世界性的时尚。登山临水。访古寻幽，不仅可以强健体魄，开阔眼界，净化心灵，还可提升生活的品质，启迪创作的灵感，获得巨大的审美愉悦。

宋代词人沈蔚有首《天仙子》词云："景物因人成胜概，满目更无尘可碍。等闲帘幕小栏干，衣未解，心先快。明月清风如有待。谁信门前车马隘，别是人间闲世界。坐中无物不清凉，山一带，水一派。流水白云长自在。"可谓写足了山水游赏之乐趣。王阳明游南镇。一友指岩中花树问曰："天下无心外之物，如此花树，在深山中自开自落，于我心有何相关？"先生云："尔未看此花时，此花与尔心同归于寂。尔看此花时，则此花颜色，一时明白起来。便知此花，不在尔的心外。"可见诗人画家以山川为境，山川亦以诗为境。所谓外师造化，中得心源，乃是诗画艺术成功之秘诀。诗人画家的天才作品就在于能对其审美对象——山苍树秀、水活石阔之外，别构一种灵寄，因而创造了"景物因人成盛慨"的境界。蒿峰先生的《云起楼诗存》就是这样一部才情兼胜的佳作，他将神奇山水与厚重的人文情怀融为一体，创造出了一部"灵山异水，彩梦能飞"的诗章，令我们读后为之神观飞越。

《云起楼诗存》中山水恣肆、新境叠出。如"黄河东去水蓝清，象塔高高白且明。鬼劈神开天一线，雄关襟带锁金城。"（《兰州金城关》）"苍凉赭石望天山，绿树青荫红杏鲜。最感乡人多古意，园中摘食五毛钱。"（《哈密杏儿沟》）"满川绿透草波平，薄雾初开弄少晴。三两毡包天上挂，白云飘处马嘶鸣。"（《天山牧场》）无句不生趣远出，野兴撩人，十足的原生态意味。其"佛库伦含朱果处，池清林秀小瑶台。松吟泉唱鸣琴瑟，可有仙娥下界来。"（《小天池》）"访君南来细雨迟，何处故淳寻旧仪。惠政安民无迹吊，龙山独见去思碑。"（《千岛湖》）其"巍巍石阵怎堆成，遗迹何来多论争。信仰能开天与地，千年默默对云横。"（《参观巨石阵》）"万年积雪遮阴火，野不生毛地热多。最是间歇泉怒涌，白龙一跃破天罗。（《冰岛间歇泉》）以上诸诗，皆以画人之眼观景，心光照处，物我皆超，可谓愈唱愈高，令人叫绝。

写实与灵光的斑斓呈现，是《云起楼诗存》另一与众不同之点。诗无奇思，难以行远。请看以下妙语："帝王求国固，黎庶望苗畦。"（《泰山绝顶》）"三江皆沃土，四部好家园。"（《长白山》））"情怯二毛难近乡，那山那水那芦房。依稀村口双槐绿，梦里谷场一片黄。垄上犹闻邻犬叫，瓜田曾记鸟声忙。相逢执手韶华去，故宅风来米酒香。"（《回乡》）难得的仁爱公仆之心。"块垒难消寻断句，黄花零落苦秋寒。霜严雪冷催人老，云淡风轻庆有闲。"（《和延龙诗丈》）以上诸作是蒿峰先生悟虚实之境，求灵襟所寄乃得此无上妙谛。"数点梅花亡国泪，二分明月故臣情。"（《浣溪沙·史公祠》）"南望六朝青幔髻，北收十国绿平畴。"（《浣溪沙·瓜州古渡》）"朝锄坡上豆，露湿小河梁。风动驱残雾，迷人是土香"（《鱼台乡居杂事其六》）。东风意绪、曼妙灵光多自现实中涌现，比梦境来的实际，因此乃有此奇笔与灵境。昔传谢灵运梦见谢朓，便得"池塘生春草"之佳句；李白梦笔头生花，文思大进。此皆与弗罗伊德之梦境能使艺术升华之说相通。"疏篱半亩阡，瓜豆两畦鲜。石井灰驴老，斜阳自溉田。"

(《鱼台乡居杂事其九》),非身临其境者,是无法写出这样鲜活的作品的。再如"处处隆冬起大棚,白云片片似湖明。天寒食得夏瓜菜,车载天天进北京"(《冬季蔬菜大棚》》);"户户机声夜不眠,家家副业兼耕田。经营多种多收入,农妇再无三日闲"(《《寒亭农村加工业》);"谁道山村偏僻苦,三千城妹打工来。高楼栉比新农舍,万杰名医对众开"。(《《芭山村》)"夏至休渔千网锢,春来苗放万吨丰。"(《莱州湾放苗》),都是灵襟远寄的上等佳作。诗中的太平景象,怡和佳气,不正是诗人所向往与追求的"和谐"社会吗?

诗如其人,读《云起楼诗存》使我感受到一位优秀的领导干部之高尚的思想境界与出色的艺术才华。这二者应该而且绝对能产生互补的效果。一个有着仁爱与真善美的诗心的人,能不尽其才智为民造福吗。

《云起楼诗存》的问世,是当代吟坛可喜的收获。洋洋洒洒六百多首诗作为我们提供了一个不同凡响的文本:它展示的诗情、画境、灵心、具有一种引领人们提升向上的精神力量。对虚华浮躁、信仰衰微的芸芸众生,实在是一剂对症之方。当今的社会太需要洗尽铅华,独标真色的文学艺术。蒿峰先生的诗作,我以为至少在这方面是很有启迪作用的。

2019年5月14日于京华白雨庐

灼灼纪都韵　淼淼弥水情

己亥年秋，在《中华诗词》秦皇岛海港金秋笔会上，王殿永、吕增信、孟庆平三位乡贤推开了我的门，要我为他们即将付梓的纪都诗韵之《弥水三闲集》说几句话。这时我忽然想起，不记得在哪篇文章里，我曾经说过："好为人序、好为人评"，难免遭人诟病。在这一理念支配下，我曾经婉拒过许多诗友。今天，看着三位我的老乡，实在不好推辞，便欣然受命。况且每年的笔会在哪里举办，他们就跟到哪里，他们是真正的《中华诗词》的粉丝。

纪都诗韵之《弥水三闲集》是三位出生年代不同、居住环境不同、职业阅历不同的人合编的一本诗集。他们分别从不同的行业，吸收着不同文化氛围的营养，共同在中国古体诗词这棵大树上伸展出一杈小枝，放开了一脉叶子，物多相类，锦簇有姿，点缀出一番景色。

王殿永先生自称是古纪国遗农，从寿光市广电影视集团退休。现为中华诗词学会会员，潍坊市诗词学会常务理事，寿光市诗联协会副主席，《纪都诗韵》副主编。近年来分别获得过潍坊市楹联作品二等奖、获潍坊市首届全国传统诗词征诗大赛三等奖，部分诗词作品入编《国家诗人档案》，获寿光市"最美乡贤"称号；2018年3月，获市政府首届"圣都文化奖"。2019年在中华诗词秦皇岛海港区金秋笔会中获特别贡献奖。

殿永先生入选的诗词，咏唱重点是感怀，兼写亲情友情、赏梅品物沐云和对时政的感受。他在《临江仙·笔会秦皇岛再游求仙入海处》这样写道：

一夜乘风临北海，求仙岛上重逢。金秋流韵韵尤浓。万千慨叹句，提笔却成空？　最恋金滩签到处，再迎初日瞳瞳。分明足下即仙踪。可怜东渡客，枉费半生功！（2015年南戴河金秋笔会时来过秦皇岛，今次笔会重游秦皇求仙入海处感慨良多。）

他用"万千慨叹句，提笔却成空？"句挽断，用"分明足下即仙踪"照应主题，是说这里已经很好了，还要去哪里寻仙呢。接着他吟道："可怜东渡客，枉费半生功！"是对秦始皇的调侃，这是他的点睛之笔。小令如行云流水，一气呵成。

其《教师节感怀》云：

蜡炬春蚕莫笑微，人间大爱舍其谁。
几曾天亮忘灯灭，多少夜阑人不归。
沐雨经风传道苦，披肝沥胆育雏飞。
至尊至圣誉千古，节拜金秋桃李肥。

（"忘灯灭"句，指读初中时王金文老师天不亮在办公室批改学生语文作业的故事，当年还是用油灯，天亮了忘记熄灯。校长发现后批评说：白天办公不用点灯！要节约用油。）

这首是讴歌教师的成功之作，读此诗可以使人眼前一亮。

"蜡炬春蚕莫笑微，人间大爱舍其谁。几曾天亮忘灯灭，多少夜阑人不归。"多么的形象，多么的贴切，语言情感很到位。

他的咏物诗也写得有模有样。如《临江仙·题秋云》云：

放浪形骸谁得似，无人碍我游天。从来不解啥笼樊。闷来戏日月，兴起倒江川。　阅尽人间多少事，沧桑浮隐悲欢。世间功过我无缘。刚柔兼济处，动静自超然。

还有他对港台事件的关注。如《渔家傲·港台风雨寄》云：

华夏同根谁否认，一枝一叶命同运。地北天南情亦近。亲作本，港台大陆当无恨。　统战领潮何所困，岂容邪恶阴风紧。大国情怀多慈悯。休挑衅，当心碰了钢刀刃。

这些诗词，情景交至，或情绪深沉，或情怀激烈，都是从丰富的生活阅历中提酿而成的。殿永先生的诗词，语虽近实，但"真字是诗骨。"他的诗词张扬个性，雄奇豪迈，表现力强。作品风格具有强烈的时代性。他写诗词，眼到处浩荡无涯，笔到处不失筋骨，心到处忧怀国事。在离合吞吐之间，纵横议论，表达味外之旨。

吕增信先生系寿光市纪台镇吕家二村人。中共党员，本科学历，高级政工师。1974年入伍，1979年2月参加对越自卫反击战，荣立三等功。1987年转业，在水利部中水东北公司供职。2014年1月退休。现为中华诗词学会会员，2019年8月在潍坊市"庆祝新中国成立70周年"征诗大赛中获二等奖，同年9月，在"宇浩杯"全国诗词大赛中获二等奖。

增信先生选入的诗词，吟咏重点是慷慨激昂的军旅诗词，同时他视野宽泛，关注时代，题材多样。他有一组对越反击战诗组诗五首，这里选出三首如下：

炮火轰鸣

号令无关夜色浓，弹星滑过裂长空。
如闻霹雳风云动，十万儿郎热血腾。

凯旋

凯旋正午硝烟散，夹道欢迎将士归。
拥抱伤痕犹滴血，瞬间泪洒染彤晖。

纪念对越自卫反击四十年（通韵）

时过卌年心浪翻，曾遵号令赴边关。
出征不惧峰峦险，激战休听弹雨旋。
壮士飞穿千丈壑，铁鞋踏破万重山。
满头白发终无悔，只为和平那片天。

读罢上面的诗，真的是令我喉头一紧。"如闻霹雳风云动，十万儿郎热血腾。""拥抱伤痕犹滴血，瞬间泪洒染彤晖。""出征不惧峰峦险，激战休听弹雨旋。壮士飞穿千丈壑，铁鞋踏破万重山。"感觉其语浅情深，发自肺腑。真实强烈，入心入情，画面感和感染力极强。"满头白发终无悔，只为和平那片天。"这句最具有千钧之力！作者写自己，把自己摆进去了，最后归结到只为和平那片天。多么崇高的生命意识和境界。

增信先生诗词用情真挚。他在《老战友聚会》云：

相聚中山兄弟亲，耳边又是老声音。
而今谁唤新兵蛋？泪水潸然湿我襟。

"而今谁唤新兵蛋？泪水潸然湿我襟。"把战友相聚的那份情写的感天动地。

他关注民生，诗中的泥土味倍感欣喜。如《九月初九夜宿农家院》

露坠溪旁菊一丛，雁声嘹唳月朦胧。
赏秋何用登高处，小院篱墙韵自浓。

一句"赏秋何用登高处，小院篱墙韵自浓"。双关语境，享受自然之美在这农家院里给诗人带来的快乐，平淡的生活正是老百姓向往的幸福，可见悠然之态。还有他在《老村新曲》中有"梦中还是旧村景，眼下分明新乐园。斜阳伴我红霞里，谁醉清音堆笑颜。"用"梦中还是旧村景，眼下分明新乐园。"句表明新农村的变化。用"斜阳伴我红霞里，谁醉清音堆笑颜。"抒发自己的感怀，均可圈可点。

在《师恩难忘》用"常思那段阳光路，更恋儿时风雨程。谁点迷津传正道，师将大爱助飞鹏。"对恩师赞美有加。

增信先生的诗词，直抒胸臆，透明澄澈，在体裁和内容上设想新奇，在对象和内涵表现方面精巧贴实。风格明快、出之自然；却又实中有虚，宁静思考，含蓄有味。是一名现实主义和理想主义结合的平民化写手。用自己的人格的力量感召着、影响着许多人。向增信先生致敬。

孟庆平先生寿光市纪台镇孟家官庄村人，中学一级教师退休，毕业于山东曲阜师范大学汉语言文学专业，大专学历。现为中华诗词学会会员，潍坊市诗词学会常务理事，寿光市诗词楹联协会副主席。2017年在"1532杯"全国诗词大赛中获二等奖，2018年在"芊博会杯"全国诗词大赛中获一等奖，2019年在潍坊市"庆祝新中国建国70周年"征诗大赛中获一等奖，2019年在中华诗词秦皇岛海港区金秋笔会中获特别贡献奖。

庆平先生选入的诗词，重点是贴近生活的一系列咏怀，角度新颖，诗、词曲均擅，他能够从草根生活的题材中採摘精神奇葩。如《浣溪沙·阖家用餐》云：

猪肉粉条虾米汤，小葱豆腐蟹油黄，儿孙嬉戏聚身旁。 小酒三杯灵感动，新词半阕墨生香，三餐都作好文章。

读来心里一动。纯用白描，纯属白话入词，到口即消，提炼的非常到位，这种创作风格是值得提倡的。

他笔下的生活气息很浓厚。如《接送孙儿路上》

左手书包右手孙，祖孙率性撒童真。
休嫌路短风光少，却是人生一段春。

《中秋节与老妻视频》

独恋闲庭一户侯，举杯邀月共中秋。
天涯万里家山远，老白头看老白头。

其"休嫌路短风光少，却是人生一段春。"开怀、真实。其"天涯万里家山远，老白头看老白头。"这是顺手就来的句子，却包含了人生和岁月多少的沧桑。"老白头看老白头"句，初可读，复可传。于太白"举头望明月，低头思故乡"异曲同工。

他的《南戴河海上观日出》云：

> 权借沙滩作酒斋，三杯兴起纵诗怀。
> 倚天大海入襟抱，挥手招呼红日来。

该首诗巧思、灵动，想落天外。

他的曲子也别有韵味。如【中吕·山坡羊】溪泉：

襟怀清亮，豪情奔放，穿山绕岭声激荡。历沧桑，向东方，思来大海同欢唱。携手高歌一路往：根，在故乡，心在远方。

开句"襟怀清亮，豪情奔放，穿山绕岭声激荡。"就令人欣喜。"根，在故乡，心在远方。"结得多好啊。我们的心里都有家乡，都有根，还有远方，不是吗。

他有很好的驾驭长调词的能力。他的《沁园春·纪国之春》一词，堪称咏春诗最具特色，写的风生水起。他能让"弥水之滨，翠滴层岚，霓彩缤纷。"打开春天大场景；能用"情若梦，看诗潭醉月，画境流云。"锁住春的脚步；能借"绿柳含烟，琼花吐韵，莺舞莺飞绘锦纶。"解读春的信息；感叹于"沧桑变，沐光风霁月，七彩乾坤。"让人与春天作物我交游；让读者在春天的幽静气氛中品寿光之美。

庆平先生可以在不同语境中选择不同类型的词汇，而且用字凝练生动、轻重浓淡、恰如其分。他的诗词，章法绵密，读起来清新流利。表现内容趣在言中，意在言外，宁静韵远。如咀嚼橄榄，细品方得回味。他的诗词贴实却又脱俗、诗句精练而且意足，抑郁时人格充溢，高古时词富远韵。

综上，三位先生通过自己的诗词创作，一展现代人的情操和风采。他们的诗词，不求词藻工丽，不为娱乐遣兴。他们放眼时代，关注身边人、身边事、平凡人、平凡事，在思想性方面升华了古典艺术。我们寄望纪都诗韵之《弥水三闲集》的出版，能为弘扬中华诗词文化，产生一定的影响。

是为序！

2019年10月2日于北京白雨庐

评点美什

寓真词选评

浣溪沙·初春读书即记

失落马航已满年。欲知诡秘问苍天。寰中奇事愈新鲜。　　天地朝闻忽风雨，文章夜著草成篇。何如写梦学临川。

【宋彩霞评】：诗人者，不失其善良之心也。马航事件，牵动了多少人心！小令上片以马航失联事件周年领起，以"寰中奇事愈新鲜"句结，并埋下伏笔。下片引申是说在这大千世界里，个人的力量多么的渺小，不如像汤显祖那样，可以把之思之忧之痛之喜用《临川四梦》来完成人间悲喜剧。"何如写梦学临川"是作者最深的感悟。小令气格贯通，心思细密，收束自然。

浣溪沙·初春读书即记

将遣春温上笔端，西风又作倒春寒。看书聊可解心烦。　　夜读杂文瞿与鲁，彼时文网搏之难。起看星斗正阑干。

【宋彩霞评】："将遣春温上笔端。西风又作倒春寒。"两句，如行云流水，读之怡然。此等词，若无超然之心境与情调，是写不出来的。"西风句"双关，由下句"解心烦"可证。在读了瞿秋白和鲁迅的杂文后，念及当下网上时风对比，结笔锋转处，也见匠心。

菩萨蛮·夏日偶怀

闲情枕卧葱茏叶，吟歌作伴蹁跹蝶。征路梦依稀，风尘酿入诗。　　沉霞思缈远，园静如深涧。信步过花间，云追月上圆。

【宋彩霞评】："征路梦依稀，风尘酿入诗。"句，作者的诸多感慨，多少辛酸，俱在其中。先生为法律界高官，当是正气也。"信步过花间，云追月上圆"，此句如串珠在项，熠熠生辉。

菩萨蛮·雪中寄语

鸿蒙雀跃江山好，扶桑驻马游心老。美梦翠连空，愁来雪满峰。　　彩云飘坠处，永夕寒声树。来日看春风，兰香为我浓。

【宋彩霞评】："江山好""游心老""美梦""愁来""彩云""寒树"，容量极大，写景抒感，油然生感。词之妙处，往往在结拍，先生词多得其妙。"来日看春风，兰香为我浓"，颇富词味而引人遐思。

菩萨蛮·夏日偶怀

五风十雨春交夏，千红万紫纷飞罢。嫩笋上新条，瞬间千尺高。　　游踪生野草，能不吟身老。满树绿离离，新枝成旧枝。

【宋彩霞评】："千红万紫纷飞罢。嫩笋上新条，瞬间千尺高。""满树绿离离，新枝成旧枝。"词人善于观察，对审美客体，注入了先生的情感因素。小令中有此等句，便空灵可读。

菩萨蛮·夏日偶怀

闭门愈觉红尘远，登楼将涉银河浅。旧梦又今宵，流星下树梢。　　同舟沧海上，命运涛中漾。岁月去匆匆，江湖何处逢。

【宋彩霞评】："闭门愈觉红尘远，登楼将涉银河浅。旧梦又今宵，流星下树梢"，吾深爱之。"红尘远""银河浅"极具动感。"旧梦又今宵，流星下树梢"允为佳句。此等语，初可读，复可传。

菩萨蛮·夏日偶怀

生平多少风云历，衰年剩了烟霞癖。观画见山川，卧游登岫颠。　　蕉林衔海绿，凄婉渔光曲。绵邈泊舟村，依依见旧痕。

【宋彩霞评】：这一组《菩萨蛮》是先生收录在乙未年所作《余声

集》里,并是封笔之卷。"在甲午《晚籁集》之后,已无意作诗。时因《中华诗词》编者约稿,自此随兴写来"(《余声集》后记)。这里提到的编辑就是我。当时先生欣然发来一首《沁园春·改革颂》(《中华诗词》已刊发)这里按下不表。本词开句"生平多少风云历,衰年剩了烟霞癖。"有些伤感,过去的那些景致如在眼前,饱蘸了多少历史风霜!词人"观画""卧游",满眼"衔海绿",满耳"渔光曲",那些涛声风烟、辽天阔野历历在目。读此阕,使人忆起《龟虽寿》里的壮句。

(收入《宋彩霞作品选·评论卷》,中国书籍出版社,2016年)

邹积慧诗选评

看 山

谁挥画笔染兴安,一卷琳琅不厌看。
岭树如花开五色,斑斓直上彩云间。

【宋彩霞评】:绝去形容,独标真素,此诗家最上一乘。小诗干净利索的是"动人春色不须多"。首句提出一个设问,"染"字极具动感。"一卷"呼应"画笔",得起承之法。也为下句做出铺垫。为什么总也看不够呢?因为那花五彩斑斓啊,这斑斓与天上的云彩合二为一,这山能不好看吗。

北极村

山含妩媚水含香,碑自无声气自昂。
多少情怀来找北,人生从此启新航。

【宋彩霞评】:诗在意远,故不以词语丰约为拘。言意深浅,存人胸怀。该诗起的柔美旖旎,招人喜爱。二句急转直下,无声的碑伫立在那里,碑的故事没有说,而是通过"气自昂"三个字带过。第三句作者生发感慨,第四句回答了作者此行的目的。小诗以柔领,以豪气结,宕出远神。

采 风

满眼缤纷几欲痴,五花山色我来迟。
镜头随意轻抓取,便是撩人一组诗。

【宋彩霞评】:此诗用意精深,下语平易。诗是自家做的,便是要说自家的话。语是己出,无斧痕,也不受古人束缚。那些过火语,实无取意,不足为训。诗以意为上,句之佳者,乃时至气化,自然流出。石破天惊之句,出人意料者,其意仍须在人意之中。"便是撩人一组诗",虽然是平常语,但与"石破天惊"之意八度和弦。李白云:"清水出芙蓉,天然去雕饰。"平淡而到天然处,则善矣。

(收入《宋彩霞作品选·评论卷》,中国书籍出版社,2016年)

其他作者诗词选评

临江仙·咏申城兼寄故人 (薛 景)

远处江风吹易冷,梧桐叶落秋声。红墙疏影少闲行。与君初会遇,赠我夜长明。　雨后桂香浓不艳,冬来金栗牵萦。人间烟火弄堂生。若逢飘雪夜,便可见卿卿。

【宋彩霞评】:"与君初会遇,赠我夜长明""赠我夜长明"语意双关:或许是月亮彻夜长明,或许是与朋友一见如故,一夜长谈至天明。"赠我夜长明"似未有人这样写。可谓尖新。下片"若逢飘雪夜,便可见卿卿"也是双关,或许是实写,或许是两人有约定,在冬天里相见。正如一首歌中唱道:大约在冬季。那些铺排都不重要,两结才是中心。

越调·天净沙红船　（王善同）

乌云密布江南，嘉兴湖上风帆。尽处青山辽远，心中有岸，管他多少礁滩。

【宋彩霞评】：白居易说："文章合为时而著，歌诗合为事而作。"既然文章歌诗应该"为时""为事"而著作，就必然反映当时的时代而彰显其时代特征。构思立意，从何着笔，往往显示作者文思的匠心，而独出机杼、别开生面者，则又胜出一筹。是曲作者以"红船"命题，可谓立意高远。

曲紧扣"红船"铺陈。起句点明大背景：江南"乌云密布"，红船在波云诡谲的时空里行驶，其险恶之境不言而喻。"尽处青山"表面是写景，实则是描绘了令人神往的理想境界。但理想还很"辽远"。"心中有岸"，是点睛之句，是曲眼，无此句便无以下文。"管他多少礁滩"，是全曲的高潮。既然目标已经明确，使命业已确定，那么就朝着这个奋斗目标，矢志不渝，勇往直前。乘风破浪，何惧什么"礁滩"！读着这寥寥28字的小曲，我们恍如看见了一部中国共产党人刚毅坚强、百折不挠的精神传记。不管其程多远，其途多险，其事多难，都无法阻挡共产党人前行的脚步！

"管他多少"四字，浩气凌云，气壮山河。末句转合自然，收束有力，干净利落。可谓"豹尾"。李渔在《闲情偶寄》中谈论戏曲结尾时说："收场一出，即勾魂摄魄之具，使人看过数日而犹觉声音在耳、情形在目者，全亏此出撒娇，作临去秋波那一转也。"当然不能以"秋波一转"来简单比附"管他多少礁滩"，但从艺术技巧来说，戏曲如此，词曲又何独不然？

（原载《中华诗词》2011年第8期，收入《宋彩霞作品选·评论卷》，中国书籍出版社，2016年）

初　冬　（赵雪峰）

户牖寒深石径微，风兼行处趁声稀。山堆雪浪天为岸，城蠹丛林云作衣。　　残叶萧骚萦别渚，疏钟断续绾清晖。欲寻鹿迹先缄口，不用逢人说久违。

【宋彩霞评】：首联简明扼要，交代时节。"石径微"，典出明·高启《过僧舍访吕敏》："屐齿粘苔石径微"句。中二联，描写诗人眼中的初冬。雪浪堆山，丛林蠹城，别渚残叶，断续疏钟，一句一景，集中反映了初冬的萧瑟，创造了寥落清冷的意境。若按唐诗正意出过多在二联，故唐诗多在第五句转，金圣叹以为定法。而此诗中二联才出正意，看似全部写景，然隐含了"天为岸""云作衣""萦别渚""绾清晖"之情，就放开一步了。上六句写本题，第7句方转，扬开作结，其法变化不拘，也无不可。"山堆雪浪天为岸，城蠹丛林云作衣。"气局严整，属对工切。其可议处：1、"趁声稀"，似未见其可也。余多见有：漏声稀、雁声稀、哭声稀、雨声稀等。2、尾联突兀，似与主题不协。

天宫一号升空　（熊东遨）

驭电驱雷一箭风，环球仰首看飞龙。
五千年史添新页，大写中华到太空。

【宋彩霞评】：应时应景之作，易写难工，既不可空洞无物，又不得人云亦云。熊东遨先生的《天宫一号升空》，为我们提供了一个成功典范。

首句写形象：一箭当风，驱雷驭电，再现了"天宫一号"升空时的壮观画面。次句言影响：飞龙在天，五洲仰首，东方巨人不怒自威之气概言外自含。结尾二句尤为精彩："大写中华到太空"，"天宫一号"为五千年文明史新添的这一"页"，是何等的光彩夺目！

读诗至此，一股强烈的民族自豪感便油然而生。移人情于不觉，只要是好诗，往往都能起这样的作用。

（原载《中华诗词》2011年第12期，收入《宋彩霞作品选·评论卷》，中国书籍出版社，2016年）

浪淘沙·巴山背二哥 （吕子房）

　　小子走巴山，踏遍渝川。背星背月背朝天。呵嗬一声忙挂地，仰首岩悬。　　日夜顶风寒，脚破鞋穿。为儿为母为家园。苦命二哥背不尽，背起人间。

　　【宋彩霞评】："背篼"是大巴山人重要的生产生活工具，也是他们性格的象征。背二哥大都来自贫困山区，一只背篼一身好力气，就是他们全部的谋生工具。

　　该词用白描手法，勾勒出一位巴山农民日常生动的故事、勤劳质朴的品质和在苦难中奋争不息的栩栩如生形象。晚清况周颐《蕙风词话》云："近人作词，起处多用景语虚引，往往第二韵约略到题，此非法也。起处不宜泛写景，宜实不宜虚，便当笼罩全阕。"说的正是该词技巧。"小子走巴山，踏遍渝川。背星背月背朝天。"纯用口语，清纯无滓，到口即消，极具动感。

　　下阕承接上意，从背二哥不分昼夜、不惧寒暑写起，写到他背上的千斤"背篓"，再到他的家人和家园。即使走到脚破鞋穿也一往无前。最妙在结拍"苦命二哥背不尽，背起人间。"此言一出，夺人心魄，令人思绪万千。

（原载《中华诗词》2011年第9期，收入《宋彩霞作品选·评论卷》，中国书籍出版社，2016年）

青莲如梦 （韩玉梅）

　　水为清骨玉为神，十里馨香未染尘。
　　独赏青莲犹忘我，不禁已作画中人。

　　【宋彩霞评】：中规中矩，风调冲和。漫不经心，亦不吃力。扣题既紧，语亦流丽。攻其一点，不及其余，笔力集中，亦是妙法。小诗切题而疏俊，有条不紊。虽未至于佼佼，终不流为碌碌。笔调向上，境界自出。其可议处：有流丽语而少了点精警语。

题《紫藤伯劳图》 （石正华）

紫色花开鸟作邻，丹青着意写精神。
自从墨客评章后，只占诗图不占春。

【宋彩霞评】：开门见山，花鸟齐备，笔力简约紧凑。二句承之词语稍熟。"只占诗图不占春"之前有"自从墨客评章后"一句垫之，无此句则直而无味，有此句，走处仍留，急语仍缓，可悟用笔之妙。"自从墨客评章后，只占诗图不占春。"是加一倍写法，用意用笔甚曲，气韵两到。与小杜"看取汉家何事业，五陵无树起秋风"异曲同工。

鹧鸪天·务工人员 （熊建华）

背井离乡图个啥？薄微收入寄回家。肩扛煤气披朝露，手捧砖头沐晓霞。　　思父母，念妻娃。他乡背地泪如麻。风中遥望回家路，天际苍茫挂月牙。

【宋彩霞评】：与那些被乱花迷眼的写作者相比，他写得朴素。却着力挖掘那些很小但能蕴藏的具有时代感的忧郁。弗吉尼亚·伍尔芙说过：十九世纪"所有伟大的小说家，如萨克雷、狄更斯和巴尔扎克，都写出了自然的散文，……富于表现力然而并不矫揉造作，发挥自己的特色却又从不失去共性"。自然、富于表现力并不矫揉造作，正合该词特点。

该词首先可以用"直接"来概括——全部都是直接说出，即使用了比喻，也是直截了当的明喻。这个"直接"，就已经从本源上杜绝了矫揉造作的可能。一首整体上"直接就是"的诗，可以用整体和意境来获得意想不到的效果。诗人以"直接"的方式对打工阶层的痛苦和沉重的深切关注，带有明显的叙事色彩，把过程描述得很细腻。动人之处不仅在于细节描写，更在于通过叙事所传达出来的深厚感情。"肩扛煤气披朝露，手捧砖头沐晓霞。"形象生动，用词凝练。如晓霞改晚霞则更精致。

务工人员诗词和其他类诗词相比，有它特殊的现实意义。该词记录着务工人员的命运和生活，无论是叹息和质问、正常和反常、理性和感性，没有切身感受，是断然写不出"思父母，念妻娃。他乡背地泪如麻。"这样感人至深的句子来。

"一切景语皆情语""风中遥望回家路,天际苍茫挂月牙。"开放式的景语作结更显作者之真实情感。

(原载《中华诗词》2011年第10期,收入《宋彩霞作品选·评论卷》,中国书籍出版社,2016年)

观 钓 (马士林)

锦鳞难耐饵香诱,每欲沾唇便中钩。
现世浮生应警此,莫因一念恨千秋。

【宋彩霞评】:作诗本乎情景,孤不自成,两不相背。诗不外乎情事景物,情事景物不离乎真实无伪。一日有一日之情,一日之景,作者随景兴怀,因题著句,故景真情实。开头两句,明白如话,起承自然。然只眼前景、口头语,而无弦外音、味外味,则不能使人神远,作者深谙此道。后两句偶然感触,一涌而出,一气之下,以其灵思,撰为名理,情生于文,理溢成趣,兜裹完密,元气浑成,无丽藻炫人,同不流于俗,异不失其正。惜构篇谋句稍欠新意。著名诗人刘征老师将第三句"现世浮生应警此"改了四个字即"利欲驱人应警此",何其神妙!

(原载《中华诗词》2015年第4期收入《宋彩霞作品选·评论卷》,中国书籍出版社,2016年)

登黄山 (王纪波)

万里风云脚底流,丹崖琪树醉青眸。
自云已在浮云外,更有浮云在上头。

【宋彩霞评】:这是一首讽刺诗。作者登临绝顶,步于云海之上,放眼四望,山崖林树,或如丹霞,或如碧玉,焕彩凝晖,美不胜收。豪逸之气溢于笔端,于是有了前两句。"琪树丹崖"出自吴伟业《过淮阴有感》:"登高怅望八公山,琪树丹崖未可攀。"他将其移用到黄山上，十分妥帖。前两句营造的气氛可谓超凡脱俗，然而到了后两句，却来了一百八十度的大扭转，作者纵然登上绝顶也依然逃脱不了"浮云"的包围。"浮云"一词意蕴十分丰富。陆贾《新语·慎微篇》中有："邪臣之蔽贤，犹浮云之障日月也。""浮云"在很多时候，则成了奸佞小人的代名词。李白《登金陵凤凰台》"总为浮云能蔽日，长安不见使人愁"，王安石《登飞来峰》"不畏浮云遮望眼，自缘身在最高层"，其中的"浮云"皆有此意。这里的"浮云"，显然有所影射，其意正在对当今社会存在的某些不良现象的痛斥与鞭挞。作者避免了平铺直叙的陈述与空洞无物的论辩，正笔、倒笔兼用，虚笔、实笔相映，扩张了意境的包孕空间。

（原载《中华诗词》2015年第1期，收入《宋彩霞作品选·评论卷》，中国书籍出版社，2016年）

新年后出外打工者 （隋鉴武）

窗前絮语两情深，腮印娇儿小嘴唇。
正月初三打工去，心头一片艳阳春。

【宋彩霞评】："别让昨天的泪，打湿今天的阳光。"这是我读这首诗的深切体会。农民工诗词和其他类诗词相比，有它特殊的现实意义。农民工题材的诗，大多写他们的艰辛困苦、待遇低微、命运不公。而该诗，从新的视角入手，写出了新的打工者形象。小诗自然、清新、明快、昂扬、健朗。开头两句："窗前细语两情深，腮印娇儿小嘴唇。"有情有景。"腮印娇儿小嘴唇。"一句旖旎可爱。在论及字句的选择时，黄图珌认为："落笔务在得情，择词必须合意。""心静力雄，言浅意深。景随情至，情由景生。吐人所不能吐之怀，描人所不能描之景。华而不浮，丽而不淫，诚为化工之笔也。""正月初三打工去。"告别了贤惠善良的爱妻，吻别了娇儿，于正月初三就踏上了回城打工的旅途。没有悲伤，不见愁云，而是"心头一片艳阳春"。为什么？是得到妻子的理解、支持，还是因为再奋斗一年，就可在城里买房落户？诗中什么也没说，留下了悬念和想象的空间。诗文须有顿挫。"诗文无顿挫,只是说白话,无复行文之妙。顿挫者,横断不即下,欲说又不直说,所谓'盘马弯弓惜不发'。"

(原载《中华诗词》2015年第2期,收入《宋彩霞作品选·评论卷》,中国书籍出版社,2016年)

清平乐·鞋匠 (郁忠尧)

不嫌棚小,街口春光好。鞋式时髦针线巧,足下清风多少? 拐杖长伴身旁,风来雨去坚强。莫向国家伸手,钉锤夜半叮当。

【宋彩霞评】:"一气如话,毫无渣滓,到口即消。"这是我读这首词的第一感觉。李渔《窥词管见》云:"作词之家,当以'一气如话'一语以为四字金丹。'一气'则少隔绝之痕;'如话'则无隐晦之弊。"其次,空中荡漾,最是词家妙诀。上片情景齐到,相间相融,各有其妙。"足下清风多少",问而不答。下片本可上意下接,却偏不入,而于其间传神写照,乃愈使下意栩栩欲动。"莫向国家伸手"是全篇主旨,词眼也。与"词要不卑、不亢、不触、不悖。蓦然而来,攸然而逝"(《东江集钞》卷九)正相匹配。小令状写底层人物生存状态,没有豪言壮语,不曾矫揉造作,也没有叹息和质问,上下两结均以景结情,一俯一仰,腔调则在雅俗相合之间,词之三昧得矣。

(原载《中华诗词》2015年第3期,收入《宋彩霞作品选·评论卷》,中国书籍出版社,2016年)

烛影摇红·开福寺 (薛 景)

翠染红敷,舟摇碧浪天如洗。潜龙时见卧枝头,栖凤沧波里。桥上樱花极美。向红尘、必然流逝。楼台烟雨,看水不是,看山不是。 朗月清风,垂铃檐角人无睡。声声都作旧心声,竹影长相对。斯有桃源若此,复何求、归来可矣。一僧一寺,山还是山,水还是水。

【宋彩霞评】:一眼就看到上片结句"楼台烟雨,看水不是,看山不是"与下片"一僧一寺,山还是山,水还是水"照相呼应,而且富有禅意的回答。便觉有味可读。该词的特点,纯用现在的语言,先景后情,情景交融,一气呵成,注入作者感悟的句子如"向红尘,必然流逝""斯有桃源若此,复何求、归来可矣"的是词家手段。

高空电工 （王 金）

我欲青春绽火花,朝擎旭日晚牵霞。
豪情更在青云上,总把光明送万家。

【宋彩霞评】：这首诗应该是"格高、意到、语工"的成功范例。"诗先看格高,而意又到,语又工为上。意到语工,而格不高,次之。"（方回《瀛奎律髓》）首句"我欲青春绽火花"起得突兀,诗家语。二句"朝擎旭日晚牵霞"承接上意,意趣超远,乃使生气灵通。三句"豪情更在青云上"一个"更"字点明主人公意志与决心。"青云上"呼应诗题"高空"。结句"光明"与首句"火花"对接,收束自然。"结句收束上文者,正法也,与"曲终人不见,江上数峰青"异曲同工。

景无情不发,情无景不生,情景虽有在心在物之分,而实不可离。作者把景中情,情中景巧妙结合。"青春绽火花"无理而有理,"豪情更在青云上"自然是喜达行在之情,情中景尤难写,作者含情而能达,会景而生心,物体而得神,则自有灵通之句。

本诗章法可谓以题参诗,意诗按题,观其起结,审其顿折,下字琢句,调声设色,真是得力,然后旁推触类,一以贯之,仰观豪情,高下在心矣。"人所易言,我寡言之,人所难言,我易言之,自不俗。"（姜夔《白石道人诗说》）难说处一语而尽,易说处不放过;僻事实用,熟事虚用,说理简切,说事圆活,说景微妙。诗友多看自知,多作自好矣。

（原载《中华诗词》2015年第6期,收入《宋彩霞作品选·评论卷》,中国书籍出版社,2016年）

踏莎行·夜 （刘如姬）

夜正温柔，心还沉默，遥天星子倏滑落。长衣轻裹怯秋凉，为谁独伫街之末？　青涩年华，阑珊灯火，回眸不复当年我。疾轮碾过叶纷纷，一笛冷韵东风破。

【宋彩霞评】：诗重发端，惟词亦然。开头贵突兀笼罩，对起之调，贵从容整炼。开句"夜正温柔，心还沉默"正如是，与少游"山抹微云，天粘衰草"异曲同工。词不在大小深浅，贵于移情，有点，有染。"为谁"二句乃就上三句意染之，点染之间，语言不相隔。"为谁独伫街之末？"以曲折问而收之，深得婉字之妙。吞吐之妙，全在换头煞尾，下阕承接上意，藕断丝连，又异军突起，生发感慨。自然，不雕琢，不著色相。古人名句，如"梅子黄时雨"，"云破月来花弄影"，不外自然而已，此如是。一句"回眸不复当年我"，实写。突然而来，悠然而去，前后贯穿，神来气来。"东风破"二句，虚写。有言外不尽之致，与前三句辞意断而仍续，合而仍分，前实而后虚，贵能留住，如悬崖勒马，用于收处最宜。又于清丽婉转中，如美女试妆，不假珠翠而自然浓丽，不惜铅华而自然淡雅。

词起结最难，而结尤难于起。上阕借景以引其情，兴也；下阕借物以寓其意，比也。盖心中幽思，不能直言，必低回婉转而出之，而后可感人也。

（原载《中华诗词》2015年第7期，收入《宋彩霞作品选·评论卷》，中国书籍出版社，2016年）

小重山·赋天堂鸟 （薛　景）

岁月生香入我怀，天涯今不远、两悠哉。最清凉处上闲阶，有仙鹤、引颈向高台。　低若一尘埃，年年尘土里、探花开。故人何处等风来，也等你、等你与君偕。

【宋彩霞评】：小令读来轻盈可爱，喜悦之情可见。起句突兀，直点主题。上片结"引颈向高台。"与下片首句"低若一尘埃"形成反差。仅仅这两句，作者是有想法的。我还是那句话：今人就写当下，用当下的语言，把感悟、期冀用自己的语言白描，同样能写出好诗来。

雅丹地貌赏游 （郝秀普）

神奇胜景本天工，气势浑然迥不同。
舰队帆群出翰海，狮身人面卧秋风。
黄沙百里残丘峻，青史千年大漠雄。
历尽沧桑谁独健？浮生一瞬过苍穹！

【宋彩霞评】：前二句铺排，三四联写尽雅丹地貌，用词精炼，对仗工稳，气势壮观。最美在尾联"历尽沧桑谁独健？浮生一瞬过苍穹"是作者这次行脚的感悟，也是人生的体悟。

乡村小店司厨偶得 （王永收）

经营之道贵为真，话语温存桌几新。
不必人情分冷暖，何妨世味有酸辛。
长途来往春秋客，小店行藏风雅身。
未远庖厨生感慨：无暇袖手笑红尘！

【宋彩霞评】：欲作好诗，先要好题。一看题目读者就可知道作者是干什么的。接下来是山川关塞也好，悲欢离合也罢，才足以发抒性情，动人观感。诗的发端无非是说真诚才是经营之本，酒店服务员话语要温馨，要有"朗朗之声"。"桌几新"的潜台词是因为菜品和服务周到，因而餐餐翻台次数多。颔联"不必人情分冷暖，何妨世味有酸辛"用意精深，下语平易，言随意遣，浑然天成，最是看点，乃篇中之眼。不外乎是说开饭店，来的都是客，不必有高低贵贱之分，何况每个人的口味都不一样。作者把菜品的酸辛，融入大千世界，诗写到这里，已经从做菜引申到更广阔的空间，"不必"、"何妨"虚词的运用恰到好处，属对精工。"风雅身"句承接上意，为下句埋下伏笔。"未远庖厨"自《君子远庖厨》《孟子·梁惠王章句上》里化出。"笑红尘"句大致意思是经过岁月的洗礼，已不再理会那些过眼繁华，剩下的是我对生命的思考，以及对人生的超然和脱俗。

（原载《中华诗词》2015年第8期，收入《宋彩霞作品选·评论卷》，中国书籍出版社，2016年）

临江仙·三春芳华 （文　静）

青竹青苔春几许，小园暖日初斜。溪山好处即吾家。枝头红腹雀，架下紫藤花。　　不羡世人真富贵，箪瓢陋巷生涯。一鸡一犬一桑麻。兴来将进酒，睡起夜分茶。

【宋彩霞评】：此词疏快，布置匀称，血脉贯通。使人读之神观飞越。上片首句起的好，中间两句稍作铺垫。"枝头红腹雀，架下紫藤花。"主角出场。喜爱之句的是词家语。

下片作者妙悟："不羡世人真富贵"说："箪瓢陋巷生涯。一鸡一犬一桑麻。"足矣。小令"青竹青苔春几许"突然而来，到"兴来将进酒，睡起夜分茶"悠然而去，前后贯穿，神来气来。而中有山重水复柳暗花明之致。

雨中文笔塔 （星　汉）

红梅阁外雨如烟，收取心中润砚田。
此处我知文脉盛，长将宝塔写高天。

【宋彩霞评】：善咏物者，在即景生情。以鸟鸣春，以虫鸣秋，此诗见雨作砚台，可谓新奇。只起两句便是作手，下文势如破竹，却无一句不是俊语。

初冬临钓 （牛少梅）

天寒野静渐人稀，平起西风惊鸟飞。
木叶推波摇岫影，芦花翻雪覆云衣。
曾经情兴已流俗，尽坐苍茫使忘机。
寥落夕阳斜白石，一竿独钓一江晖。

【宋彩霞评】：开篇点题，并点明时间和地点。"木叶推波"，"芦花翻雪"为全诗笼罩了一层孤寂、萧索的气氛。三联转入写情，写作者的昨天和今天，把我摆进去了，生动饱满。尾联的"寥落夕阳斜白石，一竿独钓一江晖"，紧扣主题"初冬临钓"。语尤其精密，习近体者当细参。与柳宗元"千山鸟飞绝，万径人踪灭。孤舟蓑笠翁，独钓寒江雪"异曲同工。可谓豹尾。

衡水湖感兴 （孙恒杰）

淼淼烟波望欲迷，天光云影逐高低。
衔鱼鸥鹭蒹葭里，戏水儿童菡萏西。
湖岛风来飘绿锦，沙洲雨过展银席。
谪仙苏子如逢此，畅饮白干泼墨题。

【宋彩霞评】：二句"逐高低"下的好。"衔鱼鸥鹭蒹葭里，戏水儿童菡萏西。"甚是可爱。"湖岛风来飘绿锦，沙洲雨过展银席。"一幅多么优美的湖画！该诗构思巧妙，中间二联出彩。

菩萨蛮·架线工 （祁国明）

春秋哪得悠闲歇，高空架起朝天阙。莫道不风情，万家灯火明。　　晚归星月下，鬓发冰霜挂。汗水透棉衣，艰辛谁又知？

【宋彩霞评】：开句"春秋哪得悠闲歇，高空架起朝天阙"二句描写人物的工作环境、性质与身份。架线工一年四季劳作在施工现场，早出晚归哪里有得闲的时候。"悠闲歇"稍嫌意重。作者把架起的一座座铁塔比喻成朝天阕。"朝天阕"句新颖，少有人这样搭配用。言外之意有两层含义：铁塔的外形；二是现代社会，一个地区的发展总是电力先行，而后才会有高楼林立。如果朝天阕是对家乡前景的展望。那么"莫道不风情，万家灯火明"便是架线工工作的一种感慨。在艰苦的环境里工作，远离妻儿。也许有人会说他们不解风情，但是不正是有了这种舍小家为大家的奉献精神才有城市霓虹闪烁的万家灯火。我读"风情"句真是可喜。惊叹之处是它以十个字的跳跃以及凝练击穿通篇的主旨。我为之点赞！

下阕"晚归星月下，鬓发冰霜挂。"的是词家语。"晚归"两字。读者自然而然想象到架线工的辛苦。"汗水透棉衣，艰辛谁又知？"身上早已经被汗水浸透，被风一吹其冰凉可以想象，真是甘苦自知矣。

这首《菩萨蛮》上下阕通体一气。所写架线工工作及晚归场景，由此生发赞美架线工无私奉献的精神。语言朴实，情感饱满，不雕琢，清新自然。

（原载《中华诗词》2015年第10期，收入《宋彩霞作品选·评论卷》，中国书籍出版社，2016年）

狼牙山五壮士颂 （顾　绅）

断崖一纵挟风雷，万壑千峰泪雨飞。
应是精魂动苍昊，依依化作彩云归。

【宋彩霞评】：我们在2015年第5期发了《中华诗词》"纪念抗日战争胜利70周年诗词征稿"启示，并在第9期《抗战诗页》用6个页码刊发抗战诗词。在来稿中，数以百计的作者写了这个题材。"狼牙山五壮士"这个故事，大家耳熟能详。而顾绅先生的这首，之所以脱颖而出，被评为优秀作品？他给我以三点启发。第一：意在笔先。写竹子要成竹在胸，然后着墨，惨淡经营方可。"风雷"句起的当如爆竹，骤响雷霆，斩钉截铁，气象万千！在粮尽弹绝、追兵压境，走投无路之际，纵身一跳，宁为玉碎，不为瓦全的英雄气概笔端流出。"挟"字千钧。

第二：向题意上透出一层。见识到那里，字句也随到那里，方有第一等诗作出来。"泪雨飞"句承接首句，是说大山里的万壑千峰都见证了这一幕，感动的泪雨纷纷。"精魂"句是作者的见识：烈士的精神气魄感动了苍天浩宇，也为结句做了铺垫。第三：诗要妙选材，结构也要匠心裁。诗以离合为跌宕，篇意前后摩荡，则精神自出。"应是精魂动苍昊，依依化作彩云归"与前两句"断崖一纵挟风雷，万壑千峰泪雨飞"是离，与本身两句是合，大开大合，境界则出。诗结开放式尾，更是余味隽永。

（原载《中华诗词》2015年第11期，收入《宋彩霞作品选·评论卷》，中国书籍出版社，2016年）

破阵子·涉县赤岸村放歌 （王玉民）

一岭摩云西去，两漳飞泻朝东。水绕山村名赤岸，刘邓营盘驻此中。周遭十万松。　　相看当年旧址，青砖灰瓦重重。荆柘丁香三两树，叶茂枝繁绿霭浓。情牵来去风。

【宋彩霞评】：这是一首登临感怀诗。上片用大写意的手法勾勒出当年刘邓大军驻地——涉县赤岸村气势的峻拔和庄严；下片用画龙点睛笔墨渲染了当年老帅们运筹帷幄处的幽美与肃穆。"一岭摩云西去，两漳飞泻朝东"。的是词家语。"一岭"是指有着刘邓塑像和原129师将帅之陵墓的将军岭，"两漳"自然是指横贯晋冀的清漳与浊漳河了。开篇两句用词精当，对仗工稳，一下子把英雄村庄的气势点染了出来，产生一种令人神往的诱惑力。"周遭十万松"结得铿锵有力，映射出当年刘邓大军的威武和革命战士的英风锐气！下阕作者只选取了青砖灰瓦院落中的刘邓亲植的荆柘和丁香树来描绘，写它的"叶茂枝繁绿荫浓"。道出的不仅是一种植物、一种荫庇，更是先贤们那种革命精神和风貌。"情牵来去风"不仅是对眼前景物的赞美，个中蕴藏的是它对一批批后来人的陶冶和激励。"词之作难于诗。第一要起的好，中间只铺叙，过处要清新，最紧是末句，需是有一好出场方妙。"（沈义父《乐府指迷》）这首小令，借景抒情，刚柔兼济。观其两结也放得开，上阕以景结情最好；下阕以情结景亦好。情景齐到，相间相融，各有其妙。于清丽婉转中，间以壮阔之句，力量自大也。

（原载《中华诗词》2015年第12期，收入《宋彩霞作品选·评论卷》，中国书籍出版社，2016年）

泰州梅园 （苏 俊）

倾城曲里听芳华，天下青衣拜此家。
先我春风为吊客，一园清供万梅花。

【宋彩霞评】：凡作诗，使人读第一句知有第二句，读第二句只有第三句，次第终篇，方为至妙。该首诗得环中之妙。如杜牧之云"南山与秋色，气势两相高"，此必是陕西的终南山。作者到了泰州梅园，自然要情景相触而成诗。或有时不拘形胜，面西而东，但假山川以发豪兴尔。苏君临梅园而咏梅兰芳，倾城曲里回忆其一生之艺术芳华，即近以彻远，振响于无声也。

"先我春风为吊客，一园清供万梅花"是加一倍写法，且双关。春风吊客，还在我先，一园清景，相映梅花，用意笔甚曲。不仅有"水枕能令山俯仰，风船解与月徘徊"之风致，更有"杳杳天低鹘没处，青山一发是中原"之沉雄，气韵两到。景乃诗之媒，情乃诗之胚，合而为诗，元气浑成，其浩无涯矣。而今有一些习者，到一名胜之所，似乎不可无诗，因而作诗，断不能得好诗。必要胸中本有诗，偶然感触，遂一涌而出，如此方有好诗。

（原载《中华诗词》2016年第10期，收入《宋彩霞作品选·评论卷》，中国书籍出版社，2016年）

临江仙·邻家小丫 （何其三）

头扎冲天小辫，攀墙爬树掏窝。顽皮犹似小妖魔。北边才斗狗，西又撵鸡鹅。　　甲染凤仙花瓣，偷拿火炭描蛾。惊呆邻里大哥哥。佯装娇女态，也学转秋波。

【宋彩霞评】：该小令得"清、轻、新、灵、留"五字要诀。读完这首小令，不由得使我生发这样的感慨：词虽然以险丽、秾丽为工，实在不及本色语为妙。写邻居家小女孩，真的是活灵活现：上片首句异军突起，至尾句一气呵成，皆令读者耳目振动。前两句与后两句，用"顽皮犹似小妖魔"一句挽断。使人联想到张泌的"红腮隐出枕函花"。

下片辞意断而仍续，合而有分。用贴着凤仙花瓣的小手，拿火炭去描画双眉，真的是把小丫头的顽皮、天真烂漫的形象刻画到了极致，说她懵懂，又懂点事，知道在大哥哥面前卖弄点风情，但她自己觉得风情万种，结果直接把大哥哥吓着了。上片的"小妖魔"与下片的"大哥哥"对比写出也见匠心。下片一句一转，忽离忽合，针线细密。结尾两句"佯装娇女态，也学转秋波"，贵能留住，如悬崖勒马，托开说去，便不窘迫，得纵送之法也。与易安"眼波才动被人猜"异曲同工。真能令辞藻堆砌者汗颜，令无病呻吟者愧步。

这首小令不设色，不白描，不洗铅华，而自然淡雅。成功地塑造了一个古灵精怪的小丫头形象，尽可供人摇曳。

（原载《中华诗词》2016年第11期，收入《宋彩霞作品选·评论卷》，中国书籍出版社，2016年）

复　员 （冉长春）

戎衣十载乏微勋，又牧家山鸭一群。
角色虽殊人照旧，阿芳元帅我将军。

【宋彩霞评】："复员"指军人退出现役，回参军地继续从事原来的生产或工作。本诗中"我"就是一位农村复员军人。我想诗中主人公的故事应该是这样的：阿芳妹是"我"的儿时伙伴，小我两岁，我们一起放鸭，后来相恋成了家。"我"当兵十余年后回到家乡继续务农。此时的她在农村可出息大了，红红火火地办起了规模不小的生态养鸭场。"我"回来成了这群鸭子的"头儿"，算是实现了"将军梦"。不过，还有顶头上司呢，阿芳才是"元帅"，我现在得听她的指挥，为她打工呗。

作者试图通过一位兵哥哥略带戏谑的口吻，以自己的亲身经历，讲述农村的巨大变化，向读者透露出至少四方面的信息：多种经营政策下的养殖场大有可为；复员军人自主择业项目广阔；新的家庭观念，为老婆打工不丢人；新的道德观，致富女不忘穷兵哥。展现了新军人、新农民的新观念和新风貌，从而讴歌"中国梦"召唤下新时期农村的幸福美好生活。

小诗为我们带来这么多的信息量，已经从牧鸭引申到更广阔的空间，尾句是自然流露出来的情感，也是神来之笔，有了这一笔，就可把玩，令人莞尔。与苏轼《纵笔》之"小儿误喜朱颜在，一笑那知是酒红"同趣也。这样的语言风格有利于诗词走向大众，是值得提倡的。

原载《中华诗词》2017年第2期

天柱山狂想（张明新）

带梦寻诗黄海边，胸中块垒眼前山。
我来恨不成天柱，撑起神州一角天。

【宋彩霞评】：该诗可以用十六个字概括："起的美丽，承的嵯峨，转的浩荡，结的响亮"。这诗能不好看吗？"黄海边"三字点明了此天柱山非安徽安庆潜山县西部的天柱山，而是山东枣庄市峄城区南偏东十五里的天柱山。该山虽小而秀，四周峭绝，嶙峋苍翠，平地崛起，卓立若笋，屹然独处，不与群峰为伍，因而被世人誉为"峄县之望山也"。作者为了寻诗来到了这里。第二句的"胸中块垒"，比喻郁积在心中的气愤或愁闷。这愁闷与眼前的山相互交织，到底会发生什么呢？吊人胃口，承上、起下，设下埋伏。三句"我来恨不成天柱"，乃痛快语。呼应主题"狂想"。结句"撑起神州一角天"最是响亮。

宋朱熹经过宿松长江江面时大发感叹："屹然天一柱，雄镇翰维东。只说乾坤大，谁知立极功。"余读"我来"句，想起吉鸿昌就义诗："恨不抗日死，留作今日羞。国破尚如此，我何惜此头！"以上两例均异曲，但在境界上却同工，八度和弦。

（原载《中华诗词》2015年第9期，收入《宋彩霞作品选·评论卷》，中国书籍出版社，2016年）

清平乐 （王建强）

晨光渐早，庭院多飞鸟。妻子厨房呼饭好，时有暗香萦绕。　　小桌摆在屋前，说说日子酸甜。三两闲花飘落，悄悄落上杯盘。

【宋彩霞评】：读罢小令，许以四字：一气如话。"一气"则少隔绝之痕，并能散金碎玉；"如话"则无隐晦之弊，即谓使人易解。老辈多以此四字赞各种文辞。千古好文章，总是说话。上片是说，天渐渐亮了，院子里来了许多寻食的飞鸟。此时妻子喊着饭好了。这时阵阵暗香飘来，"暗"字下得好。究竟是饭香还是花香？作者没有说，那也许是清晨的一缕心香吧。自然，不雕琢，没有过于设色，也没有过于白描，就把家庭的那种幽静与温馨生活画面呈现读者面前。

下片辞意断而仍续，合而仍分，前实而后虚。"小桌摆在屋前，说说日子酸甜。"不亢、不卑、不触、不悖，蓦然而来，悠然而逝。"三两闲花飘落，悄悄落上杯盘。"结句以景结情，含有不尽之意，与周邦彦'断肠院落，一帘风絮'；吴淑姬"不如归去，下帘钩，心儿小，能着许多愁"。异曲同工。词虽然以险丽为工，实在不及本色语为妙。小令没有一个生僻字，没有豪言壮语。观此种句，再观建强先生的开头煞尾，吞吐之妙，均能让读者相摩相荡，把玩摇曳。有诗为证"吐语操辞不用奇，风行水上茧抽丝。眼前景物口头语，便是诗家绝妙辞。"

原载《中华诗词》2018年第10期

雪　城　（项海杰）

塞外风吹反季来，忽然遍地桂花开。
高楼玉冠争仙气，小巷银装斗鬼才。
雪镀晨车千兔剪，霜涂夜树万蛇裁。
冬寒未必人心冷，只要情真自乐怀。

【宋彩霞评】："反季来"，新奇、灵动。接下来异象纷呈，他在银装之外，突出了这个雪城的基本特点，然后写出置身其中的感悟，体验带一种忘然独化的心境，让心进到仙气中来，获得"高楼玉冠"的大自在、大逍遥，从而获得人生解悟与精神的升华。

冰城暮色　（失作者）

黄昏雾冷锁冰城，日渐落西东月升。
寂静寒江封玉带，喧嚣闹市放华灯。
长空鸟去云霞暗，小路人来暮色冥。
一派自然心惬意，吟诗谱曲诉衷情。

【宋彩霞评】：围绕一个"暮"字进入主题。"寒江封玉带""封"字写得好，寒江寂静了，虚写；闹市却喧嚣起来，实写；三联上句"长空鸟去"写远；"小路人来"写近。在这天人合一的自然景色里，能不吟诗来诉衷情吗。一个小故事也就完成了。构思巧妙，手法老道。

江城武汉　（薛　景）

落子天元惟楚地，一城秀水半城山。
气吞云梦新棋局，摆渡钟声上海关。

【宋彩霞评】：中国古代对弈时流行白棋先行，但是现在世界围棋规则是规定黑棋先下。落子天元是往棋盘正中央下一个子，因为围棋注重布局，一般规则是，先占角，后拆边。然后再向中间发展。如果第一步就走天元的话，说明棋力高。

作者可能是围棋爱好者。这里一开始就用了一个典故：落子天元。是说这样的布局只有武汉，一锤定音。二句交代了布局：一城秀水半城山。第三句"气吞云梦"极具气势。"新棋局"呼应首句"落子天元"。"摆渡钟声上海关"与"夜半钟声到客船"异曲同工。该绝句构思严密，布局得当，用典得体，极具胜韵。该作者是2018年《中华诗词》青春诗会我的学生

秋日访吕思勉故居 （颜正源）

满院清芬老桂黄，高垣黛瓦旧楼房。
嚣声渐远遗人海，雅意方浓绕栋梁。
绛帐乾坤灯挑梦，浮槎岁月鬓凝霜。
先生笔阵开新史，散落天星溅讲堂。

【宋彩霞评】：气韵雄壮，情文相生，有我有人，包罗浑含，意不竭而识自见。段落分明，前尾贯通，散落天星以正大之域，雅韵方浓于字里行间。

咏紫藤花 （墨竹子）

一簇繁英透紫红，攀墙绕树漫庭东。
藤端含媚迷啼鸟，叶底藏春滞老翁。
但遇岚侵翻作韵，便来雨扰即为虹。
凝香只待风云起，片片随诗上碧穹！

【宋彩霞评】：诗不外乎情事景物，情事景物要不离乎真实无伪。此诗作者能随画兴怀，因题著句。故"藤端含媚"状紫藤花之鲜，"叶底藏春"尽庭东之貌，"迷啼鸟""滞老翁"为眼观递进之致。第三联虚写。太白曰"燕山雪花大如席，片片吹落轩辕台。"景虚而有味。"岚侵"唐陆龟蒙《奉和袭美初夏游楞伽精舍次韵》有"岚侵答摩髻

句,"岚"字义解释为:山间的雾气。在作者眼里,即使有雾也可以有韵,即使大雨相扰,也有雨后的彩虹,诗人襟怀出矣。尾联呼应开头,合为一体。

纵观本题画诗,有造景,有写景,作者所造之境,合于自然。句有阳光,果然凝香。

临江仙 （牛少梅）

翠色洇开香几许,由来蝶梦无凭。看花摇曳自娉婷,缘何风识路,不复故人行。　叹是浮生萍水客,偏教一遇曾经。回眸未敢问君名,羞将心底事,说与小荷听。

【宋彩霞评】:就语言而论,此词可谓本色当行。有漱玉风味。由"翠色洇开"多少香,引来"蝶梦"。用一句"由来蝶梦无凭"挽断。"看花摇曳自娉婷"允为佳句。"缘何风识路,不复故人行。"问句作结,见匠心。下片首句"承接上意,用"偏教一遇曾经"做了回答。"羞将心底事,说与小荷听。"词家语,不假外求,举重若轻。回应起处,针缕细密。其可议处:"偏教一遇曾经。回眸未敢问君名",既然曾经,当应记名。

题红梅公园之红梅 （生吉俐）

几枝梅影石前依,风叩花英似雪飞。
冷色清香孤不碍,霜天傲骨两相违。
寒中砺得形偏瘦,身后领来春更肥。
零落成泥何足惜,明年再发韵菲菲。

【宋彩霞评】:开口便见所咏之物,不贵说体,只说冷色清香,约略写其风韵,令人仿佛如灯镜传影,了然目中却又捉摸不得。该诗妙就妙在不即不离,是相非相。

初冬登顶济南佛慧山 （张同军）

重登佛慧世情非，天地茫茫锁四围。
九曲回时穿断霭，三峰尽处浴斜晖。
当年徇禄伤怀橘，今日思乡赋采薇。
未觉寒霜侵客鬓，此心已共雁南飞。

【宋彩霞评】：就语言而论，此诗首联可谓本色当行，突兀高远，抱而不脱。一下子就吸引了读者的眼球。颔联之"九曲""三峰"运用极端数字，用"穿"和"浴"挽断，极具动感。如狂风卷狼，势欲滔天。第五句典出唐·骆宾王《畴昔篇》诗："茹荼空有叹，怀橘独伤心。"唐人钱起："徇禄近沧海，乘流看碧霄。"第七句典出诗经《采薇》，顺手自如，得见章法。尾联结的很阳光，很自信，境界自出。

夜读散原精舍诗 （齐 悦）

华表依然化鹤廻，虫沙满眼尽池灰。
逼灯家国孤哀进，袖手乾坤万马来。
北望中天余惨淡，老归奇愤尚崔嵬。
残年剩有呕心血，啸咤云雷傥未开。

【宋彩霞评】：该诗用词精炼，古雅陈雄。作者功力深厚，手法老道。"袖手乾坤万马来"令人眼前一亮。"残年剩有呕心血，啸咤云雷傥未开。"感人心魄，似未有人道也。

题 图 （如 花）

曾向西湖看不真，却因图画见精神。
皆知并蒂连心趣，谁解凌波照影人。
子建蘅皋若驻马，宓妃罗袜自生尘。
丹青能染伤心意，莫是谢荪常作邻。

（古人有诗云：世间无限丹青手，一片伤心画不成，画家能把寂寞伤心都画出来，莫不是得了谢荪真传？）

【宋彩霞评】：首联开门见山，诗家语。中二联人莲双绾，语意流畅，用典自如。"子建蘅皋若驻马，宓妃罗袜自生尘"用曹子建《洛神赋》："古人有言，斯水之神，名曰宓妃。感宋玉对楚王神女之事。其辞曰：余从京城言归东藩。背伊阙，越轘辕。经通谷，陵景山。日既西倾，车殆马烦。尔乃税驾乎蘅皋，秣驷乎芝田。于是精移神骇，睹一丽人，于岩之畔"云云。结尾"丹青能染伤心意，莫是谢荪常作邻"。与本题材本不相干。谢荪，清代画家。擅长画山水、花卉，为"金陵八家"之一。有《青绿山水图轴》等。而能牵合无痕，具见笔力。其可议处："心"字重复，改"伤怀意"，如何？

山 居 （白凤岭）

鸟音数日犹相识，幽径三程亦重情。
淡泊为因邻竹住，逍遥自是踏歌行。
云深不碍我来去，心静无关月缺盈。
向晚一邀村寨叟，席间闲话小山城。

【宋彩霞评】：人与自然的融合。开联交代人与鸟由相识到有了很深的感情。二、三联表现作者散淡和看淡荣辱的心态。虚实结合，远近相融。二联豁达，三联最是看好，尤为出彩。

秋 别 （武建东）

风吹红叶冷，月照碧波寒。
远客空垂泪，小桥斜倚栏。
手机惊别梦，短信报平安。
来日仍多寄，相知意不残。

【宋彩霞评】：先用意象构造典型，简约而明快，轻愁稍寒，诗骨松立。"垂泪"化裁古意，情深之至。"小桥"与"远客"含思念之人，"倚栏"则饰"垂泪"之伤，呈清雅之画。"手机""短信"作为新词汇、新意象，平凡则平凡，倾注深意则不同凡响，便用"来日仍多寄"延续审美"聊寄一枝春"。若"相知"，不论何种物事皆可成为经典。

秋　菊　（罗国军）

疏林凋叶坠西风，斜出东篱秀碧丛。
掩翠银钩添素雅，沉香玉盏透玲珑。
噙霜不废豪情壮，吐蕊皆因胆魄雄。
立世萧条凭傲骨，南山脚下醉陶公。

【宋彩霞评】：起承二联，造势深得烘情之妙。三联转笔自如，结亦有高致。章法、气韵皆见功力。若细敲，还有可提升处。如取象稍熟，个别词句"立世""萧条"行文稍欠圆润。

剑　（丁　欣）

雪魄霜魂锻此生，云心泉骨自天成。
临渊每起鱼龙舞，挂壁犹传虎豹声。
慷慨引歌锋易老，唏嘘斫石气难平。
清光守到千秋后，玉宇教看牛斗横。

【宋彩霞评】：此首豪气干云。首联言剑之所出，乃雪之魄霜之魂所锻。剑之品格，白云之心，龙泉之骨，此品格天然而有也。三四句言临渊，便与鱼龙共舞，言潇洒出尘之风致也。盖斯剑，于延津化龙，亦鱼龙之族；挂之于壁，斯剑能传出虎豹之声，言壮心不已也。五六句言弹铗归来，慷慨而歌，徒怀霜锋，蹉跎易老也。壮志难酬，唏嘘涕下，拔剑斫石，此恨何如，气自难平。七八句言如此美好的出身、美好的品格、飘逸的风姿、壮阔的情怀、高士的风华、烈士的气韵，于事无补。因此，便与此道清光相守，直待千秋之后。可以教世人看到，牛斗之间，横着一道光芒，那就是我（剑）之精神所化也。通篇看不到剑字，然处处言剑。含蓄沉郁，怨而不怒，欲以达风人之旨也。真能高步千古，独标清节。

寄心音 （谢洪英）

粉黛情澜拨月琴，弦声夙愿寄心音。
玄晖总惹相思苦，海浪常勾念想深。
雁入白云舒畅咏，莺翔大地洒然吟。
长空不解孤芳恨，蝶梦幽幽万里寻。

【宋彩霞评】：爱情是千古永恒的主题，这心音得用心寄。一个"总惹"一个"常勾"，岂可诠释"相思苦""念想深"，"才下眉头，却上心头"，相思无计可解。君不见"雁入白云""莺翔大地"是如何的潇洒舒畅，你们怎么能理解孤独的我的恨呢？深情之作。语浅而意深。二联自然得体，无做作，无斧痕。

文朋冬日来访 （祁汝平）

长风万里破寒云，客舍门开是故人。
不尽情思欣遂愿，连番梦境喜成真。
词新赋好蓬门秀，舞劲歌高陋室春。
问月谁云归去晚？豪情波涌酒千樽！

【宋彩霞评】：故人来访何等开怀！你看那连番梦境终于成真。不要问我回来为什么那么晚，因为共同切磋诗艺、酒逢知己千杯少啊。该诗一气呵成，没有高深的哲理和太多精美华丽的语言，朴素无华，自然谐趣。惜无出新。

次韵王恒鼎《暮春书怀》 （杨继东）

独对熏风把酒卮，管它懒絮惹闲丝。
蝶离花谢香消后，叶散枝开子结时。
梦里繁华双燕老，吟边惨淡一情痴。
韶光虽逝真无谓？为爱而歌本是诗。

【宋彩霞评】：首联就很豁达。与"躲进小楼成一统，管他冬夏与春秋。"异曲同工。中间两联表达了花开花落的周而复始,用"梦里繁华""吟边惨淡"描写"双燕老""一情痴"。一切景语都是情语。"韶光虽逝真无谓?为爱而歌本是诗。"结尾这一句境界全出,可谓豹尾!

山　望　（失作者）

山巅送目碧空长,云影追风暗壑阳。
意守足间踱五步,心随视野阔八方。
南怀项羽英雄祖,北念成吉大帝王。
昂首苍穹身欲翅,蓝天万米自由翔。

【宋彩霞评】：写登上故乡的山顶,纵目远望,蓝天如洗,云影落在地上勾起的遐思。"云影追风""意守足间""心随视野",精丽宏阔,是这次行脚的实录。"南怀项羽英雄祖,北念成吉大帝王。"天地人一体,思绪也随着蓝天一起飞翔了。雄奇大气,不愧为一首较好的登临诗。

午夜敲诗　（孙绍成）

不是人勤是性痴,吟安一字费心思。
深更蛩扰疑哀调,浅梦心生似好词。
无奈星移催白发,可期花落入芳池。
悠闲谨颂夕阳好,莫把戌时作卯时。

【宋彩霞评】：作品围绕主题"敲诗",突出一个"痴"字,在"吟安"上费心思、下功夫。以致"深更""浅梦""白发""夕阳"一系列意象交替出现,最后落脚点在时间上。时不我待,勉励自己、警示他人。不愧为一首较好的感怀诗。

水调歌头·魅力常州　（李跃贤）

我爱常州美，山秀水精神。峰峦如画，幽洞奇石世间闻。背倚长江浩瀚，襟带盐湖潋滟，竹海荡乾坤。文化强音奏，胜迹醉游人。　舣舟亭，天宁寺，岁留痕。茅山华茂，林木葱郁溢清芬。稻谷流金梦远，虾饼飘香意暖，情热酒甘醇。宝地圣贤聚，幸福满园春。

【宋彩霞评】：起的好，中间只铺叙，过片清新。词语峭拔，疏快、晓畅，却不质实。不唯清空，又且骚雅，读之使人神观飞越，不假珠翠而自然浓丽。真作手也。

沁园春·常州行吟　（姜春山）

古邑延陵，西枕茅山，北望大江。赏锦鳞彩雉，枫青梅挺；温泉御水，竹翠花香。西太湖幽，天宁寺雅，画里相逢喜气扬。神仙境，让游人忘返，堪比苏杭。　文明历史之乡，好一派山川秀栋梁。昔东坡浣笔，诗余圣手；罗庚演纸，数论奇光。不尽英才，无边春色，大美龙城步小康。文笔塔，更昂然逸韵，再著新章。

【宋彩霞评】：词以自然为尚。本词不雕琢，不假借，不著色相。突然而来，悠然而去，有曲折含蓄，有直语。但前后贯穿，神来气来。不洗铅华而自然淡雅。

常州情　（刘华群）

一棹东南鱼米乡，太湖湾里话沧桑。
风吹诗画三千载，雨润琴棋八百场。
脚踏金坛田上垄，云流瓦屋水洼光。
人勤圆得心头梦，跃马扬鞭到小康。

【宋彩霞评】：起联突兀，峭拔，开门见山道破题意，得势。中二联各应一对，颇具动感，次第相承，首尾照应，得法。末后昂扬作结，旌旗金鼓，得力。

春日于毗陵季子亭前 （陈 充）

得仰高山便伫思，阶前僾后步迟迟。千年剑影尤沉着，不尽神伤许问之。吾邑鲤庭从尚礼，他朝道义布由谁？焉教廉节传遐裔，趁此邦人知辱时？白日忠当贯天地，黄金信可昧公私？孝能怀橘凭龀少，悌到贫颜奚以为？发语我今犹戚戚，蓄忧子亦故垂垂。鸟惊独客皆岑寂，风老双眸偏陆离。黑树森森连斗角，青烟袅袅漫空壖。望中浮霭君吞恨，立处韶阳吾有期。最是春曛正迢递，何愁木德向犹夷。试看氛雾弥蒙外，十亿同舟护大旗。

【宋彩霞评】：滔滔十三韵，布置有序，气局严整，属对工切，开阖相生。高浑沉雄，生辣苍凉。铺叙转折不露痕迹，郁郁残烈，气冲云霄。使其排律而忘其排，卓然可传之笔。

望江来访 （沈天鸿）

秋色半林云路响，蓬门久敞为君开。
山川万里重来见，日月千年莫太催。
对坐鱼龙俱出没，同忘鸥鹭有惊猜。
江声渺渺大风起，慷慨人生能几回！

【宋彩霞评】："秋色半林云路响，蓬门久敞为君开""云路响"何其生动！把喜见的心情提高到至高的境界！"久敞"一词下得好！隐含了作者和来访者深厚的感情，盼望已久的等待啊！首联直书事件，开门见山。"山川万里重来见，日月千年莫太催"对仗极工。一个"重"字，读者知道是老友了。一个"催"字双关。"对坐鱼龙俱出没，同忘鸥鹭有惊猜"此联最有看点！知音相见，谈心说事，天南地北，慷慨陈词，面对人生多少的沧桑往事，免不了悲喜交加。这联也为下联做了铺垫，埋下了伏笔。"江声渺渺大风起，慷慨人生能几回"现实的世界并不安宁，面对这苍茫大地，诗人有多少感慨？汇成一句："慷慨人生能几回！"是诗人心灵的发问，也是对世界的发问。这发问不是简单地问，而是慨叹，更震撼人心！

临江仙·端阳遥寄江南 （梁 东）

客岁榴花方耀眼，龙舟又见匆匆。金陵遥举状元红。小楼邀满月，此刻最清风。　　曾共阴晴当击浪，千重春水朝东。风涛不与去年同。白头应许我，挹水到江中。

端阳再寄江南 （梁 东）

又续江南未了缘 ，君家长羡五云边。
两京行走三千里 ，一梦唏嘘二十年。
命驾何如高铁快 ，敲诗幸得电邮先。
吴中自有烟霞侣 ，化育苍生莫息肩。

【宋彩霞评】：拜读这两首诗词，诸多感慨。其中"金陵遥举状元红"似唯有人道也。"小楼邀满月，此刻最清风。"语浅而意深，灵动飞扬。"命驾何如高铁快，敲诗幸得电邮先。"纯用当今流行语入诗，此联当为典范。"两京行走三千里，一梦唏嘘二十年。""白头应许我，挹水到江中"与"老骥伏枥，志在千里"异曲同工！诗中有我的范例。一种霸才英气，大将风度汩汩自笔端流淌，既富才气，又充满对生活的美好向往，故笔墨所致，便打上突出的个性特色。回首往事，激情的火焰，比似火的青春还更灿烂炽烈！这是多么可贵的生命意识。真可谓生机衮衮，章法意境两臻上乘，令人为之拍案。

一剪梅·白玉兰 （姜美玲）

雪魄冰魂白玉颜，几许芳鲜，几许清妍。娟娟卓立小庭园，疏了纷繁，远了嚣喧。　　雨后幽香绕夕岚，叶雾戈戈，枝鸟关关。不争春色自超然，笑与云谈，笑与天谈。

【宋彩霞评】：开头三句是写白玉兰的本意，写她的神韵，用了"芳鲜""清妍"这两个优美的词，恰如其分。接下来的三句是把白玉兰人格化了：你看她卓立不群，从而"疏远了纷繁的世界，远离了尘世的喧嚣"。"喧嚣"亦作"嚣喧"。 喧闹。谢灵运《王子晋赞》:"王子爱清静,区中实嚣喧。"李白《与周刚清溪玉镜潭宴别》诗:"此中得佳境,可以绝嚣喧。"艾青 《透明的夜》诗:"人的嚣喧,人的嚣喧。"下片三句进一步描写雨后的兰,用了两处叠字:叶雾戈戈,枝鸟关关。

题常州国家级"非遗"三首乱针绣兼怀杨守玉先生 (刘 毅)

焕然非女红,承古揽西风。
点线恣行处,丹青掌握中。
才情漫交织,光影自相融。
笑看云山路,有花开未穷。

【宋彩霞评】:借女红以寓承古,凡身世点线恣行。才情与光影相容相织,隐然蕴于其内。斯寄托遥深,皆别有所指,故有花开未穷。工细中具飘渺之致。

菩萨蛮·唱"两会" (岳如萱)

东风有幸幽燕访,乾坤吹绿真清爽。红雨梦中来,悠然入我怀。 苍生都笑了,举手浮云扫。约法有三章,神州万里香。

【宋彩霞评】:其"红雨梦中来,悠然入我怀。苍生都笑了,举手浮云扫。约法有三章,神州万里香。"其中多为白话,但这些白话却声声入耳,这样的诗词句奇、诗意灵动,增强了可读性。写诗的本领就在于用大众耳熟能详的句子捉住稍纵即逝而能表现诗美的生活浪花。

虞美人·望夫礁 （姜美玲）

朝朝空对烟波渺，自古情难老。潮声几度总空洄，离泪漫天浑作幻云飞。　　寒宵数点残星照，浪去知多少。万千海鸟共啼归，盼得雨枯风瘦竟无回。

【宋彩霞评】：一气贯通，情景交融。读来朗朗上口，很美。唯"万千海鸟共啼归"句"海"字出律，可改为"万千鸥鹭共啼归"。

该作者是2014年《中华诗词》青春诗会我的学生

沁园春·拥军书记下边防 （汪业盛）

建军节前夕，额尔古纳市委书记一行不远千里来到有着"林海孤岛"之称的伊木河哨所慰问官兵，官兵们深受鼓舞，纷纷表示要不辜负党和人民的厚爱，一定把边疆建设得更加稳固、更加和谐、更加美好！

边路崎岖，哨所迢遥，书记情浓。纵风尘仆仆，稍停未歇；怀兵切切，刻缓难容。一任颠簸，痴心不改，数载拥军爱几重？君不见，这营前细柳，岁岁春风。　　花开万朵正红。有多少豪情壮我胸。况忠诚为本，戍边为责；乐观为怀，奉献为荣。头顶红星，枪挑使命，无限江山望眼中。歌声里，看千峰碧影，万壑精松！

【宋彩霞评】：这首沁园春是白话入诗，传统诗词注入时代精神的一个范例。他自然清新简洁朴素。空气越清洁，阳光就越灿烂；作品越朴素，作品的美就越完善，它给读者心灵的震撼力就越强。"在表现的许多意义之中，流行语言习惯所用的最占势力。"（朱光潜《论诗》）作者在小序里讲得很清楚，市委书记来拥军，激动之下一气呵成。完全用现代词语，读来酣畅淋漓！不愧为一首军旅生活的好词。小序有点啰嗦，"一任颠簸"的"簸"出，改为"一任辛劳"。"数载拥军爱几重"的"拥"出，改为"关心"。"花开万夺正红"的"正"字出，改为"嫣红"。"乐观为怀"的"怀"，改为"爱"。

该作者是2013年《中华诗词》青春诗会我的学生

回已拆迁老村（王志伟）

偶向故园寻老宅，残墙雨后覆新苔。
童年记忆任拆走，依旧炊烟入梦来。

【宋彩霞评】：题者标明本意，切而不黏。开头两句，突出一个"寻"字，第二句回答：是残墙的雨后又添了一层新青苔，写实。第三句由实到虚，年华似水，青春如梦。无语的老宅，一地残墙新苔，我触摸到的仅仅是童年、炊烟。老宅像一个姓名，再也没有我能接近它的方式，只有在梦里。

作诗顾题，原有两路，或即题实写，或"离题高腾"。如绝句四句全要著题者，难也。或二句著题，二句泛过；或一句著题，一句泛过。例如刘后村《莺梭》诗："掷柳乔迁大有情，交交时作弄机声。洛阳三月春如锦，多少工夫织得成。"第一乔迁、第二弄机、第四织锦，皆极切题，是自题内实写者也。与本诗一二句同。而刘诗三句泛过，王诗"童年记忆任拆走，依旧炊烟入梦来。"也是泛过，虽都是在题之中，但均已宕开一层而"泛过"题意，盖状景唯切，托情可兴。遂使诗意扩展，可谓语短意长，引人联想。

原载《中华诗词》2019年第6期

第二届周汝昌杯部分诗词点评

昆仑哨卡之春（程良宝）

谁说寒山没有春，军装绿染大昆仑。
雪花落在领花上，恰似梅花傲国门。

【宋彩霞评】：小诗独立行吟，将绿色的军装比作昆仑的春天，可谓别出心裁。转结甚得要领，雪花梅花国门，不假外求，尾句峭拔劲健，尤为精警。

游杜甫江阁（谭 仁）

春风时节柳依依，一阁临江势若飞。
云拥山高收眼底，波平水阔爽心扉。
新妆男女夸颜色，白发翁婆侃是非。
偶有莺啼声婉转，似邀老杜趁时归。

【宋彩霞评】：攻其一点，不及其余，笔力集中，亦是妙法。中二联"云拥山高收眼底，波平水阔爽心扉。""新妆男女夸颜色，白发翁婆侃是非。"对法亦活。尾联以景结情，颇有余韵。

我与新中国同龄感怀（闵希侯）

古今七十不相同，老树新花别样红。
因借地肥才茂叶，更凭国盛有春风。
儿时虽在荒芜后，岁暮已于宽裕中。
幸得此生逢好景，百龄犹是少年翁。

【宋彩霞评】：出己襟抱，牵合无痕，也见笔力。"儿时虽在荒芜后，岁暮已于宽裕中。"对法甚活。尾联阳光心态，当赞。可议处：题目"祖国"不妥。拟用"我与新中国同龄"可矣。

红梦缘——忆周汝昌先生（李永安）

雅斋书卷聚成山，名著流芳香案前。
芹圃呕心寻梦苦，周公解味考红艰。
推敲朝代兴衰日，评讲裙钗苦难关。
筛细遗文求佐证，智传贤辈木石缘。

【宋彩霞评】：中规中矩，风调冲和。漫不经心，亦不吃力。或欠警句，鲜有败笔。

冬韵（党雅芬）

廊下梨花挂满枝，依窗赏景看成痴。
苍天造物销魂魄，落雪飘飞一片诗。

【宋彩霞评】：小诗到口即消，首句"梨花"如是指雪花，则无有疑惑。尾句煞是好看。

感母恩（中华通韵）（韩会莉）

含辛茹苦我娘亲，俭朴一生为至真。
灯下缝衣情切切，田间耕种梦频频。
持家柴米常言乐，教育子孙依理存。
菩萨心中藏富贵，应知富贵是人身。

【宋彩霞评】：此诗用意精深，下语平易。诗是自家写的，便是要说自家的话。能以浅俗发为清新，以其情词俱佳，不忍轻弃。可议处：一、"情切切"与"梦频频"词性对仗不工，且"梦频频"与"田间耕种"不搭。建议改为"汗淋淋"。二、尾句"应知富贵是人身"境界下来了，建议改为"应知富贵是精神"。

纪念周汝昌先生百年诞辰暨赏读先生笺注《杨万里选集》感怀（李国柱）

静阅诚斋裁选精，苦心笺注格峥嵘。
引坟据典根求远，释义审音源训明。
白首传经持素志，红楼解味付终生。
家园幸甚高松秀，劲节凌云众景行。

注：坟、典即"三坟五典"，传说中最古老的书籍。南朝宋文学家颜延之有"惜无丘园秀，景行彼高松"的诗句。

【宋彩霞评】：本诗宽韵。中规中矩，攻其一点，未论其他。可议处："众景行"有凑韵嫌疑。

鹧鸪天·忆鞍马巡边（程良宝）

鞍上风流谁与争，戎装一袭眼眸明。领花恰似梅花绽，军马犹如龙马腾。　朝踏雪，夜巡星，抖缰无畏叠峦横。多情最是关山月，照我昆仑得得行。

【宋彩霞评】：景无情不发，情无景不生，情景虽有在心在物之分，而实不可离。作者把景中情，情中景巧妙结合。词不在大小深浅，贵于移情，有点，有染。"领花恰似梅花绽，军马犹如龙马腾。""多情最是关山月，照我昆仑得得行。"上下两结均以景结情，一俯一仰，腔调则在雅俗相合之间，词之三昧得矣。

阮郎归·小园丝瓜（刘古径）

青秧爬蔓越门楣，黄花顶露追。青青小果尾相随，并肩比瘦肥。拥梦睡，倚云栖，竹藤做嫁衣。低眉羞目语痴痴，似曾思念谁？

【宋彩霞评】：此小令的是词家语。读来轻盈可爱，喜悦之情可见。起句突兀，直点主题。上片"青青小果尾相随，并肩比瘦肥。"极具动感。与下片首句"拥梦睡，倚云栖，竹藤做嫁衣。"形成反差。仅仅这两句，作者是有想法的。还是那句话：今人就写当下，用当下的语言，把感悟、期冀用自己的语言白描，同样能写出好诗来。此等语初可读，复可传。

莺啼序·乡野金秋（李支柱）

津沽韵流百里，爽秋风剪剪。吟虫唱、四野喁喁，此伏彼起零乱。林荫处、潜形乐队，蝉鸣鸟啭声清婉。那草窠蚤语，柔情悄密低唤。阡陌油蛉，邀谁合奏？有螽斯为伴。金铃子、拨动琴弦，随心轻弹几段，挽霜飔、箫飔远去，汇天籁、谐音飘散。看凉花，遍洒盘山，斑斓莛蔓。　忘忧爱晚，木槿喜晨，优昙恨时短。三色苋、红黄嵌绿，池内虞蓼，水畔芸香，错彩相间。丹枫摇叶，扶桑弄蕊，芄兰伴作飞来鹤，落菊丛、煞是迷人眼。纵横小径，贯通畎畆田园，毗邻分割成片。高粱举火，稻穗垂头，菜圃铺翠缎。共描绘、自然画卷。昃日西沉，老鸹归巢，渔船靠岸。羊倌哨响，沿途寻趣，放怀雅兴歌袅袅，入云霄、送别南征雁。夕阳染透栖霞，一统辉煌，好生赞叹！

注：《莺啼序》为谱中240字最长词，本词无一重复用字（叠词除外），也属难得。

【宋彩霞评】：一气之下，以其灵思，撰为名理，情生于文，理溢成趣，兜裹完密，元气浑成，古雅成篇。正如作者在小注里说的那样，《莺啼序》为谱中240字最长词，本词无一重复用字（叠词除外）实属难得。惜构篇谋句稍欠新意。

鹧鸪天·初夏松花江畔（史建平）

又到端阳五月天，风回紫陌蝶联翩。扁舟荡漾松江阔，曲岸芊绵野菜鲜。　　山麓下，树阴前，偶听布谷几声还。何时相约怡心处，能再亲亲大自然。

【宋彩霞评】：此词疏快，布置匀称，血脉贯通。下片作者说"山麓下，树阴前，偶听布谷几声还。"突然而来，到"何时相约怡心处，能再亲亲大自然。"悠然而去，前后贯穿，神来气来。"亲亲大自然"喜爱之句，而中有山重水复柳暗花明之致。

天仙子·驻村扶贫日记（彭　共）

山路弯弯弯几许，踏雪登山何所苦。一年驻点为谁忙？远父母，忘儿女，只望乡亲钱袋鼓。　　夜访畅谈新政举，月下家常多热语。小楼建好稳安居。倚风土，营果圃，特色旅游奔致富。

【宋彩霞评】："一气如话，毫无渣滓，到口即消。"这是我读这首词的第一感觉。"别让昨天的泪，打湿今天的阳光。"这是我读这首诗的第二体会。"没有豪言壮语，不曾矫揉造作，也没有叹息和质问，有的是特殊的现实意义"。这是我读这首诗的深切体会 。

水调歌头·热河怀古（季德立）

塞北情无限，花落正知秋。山河依旧胜迹，殿宇照风流。曾记金戈铁马，犹叹穹庐俯首，玉辇锦貂裘。赢得仓皇顾，国难几能休。三百载，徒对月，不堪留。无情烟雨，洗尽功业贱王侯。枉恨残碑青史，却道谪仙诳语，无醉可消忧。一任扁舟上，谈笑论沉浮。

【宋彩霞评】：诗重发端，惟词亦然。"塞北情无限，花落正知秋。山河依旧胜迹，殿宇照风流。"开头贵突兀笼罩。上阕借景以引其情。下阕承接上意，藕断丝连，又异军突起，生发感慨"三百载，徒对月，不堪留。"对起，从容整炼。吞吐之妙，在煞尾"一任扁舟上，谈笑论沉浮。"下阕借物以寓其意，盖心中幽思也。

水调歌头·七秩春风（杨晶晶）

江山多娇色，环宇尽葱茏。东方晴好，七秩烟雨也匆匆，丽日合光涯角，楼笋丛生林际，陌上走春风，笑语中华赋，砥砺守初衷。　　披海帆，展云翼，是英雄，长城挂月，乘舰赶浪势如龙。转眼飞车南北，仗剑截江横坝，浩气显惊鸿，硬脊驮峰岳，铁臂舞旗红。

【宋彩霞评】：应时应景之作，易写难工，既不可空洞无物，又不得人云亦云，此首立意高远。首句写形象："江山多娇色，环宇尽葱茏。"写今朝之国家气象。以下三句写奋斗。下片言影响："乘舰赶浪势如龙。转眼飞车南北，硬脊驮峰岳，铁臂舞旗红。"东方巨人不怒自威之气概言外自含。读诗至此，一股强烈的民族自豪感便油然而生。移人情于不觉，只要是好诗，往往都能起这样的作用。

浣溪沙·万绿湖（许　明）

湖上轻舟画里寻。群山倒影掠飞禽。仙娥揽镜动凡心。　　月起一湖浮璧玉，日斜万水漾黄金。问谁到此不开襟？

【宋彩霞评】：绝去形容，独标真素，此词家最上一乘。小令干净利索，的是"动人春色不须多"。尾句提出一个设问，为什么开襟呢？因为那花五彩斑斓啊，这斑斓与天上的仙娥合二为一，这湖能不好看吗。

江西庐陵"堆花杯"获奖作品点评

承　洁（江苏）

贺新郎·游井冈山缅怀朱德元帅

百战声名烈。论功勋，几人能及，此公清节！削竹挑粮千岭过，巧解封疆围截。甘苦共，心坚如铁。何惧风霜欺傲骨，待长征万里从头越。天不负，助人杰！　　长江横渡风云决。看江山，春风绿遍，国防亲阅。多少文章成建树，放眼金瓯无缺。且看那，三军威慑。纵老何妨勤问政，叹一腔忠义怀犹洁。碑字读，泪犹咽。

【宋彩霞评】："百战声名烈。论功勋，几人能及，此公清节！"开头两句作者用强烈的主观评价点名主题。接下来四句回忆朱德元帅的丰功伟绩。写的有气势。下片进一步历数朱德元帅的功绩，写的有力量。气势和力量的结合，使得这首词变得强大。最后一句"碑字读，泪犹咽。"戛然而止，却充满感情，令人荡气回肠，可谓豹尾。李渔在《闲情偶寄》中谈论戏曲结尾时说："收场一出，即勾魂摄魄之具，使人看过数日而犹觉声音在耳、情形在目者，全亏此出撒娇，作临去秋波那一转也。"当然不能以"秋波一转"来简单比附"碑字读，泪犹咽"，但从艺术技巧来说，戏曲如此，词又何独不然？可议处："叹一腔忠义怀犹洁。碑字读，泪犹咽。"两个"犹"字太近，可避开。

方跃明（上饶）

三月三日过庐陵有作

秦碑汉节历春秋，代有文明誉九州。
一火燎原旗帜举，七千瞩目管弦讴。
雄辞何用临川笔？素域偏宜李郭舟。
最忆丹青书不朽，至今澎湃血躯留。

【宋彩霞评】：诗写正能量，当得点赞。中间二联对仗工整。三联用典贴切。临川，汤显祖故乡，临川四梦，是明代剧作家汤显祖的《牡丹亭》《紫钗记》《邯郸记》《南柯记》四剧的合称。或许"四剧"皆有梦境，才有"临川四梦"之说。李郭舟，源见"李郭同舟"。指高朋雅友所乘之舟。喻知己相处，亲密无间。唐代高适《同李太守北海泛舟宴高平郑太守》诗："每揖龚黄事，还陪李郭舟。"最后一联情感饱满，打动人心。不假外求，尾句峭拔劲健，尤为精警。"血躯"两字欠稳当。有：久淹留、足淹留、得淹留可考虑。

王天明（河北）

游井冈山感赋

万木环山似点兵，茨坪列阵到茅坪。
花红尽染三军血，云起如连百里营。
破雾青峰投剑影，垂天白练挟雷鸣。
黄洋界上秋风劲，恍听当年铁炮声。

【宋彩霞评】：切题而疏俊，有条不紊。现代人作诗，不应脱离其现代感，遵循"时事、时心、时语、时音"是创作的基本原则，作者在选题、谋篇、造句、用词上都有很好的体现。这首诗十分谨慎地围绕主题，没有一处"走神"，令作品脉络清晰、感情饱满、表意畅达，注入了作者很多的情感因素，读后有痛快淋漓之感，此诗一气呵成，使人恍惚回到那个战火纷飞的年代，给力。

李声满（湖南）

读文山《沁园春题潮阳张许二公庙》

运去空劳挽日戈，孤臣孽子泪滂沱。
持生死论谁能尔？读圣贤书所为何？
有梦皆依唐社稷，无魂不绕宋山河。
千秋一晤嗟同调，谱我中华正气歌。

【宋彩霞评】：这首诗以读宋代文学家文天祥《沁园春·题潮阳张许二公庙》的词作为客体来抒发自己的感悟。文天祥此词借咏赞张巡、许远二人的品格来表达作者的人生观，通过咏史，表达了作者在南宋亡国前夕力挽狂澜、视死如归的豪迈情怀。首联就紧紧围绕主题，能打动人心，令人喉咙一紧。二三联转而论理，鞭辟入里。全诗用议论和抒情相结合的手法，以儒家的伦理道德为主旨，爱憎分明，洋溢着强烈的爱国主义精神。作者的感悟写的入情合理。第二联允为佳联，句式变化可喜，有新鲜感，"持/生死论/谁/能尔？读/圣贤书/所/为何？"与聂绀弩的：把/坏心思/磨/粉碎，到/新天地/作/环游。异曲同工。最后一联收束向上，又使人热血沸腾。一首诗能让读者喉咙一紧又热血沸腾，足以。

陈瑜玉（山东）

沁园春·庐陵

沙带江流，水分孤屿，鹭傍新晴。正庐陵送目，秋云恰恰，乾坤入眼，旭日腾腾。院纳经纶，楼藏风月，漱石飞珠喷雪成。悠游罢，顿心消块垒，襟抱空明。　　世间何以娉婷，概山水娱人若有情。况醉翁韵致，风流深博，文山风骨，浩气英声。天与灵根，地资灵脉，古郡千年留盛名。更今日，看瑶华吐凤，玉树迁莺。

【宋彩霞评】：中国诗与中国画一样，都有写生与造景两种方法。写生是描绘当地、当时之境，有点像摄影；造景是在写生的基础上，根据表达情感需要，把多地、多时、历史的、现在的之景融汇，造出新的景境。此词的上半片是写生还是造景，或者兼而有之。总之，这首词的上片气象开阔而壮丽，造像声音交相辉映，给人以视觉和听觉双重的冲击力。"正庐陵送目，秋云恰恰，乾坤入眼，旭日腾腾。"境象高妙。"院纳经纶，楼藏风月，漱石飞珠喷雪成。"构成一种有限之形与无限之意的境象。接下来的"顿心消块垒，襟抱空明。"这句就顺理成章的出现了，并为下片人物的出现做了很好的铺垫。从"醉翁""文山"开始，真正进入了庐陵"风骨""地资灵脉""浩气英声"。今日的庐陵

"瑶华吐凤，玉树迁莺"。写的形象自然，真实可信。情感颜色明亮。

卢旭逢（广东）

水调歌头·咏江西堆花

春色堆花处？梦里几徜徉。庐陵灵秀，是处金醴正飘香。丽日和风作伴，树色花容相映，吟啸入诗廊。拓业舒鹏翼，美誉喜传扬。　　酒窖中，陶坛立，乃珍藏。更观技艺，巧手精酿出琼浆。三五良朋来聚，评品瑶池玉液，胸胆任开张。大道杯中悟，不负好时光。

【宋彩霞评】：词人以酒为主题来咏叹，句句不离酒，以现代语汇和常见的物象、场面来描写其酿酒工艺以及引申出来的深刻含义，从而抒发了词人的思想感情，作者白话入词，到口即消，却能深化主题，词中意境优美，脉络清新，层次分明，有浑然天成、一气贯通的整体感。并以状物、汇景、叙事等诗意的表现方法，写出了弦外之音，言外之意，从而提升了这首词的高度。"大道杯中悟，不负好时光。"的是词家语，允为佳句。

朱剑秋（吉安）

念奴娇·庐陵

赣江千里，到庐陵、骤见山川奇崛。两岸风光如画里，白鹭碧波浮叶。西子仪容，周郎风采，车马鱼龙接。参差万户，一时名胜吴越。　　遥想板荡忠臣，浩然正气，身为山河裂。点数文豪光泰斗，各领骚坛风月。红色摇篮，将星璀璨，彪炳凌烟列。醉堆花酒，誓承今古雄杰。

【宋彩霞评】：此词疏快，布置匀称，血脉贯通。此词的妙处，一是在于词境的真实，史料翔实。再者就是能见巧思。这种巧思在上片的"西子仪容，周郎风采，车马鱼龙接。参差万户，一时名胜吴越。"里体现了出来。下片"遥想板荡忠臣,浩然正气,身为山河裂。点数文豪光泰斗,各领骚坛风月。红色摇篮,将星璀璨,彪炳凌烟列。"都是发生在庐陵的历史,读来眼前一亮,气吞山河,给人力量。其可议处:用"醑堆花酒"来"誓承今古雄杰",未免牵强了些。

生吉俐（北京）

阜田石莲洞

缘何洞借石莲名,料是幽怀抱朴清。
佛觉殊奇庐可结,心通玄妙慧能生。
俗中或有难忘事,禅里真无不了情。
若到此间为小坐,顿除羁绊一身轻。

【宋彩霞评】：攻其一点,不及其余,笔力集中,亦是妙法。首句自问自答,开门见山,的是诗家手段。"佛觉殊奇庐可结,心通玄妙慧能生。"角度契人,运笔轻盈巧妙。三联"俗中或有难忘事,禅里真无不了情。"喜爱之句。是作者此行的最大感悟,也是点睛之笔。全诗恰情恰景,文字朴实,生神形象,开合有度,举重若轻,明白如话。

谢　艳（湖南）

井冈山

一山苍劲我尤赊,初上井岗轻拾霞。
石兀空潭堆白雪,云飞绝壁挽青纱。
当时流血花先染,是处鸣枪雨复加。
因食老区红米饭,归来不忍近奢华。

【宋彩霞评】：开联直抒胸臆,气势磅礴；"石兀空潭堆白雪,云飞绝壁挽青纱。"让人惬意顿生,空潭的石兀、绝壁的云飞,极具动感。第三联写实,把镜头移到了过去。尾联作者以新奇的构思,因为吃了老区的米饭,回来后不再忍心奢侈,使诗充满自然和人情味。该诗结尾没有故意拔高，但高度却在，实则喻意双关。此诗用意精深，下语平易。诗是自家做的，便是要说自家的话。能以浅俗发为清新，以其情词俱佳，不忍轻弃。

王建端（广东）

读文天祥诗

每于暇日读遗篇，劲气犹能透纸笺。
最感人时歌正气，难回首处望烽烟。
飘零天地山河泪，慷慨精魂烈士肩。
剑气丹心青史著，一腔碧血化啼鹃。

【宋彩霞评】：这是一首读后感诗，章法、层次井然。作者以"每于暇日读遗篇，劲气犹能透纸笺。"破题发兴。每每读到感人时便觉得很提气，难回首时是到处的烽烟，是山河的眼泪，是烈士的精魂。出己襟抱，牵合无痕，也见笔力。小诗通篇流畅，景物栩栩如生，情趣跃然纸上。全诗中规中矩，风调冲和。漫不经心，亦不吃力。或欠警句，鲜有败笔。其可议处："肩"字有凑韵之嫌。

诗情感铭

临江仙·威海至京华车中作（宋彩霞）

我借长风临北海，此番高梦昆仑。人间天上觅诗魂。眼前千叠浪，岭外几星辰。　　莫问红尘多少路，可怜凡骨凡身。春花谢了又秋晨。来时如梦令，去是画堂春。

【星汉评】：作者前有小序，道是："2010年8月，应《中华诗词》杂志社之邀，赴京参加编务，途中草成六阕。"笔者所见，仅此一首。词之题序，宋张先之前寡有，至苏轼使用题序解决了词体长于抒情不宜叙事的矛盾。宋彩霞此词之序即是如此。此词文字无多，却含义丰富。意脉不断，感情起伏。将仰慕、兴奋、胆怯、执着、坚毅，诸多情感熔于一炉。为今后工作积极，做人低调，作了前奏。词含言外之意，是为其长。"眼前千叠浪"，暗示作者迎难而上"可怜凡骨凡身"，看似自卑，实是自谦；"来时如梦令"，说明序文中的"应邀"，"去是画堂春"，意为离开时要画上一个圆满的句号。下阕后二句用二词牌名，颇见巧思。

【于仁伯评】：词上篇开篇写作者乘车从威海到北京，为中国诗词事业的繁荣和发展工作，为"人间天上觅诗魂"而心潮澎湃。选用"临北海、千叠浪、几星辰"几个意象，托景寓理，缔造出情景交融的意境。下篇是诗人远行的思考。路漫漫兮，吾将上下而求索。虽是一介瘦骨女子，但敢于直面未来道路的艰辛，"春花谢了又秋晨"，让亘古不变的自然规律，在词中得到升华。将词牌"如梦令""画堂春"用"来""去"巧妙地嵌入，达到画龙点睛的效果。通读全词，节奏明快，自然流畅，既有丰富的时代内涵，又让人感受到辞章布局的张力，婉约细致，又不失豪放的气势，因此得到诗词界的好评。

【苏大勇评】：宋彩霞此词共六十字。上下两阕。题名已注出"威海至京华车中作"，所谓旅途寂寞，有感而发。今人填词，往往无聊而作，流于文字游戏。他人读之，自然有嚼蜡之慨。晓雨填词，注入真情，写自己的事，自己的抱负，自己的奋斗，自己的心情。所谓情真必能打动人心，这就是诗词的魅力。全词读来并无繁词丽藻，却朴实无华的道出真情。我们可以比照唐代大诗人孟郊脍炙人口的《游子吟》："慈母手中线，游子身上衣。临行密密缝，意恐迟迟归。谁言寸草心，报得三春晖。"就是这样一种风格。像苏轼的《水调歌头》所表达的亲情，和《江城子·记梦》表达的爱情，都是朴素真挚的情感表达之作。

"我借长风临北海"，可以想见如今的快客，风驰电掣，一路北行。用"借长风"摹写，十分贴切。"北海"则暗指"京华"。"此番高梦昆仑"，则是一种写意，"高梦"自然是宏大的理想之意味。昆仑，即昆仑山，又称昆仑虚、昆仑丘或玉山。《山海经·海内西经》说"海内昆仑之虚，在西北，帝之下都。"使昆仑山在神话中有了崇高的地位，它是海内最高的山，在西北方，是天帝在地上的都城。此处"昆仑"我料并非实指，只是代表崇高的理想境界。而"此番"更加坐实了她调到《中华诗词》编辑部的新工作的心情。第三句"人间天上觅诗魂"则进一步表明了"觅"诗魂，这里既有自己的追求，也有"发现"诗人、诗词的追求。"人间天上"我以为宋彩霞在她的日常工作中经常做些发现草根诗人于"人间"，介绍到《中华诗词》这个国内外诗词爱好者心目中的崇高殿堂，所谓"天上"。第四句转而回到眼前车窗外的景色，借景抒情，"千叠浪"绝不只是单纯写景，寄情于景，此时心中也是波澜起伏，激荡不已。"眼里几星辰"似乎写车外夜景，也许也在慨叹"星辰"之稀，有何暗指吗？我不敢断定。

下阕"莫问红尘多少路"，显示了一种一往无前坚决走下去的决心，一位女士别夫离家，千里迢迢只身前往，追求自己的理想和事业，是绝对需要勇气的。言为心声，可知心曲。"可怜凡骨凡身"，是一种竭尽心力的慨叹。"春花谢了又秋晨"将这种心情烘托到极致。工作的繁忙，寂寞的生活，一切又都是那么难以割舍。春花秋月，日复一日。结句更是奇巧，恰用两个词牌概括了全词，令人不得不惊叹其才思。

【张金英评】：此词是作者于2010年8月应《中华诗词》杂志社之邀，赴京参加编务途中所作。全词大气豪迈而不失清丽幽雅，字里行间洋溢着积极奋进的精神，一个为理想奋斗而终身不悔的追求者形象跃然纸上。开拍用语大气豪迈，一扫沉迷之气，可谓酣畅淋漓。唐代杜甫《龙门阁》有句："长风驾高浪，浩浩自太古。"明代高启《梦游仙》

亦有句："长风八万里，夜入通明天。"气势皆高昂也。然作者的"我借长风临北海，今番高梦昆仑。"不输前人诗句也，我们仿佛看到一位胸怀远志，憧憬着美好未来的诗者形象。长风助"我"临北海，为何？今朝可高梦昆仑也。词人巧以"高梦昆仑"道出自己人生已步入辉煌之境，正是大展才华的时候，因此自然流出"人间天上觅诗魂"之句，豪迈之情尽显其中。结拍"眼前千叠浪，岭外几星辰"则由直接抒情转入借景抒情，不减豪迈之气。此结不仅对仗工稳，而且与"人间天上觅诗魂"衔接甚紧，"眼前千叠浪"重在于"人间"觅诗，关注现实；"岭外几星辰"则重在于"天上"觅诗，想落天外，将现实与浪漫有机结合起来，方能创作出穿透力强、穿越时代的好作品。品读此结，词人意气飞扬之态如在眼前。

过片句转入自身的内省，"莫问红尘多少路，可怜凡骨凡身。"发感慨之语，人生之路漫漫，可怜自己乃一凡身，要面对几多人生的沟沟坎坎。一个"莫问"，一个"可怜"，已然将词人的情感变化恰如其分地表达出来。"莫问"的达观与"可怜"的自嘲相互交织在一起，形成矛盾的统一。在漫长的追求道路上，"我"是那么渺小！当"秋花谢了又秋晨"之时，"我"收获了什么呢？"来时如梦令，去是画堂春"如惊天之语，做出了明确的回答。此结拍巧嵌"如梦令"与"画堂春"两个词牌名，不仅对仗工稳灵动，而且语意双关。词人似接到如梦般的命令而来，欲一展抱负，在《中华诗词》这个神圣的诗词殿堂里描画出美好的春天。这两个词牌名的嵌入，不仅注意到形式上的对仗，而且意味深长，达到了形式与内容的完美结合，同时也给我们一个很好的启示：写诗填词当以意为先，巧融技巧，则更见奇妙。

全词结构井然，遣词精炼入味，感情跌宕起伏，情感线始终贯穿全词，并带动读者的思绪，读来快慰非常。打动人心者，必是好作！此词是也。

北京至广元机上　（宋彩霞）

流连只道月勾心，不觉情怀向夜深。
人在天涯无寄语，有诗词处有知音。

【刘能英评】：一般绝句都是在起承二句交待时间地点。这首诗题目即交待地点：北京至广元的飞机上。在题目中交待地点，可以给诗文让出更多的空间，表达更多的内容与情感。

起句"流连只道月勾心"，"流连"一词古代诗文中有五个释义：

1. 耽于游乐而忘归。
2. 留恋不止；依恋不舍。
3. 盘桓；滞留。
4. 流离转徙。
5. 连续；反复。

本句中的"流连"，作者到底是要取哪一义呢？这个疑问暂且存下。接下来再看"月勾心"，在中国传统文化中，月亮这一意象常常成了人类思想情感的载体，它的意蕴十分丰富。在不同的时间地点下，它往往是幽美、自由、纯洁、美好、永恒、凄凉、悲惨、悲欢离合等等的代言词，这一句的月又是要给作者代什么言呢？这个疑问再次存下。

承句"不觉情怀向夜深"，什么样的情怀？作者没说，这里又埋下一处伏笔，却把时间交待的很清楚：夜深，也就是深夜。这一句其实也是前一句的补笔，"夜"呼应"月"。

转句"人在天涯无寄语"，转句让人物出场是绝句惯用的技法，并且用否定的句式来转效果更明显。作者要寄什么语？再次埋下伏笔。

结句"有诗词处有知音"，一目了然，一锤定音，一语中的，把前面所有的疑问都解答了，所有的伏笔都照应到了。

原来作者真正要寄的语是"有诗词处有知音"。希望所有的人都能进入到诗词的殿堂，这里有风花雪月，这里能怡情养性。它能照耀人的灵魂，涤荡人的思想，点燃人的激情，鼓舞人的斗志。那么作者的情怀又是什么呢？作者是一个读诗写诗编诗之人，自然也是爱诗之人，与古今中外所有爱诗之人结为知音便是她的情怀。分析到此,月这个意象也明朗起来,它应该是为纯洁、美好、永恒所代言的。古今多少诗人,因为这轮月,留下了无数名篇佳句,作者面对这同一轮月,自然勾起了无限遐思。至此,"流连"二字也可以确切定义了,当取"留恋不止,依恋不舍"之意。

全诗短短四句,一步一存疑,一步一设伏,吸引读者一路看下去读下去思考下去。作者仰观古今之明月,行走无垠之深夜,寄语天下之诗人,看起来似乎是把自己立在一个至高无上的位置上,但她巧妙地借用飞机这一现代交通工具,就顺理成章,理所当然地把自己立在云天之上,而正是因为立在云天之上,才使自己跳出尘寰,超然物外,思接千载,视通万里。如果这首诗题目易为"北京至广元道上",那么以作者的身份与地位写这样的诗,就显得不太真实。所以这首诗,不论是题目还是正文,语言还是结构,都经过了作者匠心独运的思考。

临江仙·武当见栀子(宋彩霞)

伸展平常枝叶,生成少许清阴。难因卑弱减知音。果微高眼界,花素大胸襟。　　入梦留将人忆,凭虚恍若仙临。野山荒岭漫追寻。世风都改尽,不改是初心。

【熊东遨评】:上阕描摹,以"平常枝叶""少许清阴"衬托出"高眼界""大胸襟",栀子花形象内外兼具。"难因卑弱减知音"一句,暗中伏笔,似闲非闲,实为下阕之发挥作引线。过片后自然融入道家渊薮:"恍若仙临""野山荒岭"诸语,点题升化,妙在不言。结二句尤见骨力,"改尽"与"不改"之间,有词人自家襟抱在。

岐山莲花池书所见(宋彩霞)

一派青葱东复西,千红万绿压湖低。
黄游蜂落白莲上,吻着清香醉欲迷。

【袁忠岳评】:前两句是宏观的画面,"压"字用得好,把满湖荷花荷叶的壮观景象表现出来了,且有风趣,"你看,把湖面都压低了",其实,湖面当然在荷花荷叶下。后两句是细节的刻画,一只蜜蜂叮在白莲上,就很美,这并非诗人杜撰,有影像为证。迷醉的当然不仅仅是蜂了,还有旁观的诗人,不过她早已化成蜂了。诗的色彩也很丰富,有青、绿、红、黄。

船上人家（宋彩霞）

世代宿河滩,涛声枕上弹。
声为清夜细,志逐大湖宽。
一网捞春色,千钧钓月丸。
心头存万象,不变是长竿。

（入选《诗歌点亮生活》一书。吉狄马加主编。）

【于仁伯评】：这是诗人参加洪泽湖采风时的作品,是一幅以船为家漂泊湖上渔民生活的素描。诗以渔民自述的方式道来,有亲身感受的真切感。如"涛声枕上弹""声为清夜细",就把在船舱中睡觉时的特有感觉写了出来:"涛声"似乎就在睡枕下跳动,这时白天的喧嚣沉寂了,而各种在白天被淹没的细微声音却听得格外清楚。第三联是亮点,形象性概括力特强,两句就把渔民一年四季白天黑夜忙于捕鱼的情景一网打尽。"捞"的"钓"的当然都是鱼,但用"春色""月丸",就把景色和心情都写了进去,能给读者以更为开阔的想象空间。"志逐大湖宽","心头存万象",是对渔民生活单调乏味的回答,别看我们整天手握长竿撑船,其实内心世界是非常丰富的,它就和那宽广的湖面一样印满了天地万象。"不变是长竿"放在结尾,除了以此衬托"存万象"的变化丰富性外,还表达了渔民的一种心声,即尽管世有万象,让人眼花缭乱,但我们对渔家生活的热爱却是永远不变的,我们决不会放弃"长竿"。设身处地、移情入渔是写好这首诗的前提,诗人做到了,所以她采取了自述口吻,娓娓道来,让人有身临其境之感。

载2012年11月20日《齐鲁晚报》

【刘能英评】：首联交待地点"河滩""枕上"说明时间是夜晚。颔联实写声、湖，虚写夜、志。颈联虚写春色，实写月丸，虚实交错，不飘不滞。一"捞"一"钓"，渔家人的工作状态跃然纸上。尾联跳高跳远，不变的何止是"长竿"，更是"初心"。

　　前人多喜欢选"渔父"这个角色入诗，多写他们的闲适，如李煜的"浪花有意千重雪，桃李无言一队春。一壶酒，一竿纶，快活如侬有几人？"如张志和的："西塞山前白鹭飞，桃花流水鳜鱼肥。青箬笠，绿蓑衣，斜风细雨不须归。""雪溪湾里钓鱼翁，舴艋为家西复东。江上雪，浦边风，笑着荷衣不叹穷"。这首诗却是写的船上人家的勤劳与富足，虽处江湖之远，仍然不忘初心，"志逐大湖宽"。因此这首诗的积极意义也是显而易见的。

　　【袁忠岳评】：这是诗人参加洪泽湖采风时的作品，是一幅以船为家漂泊湖上渔民生活的素描。诗以渔民自述的方式道来，有亲身感受的真切感。如"涛声枕上弹""声为清夜细"，就把在船舱中睡觉时的特有感觉写了出来："涛声"似乎就在睡枕下跳动，这时白天的喧嚣沉寂了，而各种在白天被淹没的细微声音却听得格外清楚。第三联是亮点，形象性概括力特强，两句就把渔民一年四季白天黑夜忙于捕鱼的情景一网打尽。"捞"的"钓"的当然都是鱼，但用"春色""月丸"，就把景色和心情都写了进去，能给读者以更为开阔的想象空间。"志逐大湖宽""心头存万象"，是对渔民生活单调乏味的回答，别看我们整天手握长竿撑船，其实内心世界是非常丰富的，它就和那宽广的湖面一样印满了天地万象。"不变是长竿"放在结尾，除了以此衬托"存万象"的变化丰富性外，还表达了渔民的一种心声，即尽管世有万象，让人眼花缭乱，但我们对渔家生活的热爱却是永远不变的，我们决不会放弃"长竿"。设身处地、移情入渔是写好这首诗的前提，诗人做到了，所以她采取了自述口吻，娓娓道来，让人有身临其境之感。

飞舟湖上 （宋彩霞）

白浪冲天远，　云高曙色催。
舟飞新柳岸，　网扣小鱼腮。
浩荡波中合，　光辉足下来。
胸中涵万汇，　襟袍此时开。

【袁忠岳评】：这首诗的动感很强，读着有在湖中滑水飞速前进的感觉。首联虽未写舟，舟已现，"白浪冲天"是船在湖中前进时的景象，一个"远"字，就有了加速度，刚看到白浪冲天起，船已行远。诗一开头，先声夺人，直接把浪泼到读者脸上，然后再回过头来写天色岸景。颔联中"舟飞新柳岸"，一个"飞"字让人有岸上新柳迅速后退的错觉。"网扣小鱼鳃"是写捕鱼，却无意中流露出女性特有的娇憨口吻。难怪，作者就是女诗人么。颈联中的船仍在快速前进的动态中，"浩荡波中合"正是船首犁波破浪才有的景象，而"光辉足下来"则是立足船头迎波飞驰的感觉。尾联是把这种湖面上飞速驰舟的感觉进一步升华了，仿佛胸襟由此打开，辽阔成洪泽湖湖一般广大，能够涵泳万物，吸纳百川。这样，"飞舟"就有了更深的意义，不仅仅是为了打鱼，或是一场娱乐和运动了。

满江红·秋荷并序 （宋彩霞）

在长久的沉睡中，有遥远的梦，轻轻叩着你尘封的帘栊。陷于丰厚绵软的淤泥中，沉耽旧梦，却被这复苏的湖水，濡湿这一季的葱茏。秋风乍起，这一世的希冀零落成泥，在日渐霜紧的风中，你迅速地瘦去。你从哪里来还归于哪里，你的心房里，还有千颗万颗不灭的回忆。"今年何以报君恩，一路荷花相送到青墩。"来生，将选择一处月白风清的岸与你相遇。

莫便秋风，吹瘦这、一池仙客。冷云水、更寒清梦，雨声堆积。岁月无多枝易老，乾坤虽大身难适。渐霜紧、辜负了葱茏，空相忆。　　追往事、今非昔。红易减、娇羞失。恨西风无限，晚来天色。

鸿雁不传千里梦，秋蝉叫断三更笛。隔烟波、不灭是相思，来生觅。

【李晓鸢评】：这首《满江红》以苍凉雄浑见长，感慨遥深、大气厚重的旋律贯穿始终，再看题目，秋荷本已是生之末路，枯萎凋落是它自然无奈的命运，《满江红》以声情激越著称，宜抒豪壮情感和恢张襟抱，以《满江红》来写秋荷，选题之初，亦可见词人心底的豪气和不屈服于命运的顽强，词于苍凉感慨之间，处处体现这种精神以及与此相冲突的现实的无奈和由此派生的勉强的豁达。

起句是对秋风说的，劝秋风手下留情，不要吹瘦这"一池仙客"，"吹瘦"说得十分含蓄，以秋风而言，是要"吹灭"这一池晚荷的，何以说瘦？瘦体现过程，渐渐瘦去，也是秋荷老去的表现，其实是说秋荷的凋落过程，更见凄凉，可是表面看来，还似有些许幽默于其中。

云是冷的，梦是寒的，雨声敲打的是生命的余绪，"雨声堆积"尤为俏丽冷艳，更强调雨声对这摇摇欲坠的生命的侵蚀。

"岁月无多枝易老，乾坤虽大身难适"则直写秋荷处境，"乾坤"句几乎抒发出那种天地虽大却无我容身之地的感叹。

但此处用如此激扬的旋律抒写行将凋落的命运，在人心里产生的是一种别样的震荡，不似纯粹的凋落那般的苍白软弱，也不似激扬跃动的节奏那般的振奋人心，其实在心里形成一种扭曲的感受，这便是宋彩霞赋予秋荷的最后力量。

借着这最后的力量，秋荷还有一个反省自己的一生的机会和一份清醒。"渐霜紧"如命相催，大限临头的紧迫感攫住人心，"辜负了葱茏"低调感伤，荡气回肠的呼叹，舒缓了前句的紧迫，却拖长了压抑低回的气氛，随着这延绵的节奏低回的压抑生发开悠远缠绵的惋叹，结句忽起，断的有力，"空相忆"斩断情丝斩断幽怨斩断叹息斩断苍凉，以一个"空"字领起，仿佛一个巨大的口袋，接住了此前所有的感叹，封口收束，一切都归于沉寂。

下片起句就"空"说起，过去的一切都不复存在，繁华过尽，往事难追。这里又引进一个"恨"字，那份拿捏着的悲凉终于爆发，秋荷将最后一点力量，对着西风大发牢骚，言辞激烈。"鸿雁不传千里梦，秋蝉叫断三更笛。"真真是临路前的悲鸣，梦无处可寄，催命的却马不停蹄，这临路的悲鸣，让人有种心碎的感动。

　　落到结处，已是玉殒香销，生气渐无，烟波起处，依稀还听见微弱的声音在挣扎叹息："不灭是相思，来生觅"，可谓顽强可谓执着，化成灰烬的一刹那，还在相约来生，承诺相思。这微弱挣扎的声音，给我们留下一个最后的影像：湖面上伸出的一只手，渐渐下陷，手在挣扎，背景声音就是那"不灭是相思，来生觅"的呜咽……

　　死的凄凉，可这凄凉中有种力量，打动人心，这就是宋彩霞赋予秋荷的最后生命。每个人对生命的理解可能不同，每个人在生命的尽头有着不同的遗憾，我赞赏那最后的坚持，不管为了什么……

　　【陈为习评】：上阕从"秋风"落笔，既点明时令，又营造一种凄清冷寂的气氛。"莫便秋风，吹瘦这、一池仙客。"在世人眼里，荷花绝非凡间之物；可是，冷酷无情的秋风，却令荷花消瘦了容颜，黯淡了光彩。"冷云水、更寒清梦，雨声堆积。"不仅秋风相逼，更有冷雨相欺，连梦也变得"清寒"而不再温馨了。"岁月无多枝易老，乾坤虽大身难适。"岁月匆匆，花枝易老；乾坤虽大，却未必能找到容身之地——这既是花的不幸，又何尝不蕴藏着对人世的哀叹！"渐霜紧、辜负了葱茏，空相忆。"秋深霜紧，更让人生发流年似水、万事蹉跎的感慨。"追往事、今非昔。红易减、娇羞失。"承上阕"空相忆"而来，以今昔对比，表现境遇、心态的变化。"恨西风无限，晚来天色。"这里再一次写到了西风，但这里写到的"西风"是无限的，加上晚来昏暗的天色，更让人惆怅郁结。"鸿雁不传千里梦，秋蝉叫断三更笛。"西风带来了暮色，也带来了"鸿雁"声与"笛声"，但这些声音非但不能排遣寂寞，反而更惹人伤感，让人夜不成眠，也无法传递"千里梦"了。"隔烟波、不灭是相思，来生觅。"虽然遥隔千里烟波，但刻骨"相思"是难以磨灭的，纵使错过了今生，还可以期待来世重逢。这首词与前两首词都用了拟人，都有浓郁的抒情色彩，但似乎更曲折深沉，意味隽永。词中虚实相生，到底是写人还是写花，似乎恍惚迷离，难以分辨。但正因为如此，我们解读的自由空间更大，生发的联想也会更多。这正是词有别于诗的魅力所在。

玉楼春·金湖观荷（宋彩霞）

凌波仙子多情态，百媚千娇不能爱。含苞欲放立亭亭，收拾长塘成一派。　　从来不与争风采，月白风清犹自在。不知何日梦能圆，香满人间花似海。

【陈为习评】：这一首词描绘的是金湖观荷的所见所感。金湖荷花荡是国家农业生态风景区，荷花荡总面积22.4平方公里。荡内是铺天盖绿的万亩荷田，荡外是烟波浩渺的高邮湖，碧波粼粼，渔帆点点。词的上阕用拟人笔法，赞美了荷花——凌波仙子的千娇百媚，亭亭玉立，喜爱之情溢于言表。"收拾长塘成一派"则气度不凡，意境开阔。

如果说上阕是对荷花外在形象的赞美，那么，下片则是托物言志，转向对荷花所体现的内在精神品质的歌颂。"从来不与争风采"，荷花盛开于夏季，不与绚丽多姿的春花争艳，但是，到了"月白风清"的夏夜，荷花却自由自在的开放，并不为依附、讨好任何人，这是何等高洁脱俗的君子情怀！于是诗人进一步抒写自己的愿望——"不知何日梦能圆，香满人间花似海"看来诗人虽然崇尚"出淤泥而不染，濯清涟而不妖"的"修身"要求，但似乎更有"己欲立而立人，己欲达而达人"的广阔胸襟，使词的意境更为浑厚开阔。

玉楼春·观荷（宋彩霞）

千红万绿飘香屑，蝶拍枝头鱼贯列。凌波仙子笑扬眉，且向游人呈热烈。　　常人不解离乡别，唯有莲池波上叶。依依颤颤角峥峥，要看人间情味切。

【陈为习评】：第一首《玉楼春》侧重于咏物言志，而第二首《玉楼春》则侧重于咏物抒情。上片扣住"观荷"来写。"千红万绿飘香屑"属于正面描写，从荷花的色彩、香气与落英形态加以概述；"蝶拍枝头鱼贯列"属于侧面描写，衬托荷花的香远益清。"凌波仙子笑扬眉，且向游人呈热烈。"运用拟人手法，又回归到正面描写。上片主要写荷花，而下片则转而写莲子，进而抒写游子之情。"常人不解离乡别，唯有莲池波上叶。"常人是不容易理解游子的思乡情怀的，只有莲池中的荷叶对此深有体会。曾有人写过一篇散文，其中把自己比作亭亭玉立红莲，而把母亲比作为自己莲叶，要为莲花提供能量，还要托举起莲花，为莲花遮风挡雨。一旦莲花落英缤纷，飘零于水面，叫莲叶情何以堪？不过，幸有莲蓬"依依颤颤角峥峥"，而令莲叶感到欣慰。莲叶终究要枯萎的；但莲子成熟后，也终究要被人采摘，远离莲池而去的，怎不叫人伤感！谁能理解"莲子心中苦，梨儿腹内酸"？自然还是最伟大的母亲啊！

鹧鸪天·秋思（宋彩霞）

秋冷风声也是霜，况兼明月照波光。云中雁唳谁同听？鸥荡芦花益浩茫。　　天苦短，梦还长。山溪曲似九回肠。怕将心事随词笔，写尽曾经一段香。

【七星宝剑评】：这个作品看起来很简单，但是很有咀嚼的必要。"秋冷风声也是霜，况兼明月照波光。"起得彻底，其中秋冷得连风声也是霜，很有创意，跟着一句将空旷展开，是会写诗词的人在起笔时候的行为。上片的后两句中一个"唳"字用的讲究，是悄悄切入本身的笔法，有了这个字，下片的起句"天苦短，梦还长"就有了着落。"山川曲似九回肠"此处化用'江流曲似九回肠'，柳子厚那诗在我看其实就好在起，起得有气势，所谓意境阔远，那是要涵盖下文的手段。此词用在这里是对"天苦短，梦还长"的促进，不是随便写的，这里的山川实际还连着梦哪，哈哈。"写尽曾经一段香。"可谓是点睛之笔，既是对"云中雁唳谁同听"的收束，也是对"天苦短，梦还长"的诠释，仅仅此一笔，就不能说作者没有想法。

卜算子·初访李清照故居 （宋彩霞）

系我一生心，梦里常萦绕。故里文光漱玉篇，日夜相思老。　婉约一枝芳，雅韵人倾倒。多少疏狂点绛红，唯有情难了。

【王贵荣评】：最近，我在《琼苑》2015年第1期读到女词人宋彩霞的词作《卜算子·初访李清照故居》，很受感染。宋彩霞的词句就像春溪里的涟漪，使我感觉到清新而酣爽。

"系我一生心，梦里常萦绕。"起句纯朴自然，娓娓道来，是情感最真实的流露，李清照的词能"系我一生心，梦里常萦绕"，可足见李清照词的魅力与读者的痴迷，结合得达到尽善尽美的程度。可以说是一种情感的高度融合。

"故里文光漱玉篇，日夜相思老。"词人终于等到了初访李清照故居的日子，实现了她的夙愿。她曾为李清照的词所折服，从她的词里吸收无穷无尽的养料，达到了心驰神往的境界，几十年时光就在不知不觉中逝去了。当代词人梦寐以求的念想，做一个像李清照一样的诗人，还远远没有达到，就已经老之将至了，这真是人生的一大憾事！

词的下半阕笔锋一转，作者高度评价女词人李清照的词："婉约一枝芳，雅韵人倾倒"。凝练如金，而又诗意盎然。李清照是中国婉约派诗词的代表性人物，她的词作开辟出一片崭新的天地，启迪和影响了中国词坛的众多探索者。

"多少疏狂点绛红"，李清照的词婉约是基调，但也不失"疏狂"："生当作人杰，死亦为鬼雄"！这也是她名垂千古的绝唱。"唯有情难了"，李清照的词为什么能流传千古，皆得益于她的词饱含着情感，情感是文学作品的生命。婉约也好，豪放也好，都是情感的真实流露。这首词没有拘泥于对李清照故居的场景描写，别开生面，取得引人入胜的效果，无疑是一个成功的范例。

卜算子·万溶江印象（宋彩霞）

水碧树摇花，一幅风情画。吊脚琼楼酒茗香，满眼琉璃瓦。　守住此三门，莫让风霜打。白鹭腾飞广厦间，魅力真无价。

【王贵荣评】：诗是文字的绘画，流动的音乐。女词人宋彩霞的词《卜算子·万溶江印象》（原载《中华诗词》2014年第12期）是一首难得精美的山水词，它使文字鲜活起来："水碧树摇花"，视觉和听觉融汇在她精心描绘的"风情画"里，不由得像徜徉在甜美的乐曲声中，遐思飞扬。"吊脚琼楼酒茗香"，嗅觉的快门又豁然打开，使游客陶醉不已，"满眼琉璃瓦"，一个民俗独有的风情，民族独特的建筑跃然纸上，栩栩如生。状物写景的妙笔，驾驭着文字的神奇！

词的下半阕，充分展现了词人对祖国山水的挚爱："守住此三门，莫让风霜打"，拳拳之心，殷殷情意，可让游客的心灵得到净化，注重保护我们赖以愉悦生活的自然环境，就像爱护我们的眼睛一样重要。每个人都应该从"我"开始，细微之处见精神。"白鹭腾飞广厦间，魅力真无价"，白鹭是湖南吉首市的市鸟，这里是双关语。响鼓不须重锤敲，轻轻地嘱咐有时也会如醍醐灌顶，事半功倍，使诗词陶冶情操的功能达到潜移默化的境地。

卜算子·参加湖南省农民诗词研讨会　（宋彩霞）

我有满怀歌，唱在云湖里。一枕清波映树高，结满相思子。　守定稻荷香，不减疏狂意。赤脚泥花脉脉开，自有芬芳至。

【王贵荣评】：我有幸聆听过女词人宋彩霞的诗词讲座，坐在大会堂里的近千名听众鸦雀无声，全神贯注地听她的讲座整整两个小时，在我们地方是罕有的，足见她备课时的周密严谨，表述时的生动独到。

今天读她的新词作《卜算子·参加湖南省农民诗词研讨会》（原载《诗刊》2015年6月号上半月刊）也如沐春风，倍感亲切。

"我有满怀歌，唱在云湖里。"词人把他乡当作故乡，把传诗词送雅风当作自己义不容辞的崇高职责，言而由衷，情深意切，溢于言表。"一枕清波映树高，结满相思子。"梦绕魂牵，她与农民诗人神交久矣，殷殷期待，情绪饱满，呼之欲出。词的上半阕，想象丰富，对诗友同仁的挚爱，拳拳之心，跃然纸上！词人乘兴而来，传经布道，深感责任重大，精心培育诗花是她难以了却的夙愿。

"守定稻荷香，不减疏狂意。"这是词人心迹的坦露。她坚信农民的诗词创作来源于原始的东舍茅篱和原生态，接着生活的地气和韵脚，一定能创作出充满生命力的诗词作品。"赤脚泥花脉脉开，自有芬芳至。""赤脚泥花"比喻农民，无非是说农民诗人的作品像花一样默默开放，将来自然会诗花灿烂，香气迷人，农民诗人队伍一定会发展壮大。

这首词情浓似酒，意深境阔，给我留下了深刻的印象。

南乡一剪梅·端阳怀屈原并首届中国荆州诗人节 （宋彩霞）

湘水冷萧萧，衮衮离心赴怒潮。碎月南天残照阔，愁也滔滔，恨也滔滔。　　天问又离骚，俯仰精神正可招。楚地奇葩清露满，花向人娇，人向诗娇。

【牛永维评】：诗人的感怀，诗人的感慨，尽在句中。上下阕两结托起全篇。

【邓国琴评】：浪漫手法。该小令用浪漫主义手法，具有大胆幻想、构思奇特、手法夸张、空灵曼妙的特点。上片作者全部用奇幻想象穿越时间和空间：在虚拟想象中把读者带到远古的五月初五的晚上，一个铁骨铮铮憔悴沧桑而凛然的巨人屈原如幽灵般徘徊杂草丛生的汨罗江畔，望着那奔腾不息湘水，心如死水，虽然初夏，但仍然寒气逼人，冷冷不光是江水，更是那颗报国无门渐渐冷却的赤子之心。他怀着对家乡如湘水一样滔滔不绝的离别之情，怀抱巨石跳到汨罗江里，顿时江涛怒吼。这样表达留给读者非常大的遐想空间。接着借景抒发情感：倒影在辽阔汨罗江里一勾弯月，被这一石激得支离破碎，天上的月亮也不忍看人间悲剧，掩映在云层里面，瞬间天昏地暗，湘水啊！你愁也滔滔不绝，恨也滔滔不绝！这个移情法表达如决堤闸门一泻千里，激荡着读者心灵，令读者心潮翻滚！下片：忽然夜空传来屈原《天问》《离骚》曲，悲怆之声响彻云霄。这样以动衬静更加显得夜的空旷寂静，神曲一下便把读者思绪带到远古的玉宇之中，去怀念去追寻那个诗人灵魂……诗人曾经无数次问过苍穹与大地，担忧黎民与国家的命运，赞美香草与美人的坚贞，那一仰一俯追求真理的执着精神正激励着后人发扬光大。两句谈古论今，承上启下很好地为结尾做了铺垫。

  中华诗词这棵参天的古木，正沐浴甘霖，枝繁叶茂，硕果累累，春风吹来，种子纷纷扬扬播洒在华夏大地的每个角落，然后生根发芽，繁星点点到处开放，花向诗人怒放着娇艳，散发着芬芳，诗人向鲜花也绽放着娇颜。

  手法多元。小令上片怀古，下片抚今，过片转折，柳暗花明，结尾赞美了这中华诗词蓬勃发展，方兴未艾。其结构层次分明，条理清晰，想象力丰富，感情饱满，哀婉悱恻，夹叙夹议，全文大胆用了虚拟手法，起兴、烘托、移情等，还有蒙太奇穿越法，以动衬静，动静交融写法，低起高结等等艺术手法。小令低调开头，结尾高高扬起，最后到高潮戛然而止，这样表达让词有了摇曳生姿韵致，以低沉开头，承接递进，层层扣人心弦，过片转折又让读者充满希望，结尾处更令人深感意料之外，情理之中，最后喜出望外，如此起伏跌宕令词余味无穷，韵味悠扬！

  语音凝练。作者炼字炼句："冷萧萧"，一个"冷"字富有温度情感，有让江水有寒冷的感觉，让主人翁寒心的感觉，这一"冷""字既烘托气氛，也定了全诗的基调，便尽得风流！"赴"字练得好，表示诗人断然绝望的心情。"怒潮"一个"怒"字用的移情手法，表现江水也为诗人命运感到不平而悲愤怒吼。一个"满"字表达诗词这个奇葩正酣畅淋漓浸润着甘露。一个"娇"字多重理解，娇艳，娇颜，芬芳，佼佼者。作者如此炼字炼句，正如苏轼在《次韵吴传正〈枯木歌〉》所言："君虽不作丹青手，诗眼亦自工识拔。"是的，诗词的语言特点要高度简洁凝练，经常通过比喻、通感、双关手法等表达主题，让作品锦上添花。在诗词的运用中，要善于寻找最明亮的那颗星星，这灵光之闪烁，需立刻抓住否则稍纵即逝。"立片言以居要，乃一篇之警策"，警策之言俗称诗眼，它是诗中神来之笔：最凝练、最精神、最准确，最鲜活，最生动，最形象，最个性词语，能够准确精妙传情达意，炼得好字好句对全篇起着画龙点睛，化平淡为神奇的作用！

望天台山卧佛岭（宋彩霞）

石佛枕山峦，风姿太好看。
慈眉观世苦，舍利佑民寒。
怀向乾坤敞，情经雨露繁。
天台开五色，送我以金丹。

【邓国琴评】：谚语说：世界上没有两片完全相同的树叶，没有两粒完全相同的沙子。所以我们亲近大自然，观察大自然。写景状物时能抓住它的特征。所谓特征，就是这一事物区别于另一事物的显著特点。

宋彩霞写天台山景物为什么没有写那里花草树木，而慧眼独具，发现这里景物不同之处。于是把镜头对准卧佛岭，展开想象。首联写卧佛岭整体外观，石佛枕山峦，神态安详；颔联写佛慈眉善目，体恤天下黎民疾苦，广施恩泽保佑不受饥寒；颈联写佛敞开包藏宇宙之慈悲胸怀，播撒雨露滋养大地山川之情；尾联作者继续虚幻想象：忽然看到天边紫气东来，金光闪亮，佛托着祥云正散发着五色之光。（开五色，即开光，就是新佛像、佛画完成想置于佛殿、佛室时，所举行替佛开眼的仪式。）作者想得到一种灵丹妙药，法力不边，也能够和佛一样，慈悲为怀，普度众生，多么神奇想象力，多么高雅的境界！

"诗应以意为主，文辞次之。或意深义高，虽文辞平易，自是奇作。"（北宋·刘贡甫《中山诗话》）诗词作品，贵在立意。全诗题材新颖，立意高远，形象生动，充满禅意，托物言志出神入化，实为佳作！

诉衷情·感事（宋彩霞）

　　欲描心海那支蓝。何处有云帆？请君看取波浪，起伏总贪婪。　　秋渐老，月垂帘。梦初酣。劳生百岁，极品何为？最美平凡。

　　【邓国琴评】：《感事》这样题材用词的体裁来表现，其实想写好并不容易的。因为专门写纯心理活动内容的作品，如果专门去议论则显得抽象而乏味；如果全部用直白语言表现，那又不含蓄且没有诗意，如果专用意象表达，不说自己观点和感悟又不扣主题，还让读者费解！那该如何去写呢？下面看看宋彩霞老师如何用意象表达抽象事物。如何夹叙夹议去表达的？梦想本是人类抽象的精神信念，但是作者却用"心海那支蓝"具体的意象去形象化表达；再借用云帆这样意象来给理想安上翅膀；在实现理想过程中遇到坎坷，又用大海的起浮的波涛这个意象去形象描写，让作品更显得生动具体且有趣味性和画面感。上片"起浮总贪婪"议论句来作结，写出人类本性，有代表性，很深刻，令人深思！用双关语说感悟。通篇用双关表现手法去婉约含蓄巧妙地表达：如"秋渐老"，"月垂帘""梦正酣"皆是。这样很有诗意，也耐人寻味。两处故意安排设问句，有时问而不答，这样可引起读者注意和思考；有时候有问有答，则让作品顺势收尾起着自然而然，水到渠成的作用！另外词牌诉衷情与主题贴切，妙合，尤其结尾很给力！唐代杰出的现实主义大诗人白居易在《新乐府序》中说："首句标其目，卒章显其志。"在文章结束时，也可以标其目，作者既劝慰读者，也流露出作者自己的志向和恬静的心态；给人一种乐观积极向上的力量。佳作就是用卒章显志手法结尾的尾，如此妙结，富有哲理，平中见奇！是的，在这大千宇宙里，我们如此的渺小，不管参天大树，还是匍地小草都享受阳光雨露滋润，同时也装扮这个世界。人生也何尝不是这样，不管是在干轰轰烈烈的壮举，还是在做默默无闻小事，只要在追梦过程中努力拼搏，无愧自己，无愧这个时代就知足了。有了这样心态贯看荣辱沉浮，看云卷云舒，那么在平凡世界，我们过着平凡人生，作平凡的人，作平凡事情。

其实往往平凡中见神奇，渺小中显伟大，所以平凡最美丽！

桂　花　（宋彩霞）

饮尽西风向我开，深情入骨伴霜来。

大红大紫由它去，高举黄花百尺台。

【胡迎建评】：以比拟法写桂花之有性情操守，饮字奇巧，理之外，情之中。

访良心谷生态园　（宋彩霞）

万亩新茶君自栽，高情令客更倾怀。

人间多少青蓝紫，都在良心谷里开。

【牛永维评】：借景抒情，言简意赅，意在诗外，回味无穷。

【越调·小桃红】贺《常用曲牌新谱》出版座谈会召开　（宋彩霞）

恋她情味赏芳菲，淡淡相思味。曲苑今朝鼓儿擂。探精微，百花怒放心儿醉。新知旧雨，和声音脆。添翼再腾飞。

【邓国琴评】：这是宋彩霞为罗辉会长出版的《常用曲牌新谱》写的贺曲。为很好地赏析佳作，在此得引用宋彩霞在罗辉《常用曲牌新谱》出版座谈会上讲的部分原话："罗辉先生运用统计分析方法研究散曲声律的理论作为新修北曲曲谱的理论指导，是基于长短句结构分析，用"表格"形式描述《康熙曲新谱》的。新谱分析到位，体例新颖，举证客观，具有前瞻性和实用性。这是一种新的建树，新的创举，值得推广。"贺曲独具一格，想象力丰富，开头把罗辉创作《常用曲牌新谱》比作一个曼妙的女子。好似美女浅吟地唱到："蒹葭苍苍，白露为霜。所谓伊人，在水一方。"念着她的情味，想着她的芬芳，这淡淡的相思味哦,缭绕在读者心中!然后笔锋一转,佳人的姗姗来迟,千呼万唤始出来后,顿时百花齐放,百鸟争鸣,锣鼓喧天,大家热火朝天,唱和声声上碧霄。如果把诗比作笛声,词比作箫声,那么曲可以比作锣鼓声。笛箫吹出的属于阳春白雪高雅的调,而敲锣鼓则是下里巴人们庆贺节日最能酣畅淋漓的表达喜悦的形式。一个"鼓儿擂"道出曲特有接地气的风格。一个"脆"字道出曲独特的干脆利落,直白不含蓄的特色。一句"百花怒放"淋漓尽致地表达了广大诗友对《常用词牌》的喜爱。以上这些描写,可谓亦真亦幻,亦虚亦实,虚实相间,让作品极具感染力。读完贺曲再去看题目【越调】小桃红,细细一品,恍然大悟:原来贺曲中这个令万人竞折腰的女子叫小桃啊!桃之夭夭灼灼其华如霞一样灿烂芬芳的女子确实该火该红火!多么睿智的奇思妙想,实在令人拍案叫绝的曲名,与题材内容和形式如此的珠联璧合,相得益彰,使作品璀璨夺目,熠熠生辉,雅俗兼得!

(邓国琴,湖北武汉人,网名绿绮。2016年获全国昭君杯吟哦诗词大赛二等奖。2018年获中国孟浩然诗词大赛优秀奖。2018年获中国荆州屈原杯诗词大赛优秀奖。)

元旦诗 (宋彩霞)

遇事宽怀便是春,生涯不许有沉沦。
曾因合辙伤诗骨,深恐扬帆起雾尘。
天意芬芳裁别赋,途程风雨动归人。
蓦然回首苍茫处,牟麦青青未得辛。

【注】元好问有诗句:"悠悠世事休相问,牟麦今年晚得辛。""得辛",成熟也。

【赵忠亮评】:每次读彩霞女士的诗,都会感受到一股纵横万里的侠义之气,像鉴湖。今读元旦诗,从中又读出了一种侠气之外的内敛,一些人生阅历后的感悟。元旦这一天,诗人词客们往往都会寄发感怀,新一年的开始,也是旧年的回顾,检点一下自己的足迹,吐露一下自己的心迹，让读者也有所共鸣。

"遇事宽怀便是春，生涯不许有沉沦"。首联总领，也是诗之主旨。新元复始，春天即来，而在诗人心中的春天，却是在遇到事情后能够宽怀。奇也。此处"事"，乃尘中琐事也，大抵非顺境之遭逢，遇之便放宽襟怀，何等放达，何等的感悟。并因此为自己设警，无论遇上怎样的逆境，也不许自己放任自流，沉沦丧志。一种积极向上的人生态度，可敬可感。

"曾因合辙伤诗骨，深恐扬帆起雾尘"。颔联一转，是自己过去的遭逢。字面上意是为了吟诗，刻意去合辙而伤了诗之真意和真情，其实是蕴含了自己因为从俗而丢掉了一些真心实意的思想，真正的伤到了骨髓深处。曾因，已过也，好在如今感悟。欲扬帆远航，也曾担心迷雾遮蔽，迷茫过，犹豫过，而今也因明晰而轻松。

"天意芬芳裁别赋，途程风雨动归人"。颈联宕开，有合有开，使得诗情起伏有致。天意芬芳，借天意怜幽草之伸义，上天还是眷顾那些怀揣大志，有正义之人的，哪怕是极其弱小如幽草。别赋是江淹描写别离的名篇，此处亦是借其意。裁去别赋，即免去了那种别离的伤感之境。离去的人又回来了，继续那种风雨兼程的励志之路。

"蓦然回首苍茫处，牟麦青青未得辛"。尾联一束，呼应首联。蓦然回首看走过之路，依然苍茫难辨，牟麦依然青青还未成熟收获。引义，自己的志向还未实现，也传递出自谦之意，路漫漫其修远兮，犹待努力求索。

诗中用典用事皆精到，不生硬，对仗工稳，咏怀佳作也。

挑夫二首　（宋彩霞）

（一）

肩挑腰不折，踏碎风和雪。
独径接苍茫，酸辛分几截？

【苏俊评】：起二句斩钉截铁，挑夫饱历艰苦之形象跃然纸上。

"独径接苍茫",以言其来去无别径,而艰苦之生涯无有尽头也。结句炼字生新,"截"作段解,蓦然回首,几段酸苦,多少艰辛,"别是一般滋味在心头"矣!作品寥寥数语即勾勒出挑夫形象、心理,寄予怜惜之情,心系草根,诗接地气,立意超卓。

(二)

汗滴眼前霜,肩挑天路窄。
一方手帕长,擦痛沧桑额。

【苏俊评】:此作形象塑造更为具体,"汗滴眼前霜"以雪衬汗,益能凸显挑夫之辛劳。"肩挑天路窄"则可以想见挑夫一步步向上之艰辛,愈往高处则路愈窄,举步之艰五字写尽!转合处最见新创,"一方手帕长,擦痛沧桑额"寄慨遥深,一个"痛"字隐含无穷意蕴,手帕擦痛者何止挑夫之额?擦痛者乃人世悲悯之心也!全诗形象具体,虚实相生,情感充盈,尤其结句生新,最是难能。

【阿枕评】:韵有顿挫,句有顿挫,意有顿挫。"一方手帕长"之"方"与"长"矛盾乎?非也,因频拧汗水所致也,可见汗出之多。"擦痛沧桑额"之"痛"亦如是。全诗画面感和情节感均强,是大家手笔。

【毅疆评】:首句:此句主语为"腰",谓语为"折",状语用"不"来否定,"折"为断腕之力,用副词否定,表现"肩挑"物之沉重,而表现挑夫之艰辛,诗眼显现。二句:主语为前句"挑夫"谓语为"踏",力度之大,艰辛之苦,使我联想"文革"中的一句口号:"叫他永世不得翻身,再踏上一万只脚"。力度确实大,因为后面紧随着补语"碎",尤其是宾语"风",把无形化为有形。三句:"径",《说文》"步道也",就是小路,再用"独"来限制,"苍茫"高处之形容,兼目的之渺茫,路之崎岖,人之苦楚,显而易见,更突出主题。尾句:反问句,"几"疑问代词,回应三句"苍茫"。"问苍茫大地,谁主沉浮",虽没有领袖之高瞻,然挑夫之"径"无穷。

望梅花·踏雪寻梅　（宋彩霞）

遍寻芳径。为赏古梅疏影。真个不随桃李艳，老却风流和靖。佳句后人当拾得，岂可空虚此境。　　水寒光迥。瘦了鹭鸥闲艇。我坠世间香雪海，一醉花间不醒。柔骨谁怜天可证。必有诗情千顷。

【赵忠亮评】：这是"女子十二坊"乙未年十二月的社课，雅人共咏，自有美词千顷，选调选题皆切时宜，叹赏之。"遍寻芳径，为赏古梅疏影"。起手便直入题旨，前果后因，清晰自见。为词者，吟唱半日，犹不知所咏何事，便非合作。遍寻，乃难寻久寻之意，难寻，依旧要寻，只为赏那古梅之疏影吗？非也，乃人与梅之性情相通者也。"古"字亦耐品。"真个不随桃李艳"？提振一笔，使得词情跌宕，填词者当知之。这是在遍寻芳径之后的感叹，原来梅花是真的不随桃李争艳的，传出梅之孤傲高洁之性情。"老却风流和靖"。再用一典圆足梅之清雅不俗之性。林和靖孤山种梅养鹤，已成为千古佳话，一生不娶，以梅为妻，足见惜梅爱梅之甚，此亦传递出词人的惜梅爱梅之心。"佳句后人当拾得，岂可空虚此境"。歇拍一束，关合这次社课共唱之意。梅花盛开，这美好的景致，应有美诗佳词相应，岂能空设。佳句后人当拾得，一说己，一对后人说也。空虚此境，也让人联想到柳永的词，"此去经年，应是良辰美景虚设，便纵有千种风情，更对何人说"。此处反用其意。也寓意人间清雅之境，莫要轻易错过。过片细说观梅之感。"水寒光迥"。梅花依水而居，不惧严寒，摇曳浮波，清光远布。"瘦了鹭鸥闲艇"。"瘦"字传神，梅花如雪，遍野盛开，肥腴洁白的花瓣，让鸥鹭黯然失色，岂不清瘦乎。鸥鹭皆白色，设喻精到而有趣。"我坠世间香雪海，一醉花间不醒"。过片起手是无我之境，此处词人坠入花海，便是有我之境。前面是梦境，此处便是梦醒后之境，所谓一醉花间不醒，是词人愿望入醉入梦入此佳境也。雪海乃说梅花盛状也，一醉不醒是爱惜梅花之清境也。传递出词人心中之向往，尘俗焉敢醉，清雅不许醒之心境。结拍再次勾勒惜梅之情，梅花的柔骨清香有谁能怜惜呢？词人也，爱惜梅花性情的雅人们也，天公可为证，已有美诗佳词千顷矣。

整首词造境美，用典活，设喻奇，词语摇曳生姿，美词也。

满江红·乙未岁杪感怀（宋彩霞）

斗室千金，京城里、租房没辙。才让我、两回移宅，晓星残月。满袖风云人有梦，盈襟汗水头飞雪。问此情、能得几人知，休言说。　　编佳什，裁工拙。亲君子，涵凉热。想一年好处，砌横堆撇。昨夜星辰曾浩瀚，今朝日月真高洁。把冰心、伴着岁寒情，开新页。

【李晓鸢评】：看过宋彩霞诗词的人都有个明显的体会，彩霞的诗词有真情实感，亲切平实，多用口语入诗入词，不加矫饰造作，不故作多情，招摇婉媚。而且，彩霞其人也是口语入诗、今语入诗的支持者和践行者，在眼下诗坛的主体环境中，真正身体力行地亲身实践这一主张，还是需要很大的勇气的。

口语入诗并不如人们想象的那样简单，我们常说其智可及其愚不可及，口语入诗的关键首先是要"诗"，怎样用日常口语将今人语言写出诗味，且有诗情、有韵调、有风致的诗来，还要平实简单、至诚至朴，并不是一蹴而就的事情。

简单的道理在于深刻，平实的意境全在内涵，要做到口语入诗，必要有真的诗情真的体验，有深刻的思想内涵和丰富的人生阅历作支撑，才能把口语今语用的有风韵有情致，才能称得上诗或词。

彩霞女士这首《满江红》，开篇就沿用现实口语，"斗室千金，京城里、租房没辙"，用质朴亲切、还透着几分无奈的口气，道尽了"京城房贵白居不易"的苦衷，有过北漂经历的人都知道，奔波租房的辛苦和心酸，不是一般的房价高涨所能一言以蔽之的，这种经历与土生土长在京城里的人，面对天价房生发的感叹是不完全一样的，那种飘零无助的酸楚，不只是"斗室千金"这样的简单，彩霞用"没辙"来抒发这种细致微妙一言难尽的感受，很有探究的余味。

除了辛苦奔波，除了漂泊无助，还有她面对困境的态度和立场，"没辙"带着一点俏皮，带着一丝嘲弄，活生生地展示了彩霞的乐观开阔的精神面貌，她对于发生在个人身上的不快和不爽，似乎并不十分在意。

"斗室千金，京城里"情调压抑低沉，一句"租房没辙"把这种压抑感用自嘲的方式发放出来，有举重若轻的效果，使得一句之间两度起伏，把激越的情调，转入到平和生动的气氛中。

"才让我"以下，叙述"没辙"的苦衷，停在"晓星残月"上，它的实处在于从早到晚的奔波，虚境则借助兴的笔法，把无奈"没辙"的苦衷进一步放大。接下来是全词激昂的抒情，由没辙的苦衷压抑的心情，直接关联到自己面对困境依然难舍不弃的原因，"满袖风云人有梦"是坚持的理由，"盈襟汗水头飞雪"是不懈的努力，有虚有实，"满袖风云"蕴含着梦的激情，"盈襟汗水"饱蘸着"作"的辛苦，"人有梦"的不甘和向往，是激越的精神，"头飞雪"的艰苦和消耗，是深重的叹息，这一联构成了全词的高潮。

结句借助满江红独有的节奏，发出了深沉的感慨，"问此情，能得几人知，休言说"，依然是口语化的直白和质朴，却道出了"知我者谓我心忧，不知我者谓我何求"的无限深意。

然后，下阕开始，翻过这略带苦涩的一页，开始调动新的激情，回顾自己的工作，从这些点滴往事中找寻温暖亲切的记忆，"编佳什，裁工拙"直言这一工作的辛苦，而"亲君子，涵凉热"，透过作品近距离地感受作者的酸甜苦辣，则是编辑工作的独特享受、最大快乐。

这里"凉热"一词极为中肯，含义无限，又亲切自然，让人感受到编辑工作者对文稿作者的深切认同和体贴。这也许是编辑工作的最高境界吧！

所以，下阕开头便给自己的工作给予了最高的期许和评价，为下面权衡得失的"精明计较"埋下了伏笔，"想一年好处"更是不能再平常的口语，用在此际，是承接"凉热"的气氛，继续叠加亲切感，而"砌横堆撇"在直道编辑具体工作之外，还暗含着以此为方便法门，大写自己的"人"字的那种自豪，彩霞在另一首致夫君的诗中有"能在千途犹慎独，便无一字欠清真"的表白，正是这"砌横堆撇"的最好诠释，"晓星残月"的辛苦，"砌横堆撇"的慎重，都在"清真"二字，一贯质朴平实的语言，道尽了"清真"的自我期许和身体力行的实践。

接下来，回放上阕中"晓星残月"带来的一些伤感和凄凉的感受，赋予新意，在"昨夜星辰曾浩瀚，今朝日月真高洁"的升华中，抿去了"京城房贵"的那一丝不快，整个下阕就在这样渐渐升腾的激情中走向结尾。

"把冰心"依旧照应"清真"的特色，"伴着岁寒情"更是以往的、此后的，所有不尽如人意的怅惘和压抑，独自扛在肩上，放在心头，带着所有的激情努力和所有的不完美不尽如人意，开启新的一页！

没有了年轻的火爆，也没有了青春的狂热，在头已飞霜的季节，还有着缤纷的梦想，凭着勤勉的努力，不断地开启新的征程，确立新的目标，对自己的不完美不尽如人意，保持着豁达开放的乐观精神，时刻准备着积蓄着生命的热力，向着心中梦想的方向，一步一步地努力接近。

这就是宋彩霞女士的"诗词世界"吧，低调平实，不事张扬，紧紧握住梦想，不回避艰苦的努力，在困境中也不会轻言放弃。

很喜欢这样阳光向上的尾声，低调平实的风格，亲切随和的态度，不假雕饰的清真。

卜算子·观《烟雨凤凰》 （宋彩霞）

月淡凤凰奇，水碧清凉界。试向珠帘啼一声，情坠相思海。　不是不伤情，只是情难再。收拾悲欢谢幕时，瘦了原生态。

【李晓鸾评】：这首小令是诗人在参加湖南农民诗人研讨会期间所做的一组《卜算子》潇湘十二拍中的第十一拍，写的是在湘西凤凰古城观看大型演出《烟雨凤凰》时的所见所思所感。这组小词一拍一景，有如一组随行随摄的近镜头，录下了此行中留给诗人清晰印象的场景和人物，状物绘景，简洁明快，现实语平常心，读来亲切平实，很有亲和力。

十二拍各自独立又互相映衬，融合卜算子的特有节奏，像一幅画、一首歌，把湘西风光民俗特色相融合，构成了一组风格清新活泼动感的山水清音。

十二拍如果是一首歌，那么第十一拍就是它的高潮，也是它最抒情的一个乐章。它承载了诗人对古城的观感，对感情的体味，对生命的理解，对凤凰的诠释……

依旧是那样平实的恳切，依旧是那样亲切的语言，在不知不觉中，将读者带入深沉的感受中，与读者分享那淳朴深邃的人生感悟。

小词的上阕，写环境，是剧中，是外景，是想象，还是历经尘世坎坷精神磨砺之后尚留存于心中的一片净土，我们不得而知，但是简短精练的十个字之间，已经勾勒出一个澄明清静的神仙世界，那就是凤凰落地和再生的世界吧？清澈明晰不着一丝俗世的风尘，像神话，像传说，像梦境，像——人们理解向往的凤凰古城。

"月淡凤凰奇，水碧清凉界"可能是实写舞台的观感，但也是诗人心中澄澈清明的凤凰古城印象。虚实之间，谁又能分辨出眼前所见与心中所想的真正界限呢？

一"奇"一"碧"，点出了夺人眼目的缤纷色彩和如歌如泣的传说世界，而"月淡"的联想，尘世之人对"清凉界"的渴望，把读者的感受带入神奇神秘的环境中。

就在这样唯美澄净的世界里，忽然一声"娇啼"打破了宁静，是人声也是凤鸣吧？凤凰的传奇魂魄，在这一声娇啼中落入了舞台上那个神一样的少女身上了吧？

就像大幕的开启，一个辗转悱恻的爱情故事被推到台前。

借助卜算子的特有节奏，此处一片留白，留白处是人世间神仙界舞蹈中音乐里，"上穷碧落下黄泉""错怨狂风飏落花"的缠绵悱恻……

也许是诗人被舞台的光景吸引住了，笔停在此处，直到……

下阕，直接抒发感受，"不是不伤情只是情难再"，简单质朴的心情写照，透露了诗人真挚深沉的情感积淀和洒脱达观的人生态度，没有铺红叠翠的罗列，没有故弄玄虚的婉致，没有千娇百媚的修饰，没有搔首弄姿的乞怜，那种心灵深处的沧桑，那种欲说还休的悲凉，那种冷静超然的豁达，那种坚韧刚强的实在，带着生命的潜力，带着进取的骨感，深沉而慷慨，满载着对人生对感情的深切体验和感悟，于平实质朴处留下深刻冷峻的思考。

"收拾悲欢谢幕时瘦了原生态"，乍看之下，像是实写观剧的情形，毕竟，再唯美的舞台，总有灯光暗下来的时刻，谢幕的时候，把被演出"诱惑"的心情重新收回到现实的环境中,是再平常不过的事情。

可是人生也就像一个舞台,个体的生命就像一场演出,有高潮有结束,有辉煌有平实,有真有假虚虚实实,到了真正谢幕的时刻,我们得到什么呢?

"收拾悲欢"与"检点收获"有那么一些不一样的地方,这不一样就是对待生命的态度和登台演出的立场,悲欢有谢幕,收获任天裁,我们所知道的,只是"瘦了原生态"。

每经历一次悲欢的洗礼,我们就少了一些初生的真挚和清澈,不是走向虚幻,就是更加真实,走向虚幻的,是聪明地选择了人生的捷径,走向真实的,就是用原生态的资本,老老实实地换取人生路上的经验和教训。

肯收拾悲欢的,正视每一场的谢幕,是面对现实的;不肯收拾悲欢的,就蹲在倒下的地方舔伤口,或者飘向理念的渴望中去麻痹,不再有下一幕的演出。

所以,"收拾悲欢"是生命的活力和坚强的骨鲠,是洒脱的襟怀和进取的精神,也是一步一个脚印一路踏实走来的人生长路。

写小令,写感情,有情致而不矫揉造作,有风调而又质朴平实,语短意深,却不故作腐儒发前人老朽之慨,风格清新,不肯落红颜珠泪的粉腻俗套,让人感动之余也心生郑重,于今人写诗者中——尤其是女性诗人中,实在是不多见了。其实,简简单单,实录下眼前所见和心中所感,就成就了这一个庄重雅致,无脂粉气更无朽木味的清新小令,自然的节奏和天然的色彩,有这尘世间最和谐美丽的观感。

满江红·祭英烈(宋彩霞)

暴雨拍窗,茫茫夜,狂风不歇。抬望眼,怒潮翻滚,众帆残裂。唤起军车行似箭,飞来将勇言如铁。斗波涛,断水击中流,增威慑。 沧江乱,惊涛叠。担大义,游龙越。妒狂澜吞噬,虎年豪杰!每念娇儿慈母泪,常怀壮士英雄血。祭君魂,浩气汗青存,冲天阙。

【李晓鸢评】:起句"暴雨拍窗,茫茫夜,狂风不歇"是描述灾难发生的场景，"拍"传达了暴雨的威力，"不歇"则描述风暴的持久不衰的威胁。

下句的"怒潮翻滚"是大海肆虐的疯狂气势，也是词人心中翻涌激荡的情怀，"众帆残裂"虽是实写风暴造成的灾难，也是描述词人为哀痛撕扯的滴血的心，"残裂"的表述令人感到震撼，仿佛风暴撕裂的不只是船帆，也是生命，更是人心，一句话就把读者带入到当时风暴的气氛里，与那些被撕裂的生命靠得更近，产生强烈的共鸣。

"唤起"一词非常到位，意味深长，是风暴唤起的，是"众帆残裂"唤起的，是百姓的危难唤起的，是军人的义务唤起的，分不清也无须分，在这紧要关头，总看见"军车行似箭"。"似箭"是形容行车的速度，也是赞美行动的迅疾，反应的神速。"飞来将勇"赞美勇士的风姿，"言如铁"描述勇士的坚定顽强，给灾难中的人以信心和力量。也是说义士出征寻人之前的郑重承诺，一诺千金。寻人的勇士出发了，向着灾难的中心，"斗波涛，断水击中流"将读者带到了当时的环境气氛中，跟着勇士一起与狂风巨浪拼搏。"增威慑"道尽了勇士的风采。上片结在此处，既有悬念也是结束，给我们留下的是勇士出征劈风斩浪渐渐消失在大海上的模糊背影……

下片起处用几个抽象的画面，概括勇士与暴怒的大海搏斗的场面："沧江乱，惊涛叠。担大义，游龙越。"这是搏击的过程。接着叙述搏击的结果："妒狂澜吞噬，虎年豪杰！"，在咆哮暴怒的大海面前，人力的渺小，勇士的悲壮尽在其间。勇士献出了如花盛开的年轻生命，"虎"言其壮美，令"狂澜"生"妒"意，一是状其力量和繁盛，二是词人对吞噬这生命的狂澜的恶意流露。

下句生发感慨，想到英雄的母亲，以泪洗面心在流血，想到英雄用生命之花创下的业绩，词人也是心潮难平，挥笔为英雄唱一首挽歌，让英雄辉映青史，光照苍天！

全词气势磅礴豪情激荡，像狂飙迭起的海暴，也像披肝沥胆的勇士，节奏沉郁音调苍凉悲壮，感人至深！入声满江红的激越铿锵尽在笔底。

菩萨蛮·寻活 （宋彩霞）

余每见家乡三五寻活民工瑟缩、紧靠，一个馅饼，一碗水，吞下的岂止是苦涩！

浓云薄雾循环织，面容憔悴伤心碧。日影下帘钩，人儿愁上愁。　　江湖音浩渺，消息依稀少。海角又天涯，萧萧两鬓华。

【李晓鸢评】：小词诗题即先入为主给人以漂泊的感受，小序又用一段主观强烈的文字，将这凄凉深化活化。本是天高云淡的晴朗日子，可在他们眼中，天上却是淡淡雾影浓浓的云彩，遮住了望乡的视线，"伤心"点到心结，"碧"字衬托气氛，"浓云薄雾"的朦胧遮住的是视线，模糊的是忧烦，但是"碧"的透彻亮丽正点到愁的无法逃避，痛心的感受是这样的清晰明确，不容自欺。

二句就直写这愁绪，如一张密集的网，紧紧地缠住他们的心，"憔悴"不只形容他们的外表，也描述内心世界，精神紧张情绪激烈到了崩溃的边缘，才会产生心"憔悴"的感受吧。

三、四句写他们背井离乡无处着落的孤凄境况。"日影"写黄昏将近，"无人请上楼"十分传神，以务工人员的角度去看，家家的窗户亮起灯光，没有一处属于自己，一个"请"字有调侃的味道，更见凄凉。

下句的"消息"指的是家乡的音信，两句看似重复，实则所指各异，组合起来还有种唱叹往复的效果，强调了他们的境遇的尴尬和心情的落寞。

"萧萧两鬓华"像一声长叹，不一定是实写，而是一种感怀，光阴就在这样奔波流浪的日子里一天天流走，生命就在这样的等待中消耗，没有尽头，一代代人都在这样的处境中慢慢变老，重复着同样的故事，走着同一条路，这才是词人痛心的根源。

这首词细腻深沉，唱叹有致，从农民工的角度看待审视他们的生活，真切感人。

仰望卧佛岭（宋彩霞）

怀抱苍天正是非，迎风沐雨布春晖。
我从攘攘寻宁静，蓦地胸襟阔十围。

【梦欣评】：怀抱苍天，见卧佛岭地势之广大。迎风沐雨，想象山岭寿命之漫长与经历之久远。

正是非与布春晖，则是"望文生义"地由一个"佛"字联想开来，给眼前的景物赋予崇高的品德。简短的十四个字已把卧佛岭的体势、气魄、灵魂生动描绘出来，为后面的情感抒发做足铺垫。结句的"阔"字用得相当精准，一从山岭的怀抱苍天气魄之大受到感染，二从山岭的迎风沐雨不改颜容得到启发，三由山岭有了"卧佛"而特具善良品性让人倍受激励。因此，这个"阔"字，与首联造景、与题目立意，均扣接得十分紧密。而作者"从攘攘寻宁静"的主观意图，不经意间便在游览卧佛岭的仰望中得到解悟，这一层感受，足以传递给每一位读者。这正是作品的成功之处。

有一个值得斟酌的，是"怀'字的犯复有无必要。前一字不能改，后一字可改，因为"襟怀"也可用"胸襟"。襟怀略重个人抱负，胸襟侧重个人度量，从"宁静"的角度来说，用胸襟似乎更为合适。

壬辰春分赋得兼怀老杜 （宋彩霞）

小雪收惊蛰，燕山望里新。
航天添羽翼，白塔作龙辰。
会得茅庐意，能生笔下春。
千年诗圣道，忧国不谋身。

【周笃文评】：此诗颇佳，有岩岩学者气象。

【龙川评】：诗于春分之日赋得。然而，出乎意料的是，诗人对美丽景色惜墨如金。用春分节令入题，不去点染万紫千红，到底想说什么？开篇悬念，独步出彩。

首联"小雪收惊蛰，燕山望里新"。象征性用了燕山的"新"总而统之，素描地勾勒出春的轮廓之后，引而不发，空留弦音。满园春色，已关不住诗人的浪漫情怀。时值仲春，鸟语花香，通常引得无数诗家流连忘返，作者却力辟蹊径，直向诗峰，使得此律卓尔不群。

颔联"航天添羽翼，白塔作龙辰"。《中华诗词》杂志社新址靠近航天桥，中华诗词学会地址在白塔寺附近。笔下借两个地名，双关表达思想感情。交代地点，只是表象，真正内涵若隐若现，让你踏雪寻梅，梦绕魂牵。这是诗家活用"比兴"手法的玄机。宋彩霞作为其编辑部的诗人，怎能不为之击节而歌。"白塔作龙辰"其意有二：一是诗人希望在龙年里，祝愿从事的事业如高塔擎天而起，龙光四射。二是"龙辰"是当代玄幻小说《禁典》中的主人公，龙辰凭借苦修终得正道，暗喻了个人诗路志向。撩开面纱，诗人对中华诗词事业的热爱激情显而易见；对个人诗词修炼的决心也跃然纸上。咏物寓意，避免了直白言志之俗。

颈联"会得茅庐意，能生笔下春"。巧用一间茅庐链接古人，扣紧主题。刘禹锡说过："自贤千载事，心交上古人。"此联阐述了人生多崎路，只要常怀一颗圣贤心，无论身居何处，面临何境，都会宁静致高远，毫端写出春风的哲理。

尾联"千年诗圣道，忧国不谋身"。品赏至此，读者也免不了产生怀古共鸣。杜甫一生是忧国忧民的一生，杜甫思想的核心价值是儒家仁政思想的集中体现。当年老杜仕运不济，穷困潦倒，仍然"尚想趋朝廷，毫发裨社稷"。他以国、民之忧为最高境界，纵然身居草堂，也不忘心忧庙堂。这就是"千年诗圣"之"道"。是其"诗道"万古不朽，代代弘扬的因果所在。一个"道"字，浓缩了一代诗圣的高风。对诗圣的赞誉，千言万语容于一"道"。这是中华诗词与其他体裁文章不同的特点，是中华诗词独具的魅力，更是诗词高手的匠心巧运。由此说来，"道"字是诗眼，"诗道"是诗中灵魂。

纵观全诗，立意高远。谋篇运句如风行水上，自然成文。春分之日，昼夜平分。阴阳制衡，天下大同。春分是一年中最为温馨和谐的人间气象。俗话说"东君此日均贫富，不厚神仙不薄民"。诗人良苦用心，选在春分时节怀古，是对杜甫终身追求人世春天与和谐社会精神的提炼与弘扬；是对杜甫"天地一沙鸥"孤心的慰藉。这份来自春天的祭品，饱含春风。一路融化了雪，染绿了山，唤醒了草堂之梦。

作诗填词，有如此登高之呼，少了厚实的学识和博大的胸襟，确实难为。

小重山·沙坡头拾韵 （宋彩霞）

我到沙山正夕阳。寸心流水意、寄沧浪。莲娇苇嫩竟疏狂。闲卧处、粉绿巧能妆。　　特地拾温凉。涛声千万丈、鹤高翔。云帆归棹许多长。总梦见、新月露圆光。

【张金英评】：沙坡头位于宁夏回族自治区中卫市城区西部腾格里沙漠的东南缘，集大漠、黄河、高山、绿洲为一处，具西北风光之雄奇，兼江南景色之秀美。这首词展现了沙坡头迷人的风光，表达了作者喜悦的心情。

开拍点明作者到沙坡头的时间，接着描绘所见之景。"寸心流水意、寄沧浪。"以虚衬实，笔调空灵。那点点流水的情意寄给沧浪，汇集成海。再看"莲娇苇嫩"生机勃勃，长势喜人。词人善于选取典型物象，并以"竟疏狂"这一拟人化手法写出沙山植物的繁盛。结拍之"闲卧处、粉绿巧能妆。"再以拟人手法道出沙山绿意盎然的美丽景观，说明沙山已然成了一座绿洲。

过片句"特地拾温凉"化无形为有形，"拾"用得传神。接着展示一幅宏伟的气象，词人选取"涛声"与"鹤"这两种物象，以夸张手法状涛声之势，尤以虚拟变形手法运用得当，涛声亦可丈量，显得具体可感，形象生动矣。词人巧以"云帆归棹许多长"过渡，"总梦见、新月露圆光"以景结情，表达了词人对美好未来的期冀。

全词自然流畅，描摹细腻，虚实结合，字里行间流露出词人的欣喜之情。

西江月·初访大雁塔（宋彩霞）

雁塔不随春老，年光长向尘新。东君着意属诗人，笔下花轻雨润。　　放眼难量风物，回眸惯看浮云。生涯检点是精神，且任红肥绿损。

【张金英评】：大雁塔位于唐长安城晋昌坊（今陕西省西安市南）的大慈恩寺内，又名"慈恩寺塔"。作为现存最早、规模最大的唐代四方楼阁式砖塔，是佛塔这种古印度佛寺的建筑形式随佛教传入中原地区，并融入华夏文化的典型物证，是凝聚了中国古代劳动人民智慧结晶的标志性建筑。这首词写了作者初访大雁塔的切身感受，表明了自我价值的取向。

开拍即以议论起笔，写出大雁塔不会随着年光的流逝而老去，在尘世间保持着崭新的姿态。作者巧以虚笔，用拟人手法形象地道出大雁塔的青春活力。"雁塔不随春老，年光长向尘新。"实为一语双关，既写出大雁塔几经修建，外形永新；又暗示其内藏的佛教文化不会随着岁月的流逝而褪色。雁塔文化内涵丰富，其中的"雁塔诗会"曾是大雁塔最辉煌的一页历史。千百年来，登临大雁塔，赋诗抒怀的诗人多达数百人，留下诸多诗作。"雁塔诗会"之所以在文化史上留下浓重的篇章，首先有皇帝和朝廷官员的参与和推动。因此，"东君着意属诗人"绝非虚笔，春天赋予诗人更多浪漫的情怀，使其笔下生花。作者以"花轻雨润"指代春天美好的气象，亦是诗人创作出的美好境界。此结拍不仅暗含"雁塔诗会"之典，亦暗含"雁塔题名"之典。唐中宗神龙年间，进士张莒游慈恩寺，将名字题在大雁塔下，此举引得文人纷纷效仿，尤其是新科进士更把雁塔题名视为莫大的荣耀。在雁塔题名的人当中，最出名的当属白居易。他27岁一举中第，登上雁塔，写下了"慈恩塔下题名处，十七人中最少年"的诗句，表达他少年得志的喜悦。正可谓"春风得意马蹄疾，雁塔题名少年时"啊！雁塔，承载着古老辉煌的经典文化，永远散发出夺人的光芒；雁塔，亦承载着诗人的情愫，寄托着春天般美好的理想。过片句继续回望，感慨万分。"放眼难量风物，回眸惯看浮云"实为一个意思，"放眼"与"回眸"互文，表达了对过往风物的一种省视，以"难量"一语定义，一切皆浮云也。因"难量"，故"惯看"之。既然如此，当"生涯检点是精神，且任红肥绿损"，作者由对历史的观照导入对自我的检点，一脉相承的是诗词的精神，红肥绿损，任之听之。

全词立足雁塔的历史内涵与精神，多以虚笔写之，从而表现了自我的人生价值观。在历史与现实的对接中，处处彰显出词人的情怀，值得一品。

过龙江 （宋彩霞）

云低天拍水，一望势滔滔。
莫怪清流细，能生白浪高。
波从桥外泻，韵向岸边淘。
我取龙江墨，燕山煮小毫。

【张金英评】："诗缘情而绮靡"，但诗歌的抒情又受理性的制约。情是一种审美激情，理是一种审美意识，二者构成了诗歌内容中一对既统一又对立的矛盾范畴。此律以过龙江所见悟出了独到的哲思，并着上鲜明的感情色彩，景、情、理三者合一，言简意深，尤为可赏。首联写所见之景，"云低天拍水"这一景观夺人眼目，缘于"低"与"拍"二字的妙用。云低，似与水相交，故天可拍水矣。此"拍"力度极强，拍起了浩荡之势，故一眼望去，龙江水势滔滔。诗人由此景自然想到"莫怪清流细，能生白浪高"，此联蕴理丰富，白浪之高，乃细流汇成也。正如荀子的《劝学》中所言：积土成山，风雨兴焉；积水成渊，蛟龙生焉。强调了积累的重要性，其写法亦与之类似，巧妙借助于物象去传达出深刻的道理。颈联则以景语道出内心的希冀，情景交融，亦含理味。因白浪之高，越过了桥面，正可谓"水满则溢"也。浪急天高，水波外涌，浩浩水势已急不可耐地往外泻，此句彰显笔力，尤见宏阔之气象。对句"韵向岸边淘"渐入"有我之境"，我们仿佛看到一位诗兴大发的激情诗人欲歌一曲。尾联更是豪气干云，诗人豪取龙江之墨，于燕山煮笔，谱写恢宏诗篇。此联避俗出新，大气浑然。

　　作者巧妙地将情与理蕴含于龙江之景，以龙江景象为情感的依托，理趣的载体。颔联借清流、白浪等物象表达深刻的哲理，"生"字传神。颈联借龙江浩荡的水势之景表达漫溢的诗情，寓情于景。全诗大气豪迈，语势高昂，意脉贯通，实不输须眉也。

京城初雪 （宋彩霞）

　　好雪动高情，相期在北京。
　　楼从天外白，窗自梦中明。
　　霾雾沉浮远，飞花往返轻。
　　飘飘柔扑面，俯仰觉冰清。

　　【张金英评】：社会的飞速发展带来了很多问题，其中环境的污染是全球性的大问题，尤其是雾霾天气给人们的生活与身心健康造成了极大的影响。在人口密度大的城市里，雾霾天气已经成为最可怕的杀手。北京是雾霾天气的重灾区，是无法享受到海南那种"天蓝蓝，海蓝蓝"的优质空气的，正如作者在《苏幕遮·京城一日》一词中所写："恨无穷，霾不尽。大野寒欺，路上人沉闷。口罩遮腮眉一寸。缓缓车流，十里成蛇阵。冻云深，昏月近。暮想朝思，不得东风信。更向高山深处问。天若有情，许个蓝天印。"所以，"许个蓝天印"也只能是期盼罢！但是京城的一场初雪，即刻将霾雾荡涤开去，给人带来几许清新之气。

　　此律开篇以"好雪动高情"总起，对句叙事，拟人手法运用自然贴切，如雪花飘来般缓缓导入。颔联侧面烘托雪景，上下分句情景交互。"楼从天外白"写出高楼覆盖白雪之景；对句语言优美蕴藉，语意双关，此窗，既是客观意义上的窗户，亦为"心窗"，雪就如美丽的梦一样明净、无尘，心灵的窗户自然着上了雪梦明朗的色调。此联景中含情寓理，细品出味。颈联继续深化，由于雪景带来的清凉，心境渐朗，那霾雾已然远去，也带走了沉浮之气。此句含义隽永，直抵内心，观照社会，语淡意深；对句"飞花往返轻"甚是轻灵可爱，状雪花飞舞时的轻盈之态，借景抒情，传达出内心的喜悦之情。试想想，荡涤了雾霾，留下了澄澈之境，还有什么比这更令人欣喜呢？此联以景语道出无尽的情怀与哲思，最为可赏。尾联以自我感受间接赞美雪的冰清玉洁，而这，正是诗人的追求。

全诗句句含情蕴理，然不觉生涩，让人在感受雪之晶莹的同时，心灵亦受到一场洗礼。作者巧以景抒情，善以物说理，显得自然真切，余韵悠长。

酷相思·蝉 （宋彩霞）

时令转凉，今夜忽不闻蝉鸣，感叹蝉之生命何其短暂！

不管生涯难满岁，旦和暮、欢声沸。要人晓、心宽愁便退。一曲也、风儿醉；再曲也、云儿醉。　　饮尽风烟何有泪？恨好调、无人对。月光冷、枝头寒露碎。欢尽了、休回味；悲尽了、休回味。

【张金英评】：当外物在某一点上给人感触，便会激发出创作的冲动。这首词给人的感觉是一气呵成的，以蝉短暂的一生道出人生几多感慨，读来引人深思，亦令人喟叹唏嘘。

开拍即写蝉不管生涯多么短暂，一样从早到晚地欢唱，暗示其乐观的心性。由此起兴生发出"要人晓、心宽愁便退"之感，意味深长。人生在世，亦是如此，如果心宽，忧愁便消。结拍"一曲也、风儿醉；再曲也、云儿醉。"以循环反复之语显示出婵儿自在高鸣的情态，亦是借物抒怀，表达自身的人生观。过片句"饮尽风烟何有泪"塑造了一个历经人生风霜而看淡红尘的形象，因为泪水早已经被风干，不会再轻易地流泪，恨只恨自己的好调无人欣赏，无人对唱。"恨好调、无人对"道出了曲高和寡、知音难寻的一种隐恨。因恨而倍觉"月光冷、枝头寒露碎"，进一步营造凄清之境，以景渲情。

既然高枝鸣唱无人以对，且随他去吧：欢尽了、休回味；悲尽了、休回味。此结拍暗含一种无奈，顺其自然之心态尽在其中。过往的一切都不去回味,因为回味亦是徒劳。喜也好,悲也罢,就让这悲喜故事随着岁月一起风干吧!只要在短暂的生涯里曾经唱过人生的乐章就已经足够。

作者以情贯穿全词,蝉的鸣唱溅起了词人情感的波澜:由听蝉而悟心宽,到淡漠红尘,进而恨无知音,最后再回归平静。虽然说词以情长,但在以情推进的同时,人生之理亦含其中,情理双线导入,从而完成了蝉这一形象的塑造,并在蝉的身上体现了自我的情志——一个追求精神高洁、于诗词世界里自在吟唱的歌者形象呼之欲出,给人以一定的震撼力。

南歌子·读红楼梦 (宋彩霞)

几点催花雨,三更梦不成。临窗默对一天星。那朵云儿脉脉向东行。 一卷红楼梦,悠悠石上情。灯花缭绕念曾经。可惜曾经都是落花声。

【刘鲁宁评】:眼前影,书中情,词很短,甚至来不及报出红楼人物的名姓。"落花声"一句很传神,疑是黛玉葬花时洒落的一滴泪珠,被诗人轻轻地接在了手心,放入了诗中。

鹧鸪天·七夕拟七女 (宋彩霞)

深锁双眉又一宵,寒花流水散琼瑶。小楼无意窗前月,青鸟空吹柳外箫。 听过雁,画天桥,从今无力再唠叨。人间不必痴如我,辜负珠楼景色娇。

【张金英评】:从整首词的内容上看,此"七女"应是一位追求完美爱情而绝不苟且的女性,更像是现代生活中的一位"剩女"。"深锁双眉又一宵,寒花流水散琼瑶"直入主题,道出此女子于七夕之夜这个美好的"情人节"里依然孤单一人,"另一半"不知在何处。"深锁双眉"通过神态描写道出其内心的愁苦,随着年龄的增长,"鲜花"已成"寒花",随着流水般的时间渐渐消失了她的芳香。"窗前月"没有眷顾她，"青鸟"也没有给她带来爱情的信笺——爱情，至今仍没有来到她的身边。

过片句写出了此女内心曾经对爱情充满着向往之情，然而终究未得。爱情之路是如此辛苦，如今已是无力再追寻。也许是期望值太高吧，对爱情要求得太完美，而这样的爱情大概是不存在的吧。"人间不必痴如我，辜负珠楼景色娇"以自嘲的口气道出此女对完美爱情的痴痴寻找，追寻不得，唯有枉自辜负了美好的青春年华，枉费了自己奋斗而来的"珠楼"，唯有空守着偌大华丽的楼阁。

全词通过"七女"的孤独追寻，折射出当今社会"剩女"一族的现状，极具现实意义。

女人节赋 （宋彩霞）

果然气象胜须眉，叱咤烟云别有才。
月满诗成哼一曲，转身事业走风雷。

【曹辉评】：遣词措意，皆相缘以起，亦是诗家襟抱由诗句传递给世人的磅礴力量之一。这首"女人节赋"，言简意赅，有巾帼不让须眉的豁朗，还有文学的张力，更有女人的风采。这首七绝，写得不仅别致，且笔势千钧，读来颇觉过瘾，笔墨淋漓中难掩昂扬意绪。

"果然气象胜须眉"，起笔不凡，展布腹心，以副词"果然"提纲挈领，"气象"可见恢宏，动词"胜"紧随其后，"须眉"成为女人的陪衬。该句措词用语皆有特色，每个字都有它的排布深意，字字生辉，起句态势崚嶒。

承句"叱咤烟云别有才"，略写至言，调子与起句持平，意思却是递进一层。起句不是拔高了吗，承句用意继续渲染拔高，但用语却以平铺为主，实中见彩。"叱咤烟云"其实是以语词为巾帼助威，"别有才"三字中的"别"颇耐寻味，是种男女性别上的突破，拓开一笔，对有为女子的喜爱之情溢于笔端。至此，起句惊艳，承句娓娓道来，皆可圈点。转句"月满诗成哼一曲"，想望翻然，不可多得之句，着实出人意料之笔，写得煞是讨喜，不呆板，将前面那种关于女人的威严与霸气换了种方式表述。"月满"暗示人生的圆满，"诗成"表示诗人心意之花的绽放，"哼"字尤其可爱，轻松中透着自信，顽皮意味挡也挡不住。转句非常成功地吊起读者的胃口，亦可见诗家功力。

结句"转身事业走风雷"，在转句的基础上，实则是又一转，仿佛一幅画面，一个人在悠哉哼着小曲、玩得开心之际，忽然记起自己还有大志于胸、大业待成，于是"转身"奔正事而去。"走"字从心而发，"风雷"意人生路上高歌猛进的轩阔和春风得意的霸气。读诗如为当代传奇女子立传，诗人旨趣可见。

小诗虽28字，却句如登梯，一步一梯，终至拾级而上最高处，天风浩荡。胸臆大开大合，小女人的大情怀个中可见，小诗得奇，值得点赞。

感　事　(宋彩霞)

金菊丛开几度秋，雁声遥唳昊天幽。
浮云有意遮新月，细雨无声湿暮鸥。
壮士胸怀皆可解，女儿心事每难收。
门前沧海谁是主？我欲乘风驾小舟。

【沈天鸿评】：全诗除"壮士胸怀皆可解，女儿心事每难收"外皆以意象出之，可谓羚羊挂角，无迹可求，只可品味其意——例如"浮云有意遮新月，细雨无声湿暮鸥"说的是什么？浮云有意是什么性质的意？浮云又是什么性质的浮云？细雨无声湿的真的只是暮鸥？等等皆是。而加以"壮士胸怀皆可解，女儿心事每难收"这抽象直陈，则妙在将抽象与具象相结合，有画龙点睛之妙。细品，最后的"门前沧海谁是主？我欲乘风驾小舟"则是融抽象与具象为一体，它的好处是不使上面以抽象手法出之的"壮士胸怀皆可解，女儿心事每难收"显得突兀，当然，这一联因此最有难度：既要使用融抽象与具象为一体的方法，又一定得能奇峰突起，富有余味，以能为全诗作结，不至于虎头蛇尾。作者完成了这个任务，写出了"门前沧海谁是主？我欲乘风驾小舟"。

长相思·只说潮声涨几分 （宋彩霞）

夜嶙峋，月嶙峋，梦雨过时滴露痕，风吹片片云。　　试相询，莫相询，只说潮声涨几分，天高一雁闻。

【沈天鸿评】：真正的短调，并且还有两个叠句，可用的字数极少，却极尽委婉曲折，意义繁复，意味幽深。嶙峋，瘦也。夜瘦了，月瘦了，梦中的雨点点滴滴，这瘦了的夜瘦了的月都感觉到深深的寒意了吧。醒来发觉梦雨已过，而那仍然点点滴滴落地的声音留下的，到底是露水的痕迹还是梦雨的痕迹？不知道。也不可能分得清，能清楚地知道的，是那风儿在不停地吹动一片片云。　下片更精彩，一句就是一个转折：想试着询问？切莫相询啊！只说说潮声又涨了几分吧——顺着上涨的潮声向上望去，天空是那么高不可及并且浩阔，什么也没有看见，可偏偏有一只雁的鸣叫声清晰地传来（那是一只孤雁吧？）……

一切都没有说出，而一切又的确说出了。

虞美人·随感 （宋彩霞）

乍圆明月知人意，不碍风声事。修蛾微蹙顾金波，秋色满林黄叶、太婆娑。　　人生底事风来去？长见云难住。山川万里梦迢遥，露湿清辉又是、草萧萧。

【沈天鸿评】："乍圆明月知人意，不碍风声事。" 有新意。而且风声令月色有了动感，并且点题：看月，更在听风声。"修蛾微蹙顾金波，"再写月，写风。"秋色满林黄叶、太婆娑" 深化词意，并且开始转，为下片做准备。"人生底事风来去？"承上启下。"长见云难住。"写云，拓宽词的空间，并深化所感。"山川万里梦迢遥，"再进一步拓宽词的空间，并揭示为何觉得"秋色满林黄叶、太婆娑"，为何而有"人生底事风来去"之疑问，和"长见云难住"的感慨。"露湿清辉又是、草萧萧。"又一转，笔触荡开，以写景做结，得含蓄蕴藉之致。

踏莎行·风移花影声如铁 （宋彩霞）

若不清心，何能解脱，风移花影声如铁。碧云千里昊天遥，疏星几点明还灭。　　半焰灯低，中天月缺，偏偏满地明如雪。惊波不动縠纹平，芳菲苦恨歌难绝。

【沈天鸿评】："风移花影声如铁"这句甚佳，首先，它将前两句落到了实处："若不清心，何能解脱"是因为"风移花影声如铁"，并且，又因为风移花影声如铁而益发有若不清心何能解脱之感。即，一、二、三句要互文地去看，去理解。其次，"风移花影声如铁"补救了一、二两句的直陈与抽象。它自身也十分精彩（风移花影：风吹动花，花的影子无奈地被移来移去，而夜色中花本身也蒙眬如花的影子，在空中无所依傍地不停摇荡。这情境已经很是传神并且能暗示心情了，却再加上无理而妙的"声如铁"——风移花影声如铁，风移花影其声如何能够如铁？细细揣摩，就能体味到它的好了。这点后面再细说），并且具有转的功能——其实在现代诗和散文里也是这样，在不得不有直陈、抽象的句子出现时，紧随其后的句子就极其关键，它要在能以生动的形象对前面予以补救的同时，还要自身也十分精彩，并且起到转的作用。在词中，不能如散文那样用几句甚至一段来完成这个任务，只能是一句，寥寥几字，所以难度更大。"风移花影声如铁"完美地完成了上述多重任务。

再一点，"风移花影声如铁"无理而有理。说它无理，是因为现实之中，风移花影虽然有声，但怎么可能其声如铁？所以，不仅无理，而且是极其无理。可细品，却又极其有理，而且其理妙极非常人可以想道：其声如铁，是词中的"我"的心理感受，是超越客观之理的理——这儿需要注意，"风移花影声如铁"不仅仅是说那声音像铁被敲打时发出的声音，更重要的是说风移花影的声音就像铁本身或者就是铁。能写出这样句子的人和时候可能不多，因为无理而妙的诗句，常常是只能偶然得之。

清平乐·雨　（宋彩霞）

海狂云怒，又听龙蛇舞。若有人知风前絮，告我娉婷何许？　苍天也有相思？泪飞柔遍南枝。片片落花娇软，弄晴晓色迷离。

【沈天鸿评】：海狂云怒，又听龙蛇舞。点题。有气势。狂怒舞豪雨。暗合小序中"甘霖"透露的喜雨心情。若有人知风前絮，告我娉婷何许？一转。喜的同时又怜惜起风前絮，它现在怎样了？为下片做伏笔。苍天也有相思？奇句而妙。

泪飞柔遍南枝。扣上句，且再照应题目《雨》。苍天有相思，而且相思得很厉害，泪洒乾坤，可被这泪柔软的，偏偏只有南枝——心有灵犀，泪这才偏润南枝，也才偏只有南枝才被这泪化铁石为温柔。片片落花娇软，弄晴晓色迷离。再转。只是可惜了那些被冷落的花啊，它们多伤心，痛不欲生了，却仍痴心不改。可能就是因为此吧，弄晴的晓色也迷离得很。

念奴娇·祭辛弃疾

写在辛弃疾逝世800周年　（宋彩霞）

陨星如雨，有稼轩、辉映百年明月。按说美芹能射虎，却听风吹檐铁。九议成空，平戎策碎，孤愤何堪说。若然长啸，山河一片惊彻！　忍与鸥鹭同盟，村居陌上，也作鸾仙阕。纸上沙场荒草碧，满目桃花如血。一剑还君，江山岁晚，此恨凭谁雪？我今怀古，向来忠愤俱发。

【注】美芹，辛弃疾曾进奏《美芹十论》，分析敌我形势，提出强兵复国的具体规划。九议，又上宰相《九议》，进一步阐发《十论》的思想；都未得到采纳和施行。

【沈天鸿评】："陨星如雨，有稼轩、辉映百年明月。"点题，兼以明星喻稼轩，但这是历史天空中"陨星如雨"之后仍然与明月为伴的一颗星。下面5句写稼轩生平，很实，因为连他的奏文的题目都用到应该惜墨如金的词里来了，但只加以"按说....能射虎，风吹檐铁"便以实生虚，生气流转，"按说"是推论，但又是无可置疑的真实："却听"是不争的事实，但又是作者的想象，这，"按说""却听"下得极好，"孤愤何堪说。若然长啸，山河一片惊彻！"便来得顺理成章。尤其是承前步步推进，现在喷涌而出的"若然长啸，山河一片惊彻"，把稼轩的孤愤推到了极致，感染力强，是稼轩的孤愤，也是作者的孤愤，更是读者的孤愤。曾经孤身闯入敌营斩得敌将首级返回的辛弃疾，勇猛与谋略兼具，这形象应该说是不好写的，尤其是在词这样狭小的空间里，但"按说美芹能射虎，却听风吹檐铁"。

"九议成空，平戎策碎，孤愤何堪说。若然长啸，山河一片惊彻"寥寥数语，这形象便跃然而出，并且因揭示他成为历史的人质而超越被描写的辛弃疾，成为普遍的象征。

上片把高潮推到顶峰，下片怎么写就是一个大难题了，但"忍与鸥鹭同盟，村居陌上，也作鸾仙阕"，只用一个词"忍与"，就举重若轻地转过来了。"忍与鸥鹭同盟，村居陌上，也作鸾仙阕。纸上沙场荒草碧，满目桃花如血"是写我们都知道的辛弃疾不被朝廷所用，在乡村闲居，有时写写诗词的那段生活。精彩的是"纸上沙场荒草碧，满目桃花如血"，在纸上填词的辛弃疾，写着写着那纸就成了沙场，而且因为久无将士征战，荒草已经长得很茂盛，一片伤心碧啊！那满目桃花，在辛弃疾眼中，也全都是灼人的鲜血。"烈士暮年，壮心不已"，但已经"一剑还君"，所以，尽管"江山岁晚""此恨凭谁雪"，不仅辛弃疾的恨无从雪，作者念及稼轩悲剧而生的恨也无从雪，只能感叹"我今怀古，向来忠愤俱发。"——读者读到此，何尝不是如此！这就是艺术的力量，一首好词的力量。

有人建议，"若然长啸"不如改成"仰天长啸"。此议可以理解，是认为这样形象更高大等等吧。但我觉得还是假设的"若然长啸"好。辛弃疾是儒将，而且读他的词，能感受到那种深深的压抑，仰天长啸的就不是辛弃疾了。另外从词的艺术来看，也是假设的好——抑制就是力量。

木兰花慢·观涛（宋彩霞）

　　正风平浪静，海天阔、竟无风。看岸浅渔舟，沙藏蟹贝，万里云空。从容舞鸥弄影，觉沧溟此刻也玲珑。多少柔情唤起，一时忘却英雄。　　峥嵘一瞬醒蛟龙。顿崩雪汹汹，要波与天齐，狂飙咆哮，尽失西东。迷蒙共涛人远，有青山碧水正相逢。今睹乾坤鼎沸，旷怀举世谁同？

　　【沈天鸿评】：上片波静云空，沧溟玲珑，写尽柔情之极，而且这柔情是以大海以沧溟来写出，前所未见——大海、沧溟历来只用于写豪放写壮阔，柔情历来是用"杨柳岸晓风残月"之类性质的意象来写的。

　　下片浪与天齐，乾坤鼎沸，极壮崩雪旷世之感。换头从容，干净，自然——"峥嵘。\刹那醒蛟龙"，寥寥数字便从柔情过渡到豪情。一转也。

　　下片中以"尽失西东。\迷"濛再转，引出"共涛起伏，悟青山碧水不相逢。\虽睹乾坤鼎沸，旷怀举世谁同？"从而使豪壮又与上片就有的柔情结合起来，包含了丰富的不一样的统一。显示出作者的整体结构的把握和驾驭功力。

　　此词中多有佳句，例如"觉沧溟此刻也玲珑"、"悟青山碧水不相逢"，都出人意料之外而奇、而佳。又如"虽睹乾坤鼎沸，旷怀举世谁同？"旷怀谁同前人已经多有写出者，但这儿有了前面的"虽睹乾坤鼎沸"，"旷怀举世谁同"就胜前人一筹：这是面对乾坤鼎沸向"举世"向整个乾坤发出的一问，便益加苍茫，其旷怀之旷便已无以复加，却又仍然不失旷怀的旷放本质：豪放、阔大，但细品，又有柔情之柔蕴含其中，这便又暗暗呼应上阕，在情感的性质上不令有断裂之嫌。

庆春泽·威海建市二十周年 （宋彩霞）

　　上下青云，回旋海气，登高便见人寰。却问苍穹：几番缺月重圆？曾经带血刘公泪，任腥风、肆意号喧。是从头、收拾狂澜，再造河山。　　今朝不识前时路,看楼台高耸,虹霓斑斓。海暖潮平,蓬莱已变家园。廿年春雨滋红翠,竟芳菲、争艳空前。到三秋、果醉如霞,人醉如仙。

【沈天鸿评】：这题材难度大,起句有气势,"上下青云"这句奇而有大气,细想又合理：是说上有青云（真正的云）,下有树木形成的青云。有味道,既合威海地理特点,又暗示威海在历史上的位置,以及拥有这历史之位的原因。"登高便见人寰"是俯瞰,接着是仰望："却问苍穹：几番缺月重圆？"俯仰之间,有多少慷慨感叹！转换从容自然,没有铺垫就转得自然——高手是不需要铺垫的,只在看似不经意间,例如此词,俯仰之间就完成了过渡。

最高楼·学习习近平同志《念奴娇·追思焦裕禄》感赋　（宋彩霞）

雄文出,标格惊天外。造福苍生巡九塞。询贫问苦南街巷,简从深学亲和态。渔船上,焦桐畔,风霜耐。　　一阕念奴娇耀彩。细照笃行增警迈。掌权当把灵魂晒。阳春有脚行无碍。满天明月当同载。驾灵鳌,携新绿,潮澎湃。

【刘扬忠评】：这是一首学习习近平总书记新近发表于《文艺报》的追思焦裕禄词《念奴娇》的作品。这样的词不好写,原因大家都知道,这里不来仔细说。彩霞诗友因难出巧,不用原调,不步原韵,而改用《最高楼》这个词调,运用自如地写自己读总书记原词后的感想,其重点不再是焦裕禄精神和总书记当年如何学习焦裕禄精神,改成主要写总书记近年当政以来如何造福"苍生",如何像当年焦裕禄那样访贫问苦,为人民群众解决困难。这首词通过具体而形象化的描写,铸造出了习近平同志真实生动的人物形象。刚才点评刘庆云诗时,我已经说了她能豪能婉,豪放时大气磅礴,彩霞此词也有这种特点,全篇气势雄壮,境界开阔,但对总书记亲民、爱民行为的具体描写十分细致感人。描写中时出警句,如"造福苍生巡九塞""掌权当把灵魂晒"等。

（刘扬忠：现为中国社会科学院文学研究所研究员、所学术委员、古代文学研究室主任；中国社会科学院研究生院教授、博士生导师；《文学遗产》编委，中国社会科学院研究生院教授、博士生导师，并兼任中国宋代文学学会副会长、中国韵文学会常务理事、中国李清照辛弃疾学会副会长等，为中国作家协会会员。主要从事中国古典诗词研究，兼搞诗词创作以词学研究成果为多。尤以词学研究成果为多。现已出版13种著作：《稼轩词百首译析》《宋词研究之路》《辛弃疾词心探微》等。）

归乡途中 （宋彩霞）

戊子新正探亲，路经某一路段，其路面年久失修，颠簸难行。

新正无限意，都似故乡风。
残雪明阴晦，余晖入暝蒙。
坎坷成道路，平坦梦化工？
感慨何从说，谁人肯鞠躬！

【注】鞠躬，用诸葛亮鞠躬尽瘁典。

【沈天鸿评】：写实的诗确实不好写，因为常常没诗意，这首应该说不错，即使感慨道路不好的几句也可读，例如"坎坷成道路"，道路坎坷一般是做比喻用，这儿实用却多出了感慨之情，避免了直白但意思明确，也见苦心，起句很好。"残雪明阴晦，余晖入暝蒙"这联情景交融，并且这情既是回故乡之情，又是感慨路况之情，从而为下面写路埋了伏笔，使下面四句不至于突兀。

（沈天鸿，安徽望江人。祖籍江苏。安徽省作家协会副主席。中国作家协会会员。某高校兼职教授。著名诗人、评论家。安徽省报纸副刊研究会副会长。）

南乡子·马江海战感赋三首 （宋彩霞）

（一）

拍案怒盈腔，鳞甲横飞国有殇。鸥鹭不知人事改，迷茫，多少沧溟翅带霜。　　无语对洪荒，冷月无声照岸长。大雁已经南北去，苍黄，寸寸江河寸寸伤。

（二）

奇耻最难忘，多少男儿救国章。尝胆冲锋生死以，沧桑，倒海翻江制虎狼。　　船队换新装，电掣风驰护海疆。海上铁墙森气象，儿郎，射虎擒蛟孰敢当。

（三）

中国世无双，耕海耕滩接力长。龙越腾飞开万象，腾骧，四海欢歌意气扬。　　山海焕奇光，巨舰冲波遍五洋。万里飓风吹大纛，辉煌，战马高飞背夕阳。

【杨远建评】：马江海战是清光绪十年（1884），中法战争中的一场战役。法舰侵入马尾港海面后，朝廷却下令"无旨不得先行开炮"。8月初，法舰首先向马尾港发起进攻，福建水师主要将领弃舰而逃，各舰群龙无首，仓皇应战，然虽遭受重创，依旧展开英勇还击，无奈由于未作任何军事准备，战斗不到一个小时，水师几乎丧失了战斗力。法军还摧毁了1866年建造的当时中国乃至远东地区规模最大的造船基地——福建船政局，激起国人极大愤慨，8月26日清政府被迫向法国宣战，中法战争正式宣告爆发。如今的中华儿女说起这场海战，依然感慨万千，痛恨不已。特别是敏感的诗人，更是肝肠寸断。所以宋大姐因之一口气写了三首同调词，读之荡气回肠。

第一首首句"拍案怒盈腔"即表达了这种思想感情。"鳞甲"是世界上使用最广泛的一种铠甲，词中代指清朝海军。"殇"指烈士。细思往事，作者面对沧海（沧溟），感叹说："鸥鹭不知人事改，迷茫，十万沧溟翅带霜。"鸥鹭岂知人事，然此处无理而有情，苍茫大气，诗趣无穷，恰到好处地表达了作者的心境。下片"洪荒"指远古时代，有混沌、蒙昧之意。"冷月无声照岸长"意境苍凉、开阔，令人浮想联翩。大雁秋去春来，匆匆忙忙，夜半悲鸣之声，不觉使人"寸寸江河寸寸伤"。词中大雁与鸥鹭形成强烈对比，一有情，一不知，结构紧凑，构思巧妙。

第一首是怀古，写"马江海战"的悲壮与作者的感伤。那么第二首呢？"奇耻最难忘，多少男儿救国防。"首两句做了很好的回答。中华男儿不忘奇耻，"尝胆卧薪生死以"，奋起直追，拯救国防。终于"海上长城森气象"，几十年来，敌人已不敢肆意践踏我们的国土。可谓扬眉吐气，令人振奋。

第三首以抒情为主，描写当代中国海军"虎跃龙飞开万象""巨舰冲波遍五洋"的英雄气概与雄心壮志。"大纛"是古代行军中或重要典礼上的大旗，这里代指中华人民共和国国旗与军旗。无数战舰飘扬着五星红旗，如天马行空，背对夕阳，向东而去，保卫着祖国的广阔海疆。让祖国人民时时能过上温馨而美好的生活。结句"天马高飞背夕阳"，以景结情，含蓄、生动地描绘出了人民军队不怕牺牲，全心全意为人民的高大形象。耐人回味！

咏金骏眉 （宋彩霞）

一盏晶莹金骏眉，浓香浩浩掌中吹。
春能得雨武夷顶，秋可攀岩桐木湄。
是绿是红杯里晓，须青须紫句边追。
电炉火煮三千遍，淘尽人生风露悲。

【高建林评】：作者笔下的金骏眉，是2005年才研制出的一种新品种红茶，产于福建省。首联用泡好的一杯茶切入主题，先邀读者坐下慢品，然后细叙。"一盏晶莹"中可以看出诗人也是懂茶之人，因泡制此茶，最佳选择就是透明的玻璃杯，这样既可以享受冲泡时飘逸的茶香，又可以欣赏芽叶在水中舒展的优美姿态。"浓香浩浩"，形象地让读者感受到这杯茶的热气和香气。而"掌中吹"把喝茶人的动作刻画的惟妙惟肖。颔联:"春能得雨武夷顶,秋可攀岩桐木湄。"运用春秋季的对比引出此茶的产地和名字的由来。金骏眉只生长在福建省武夷山桐木村国家保护区内崇山峻岭中,经过细雨滋润的头春头芽才可制作,一年只能一采,稀贵如金,故取名为"金骏眉"。金骏眉颜色黄黑相间,乌黑中透着金黄,非常高贵典雅。此诗颈联却并没有给我们呈现出具体的颜色,而是让我们自己"观杯内","品句中",引人入胜,发人深思,随着喝茶人的心情变化,看到和品到的感觉皆有所不同,这就是茶的魅力。尾联中"火煮三千遍",诗人运用夸张手法点明了这一特点。结句:"淘尽人生风露悲"一语双关,暗含了此茶补气活血、减肥消脂、美容养颜的功效,引申寓意:喝此茶可以强身健体,愉悦心情,缓解岁月留给我们的伤痕病痛。

纵观全诗,选材独特,用词精准,构思别致,内容丰富,寓意深远,不失为一首佳作。

舟过漓江　(宋彩霞)

戊子晚秋余再游漓江,其景萦怀。

谁借天堂美丽胚?疑为醉酒在瑶台。
秋风袅袅江中拂,白菊盈盈渡口开。
两岸青山飞雁影,一方绿水斗鱼腮。
关情最是轻舟里,早把新词细剪裁。

【罗中美评】:谁借天堂美丽胚?疑为醉酒在瑶台。起笔高。一问一答,高度概括了漓江之美和游览感受之妙。秋风袅袅江中拂,白菊盈盈渡口开。承"美丽胚"和"瑶台",使其进一步具象化,诗意展开;既巧妙交代了时令,又展现了一幅美景。"秋风袅袅""白菊盈盈"情态好美!由此可以想见游览者爽心悦目,心旷神怡!不由不令人欣羡也。两岸青山飞雁影,一方绿水斗鱼腮。上联由"江中""渡口"而至"青山"和天空(暗写)的大雁,视野为之高为之远,秋意也因之更浓更美!下联深入"绿水"见鱼,所见更深,同时一笔多用,写出漓江水之清之透明，水生动物之欢跃。这样二三两联为我们推出了漓江形象而立体的美景！深得律体挥洒舒卷之妙。

关情最是轻舟里，早把新词细剪裁。以记录诗情作结。三用：一写自己心悦天下第一山水；再次突出漓江山水之美妙；由此触动诗人灵机，诗思泉涌，新篇有如天赐，妙手拾来。

早就想细评晓雨的妙品，人懒未成。今拜读佳作，记一时感受，但愿离晓雨本意不远。

中　秋　（宋彩霞）

婵娟心迹总应知，天上人间情最痴。
我在他乡成五梦，谁怜异地有三期。
一生能遂阳春意，双鬓休浮白发丝。
客里何曾身是客，两肩明月两墙诗。

【陈才江评】：这首七律，围绕着"情"字，由月而诗，实现了情感的升华。

首联"婵娟心迹总应知，天上人间情最痴"，点明在中秋时节，看到天上圆圆的月亮，想起嫦娥奔月，独守广寒宫的故事，回想起自己的经历，由衷感慨，世人最痴迷、最难割舍的是"情"。颔联"我在他乡成五梦，谁怜异地有三期"，"他乡""异地"表明诗人是为诗来到了异乡。"五梦"和"三期"指喻生活上的喜怒哀乐是说不清道不明的。颈联"一生能遂阳春意，双鬓休浮白发丝"，诗人把写诗称之为"阳春"，说自己能从事喜欢的编辑工作遂心顺意。并希望岁月啊，你慢些走。尾联"客里何曾身是客，两肩明月两墙诗"，表达了诗人"身居异乡，却认他乡作故乡"的宽阔胸怀；而导致这种情怀产生的根源是"月"和"诗"。

蓦山溪·张家界走笔 （宋彩霞）

云遮翠堵，总叫疑无路。八百里流泉，泻幽秘、盈盈凝聚。半天松话，玄奥任人猜，随锦字，叠香痕，费尽莺儿语。　　海桑难问，便着春风去。可试上青梯，有羁绊、难能快步？向谁分诉，人在小桥东，挥不去，这情怀，要把花期数。

【刘相法评】：张家界因"最科幻、最想象"入选中国九大梦幻之旅，为武陵源风景名胜区。宋彩霞的这首词，上阕着重叙景，极尽"梦幻"之妙。云雾缭绕为"遮"，浓翠重重为"堵"，用神来之笔，把我们带入了这样一种"想象"的境界：幽谧、神奇、迷幻。几声人语，数声莺啼，好个人间仙境。下阕言情，主语是作者。天序轮回，人世沧桑，"便着春风去"，呈现几分洒脱；"可试上青梯，有羁绊、难能快步？"既写实，又有寄托，是作者人生体验的深刻诠释，自能引起读者联想和共鸣，可谓精到。结句给读者留下想象的空间，可谓词尽意不尽。该词脉络清晰，注重虚词的锤炼，更见含蓄蕴藉，内涵丰富、传神。

赞煤矿工人 （宋彩霞）

凿尽沧桑倍苦辛，长留日月照他人。
青云竞涌醒夤夜，黑雨纷飞报早晨。
且创乾坤因有骨，虽无季节却成春。
源源火种藏雷电，要令中华暖又新。

【星城剑客评】：好律好韵！"凿尽沧桑倍苦辛，青云竞涌醒夤夜，黑雨纷飞报早晨"，如泼墨国画，描绘了煤矿工人的工作特点；"且创乾坤因有骨，虽无季节却成春。源源火种藏雷电，要令中华暖又新"，写出了煤矿工人为国家经济建设、为人民生活作出的巨大贡献；"长留日月照他人"高度赞美了煤矿工人长年累月奋战在井下的无私奉献精神。短短56字，概括凝练，与于谦的《石灰吟》异曲同工，比起那些无病呻吟的"春花秋月"诗歌来得真实和具有时代感，是古典诗歌描写现代事物的成功之作。

卜算子·咏桂 （宋彩霞）

雁去万山闲，雨落秋心冷。百朵清香嵌入诗，字字均新颖。　　花好总经霜，爱恨由人省。捡尽寒枝独自歌，梦里多憧憬。

【胡国华评】：这首词主要写桂给人清新怡人的感受和经磨难、求雅洁的启迪与追求。全词运用了抑而有扬的手法。语言含蓄而有余韵。上片开头，在"闲""冷"而"愁"中，有桂之清香入诗顿觉清逸新鲜。抑中有扬，"嵌"字到位。下片开头，意即桂经一年风霜雪雨而炼得清香隽永，从中可"省"出人生哲理。结尾写作者爱怜而"捡尽寒枝"独以歌之，因"省"悟而有憧憬，追梦如桂历世为人。末句托开意境，言无尽而意无穷！

（胡国华：1944年2月生，湖北鄂州人。毕业于华中师大中文系。社科副研究员。）

蝶恋花·旧体诗新诗我与你 （宋彩霞）

旧体诗

一代词宗开示我。三读红楼，迷恋曾经我。即使红尘沦落我。灯前摘句痴痴我。　　四十阳春依旧我。不改初心，写就天真我。小字长笺留下我，赤橙黄绿青蓝我。

新　诗

缘分来时难挡你。春暖花开，秋水深如你。博客飞鸿传与你。西楼从此多情你。　　我愿生涯陪伴你。白雨庐前，尽享清凉你。蝶恋花间轻放你。一生好梦皆因你。

【苏俊评】：沉潜旧体，别出心裁。中西兼取，行见花开。

【雷海基评】：两首都运用了共享现象，前面的共享我字，后面的共享你字。诗因共享同一个字而显得紧凑，因紧凑而有张力。反复用同一个字，既有情趣又有语趣。而趣又是诗的魅力所在。且两首诗虽各享一字，两个字又相对应，相得益彰，既各有自己的趣，又连成一体，有叠加效应。诗反映出作者不同凡响的文字功夫，思维水平，以及艺术构建能力。

策马扬鞭又一巡 （宋彩霞）

嫁与诗词何惧贫，平平仄仄老天真。
翻偿寂寞三千卷，却得清和四十春。
每听民声开眼界，唯将国色写精神。
嘶风万里青云上，策马扬鞭又一巡。

【沈忠良评】：首句"嫁"字见性情，嫁不论贫富，只讲合得来。"嫁与诗词"多么清新自然，能嫁当然不计较经济状况。这里的"诗词"被作者拟人化，活生生的一个有灵性的"爱人"，引申说明了诗人爱诗久矣。"平平仄仄老天真"这句是说人生在世，哪能一帆风顺呢，在坎坎坷坷中保持一颗儿童天真心，乐观心，这豁达的人生观至关重要。"翻偿寂寞三千卷，却得清和四十春。"写出了诗人以读书来修身养性，读写几十载后，心灵得到了更深一层的净化，自身更清白，从而能乐观处事，思想境界得到提升。

三联采用递进手法，"每听民声开眼界，唯将国色写精神。"说出了文艺工作者讴歌的是新气象，关注民生，弘扬正能量。近年来中国新事物层出不穷，各行各业精英辈出，我们国家在共产党的领导下取得了前所未有的成绩，西部大开发，一带一路的发展战略中国梦的逐步实现，社会主义价值观的初步形成，进而到反腐倡廉，打虎拍蝇，扫黑除恶等等，这些无一不是每一个中国人最关注的话题。诗人宋彩霞以习总书记讲话为指南，讴歌时代新生活，大书特书中国特色，中国精神，她是践行者。尾联"嘶风万里青云上，策马扬鞭又一巡"，说出了在新的一年里诗人自己的努力方向。叫人鼓舞，令人振奋，仿佛使我们看到了前进的号角已吹响，老马嘶风，志在千里。青云奋蹄，壮心不已。这里充满着魏武风采。不满足于过去的成绩，正快马加鞭奔向新征程。

父亲节怀家父 （宋彩霞）

遥望碑前花又新，别离泣泪六回春。
不堪潮涌潮生处，莫怪燕来燕去频。
旧网寻常聊赶海，皮黄慢板永伤神。
清樽一盏痴儿奉，面向西天唤我亲。

【栾心联评】：首联看似平淡无奇的"花又新"，和对句"六回春"承接上佳！它以一种触景生缅的悲泣，表明了父亲离开人世的时间——六个春秋。

颔联是催人泪下的好句。作为七律诗的颔联，如不能惊艳或者出"警句"，那么这首诗成功的可能性就不大了。这里"潮涌潮生"，既代表岁月沧桑，又暗点出父亲生前经常出现的地方；"燕来燕去"，本指燕子正常的作息，而作者在思念亲人，是悲伤的回忆，然燕子不知，因此当然莫怪，这里又反衬伤痛之深。

颈联上下点出了父亲的两大爱好，出海和京剧（工作和娱乐）。在这里，作者铺陈渲染了一种睹物伤情的感怆和曲终人不见的悲哀。

尾联文字简洁，朴实无华，却道出了千百万思亲人的衷曲，同样"亲不在"的读者看到这里，也一定会珠泪盈眶！

综观全文，看似无奇，情深有味，佳作无疑！

常州机电学院诗词授课致诸君 （宋彩霞）

图文楼外我登台，一室青春夺目开。
已信诗能甜日子，更期德可育人才。

心源追溯瞿秋白，眼界当推张太雷。
　　借得先贤三杰处，妆成玉蓓万千枚。

　　【注】：瞿秋白、张太雷、恽代英被称为"常州三杰"。

　　【王海亮评】：殷殷之情溢于言表。"一室青春夺目开"，夺目二字，果然夺目。颔联诗、德并举，更见情怀。

鹧鸪天·岁杪 （宋彩霞）

　　十载殷勤作嫁衣，一怀诗醉阜城西。破寒晓夜孤吟在，搜尽邮箱赏陆离。　　倾碧草，爱红梅，小心陪护与相偎。生涯只剩词人笔，顺口回环又一枚。

　　【楚家冲评】：这是一位资深编辑的深感况味！上片道编辑之时长，编辑之辛苦。下片道做编辑之情怀！发现新人，广选佳作。姚黄魏紫诚可贵，幼柏新松弥足珍。都说洛阳春色好，辛勤莫忘护花人。

戊子年末有幸喜得金也度君诗集 （宋彩霞）

　　　　诗草浓如酒，闻香滴滴鲜。
　　　　朝听鱼读水，暮写鹭翔天。
　　　　野渡铺明月，祥风剪远烟。
　　　　君随春意发，浩气续新篇。

　　【姚静评】：读后感很难写，晓雨却写得意趣、形神佳得。

　　首联：以诗草书名起喻，品读金先生诗书，就像品醇酒，清香浓烈，回味无穷，真的是沉醉难推。

　　颔联：形似地描绘了早读中，心神如鱼得水，读字巧用，体现了作者在诗书中心领神会后的愉悦心情，跃然纸上。暮色夜谢赏读其诗文时，思绪似鹭鸟自由翱翔于苍穹。写字的巧用，天衣无缝运用了拟人手法，"写"字是扩写了思绪漫游的意境，给读者留下丰富的想象空间，是神来之笔所得。

颈联：野渡是也度的谐音，作者借用野渡书名作行文处理，叙述金先生的诗书似明月，光照夜行。对句意推直下的肯定句，是吉祥东风呵护作者的人生之路。

尾联：作结有度。在金先生宕开诗意阔境中，颇受感染，心情舒畅，意气奋发。这感染，染其心，染其神，积其心神之浩气，述之笔端。

鹧鸪天·次韵答于慧　（宋彩霞）

细嚼春华读汉书，轻研竹露写梅庐。无边夜色屏前舞，笔底春风卷里舒。　　清梦好，醉冰壶，诗间燕翅剪荒芜。感君一曲清新韵，翻似枝头听鹧鸪。

【姚静评】：上片一、二句词人写自己珍惜华年之际要认真研读诗书词章，吸收古今文学之精髓，成就自己清丽峻拔的竹韵风格和傲雪独红的坚强人格。三、四句写每每夜晚是作者灯下屏前读写之际，也是美好心情在笔下生辉之刻。

下片承上片之意，叙述了作者在诗词中长醉，拟醉为梦中而独享。并表明，为人处事要严于律己，奉献其真善美之心，生活中应像紫燕那样勤捧读常笔耕，日后还是会选择继续写作的人生之路的信念。下面二句是写酬答一海粟诗友赠词之意，感谢一海粟君的好词韵律，给作者带来了欢快喜悦的心情。

词人以真挚的情感酬答了诗友赞美之意，以写实的笔法表白自己继续努力写作，创作出更好的作品，来酬答一海粟。这首词写得情真意切，感人至深。展现了词人的清丽峻拔的写作风格，为人善良的意愿。也表现了词人的傲岸品质。

读晓雨诗词二首

浣溪沙·北京中秋寄诗友及亲朋好友

月色撩人分外柔,流金溢彩满神州,清辉伴我上高楼。 一点心情凭快递,万千气象怎平邮?心中圆意请君收。

【岚烟按】:"一点心情凭快递,万千气象怎平邮?""快递""平邮"皆现代词语,入诗而不见俗,足见功力。

庚寅仲秋感怀

为赴高山约,何堪出道迟。
长安花欲发,北塔雁宜驰。
月朗蓝天外,枫红绿水湄。
灵光生羽翼,紫气正当时。

【岚烟按】:长安花欲发,北塔雁宜驰。西安景象也。今人做五律,流畅者寡鲜。晓雨此诗一气呵成。

我读秋水里的火焰 (苏岚烟)

今天意外收到晓雨寄来她的诗词集《秋水里的火焰》,爱不释手。捧读之余,觉得应该写点什么。晓雨是山东威海人,颇有诗名。我们从未谋面,只是在网上相识。晓雨不愧为当代的才女,用沈天鸿老师的话说,晓雨的诗词"具有象外之象,景外之景,味外之味,富有韵外之致。"纵观诗词300余篇,深感此言不虚。我将特别喜欢的几首与维扬诗社诸君共享。

《长相思·恨如千万峰》

月朦胧,海朦胧,海月朦胧露意浓,心中有远风。 朝也同,暮也同,朝暮相思托去鸿,恨如千万峰。

《长相思·读后感》

秋雨飘,心雨飘,雨打芦花声渐高。无言也涨潮。　　思难消,恨难消,月麕星眸怅九霄。此情真似刀?

《步韵回谢沈天鸿先生和诗》

满树梅花谁解种?天高地阔傲当今。
山川也有温柔梦,雨雪还随淡泊心。
冷月半窗明夜色,银河九曲泻涛音。
人生在世应无悔,荣辱从来一笑吟。

《南歌子·重阳》

酒淡秋云远,枝疏不恋霜。黄花开处是重阳。半醒半睡时节,胜春光。

《长相思·只说潮声涨几分》

夜嶙峋,月嶙峋,梦雨过时滴露痕,风吹片片云。　　试相询,莫相询,只说潮声涨几分,天高一雁闻。

也许是长期生活在大海边的缘故罢,晓雨的诗词写月、写海、写风、写雨、写芦花、写云、写潮,充满了诗意。那种意境,是那么的动人心弦。诗词写到这样的份上,那才叫诗。

晓雨的诗词很善于比兴,"山川也有温柔梦,雨雪还随淡泊心",这也是她诗词的一大特点。

晓雨的诗词绝不像有些人装腔作势,什么"凭栏"啦,"送兰舟"啦,"看吴钩"啦,"拽罗裙'啦,让人觉得古人又活了的感觉。晓雨的古典诗词读来绝不会有这样的感觉。这中间的区别是要用心去体会的。

晓雨的诗词是女人的诗词。但也有"人生在世应无悔,荣辱从来一笑吟"这样超出女人情怀的诗句。

晓雨现在是中国诗词研究会副会长。中华诗词学会会员、山东诗词学会会员、威海市诗词研究会副会长和秘书长。她还是《中国诗词》月刊的执行主编，更是我们维扬诗社值得自豪的成员。

愿晓雨创作出更多更好的作品。

晓雨新词《南歌子》赏析 （苏岚烟）

每日清晨总是习惯性地打开我的圈子《维扬诗社》查看最新文章，看到晓雨的名字跃入眼帘，总是先睹为快。一曲《南歌子》，一下子拽住了我的心。

万点流花细，轻盈十里沙。海天相接有无涯？又是嬉游时候、衬喧哗。　　雪浪收烦暑，清凉伴晚霞。鸥翔渔唱闹娇娃。更有三朋两友、钓鱼虾。

展现在面前的是一幅海滩场景，恬淡，娴静。首句更是神来之笔，"万点流花细，轻盈十里沙"，这样的句子出在当代，不能不令人惊叹。比之汉唐大诗人的句子也毫不逊色。我深信这样的句子将会成为名句流传下去，而它的作者就是我们的女诗人。我为晓雨感到自豪，欣喜。我在赞叹之余，感到晓雨的写作进入了一个飞跃阶段。而这种飞跃，有三个重要因素：

1. 名师指点：正如晓雨自己在《晓雨五律：登仙姑顶感怀》中写的那样，她有机会接触到当代的一些诗词界名流，得以亲授。"7月27日下午陪同中华诗词专家组一行采风威海风景名胜仙姑顶。众人拾阶而上，微风拂煦，碧玉环廊，大殿巍峨雄壮，好不惬意。这时蔡厚示教授给我布置作业，出了首联，要我写中间两联：跃上仙姑顶，风光八面开。我写道：松涛青有韵，石径白无苔。未觉山云促，因知岁月催。当即蔡教授返回让我重新写。并曰：诗是好诗，但是拿到哪一个景点似乎都能用，没有写出仙姑顶的特色来。遵照教授的意见，二稿改动如下：跃上仙姑顶，风光八面开。松涛青有韵，石径白无苔。大殿清银滴，环廊美玉堆。诗心应有待，万象不需猜。蔡教授当即给打90分。说已经很不错了，很少给打这么高分的"。但是"美玉"二字有待斟酌。后来，周笃文老师说："跃"字不是你的风格，可改为"径"，"清银滴"不如"轻风拂"。我考虑到下面已经有一个"径"字了，即改为"直"。"美玉"改为"碧玉"。最后定稿为：直上仙姑顶，风光八面开。松涛青有韵，石径白无苔。大殿清风拂，环廊碧玉堆。诗心应有待，万象不需猜。周笃文老师给打了92分。还特批："松涛青有韵，石径白无苔。诗心应有待，万象不需猜。"很好。有幸能得到当今诗词界大家的亲临指导和传授真经，真乃三生有幸也。（蔡厚示系福建社科院文研所研究员、原厦门大学中文系教授、中华诗词学会顾问；周笃文系中国新闻学院教授、中华诗词学会和中华诗词顾问、中国碑赋工程院副院长）

2. 自身努力：晓雨写诗词并不贪多，足见其琢磨推敲之功。《诗经·卫风·淇奥》曰："有匪君子，如切如磋，如琢如磨。""切磋琢磨，乃成宝器。"（《论衡·量知》），"骨谓之切，象谓之磋，玉谓之琢，石谓之磨。"（《尔雅》）说的都是提倡琢磨推敲。晓雨从不认为自己有了一定的造诣而自满自足，她谦虚、认真，不断地追求，探索，这是她的诗词有着长足的进步的动力之源。

3. 深厚的生活底蕴：晓雨习写诗词基于她深厚的生活底蕴。她生活在美丽的海滨城市威海，是那里瑰丽的山水给了她灵气。她热爱家乡的一山一水，一草一木，所以她才能吟唱出"万点流花细，轻盈十里沙。"这样的诗句。她的《出金都乐苑回乡》"莺飞蝶舞满池东，我踏春风向晚中。诸色徒然频过眼，有情还是小桃红。"表达的正是这种故乡情怀。故乡的生活给了她无限的深情，她歌，她咏，赞美生活；生活又反过来给了她灵感。随着对晓雨的熟悉理解，我更加喜爱晓雨的诗词。盼望有更多《南歌子》这样的佳作问世！

东风第一枝·己亥新正 （宋彩霞）

大野扶苏，东君助暖，花心梦醒垂柳。蜡梅消息盈窗，新竹响堆满袖。风牵雨往，想买断、浓情杯酒。这次第、已把纤香，递向九州诗友。　　今夜赏、月明星逗。再日探、雾飞山秀。摘些圆眼樱桃，拣拾梢头豆蔻。拿来就句，必然有、芳菲相诱。你看那、绿旺红肥，信是小春时候。

【华慧娟评】：这首词逸兴遄飞，宏畅跌宕，笔致凝练。摄物象于笔底，得古今之体式，虽取途各异，而神蕴超迈。上片将镜头放远，从宏观着笔，整体勾勒出万物复苏，万象更新的初春之态，点笔粗犷中有细腻。前三句，取物象大野、东君、花心、垂柳，并将这四种物象拟人化，使它们富有生命气息，即刻，一张生动的春景画卷便由此展开，辅之以蜡梅清影曳窗，新竹声响盈袖，由景生情，满溢的情怀顿生，因此便有了"风牵雨往，想买断浓情杯酒。这次第、已把纤香，递向九州诗友"，这五句戛戛独造，运笔新颖，情溢神出，挥洒淋漓，以虚笔衬托出心中所想，和盘托出作者丰富的情感世界。"买断"一词，何等的果决，这是一种怎样的情怀推动力，"递向九州诗友"，又是怎样开阔的胸怀，此时，已将作者的深心、深情托于毫素，表达至臻了。

下片从具象着笔，加入了风趣而灵动的描写，使语境更加生动，更富有生活气息。"今夜赏""明日探"，时间上有了层递。"月明星逗""雾飞山秀"，物象活灵活现，富有生气。"摘些""拣拾""拿来"，这一连串富有形态的动词，将生活气息运于笔端，使作品更富有情趣，更加饱满，结句"你看那，绿旺红肥，信是小春时候"，首尾相呼应，笔纵又收，收得利落，整体划一，突出了主题。

这篇作品清丽婉畅，风调清远，洗练缜密，独抒性灵，颇耐涵泳，是首难得的好词。

宋彩霞作品五首
——以下五首摘自《精品精论诗词选》

夏夜见众人围听音乐

清音流夜色，天籁入重帷。
半月生圆意，疏星泻远辉。
人皆如有梦，心也似无扉。
一曲忘凉热，何论露湿衣。

舟过漓江

戊子晚秋余再游漓江，其景萦怀。

谁借天堂美丽胚？疑为醉酒在瑶台。
秋风袅袅江中拂，白菊盈盈渡口开。
两岸青山飞雁影，一方绿水斗鱼鳃。
关情最是轻舟里，早把新词细剪裁。

鹧鸪天·秋思

秋冷风声也是霜，况兼明月照波光。云中雁唳谁同听？鸥荡芦花益浩茫。　　天苦短，梦还长。山川曲似九回肠。怕将心事随词笔，写尽曾经一段香。

行香子·无题

瑞雪深沉，漫涌黄昏。以痴情、独守清芬。人生如梦，梦却无痕？有七分淡，三分苦，九分真。　　流云有恨，西风多妒，把心香、仍付红尘。鸥盟虽美，可与何人？问天仙子，西江月，牡丹魂。

南歌子·读红楼梦

几点催花雨，三更梦不成。临窗默对一天星。那朵云儿脉脉向东行。　　一卷红楼梦，悠悠石上情。灯花缭绕念曾经。可惜曾经都是落花声。

【李旦初教授评】：诗词五首都写得很好。立意构思、抒情状景、遣词造句得体、格律规范。其词具女性作者细腻笔致，有婉约派之风，创作潜力很大。

不停的雨 （宋彩霞）

电闪雷鸣
没有季节的一场大雨
瓦解了天空

降下雨的云也受到雨的伤害
它渐渐被消耗
我的想象超出想象的范围
看不清世界

想起了幸福的梦
却怎么也想不起细节
先后到来的雨水在窗玻璃上
混淆成一片

不停的雨现在没有雷电地下着
因此世界全部都是雨声
整齐而又凌乱
而雨和雨之间是无数空白

【胡望江评】：这是一首很好的诗歌！这既是自然界的雨，也是精神世界的雨！它"瓦解了天空"，高度被取消，因此、"降下雨的云也受到雨的伤害/它渐渐被消耗""幸福的梦"也因"先后到来的雨水在窗玻璃上/混淆成一片"。这样一个充满雨水的时代，我们的精神维度在何处？我们还有凌云的梦想吗？谁的想象还能突破想象的范围，向未知世界清理出诗意的空间？"不停的雨现在没有雷电地下着/因此世界全部都是雨声/整齐而又凌乱/而雨和雨之间是无数空白"谁看见雨水和类似雨水的东西不断地飘零和堕落？以及雨和雨之间是无数空白？另外语言处理很干净！平静而克制，意与象在悖论性循环中统一得很好！使诗歌持有了动感和张力!

故　乡　(宋彩霞)

你是开在夜海上的花
由波浪构成　旋开旋灭
遥远得像一些过去了的痛

无声地闪烁　颤动　鸣奏
生活却给我另外的面孔
许多日子在岁月里盘旋
许多眼睛触看不见自己的心

泪水打得礁石嶙峋
你可能感受到泪也波涛汹涌?
——一颗比大海更深的心
将多少沧桑收藏!

【七星宝剑评】：棒极。少见的写故乡力量巨大的作品。没有任何废话地直接把故乡从第一个字开始就送进去；中间段荡开以后的拓展；最后一段彻底地将故乡当作归宿。是极其会用诗歌这种形式来表达内心感慨的人。

（入编2005—2008《当代汉诗观止》一书，2009年）

黄昏的飞鸟（宋彩霞）

所有的故事都发生于黄昏
波浪，不断在群山下撞碎
树林抓不住它的落叶
更抓不住那只鸟——
天地之间
黄昏时疯狂舞蹈的精灵

落日是最后的灯盏
渐渐暗淡的光中，我们仰视：
它们就在那里，幸福地集合
痛苦地寻
觅在声嘶力竭的飞翔和叫喊中
寻找着回忆

一场突然的雨
在几乎同样的时空
打湿了谁的巢穴
肢解了你和这个秋天的骨肉联系？
——你像一只没落的秋蝉
于枝杈一侧，向隅而泣

所有的日子
都随你的抽搐而颤抖
顿悟与痴迷只在一瞬
在你不情愿的飞翔中
有个自由的灵魂，注定
不为谁停留

晨露滴翠的小径，暮霭苍茫的群山
山长水阔中，唯有
疲惫是你的生存方式——
为了能在生活的真空里居住片刻
你一直飞进黑暗，穿越
不惜遍体鳞伤

原载：《大众阅读报》2008年2月15日

【黑的梅花评】：这是一首有关"黄昏飞鸟"的抒情诗，这是一只为了"自由的灵魂"而"不惜飞进黑暗"并"不惜遍体鳞伤"的鸟。这是一个灵魂一直在"痛苦寻觅"的鸟，这只鸟就像"一只没落的秋蝉/于枝杈一侧，向隅而泣"，这只鸟是痛苦的，是疲惫的，也是矛盾的。这首诗写出了一个矛盾而沉重的灵魂，写出了一个自由灵魂为了追求而付出的代价。这首诗的"意"很深，境也很开阔，唯一让人遗憾的是语言有些纠缠，特别是在句与句的转化过程中，有点不够果断。但相比另外一首《黄昏的飞鸟》，这一首还是比较成功的。

蝉　鸣 （宋彩霞）

蝉鸣，在我接近的一棵树上
欢快而继续，走过七月。
即使在黎明时分，蝉睡了
陌生的地点也有了逻辑
寂静，和记忆

我曾想和其中一只对话
邀它进入室内，互相做伴
但它愿意留下来么
会不会在碰撞之后，突然消失？

在六月，然后是七月，我过多地
享受的梦境里
我将在树的底部收集蝉鸣
让它在沙滩和柏油路上
继续行进
注入更多荡漾的微波
给它太多不知道的一切

【田放评】：诗人内心的情感与自然界中的某种物象猝然碰撞而产生意象，运用于诗作中便有了诗的灵性。作者正是善于捕捉生活中司空见惯的细节——蝉鸣，来表达自己渴望与人沟通的心态。诗的语言鲜活、灵动，具有诗的真实性，读后在美的享受同时，可以感悟出一定的哲理，此诗不愧为佳作。

（田放 2007年8月12日于北京平谷）

重阳夜，阳台的桂花 （宋彩霞）

夜半，开放的声音
惊醒在黑色里沉睡的清香
——梦境！在尘世的茫茫里
谁点燃了烛光？

这么多花，突然出现
却仍然不被人看见
——这金黄，这孤独，这妖冶
完全不像它存身的世界

季节，已是重阳
寒露从夜的黑色中沁出
一颗流星，在无人注意时

不能被天空留住

凋谢不可避免。
不愿接受，但存在的这事实
被这些桂花忽略
它们正在创造璀璨
转瞬而逝的回忆

对于2007年10月19日的桂花。
我们能说什么？
除了天空，没有
无边无垠的事物。

【昨夜东风评】：喜欢这首诗。金黄妖冶而不被人看见、创造璀璨而转瞬即逝……"除了天空，没有/无边无垠的事物"。赏花伤情本古已有之。然而末节的提点却超越了古人，进入了深刻的哲思。

原载：《诗歌月刊》2008年2月19日

致被拆去的海草屋　（宋彩霞）

多么热爱那海草屋
海的气味渗透的童年
我一知半解的
绿了又黄的篱笆

从惊蛰走向谷雨
从低矮的星辰走向
遥远的月光老去的海草屋
屋顶的草渐渐混同于陆地
海水有了灰尘的气息

曾经难以忍受的辛辣

一眨眼淡如记忆中的空气
我在漂泊中养育了一种忠诚
在眷恋中学会了
残酷的遗忘

无语的故乡
一地碎影我
触摸到的仅仅是空旷
海草屋仅仅像一个姓名
再也没有我能接近它的方式

【沈天鸿评】：从草屋切入写故乡、童年，比较有难度的。这首不即不离，并且形成了深层结构，处理得比较好无语的故乡一地碎影我触摸到的仅仅是空旷海草屋仅仅像一个姓名再也没有我能接近它的方式最后两句太好——没有实体的姓名，真实但又等于不存在，空旷却又充满了一切，可以呼唤但无法接近……

比喻就是这样转成隐喻的所以，仅仅只是比喻，就要坚决把它从诗里驱逐出去。

原载：《诗刊·下半月刊》2009年2月号

六月之遇 （宋彩霞）

给天空打上封条
别让那些雨
将通向你的道路
变成泥泞

此刻你站在六月
往来的红尘经过你目光的过滤
降低到零分贝

我从五月奔向你
穿越那些数不尽的尘埃
为了能在彩虹的各种色彩中
在你面前出现
我这时开始允许下雨

【沈天鸿评】："给天空打上封条/别让那些雨/将通向你的道路/变成泥泞"

"为了能在彩虹的各种色彩中/在你面前出现/我这时开始允许下雨"意象及构思奇特而新颖，感情的强度与深度内蕴于其中。整首诗的结构也处理得较好。

原载《西江诗词》2009年9月28日

礁　石　（宋彩霞）

不属于陆地，也不属于海
这不能分类的石头
每天重复着
被拥抱被抛弃的命运
一直沉默

呼啸的不是它，是海
撞得粉碎的也不是它
是海浪，是岁月
是旋转的星光和月光

潮起。潮落。
它的里面全都是黑暗——
许多耗尽一生的愿望

在那儿超出了时间的刻度

一切还未结束
起伏无常的浪尖上
一只海鸥或许就是它的梦幻：
荒芜的礁石上一朵短暂
白色的花，在生和死之间开放

【沈天鸿评】：礁石难写，因为它只是一块石头。这首别有新意，并且写出了作者对生活，对人生，对存在的体验——我的意思就是说这体验不是其他人的，也不是人人意中所有，笔下所无的，更不是大众的——并且把这些都用主意象礁石和附属意象例如浪花、海鸥等等暗示出来，从而有了可以品读的意味，使得诗既有理性的意味，又有意象的韵味。

入编2005—2008《当代汉诗观止》，2009年版

诗在气，气贵雄浑

雷海基

最近读到宋彩霞女士微信上七首绝句，想起明代谢榛一段话：《余师录》曰："文不可无者有四：曰体，曰志，曰气，曰韵。"作诗亦然。体贵正大，志贵高远，气贵雄浑，韵贵隽永。四者之本，非养无以发其真，非悟无以入其妙。（《四溟诗话》）

下面从气的维度看看宋女士诗雄浑气势的营造与表现。

读过宋女士这七首，觉得皆气足势大，有雄浑之象。雄浑气象表现在结体紧凑，善用问句，设置落差，用逆挽语句，连用极端数字，营造宏大景象等。且看这七首诗如何表现。

思乡柏

不是由来难长直，好凭风露向眉山。
谁言此树多盘节，与我心中永不弯。

诗紧紧地围绕"弯"字铺展，首句写"直"，以对比衬托"弯"，第三句的"盘"，第四句的"弯"都映照首句的"直"。使整首诗毫无分歧，十分紧凑。团结就是力量，诗因结体紧凑而壮实有力。上联和下联都是问，且是反问语气，更添气势。

开江雨中问荷

当秋恐被小霜裁，复看行云带雨来。
剩有凉风和冷月，问君襟抱向谁开？

整首诗以题目的"问"为中心展开。上联用倒装句式，着意显示语言的张力。下联是问句。其气一贯而下。以问作结，问而不答，余韵未了。

桂　花

饮尽西风向我开，深情入骨伴霜来。
大红大紫由它去，高举黄花百尺台。

诗之气在巧用极端数字，即最大数字和最小数字。首句的"饮尽"，是饮了所有一切之意。第三句连用两个"大"字，第四句用"百尺"作结，皆为最大数，四句有三句用最大数字，再加上"高举"二字，更添气势。这首诗自第一个字始，直至结尾，始终气势如虹。

仰望卧佛岭

怀抱苍天正是非，迎风沐雨布春晖。
我从攘攘寻宁静，蓦地胸襟阔十围。

题目的"仰望"，首句的"怀抱苍天"，描绘的是一派雄阔高远景象，第四句的"胸襟阔十围"，用最大数作结，且"阔胸襟"与"抱苍天"呼应，整首诗的气象雄阔饱满。

岐山莲花池书所见

一派青葱东复西，千红万绿压湖低。

黄游蜂落白莲上，吻着清香醉欲迷。

诗的上联连用三个最大数字，"一派青葱"对"千红万绿"，下联用流水句，整首诗如高山流水，一泻而下。

雪

一落人间便冻冰，崎岖覆盖万千程。

园中多少花仙子，只有此花知不平。

诗的上联连用三个最大数字：一、万、千，气势顿生。下联流水句更兼问号，且是反问语气，尤显气概。

南湖漫步遇雨

南湖滚滚山如水，细雨悄然天上起。

我在林中急急行，鸟声却入小诗里。

这首的气势在语言上用叠词"滚滚"，和意象的高大远阔，"滚滚山如水"，"细雨天上起"，皆雄浑大气之象。且用"细雨"反衬"山水"，"悄然"反衬"滚滚"，形成强烈落差，水因落差才顺流而下，甚至成"飞流直下三千尺"之态。落差因其大而彰显气势。下联两句用转折语，通过"却"字反转前句的势能，有逆挽功效。

正如谢榛所云：雄浑之气"非养无以发其真，非悟无以入其妙。"诗里气是胸中气的流露，要得诗的雄浑大气，需有阔大胸襟，敢为精神，笔下才有雄壮之词，诗间才见壮观伟岸之景，雄豪浑然之象，飞流奔腾之势，读来有正大雄壮之感，提神壮气。诗人不仅需掌握以上艺术手法，还得修养自身。

托物言志，意致高远

——读宋彩霞《次梅关雪韵》

广西民族大学文学院　冯仲平

　　《易·系辞下》称赏《易经》之文曰："其称名也小，其取类也大。其旨远，其辞文，其言曲而中，其事肆而隐。"即指《易经》常以个别的微小事物概括同类事物，进而寄托和表现深奥的大道理，达到言近而旨远、词浅而意深的艺术效果。司马迁《史记·屈原贾生列传》赞美屈原的作品云："其文约，其辞微，其志洁，其行廉，其称文小而其指极大，举类迩而见义远。"王逸《离骚》序评价屈原的作品说："《离骚》之文，依《诗》取兴，引类譬谕，故善鸟香草，以配忠贞；恶禽臭物，以比谗佞；灵修美人，以媲于君。"三者皆从美学的高度揭示了艺术创造和诗歌审美的深层规律，特别是点明了中国古代诗歌创作的基本思维模式。

　　追溯中国诗歌发展的漫长历史，诗骚在先秦时期形成了诗歌艺术的两大高峰，奠定了诗歌创作的深层艺术规则，成为此后历代诗人景仰的最高艺术典范。仰观俯察、比类取象、立象尽意，是《易经》开创的观览、思维和创造的模式，在艺术创作领域始终贯穿着这种基本模式，尤其是在诗骚的大量作品中，凝定了许多代表中国文化内涵的经典意象，如梅、兰、松、竹等植物形象，已经成为代表中国文化精神的典型意象，其中寄寓了重要的文化内涵——独立不倚、岁寒不凋、洁身自爱、忠贞不屈的高风亮节。诗三百被称作"经"，《离骚》也被称作"经"。经者，典范也，正道也，规律也。故凡是优秀的诗歌作品，必能遵循诗骚的美学规律，体现诗骚的审美风范。

　　宋彩霞女士《次梅关雪韵》诗，深谙诗骚内閟，弘扬诗骚传统，托物言志，咏物寄情，怊怅婉转，曲折盘旋，寓意深沉，韵致高远，堪称咏梅（物）诗之佳作。为了准确地阐释次韵作品的具体内涵，先引原作梅关雪女士的诗如下：

《丙申立春日》

　　雪舞梅梢兆瑞图，撷来春信韵千株。
　　乡关笑语不嫌少，骚客欢谈怎道孤。
　　莫恋功名深似海，独倾翰墨妙如珠。
　　从容闲渡风花月，自得诗心寄鹧鸪。

　　季节的交替，物候的变化，不但是纯粹客观的自然场景，而且是感荡诗人心灵、激发创作欲望的媒介，同时也是诗歌表达主观情感的载体。正如刘勰《文心雕龙·物色》所云："春秋代序，阴阳惨舒，物色之动，心亦摇焉。……是以献岁发春，悦豫之情畅；滔滔孟夏，郁陶之心凝；天高气清，阴沉之志远；霰雪无垠，矜肃之虑深。"不同的季节与物候，都会激扬诗人敏感的心灵，运用艺术的方式给以不同的反应。时间是初春，寒雪虽未消融，梅花早已绽放，千株连枝，万花竞放，好一幅热烈壮观的梅花春图！诗友寻芳，雅集联韵，梅花芬芳，传递着春天的消息；欢声笑语，荡漾着诗情画意。穿行于美丽的梅花林中，徜徉在高雅的艺术之境，功名利禄之光黯然失色，诗书翰墨之情熠熠生辉。在从容优雅的环境中静观岁月的流逝，把含蓄悠然的万千情思寄予深山中的鹧鸪——恬静悠闲之中，带有淡淡的忧思感伤。有此铺垫之后，再来欣赏宋彩霞女士的唱和：

　　春入东风作画图，百花红紫万千株。
　　我非异地情全隔，诗有同心韵不孤。
　　人历寒潮方致远，梦经沧海尽明珠。
　　宽怀何惧多霜雪，莫向深山问鹧鸪。

　　宋诗步韵而行，画境次第铺开。首联入手迅疾直接，落笔果断大气，在点明季节的同时，浓墨重彩地铺陈渲染了春梅盛放的美丽画面："春入东风作画图，百花红紫万千株。"雪白的纸上，云蒸霞蔚，春光烂漫；读者的眼前，千紫竞放，万红争艳——不是冰封雪飘的严冬，是热情洋溢的春天；不是冷清寂寞的桥边角落，是气势恢宏的壮观场面；不是孤芳自赏的幽独，是色彩斑斓的交响。

　　颔联紧接写景的铺叙，立即转入抒情的旋律："我非异地情全隔，诗有同心韵不孤。"诗人进入了艺术画面，按照王国维的观点，此"有我之境"也。言志、抒情，乃诗歌艺术的本质特性，而且亦如《人间词话》所说："一切景语皆情语也。"王夫之曾有言："情景名为二，而实不可离。神于诗者，妙合无垠。巧者则有情中景、景中情。"由此可见，情与景两者实不可分——无论"泪眼问花花不语"为主观诗人之佳句，即使"寒波澹澹起，白鸟悠悠下"亦何能隐藏诗人之心境？从艺术发展史的角度看，英国文学理论家考德威尔认为，诗歌表达的是人类的共同经验。由此看来，无论时间还是空间，都无法隔断诗人与诗歌的历史传承性与系统整体性。梅花，作为承载着特殊文化内涵的审美意象，无论是观眼前梅花而感触，还是赏诗歌作品所引发，何尝有古今异地之隔膜？故读陆凯、张九龄、苏轼之咏梅诗，怎能无感怀兴叹之心灵共鸣也哉！诗有同心，我韵不孤，大有范仲淹《岳阳楼记》"览物之情，得无异乎"的天问："予尝求古仁人之心……"乃古今仁人志士，其心一也，其志一也，其情一也，其诗亦一也。颈联继续抒情的节奏，然而笔锋一转，由近及远，超越了个人形象与个性情感，将眼前之景与内心之情升华到了具有普遍意义的人类共同经验的高度："人历寒潮方致远，梦经沧海尽明珠。"具体的"梅"花，幻化成了抽象的"人"，诗人代表全人类发出声音，具体的情感承载着全人类的喜怒哀乐，恰如王国维称赞李后主词"俨有释迦、基督担荷人类罪恶之意"也。诗人以梅花的凌霜斗雪比拟人经历艰难坎坷的磨砺，而后可以迎春绽放即担当大任成就伟业的历史规律；唐人元稹《离思》有名句云"曾经沧海难为水"，诗人引其意而伸之，反其意而用之，表达了更为积极的正面意义——宋代禅宗大师青原行思有参禅三境界说，他认为：参禅之初，看山是山，看水是水；禅有悟时，看山不是山，看水不是水；禅中彻悟，看山仍然是山，看水仍然是水。按照黑格尔的哲学逻辑，或曰正——反——合的演进过程，则初始阶段的"人"属于最初的理念性存在，最高的抽象就是"无"，只有经历自然、社会和思维等阶段之后，才获得真正的现实存在；以此类推，"曾经沧海难为水"亦可理解为认识的低级层次，而当经过诗人再度沉思之后，显然超越了"难为水""可为水"两个层级，三级跳之后跃升到了"尽是珠"的最高层次。以此理解宋诗颈联，无须再饶舌也。读到此处，愈加感觉这首诗的妙处：有意象，有境界，有哲理，三者水乳交融，浑然一体，而且愈翻愈深，愈幻愈奇，堪称佛家之最高境界也！

尾联作为诗的收束，或水到渠成，卒章显志；或戛然而止，言有尽而意无穷。而观此诗之"宽怀何惧多霜雪，莫向深山问鹧鸪"，则可谓多种功能兼而有之矣！若说卒章显志，则梅花不惧霜雪而迎春绽放，自有从容自信的风度气节，是为自然而然直接的点题；而以"霜雪"呼应"春图""百花"，不但使整首诗首尾衔接，结构完美，而且造成一种回环往复、一唱三叹、情思缠绵、余音缭绕的美感。

宋诗与梅诗相较，既有意境情调的相同共鸣，更有情感旨趣的翻新出奇，特别是颔联与颈联，在意蕴和气势上有明显的差异——从艺术形式的角度看，自然属于异曲同工之妙；而从情感特质和气势变化来说，则原作显得平和顺畅而无波澜，次韵则有反用其意、异峰突起的奇崛效果。诗贵含蓄，诗人所咏叹的对象仅是一点，但是具有巨大的艺术张力，涵盖漫长的时间和辽阔的空间。在两首以梅花为描写对象的作品中，霜雪之美，梅花之美，梅花诗的艺术之美，其中蕴含的文化之美，构成了多重意蕴的叠加融会，你中有我，我中有你，相互渗透交融，主客融浸难分。而宋彩霞女士的次韵之作，除了同样以生花妙笔描绘了一幅明丽的青春画面，与梅关雪原作一起成为精致玲珑的双璧之外，特别寄寓了坚定自信与昂扬向上的审美理想——此乃宋诗的根本审美价值所在。

情中有思尽惝恍

——读宋彩霞《卜算子·观烟雨凤凰》

梦 欣

就"诗雅、词俗"的这一点来说，词的写作更贴近于人的现实情怀、更纠缠于人的某种心境情绪。正是这个区别，使得诗偏重意境的构造而词则擅长刻画情感的亦生亦灭。一句话，诗求味厚而词重情浓。味厚必藏于意，情浓可索之心。一藏一索，风格由此而略显不同。诗多用书面文而词多用口头语，也当是一藏一索的不同要求所决定的。但就词的抒发情感来说，通常分为婉约与豪放的两个类别，这就是由"杨柳岸晓风残月"与"大江东去"各自代表的风格。但婉约也好，豪放也好，一是没有绝对的界限（在人来说，豪放者也有婉约词，婉约者也断非无豪放笔。在作品来说，豪放与婉约，有时也尽可兼而有之。那种认为婉约为本色、豪放为别调的说法似是而非），二是同样须出以真情方能动人（诗也一样）。词作的以情动人，最直接的是袒露自己的心绪，让自己的情怀通过文字的表达去感染读者。再上一个档次的是在传递情感的同时，将自己思考过滤后的感悟，也呈现给读者。这种作品，在保留浓郁的情感的基础上，兼具"情中有思"的特点。宋彩霞丁酉词作中的《卜算子·观〈烟雨凤凰〉》便属于"情中有思"的佳作，这里姑且拿来作为例子简要分析一下。先读其词：

月淡凤凰奇，水碧清凉界。试向珠帘啼一声，情坠相思海。　　不是不伤情，只是情难再。收拾悲欢谢幕时，瘦了原生态。

《烟雨凤凰》是一部以湘西山水风光及当地民俗文化为背景植入沈从文《边城》一书中的故事情节而打造的大型民俗情景剧，通过对剧中人物"翠翠"柔美凄绝爱情故事的追踪与展示，赞颂了纯洁的爱情与质朴的民俗文化。作者在观看这台演出之后，激发了某种情感的共鸣，便想把自己的动情之处，说出来与读者分享。但当作者尝试着把观看过程受到剧情感染的心绪写出来时，却发现自己的情感与剧中人物的情感已不尽相同。那么，不同在什么地方呢？作者自我检视一番，进行了认真的思考。正是这一番检视与思考，让作者写下了一首有趣而可以启迪读者省悟人生的好作品。

这个作品的有趣和有情感理性启迪作用体现在两个地方：一是词作的结构，一是作品的理性光芒。

先说结构的有趣。词作的结构，通常都是一片写景，一片抒情，或者景与情，交织在一起写。但此作，上片一二句描绘演出所展示的当地山水风光之美景。三四句则描绘"我"被吸引进剧情里，产生与剧中环境互动的冲动。下片一二句补述"我"想融进眼前那个美妙的情感世界而不能，因为理智依然清醒。三四句再回到演出的场景，此时，发现演出结束后，山水景色去掉了灯光道具等繁枝细节，恢复了朴实的形态。作者情感的一进一出，比单一的写景抒情，层次丰富了一些。

再说体现在作品中的理性光芒。当着作者为眼前的美艳情调所吸引而"试向珠帘啼一声"时，情感已无法抑制而于瞬间投入，正有飘然改变人生轨迹的感性冲动。这是"入戏"。但"入戏"之后，作者的理智提醒自己，这段路自己先已走过，按照如今的年龄与经历，绝不可能再有新的情感发生和纠缠，于是排除了情感被演出带着走的趋势，重新用冷静地眼光审视眼前的景象，到了演出终了，人没了，灯光没了，景色回到原始的状态。这时，作者悟出一个简单而寓意颇深的道理：生活的精彩、繁杂、悲欢等等都是人为添加的因素，一旦将这一切全抛开，生活就是白纸一张。作者将这个道理，用一句"瘦了原生态"含蓄表达，语言精练而指向十分准确。

伴随着作者情感的"入戏"与"出戏"，读者可以感受到：隐含在"瘦了原生态"一句中的思想至上的感悟，便是此作"情中有思"的特色所在。情中有思的作品与一般单纯写景抒情的诗词相比，具有更为耐人寻思咀嚼的力量，因为它已超越一时一事的一己之遭际，超出自身的得失与悲欢，反映出对整个社会人生的感慨，这便有人生哲理启迪的高度。

沉雄俊逸的白雨诗

周笃文

《白雨庐诗集》的作者宋彩霞女士，我识之于四年前的一次颁奖会上。当我读到其《平韵满江红·花蕾绽开》时，眼睛为之一亮。它是出自这位体态娟秀的女作者之手吗？她能驾驭这高难度的《平韵满江红》吗？这首词的宏大气魄与蓬勃的生活热情，确实深深打动了我：

地换新装，今喜见、花蕾绽开。天破雾、神州清爽，豪气萦怀。折翅焚书成往事，关情弄砚试诗才。彩波长、劫难付流云，都扫埋。　　当年事，休再哀。歌未老，锦能裁。看彩霞千顷，都照红腮。淑气渐回盈万岭，长歌定要响天涯。趁春潮，戴月种芝兰，和露栽。

词作于1979年。21岁的作者随父母落实反右错案，得回城当了产业工人队伍中的一员。年青的词人为沐甘霖而生机勃发，提笔写就了告别苦难面向朝阳奋进的长调。她一扫过去的愁眉苦态，濡长笔，试诗才，倾诉盈怀的喜气。从一个侧面记录了风雷抖擞的生活新机。请看后片结尾七句："看彩霞千顷，都照红腮。淑气渐回盈万岭，长歌定要响天涯。莫等闲、趁春潮，戴月种芝兰，和露栽。"真是语奇思壮，愈唱愈高，气象何等发煌，思致何等沉郁，音节何等浏亮。令人读之击节不止。

彩霞少年是凄苦的。然而童心善感，发于诗中，却真切动人。如《踏雪写黑板报》：

一脚浅还深，迎寒雪满襟。
真情随粉笔，黑白识童心。

这年12岁，她灵衿乍起，竟婉转成章。"黑白"句语意双关，很有哲理意味，不得不说是小荷初露尖尖角的少年颖妙之才。

彩霞幼历磨难，艰苦备尝。词笔所至，有很深的草根情结与爱心的关怀。如《河传·问》：

春薄，花苦。老墙残础。入眼危途。高坡黄土岁寒初。谁欤？子规啼血呼。　　有人杯酒歌楼舞，朝还暮。无视风和雨。爱吾庐，冰玉壶。相扶，杏桃花渐腴。

这是作者看到断壁残垣下孩子的照片，引发的联想。将贫富悬殊的惨淡现实，对比写出，便如此厚重沉郁，令人深为震撼。

又如《忆秦娥·问》：

天应哭，楼房尽倒学生屋。学生屋，豆渣真个？怎生能赎！　　欢声顿寂谁能卜，冤魂带血难瞑目。难瞑目，伤心多少，这般残酷！

真是呕肝沥胆，字字血泪啊。

词人笔名晓雨。"雨"，便成了她创作中的意象群落。在其《难忘岁岁人间雨》组歌中，更是妙语连珠，佳章迭现。如《浣溪沙·春雨》：

昨夜东风与燕谋。送来琼液下田头。晨时处处话清柔。　　不忍稻粱饥一日。更期农户壮三牛。东篱不再是荒丘。

又如《鹧鸪天·夏雨》：

时雨无踪紫陌愁，芭蕉憔悴语还休。薄云千里如游子，暑气一帘非好俦。　　天一笑，做温柔。奔雷疾电意方遒。一宵委婉如春讯，便作新词第一流。

再如《醉太平·雷雨》：

星藏月藏，风狂蝶狂。雷声划破南窗，令人惶鹊惶。　　更长梦长，来航去航。人生多少彷徨？问朝阳夕阳。

以上诸作，皆以白描手法写出心中感触。时出硬语，杂以奇趣，便能引人入胜。

彩霞作品，中年以后日趋奇健，精壮顿挫，颇有挥洒自如之高致。特别是近年京华之作，尤为高朗轩昂，豪婉兼呈，已自成一家了。如《浣溪沙·京华中秋》：

月色撩人分外柔，秋光万里豁双眸，清风引我上高楼。　　磊落诗心凭快递，光昌气象付骅骝，澄圆明月正当头。

又如《临江仙·威海至京华车中作》：

我借长风临北海，此番高梦昆仑。人间天上觅诗魂。窗前千叠浪，眼里几星辰。　　莫问红尘多少路，可怜瘦骨凡身。春花谢了又秋晨。来时如梦令，去是画堂春。

　　气象何等光昌，文笔又何其俊爽。如此手笔真能秀出时流不让须眉之一等佳构啊。"来时""去是"二句，点缀成语，天衣无缝，实为难得。

　　彩霞诗词措辞深妙，句丽而意曲，字新而韵峭，的是词家本色。如"裹暖心头一剪春，系出相思色"之妙颖。"引来一个鸳鸯梦，能可消融两地疏"之尖新，"怕将心事随词笔，写尽曾经一段香"之香艳，皆簇簇生新，极具胜韵。

　　彩霞青春鼎盛，才思俊利。当场命意，脱手成章。居邻莲湖，一夕成二十韵，皆妍秀可喜，能令老辈敛手。其《步韵恭和辛卯开岁诗家联唱录》云：

　　　　浩荡东风醒大野，江河着意孕宏图。
　　　　三山叶茂芳菲好，六出花飞景色殊。
　　　　陌上黄鹂鸣好句，诗间紫燕剪荒芜。
　　　　天涯有韵遥相合，多少豪情到首都。

　　中二联"殊""芜"二韵，向称难押。而彩霞举重若轻如风行水上自然成文，非易易也。持此不懈，更加淬砺，则大成何难哉。彩霞勉之，是为序。

辛卯端午于影珠书屋

我们的脚下沾有多少泥土

——宋彩霞田园诗漫谈

周笃文

作为田园诗的开创者，陶渊明第一个将农村生活、田园风光当作重要的审美对象。而将日常生活表现得情趣盎然、富有诗意，扩大了诗歌的题材。他创造了平淡自然的诗歌意境。由此为后人开辟了一片情味独特的天地。

历代文人墨客对陶渊明的田园诗都进行过不懈的探索，孟浩然、王维便是其中的佼佼者。苏轼甚至有全和陶诗之举，将田园诗创作推到一个新的境界。在当代诗人阵列中，女诗人宋彩霞也是一名颇有建树的跋涉者。其特点包括：

平淡醇厚的语言风格。彩霞田园诗风格平淡自然，这种自然平淡的诗风与平静朴素的田园生活的题材来自于诗人恬淡旷远的襟怀。

她善于以白描及写意手法勾勒景物、点染环境，朴素真率，笔调疏淡，风韵深厚。

其《太常引·忆故里》云：

流云总系水之涯，梦里老篱笆。崖畔蔓初爬，漫数着、田头树丫。　霜余草腐，风嚎月唳，落尽后庭花。休说误韶华，请君看、南天碧霞。

"流水总系水之崖，梦里老篱笆。"并无感叹，毫无夸张。把自己比作"流云"，把故乡喻作"水之涯"，一个"系"字，把读者引入故乡的那片热土，倾诉着难忘的往事，记忆着童年的希冀。接下来，一个女孩的足迹，一片藤蔓，拉开了词的第二帷幕。我们仿佛也与她一起，来到了田间、藤下。作者对于大自然入微的体味，观察之细腻，令人赞赏。"慢数着"极其生动地再现了儿时天真烂漫的心境。整个上片，既写景又抒情，平添了景物的天然泥土芳香。

下片借助"霜、草"等景语意象,描写那个时代的一些坎坷和苦痛。"休说误韶华,请君看、南天碧霞。"行文到此,发展到了光昌亮丽的高峰,一片真情,不能自抑,便把主题思想点了出来。最后二字"碧霞"与开头"流云"首尾呼应,采用"宕开"的手法,以景结情,由景及情,生发自然。其妙在言虽止而意无尽。足以说明她那种善于在淡泊中见淳厚的功夫。

　　在彩霞的咏物组诗中,诗人不厌其详地罗列景物:"万树婷婷静欲飞,琼花串串映流辉。"(《槐花》)"桃花何事竟徘徊?枝上商量次第开。"(《桃花》)"空谷仙根早结胎,青山有约不须猜。清香最恨俗人采,唯喜春风细细裁。"(《咏兰》)"芳林翡翠频频约,手挽东风来践诺。最怜来去鸟衔红,身影如同枝瘦削。酸甜总待红尘嚼,何必拈花怜坠萼?游园拾得自然心,我自携歌归淡泊。"(《玉楼春·游文登樱桃园》)且不说她运用了游樱桃园是受"芳林翡翠"的邀请,手挽着东风同来的含蓄的艺术想象。她着重阐明的,是"酸甜总待红尘嚼,何必拈花怜坠萼"的处事心态,和"游园拾得自然心,我自携歌归淡泊"的气度和胸怀。彩霞在上述这些诗句中淋漓尽致地抒发了回归田园的愉悦,善于将兴寄和自然美融为一体。她笔下的景物既是有象征意义的意中之景,又是生活中的实有之景。笔下的景物往往被人格化,并且都是日常生活中常见的景物,形象有力地表现了诗人摆脱尘俗返回自然这一特定环境中无比欣慰的心情。这些对景物真切的描写,无不饱含着诗人对乡村的亲切依恋之情。语言平淡质朴,想象奇特,空间辽远却诗意盎然。极为生动逼真。非亲身经历者不能道。

　　情景理的巧妙结合。彩霞的田园诗,还牵涉文学所集中关注的问题:人生的意义和价值何在?生命怎样才能获得解脱?在这方面,我们首先看到:《醉太平·雷雨》云:

　　星藏月藏,风狂蝶狂。雷声划破南窗,令人惶鹊惶。　　更长梦长,来航去航。人生多少彷徨?问朝阳夕阳。

　　这首小令轻松灵动,欢快直白,于唱叹往复中写出了人生哲理,实在高妙。起句"星藏月藏"含蓄生动,其实无非是说云遮雨到,星月失辉，星星月亮都躲到了云层的后面，这是富有生活气息的儿语，放在此处更见活泼的情趣。二句中"风狂蝶狂"也是颇具动感，真切逼人。渲染了山雨欲来的浓烈气氛之后，三句开始点题入雷声，声音本是无形的，这里却说雷声如刀，竟然能划破"南窗"，看似离奇，细品下来却是十分合理合情。"令人惶鹊惶"，写雷电惊扰的效果，"人惶鹊惶"的感受有种笃实低调的平常心，在自然造化面前，人是何等卑微与脆弱啊！尤其是于不经意间的自然流露，更显出词人的心境的敏感与悟性的深致。"更长梦长，来航去航"的循环往复，粗笔勾勒出人生一世的大致活动和行为。"人生多少彷徨？问朝阳夕阳"概括人一生的基本思想情绪等等精神层面的生活轨迹，许多的思考都产生于彷徨徘徊之中。"问朝阳夕阳"是颇有禅意的一个回答。有位禅师，不管谁来问道不管困惑在哪儿，这位大师一概回答："吃饭睡觉！"我们的词人也说"人生多少彷徨？问朝阳夕阳"，颇有异曲同工之致。

　　诗和冷静的哲理思维结合在一起，便呈现为清明淡远的意境。她绝少使用浓艳的色彩，夸张的语调，深奥的语汇、生僻的典故。他的诗歌充满感情。进一步说，她的诗歌洗净了一切芜杂黏滞的成分，才呈现出明净的单纯。她对自然的美，无疑有十分敏锐的感受，因而能够用准确而朴素的语言将其再造为诗的形象。彩霞诗以深沉的思想感情和哲理为底蕴，绝不炫耀外在的美饰，所以大多通篇简洁，少作铺排，诗的意境，也比较完整，从总体上感染读者，而不以一字一句，某个片断吸引人。做到了情、景、理巧妙结合。

原载《东坡赤壁诗词》2012年第5期

人间天上觅诗魂

——读宋彩霞《白雨庐集》

袁忠岳

初识彩霞女士是在2011年肇源诗会上。她是听说我是山东老乡才找到我的，说她前不久才从威海来《中华诗词》参加编务，请多加指导等等，说话爽朗热情，还一起照了相。后来读到她发在刊物上的词和评，就有所留意，觉得有水平、有见识。今年收到她寄来的《白雨庐集》，翻读集子中诗词后，才大致了解她的身世，不禁感慨系之。她在《平韵满江红·花蕾绽开》一词的前言中写，"余一岁时随母亲下放农村，一呆二十年矣，儿时往事不堪回首。今得知落实政策终于汇入亿万兄弟姐妹之一员，激动不已，夜不能寐，因赋"。那是1979年，她已21岁。《那时岁月九章》就是她儿时留下的"不堪回首"之点滴。周笃文先生在该集序中提到其中一首《踏雪写黑板报》，说她12岁就有此诗，"不得不说是小荷初露尖尖角的少年颖妙之才"。可又有谁知道这朵楚楚可怜小荷是如何在20年的漫长岁月里含辛坚忍地拔濯于苦难污泥中的呢？她在写于1974年的《焚书》一诗中写道"火烧典籍伤无主，领略人间苦难深。"在同年冬写的《与母亲赴新疆》一诗中写道"身似浮萍赴北疆，穷天僻远正茫茫。"我无法揣想在如此哭告无门、举眼无路的绝境中，她又是怎样找到诗词这一患难之交，并且对其执着不舍地痴迷追求至今的。但从以上她的简略身世中可以知悉：正是诗词，成了她幼少年凄苦无助生涯中的一叶慰藉心灵、相依为命之孤舟，共同熬过了肃杀冰冷的寒冬酷月。了解了这一点，你才算拿到了打开这本诗词集中不少隽篇佳作情感之门的钥匙。

譬如她为什么那么喜欢聂绀弩的诗？这就不能不追溯到她30多年前的苦难日子。正是这种打入另册生活的相似遭遇，激发了她要通过词和诗的唱和，来达到心灵抒怀的强烈愿望。集子中有6首"蝶恋花"词是读聂诗后写的，所读聂诗有《咏珠穆朗玛》《题红楼梦》《秋老》《杯底》《赠雪峰》《北荒草》等。其中《赠雪峰》曰："三年万里雪霜中，每有人谈冯雪峰。""燕市沙尘低小帽，乱山无数夕阳红。"彩霞词则和云："破帽压低眉一寸，三年万里无人问。""崖顶乱山藏黑阵，夕阳总与黄昏近。"这种自觉低人一等无脸抬头见人的感觉，未有此境遇的人是无法体会的。彩霞当时虽小，却已尝尽世间炎凉感受至深才写得如此真切。不然怎么能把诗中"燕市沙尘低小帽"的动作精确到"破帽压低眉一寸"的程度呢？彩霞认为聂诗"片片诙谐，片片还如铁"，"字字生雷，字字皆高洁"，可谓是言简意赅，一一中的。词中赞聂老为"灵均独醒人间少"，也是恰如其分，极为精当准确的。

苦难生涯是彩霞拥有的宝贵财富，也是她的诗词厚重不飘的内在因素。清代赵翼有"国家不幸诗家幸，赋到沧桑句便工"的诗句。王国维的《人间词话》则言"尼采谓：'一切文学，余爱以血书者。'后主之词，真所谓以血书者也。"七月派已故诗人绿原也说"我和诗从来没有共过安乐，我和它却长久共着患难。"彩霞没有因父母平反复出个人境况不断改善，而无视民间疾苦和社会上依然存在的不公。它们有的是天灾造成的，如地震、干旱、淫雨、洪涝、倒春寒等，均使彩霞牵肠挂肚，铭之于心，诉之以词，如《菩萨蛮·春寒》《蝶恋花·责雨》《渔家傲·重铸河山收苦雨》《水调歌头·问天》《伤春怨·淫雨》《菩萨蛮·写在汶川大地震默哀日》等即是。词人为灾情焦急，替民众担忧，拳拳之心溢于言表。有的则是人祸，如她在一首词的前言中写的："汶川地震中，倒塌惨烈的建筑多为学校，致使很多花季少年不幸死亡。而学校边上的房屋大多未倒塌！余心中悲痛，怅然之余，迷茫有问。"这就是周笃文先生序中提到的《忆秦娥·问》："天应哭，楼房尽倒学生屋。学生屋，豆渣真个？怎生能赎！"惨况触目，悲愤难抑，忍不住咄咄逼问，其责任在谁，为何不予追究？由于彩霞幼时被硬生生地剥夺了应当上学的权利，所以她特别关心今天上学的孩子，当她"惊见贫困地区学童照片，禁不住感赋"，"花睡，烟累。瘦云滋味，小萼成悲"（《河传·徒作伤心字》），借物以寄意，百般怜惜。又因为"惊见贫困地区学童照片，双手冻伤流血，禁不住泪流满面"，而心疼地写下"稚手冻成伤，暗了春光"（《浪淘沙·学童冻伤手》），一个"暗"字，含意深长；更由于"看到那些残墙、那些孩子，公仆该做点什么？"，却只见"有人杯酒歌楼舞，朝还暮。无视风和雨"（《河传·问》），对比鲜明，无须多言。试问，有钱奢华，无钱盖屋，这不是人祸是什么？

个人命运的转折是与国家兴衰变化连在一起的，彩霞也不例外。事情发生在1978年，她在《画堂春·父母平反复出》的前言中写"1958年母亲因'右派'下放农村，至1978年恢复工作，一家人悲欢交集，草赋一阕，以为纪念也。"词云：

今朝大地响春雷，弄晴晓雨霏霏。廿年伤劫损红肥，多少人非。　　料得清光总有，来从海上东飞。水清山色月澄辉，终见崔嵬。

她的后半生也由此改变，"当年事，休再哀。歌未老，锦能裁。看彩霞千顷，都照红腮。淑气渐回盈万岭，长歌定要响天涯。莫等闲、趁春潮，戴月种芝兰，和露栽。"（《平韵满江红·花蕾绽开》）她是满怀希望和热情走进改革开放新时代的，家庭生活和诗词创作都随之日新月异，不断提高。特别是从威海被聘来京参与《中华诗词》编务以后，其生活节奏加快了，生活内容更为充实了。虽需在威海、北京两地奔波，她不以为苦，反觉其乐。集子中有14首词是写于来往途中的火车上的，真所谓，来也是诗，去也是诗，包括本文题目"人间天上觅诗魂"也是从其车上写的词中摘出来的。请看：自京回鲁，"来去如飞甘负累，没有忧伤"（《浪淘沙·回鲁车上》）；自鲁返京，"车里吟哦真浪漫。仄仄平平，铺向燕山远"（《蝶恋花·威海至京华车中作》）。我们可以想见坐在车中的这位旅客心情是非常好的，"此刻新词，专绕车轮转"（同上），一路车响，一路歌不断。能整天和诗词打交道，采风、组稿、酬答、吟唱，谈笑有名家，往来多高手，天广地阔，营养丰富，到哪儿去找这样好的学习机会？而这就是她的工作，这就是她的生活，她怎能不高兴呢。两地生活还增多了离情别意，扩展了创作空间，在北京想念家乡亲人，在威海惦记挚朋诗友，落笔为词，情长义深。此外，她的词，书写历史英雄，金戈铁马，慷慨悲壮；描画眼前山水，云缠雾绕，旖旎风光。恰如周笃文先生所言，"豪婉兼呈，已自成一家了"。《白雨庐集》除词外，还有古体诗和新体诗，笔墨多样，视野开阔，作者游弋其间，不拘于一。不过，三者相较，似乎词与其性情更为切近，好像也更能激发起她情绪和灵感。如《卜算子·秋情》：

不是不伤秋，只是秋难控。心上徘徊一个秋，寂寞秋声共。　秋雨任消磨，秋趣参差弄。但有秋歌伴雨来，送我秋波梦。

每句都有一个"秋"，饶有风趣地把"秋"说了一个透，真是好一个"秋"字了得。再看《卜算子·金湖观荷感赋》：

袅袅绿衔红，朵朵盈盈笑。若摘娇娇戴满头，衬衬红颜老。　瓣瓣露晶莹，款款逸姿好。颤颤依依别样情，脉脉情难了。

每句一个叠词，倒二句还是两个叠词，用得都很贴切，一点没有硬凑之感。这是戴枷跳舞，有意给自己设立难度，却给词增添了不少情趣。此外，像"烟波有秤秤寥廓，好趁涛声种几行"（《桂殿秋》），"试问长轮多少尺？夕阳铺锦，朝霞给力，轧轧铿铿律"（《青玉案·车中行吟》），"借我巫山剪，裁云种碧桃。"（《喝火令》），"游客问鱼龙：为何闭门深躲？谁躲，谁躲？海底剧场看我"（《如梦令·戏作蓬莱海底剧场》）等，都是灵感的赠予、巧思的结晶，有新意，有趣味，经看耐读。当然，精粹总是少量，但它们是良种，精心照料培植，就能繁殖扩大，仅就本文论及而言，已可预测词人未来的发展，对此，我是看涨的。至于还有什么不足之类的套话，不说也罢。

原载《中华诗词》杂志2013年第1期

（袁忠岳，1936年9月生于上海，曾任山东师大语言文学研究所副所长。著名评论家。教授，中国作家协会会员。中国诗歌学会理事。山东当代文学研究会副会长。）

生命化、情感化、人格化的联动画卷

——宋彩霞《白雨庐集》的赏析

庄 严

宋彩霞同志的《白雨庐集》是一部诗词和诗歌的合集。诗词部分包含两项内容，一是绝句和律诗；二是令词和慢词。而绝律之佳与令、慢之妙，则在于抽样赏析。先看，《莲花池公园十八章》中的《荡舟》这首七言绝句：

一叶轻舟荡碧池，春风戏水起涟漪。
动情我以何相报，接过鱼竿钓小诗。

这首绝句的开头两句是题意"荡舟"的最生动、最美妙的诠释。也是诗人心动情移之所在，又为第三句的转折与开拓，做了很好的铺垫。接着，急转直下，于转折中含询问、总结中寓拓展，终于形成直逼人心、震撼诗魄的精神力量。这首绝句不妨说是在梦境与真实之间寻诗。它表明一个真正诗人的抒情，是将其置于自然与人生互动和交感的大背景下，来加以生命的体验和感悟，从而呈现为生命化、情感化、人格化的联动式画卷。她的诗笔峭灵动，还多少孕有对美的向往与自嘲，而诗的构思的原则性，则在于一片深邃的寓于联想的诗的心灵，跟大自然的冥然契合。

再看《登仙姑顶》这首五言律诗：

直上仙姑顶，风光八面开。
松涛青有韵，石径白无苔。
大殿清风拂，环廊碧玉堆。
诗心应有待，万象不需猜。

这首律诗引人关注、耐人探索之处有三点：

1. 从它的整体来看。既是一个有机统一的生命形式，又是一个独立自主的完整结构，还是一个多项式、多功能的时空动态网络；

2. 从它的中间对偶来看，即使山间松石相对，别绕韵致，又使颜色青白相对，更添韵味；而大殿、环廊相对，使仙姑的身份脱颖而出。这中间两联对偶的整个形态，既呈凝重之姿，又显灵动之美；

3.从首尾呼应，前后联成一气来看，起首开门见山，使诗人和读者的眼界都豁然开朗，八面风光，尽收眼底。结尾由眼到心，万象扣胸，催动着一颗活泼的诗心。

律诗的一切组成部分，都必须以德国格式塔心理学美学的"格式塔质"为核心，形成一个统一的、相互作用的"场"，才能既充分发挥各自的作用，又确保生命整体的有机性、统一性和能动性。

古人认为：诗与词不仅在意象上，而且在格调和意味上都有所不同。明代李开先说的最具体："词与诗意同而体异，是宜悠远而又余味，词宜明白而不难知，以词为诗，诗斯劣矣，以诗为词，词斯乖矣。"从这个基本点出发，我们来看宋彩霞写的两类词。

一是令词《玉楼春·金湖观荷》：

凌波仙子多情态，百媚千娇能不爱。含苞欲放立亭亭，收拾长塘成一派。　　从来不与争风采，月白风清犹自在。不知何日梦能圆，香满人间花似海。

这首令词旷达、娴雅和具有某种哲思的特点。上阕"凌波仙子多情态"不仅写出了荷的外貌，而且在亭亭玉立中也描摹了荷自成一派的精神状态。同时还显示了词人关于从平凡事物里发现诗情画意的才能。词的下阕"不争"与"自在"，更具有"生命化、人格化、个性化"的鲜明特点，而梦圆何日、香满人间，则是"含不尽之意，见于言外"，还突出了人与物内在的美好灵魂。

二是慢词《木兰花慢·观涛》：

正风平浪静，海天阔、竟无风。正岸浅渔舟，沙藏蟹贝，万里云空。从容，舞鸥弄影，觉沧溟此刻也玲珑。多少柔情，一时唤起，忘却英雄。　　峥嵘。刹那醒蛟龙。顿崩雪汹汹，要波与天齐，狂飙咆哮，尽失西东。迷蒙。共涛起伏，悟青山碧水不相逢。虽睹乾坤鼎沸，旷怀举世谁同？

这首词诗人巧妙运用对比的手法，使观涛前后情景判然有别，从而更加有力的烘托出涛的千奇百怪之状，旷怀壮举之情。同时上下阕都有点有染，把"中锋突破"和"侧翼包抄"连接起来，二者里呼外应，相互配合使涛之盛况，既入读者之目，又动读者之心。或前景后情，或情景齐到，可谓各极其妙，各得其所。

《白雨庐集》的另一部分是新诗，就拿海边这首来说吧！

抛锚的船与风，让沙滩/长出皱纹/只有往事依然湿漉漉地/不能晒干//鱼悬着睡在水里/海草高于大地/一只栖留的海鸥/会带走我的飞翔和远方//海水坚硬，童年消失了/它依然不改模样/那些捕鱼的，云彩里散步的人/都消失在波浪里/构成了世界的喧哗//被时间捣碎而又还原于时间/沙滩的皱纹/让我心静如水——海，寂静和咆哮/是你永远的两极。

这首诗，诗人似乎只告诉我们一件事，或者两个字"海边"，但在这件事或这两个字中却潜藏着全部海的秘密。读这首诗，从沙滩到海的两极，给人以摆脱时空限制的感觉，给人突然成长，突然解放的感觉；也不妨说，这首诗的成功之处，就在于通过海边的感悟，对如何生存予以有力的审美表现。能营造感染读者的强劲的情感冲击力。这首诗的每一部分都浮动着无限暗示的氛围，而诗中的每一个意象又都是瞬间表现智慧和情感的复合体。

现代诗歌与现代人文主义，有着生命般的联系，现代人文主义思想强调诗是人类生命实践的本质核心，是人类恢复本旨自由的必经之路。宋彩霞创作的无论是旧体诗词或新诗，都沉浸在现代人文主义的生命态度和文化精神之中。我以为：宋彩霞的可贵之处就在于自由吸取古典文明精华的基础上，面向现代，面向现实，投入现代人文主义诗学的创造。

（庄严，当代著名学者、评论家、美学家、诗人。一级作家，中国作家协会授予其创作终身成就奖。）

才情兼胜　巾帼名家

——《白雨庐词》序

周笃文

一

　　诗词通乎性灵，是一门需要才情与天赋的艺术。古代诗人，往往早慧。王勃六岁善文章，九岁熟读《汉书》作《指瑕》以摘其失，被为神童。骆宾王七岁即赋《咏鹅》诗，传遍众口。诗圣杜甫"七岁思即壮，开口咏凤凰"。白居易据说才六个月即识"之""无"二字。五岁能诗。十六岁以《古原草》大得顾况赏识。古贤如此，今人亦有之。张伯驹老人"幼称圣童"。有"长承门业，云间公子，玉骨横秋，昌谷仙才，通眉聚碧"之誉。夏承焘先生十几岁填《如梦令》以"鹦鹉，鹦鹉，知否梦中言语"为世所称。意谓："我说出来的话，你会学舌。我梦里的想法，你会知道吗？"翻新出奇，很受好评。

　　彩霞于诗词也颇有夙慧。上道早而出手快，很具才情。她的第一首诗《踏雪写黑板报》云：

　　　　一脚浅还深，迎寒雪满襟。
　　　　真情随粉笔，黑白识童心。

　　时年十二。灵心乍吐，婉而成章，平仄韵脚，严丝合缝。"黑白"语意双关，具有哲理意味，不得不说是小荷才露尖尖角的英英少年了。彩霞幼时母亲罹反右冤案，下放农村，频遭白眼。这段苦难的经历，也被记录在《点绛唇·小径红稀》的词中了。年才十六已臻成熟了。

　　　　小径红稀，黄昏消息悲愁聚。泪飞如雨，都被冰封住。　　碧海无波，隔断天涯路。人不语，相煎太苦，何日天能曙？

二

　　当然，光有天赋而不经世情的磨练还是不够的。阅历磨勘，正是焕发才情的必要过程。张说贬谪岳阳,杜甫流离西蜀,皆得江山之助,而诗益精工。黄山谷贬涪州,过人鲊瓮。作诗云:"人鲊瓮中危万死,鬼门关外更千岑。问君底事向前去?要试平生铁石心。"气益壮而诗益精警。东坡谪海南昌感三年,放回。作《六月二十日夜渡海诗》云:"参横斗转欲三更,苦雨终风也解晴……九死南荒吾不恨,兹游奇绝冠平生。"愈挫愈勇,令人钦仰。彩霞少年逆境,也是一种必要的磨炼,使之更成熟与更坚强。1978年以后,万象更新,改革开放带来了蓬勃的生机。彩霞苦尽甘来,随父母回城安排了工作。

她的《平韵满江红》为此而发,文风丕变,字里行间充满朝气与欢乐:

地换新装,今喜见、花蕾绽开。天破雾、神州清爽,豪气萦怀。折翅焚书成往事,关情弄砚试诗才。彩波长、劫难付流云,都扫埋。　　当年事,休再哀。歌未老,锦能裁。看彩霞千顷,都照红腮。淑气渐回盈万岭,长歌定要响天涯。趁春潮、戴月种芝兰,和露栽。

此词一扫愁眉苦脸,面向朝阳阔步前进,充满了如虹气概,可说是女词人第一首快词。其上下两结以工对手法处理,精妙无比。与石延年《金乡张氏园亭》之"乐意相关禽对语,生香不断树交花"之句约略相似,令人叹服。

三

工于咏物,是作者另一特点。比如《满江红·秋荷》:

莫便秋风,吹瘦这、一池仙客。冷云水、更寒清梦,雨声堆积。岁月无多枝易老,乾坤虽大身难适。渐霜紧、辜负了葱茏,空相忆。　　追往事、今非昔。红易减、娇羞失。恨西风无限,晚来天色。鸿雁不传千里梦,秋蝉叫断三更笛。隔烟波、不灭是相思,来生觅。

这是以象喻的手法寄托情思之作。通过瘦损残荷的描绘,曲折地传达了时光易失、美人迟暮的喟叹。"莫便",莫让之意。"仙客"指荷花。"不灭是相思,来生觅。"一结空灵凄怆,是对一段有缘无分的恋情之委婉地表述。用笔清逸,遗貌而得神,读之令人有无端的怅惘。再如《喝火令·樱桃》:

梦为东篱舞，魂因翡翠栽。满园娇嫩紫红腮。真爱此时模样，娇面似婴孩。　　步步丹珠醉，回眸玛瑙开。燕亲花瓣鸟装乖。羡煞游蜂，羡煞老春槐。羡煞野鸥仙鹤，胜过凤凰台。

樱桃是宫廷珍果，帝王每于寒食颁赐贵臣。此词立脚点在脱尽富贵气，赞美山野篱边的樱桃。令词人魂牵梦系的野人院落的樱桃。娇嫩了的像婴儿红腮，玛瑙的光泽的佳果。那里有游蜂燕子以及老槐野鹤。这种原生态的茅舍东篱，在作者看来，远胜过玉堂金马的王侯亭院。全篇流露出安贫乐道的自然高致，值得读者细加玩味。

四

长于述情，是彩霞词作重要的闪光点。词人笔名晓雨。"雨"，便成了她创作中的意象群。在其《难忘岁岁红尘雨》组歌中，更是妙语连珠，佳章迭现。如：

昨夜东风与燕谋。送来琼液下田头。晨时处处话清柔。　　不忍稻粱饥一日。更期农户壮三牛。东篱不再是荒丘。

《春雨》又：

时雨无踪紫陌愁，芭蕉憔悴语还休。薄云千里如游子，暑气一帘非好俦。　　天一笑，做温柔。奔雷疾电意方遒。一宵委婉如春讯，便作新词第一流。

《夏雨》再如：

星藏月藏，风狂蝶狂。雷声划破南窗，令人惶鹊惶。　　更长梦长，来航去航。人生多少彷徨？问朝阳夕阳。

《雷雨》以上诸作，皆以白描取胜，时杂韵语奇气，令人印象深刻。2010年8月，彩霞应聘出任《中华诗词》编辑，在赴京途中得词六首，皆心花怒放、神采飞扬之佳构。如《临江仙·威海至京华车中作》：

我借长风临北海，今番高梦昆仑。人间天上觅诗魂。眼前千叠浪，岭外几星辰。　　莫问红尘多少路，可怜凡骨凡身。春花谢了又秋晨。来时如梦令，去是画堂春。

开篇两句，入手擒题，占尽了气象。女词人中殊难见到。下片以"莫问"二句跌宕，从仙境回到人间。纤笔细描，以细节的真实补足语境。"来时""去是"皆"前往"之意，展现出精妙的词境，可谓妙造毫巅的异想奇情。

另一首《浣溪沙·京华中秋》词，更是一片化机：

月色撩人分外柔，秋光万里豁双眸，清风引我上高楼。　　磊落诗心凭快递，光昌气象付骅骝，澄圆明月正当头。

如此意气风发，高朗轩昂之作，置于当代名家林中，应不稍让。

五

构思奇逸，造语生新是其风格的另一特色。彩霞从新诗入求，故于意象的追求下力殊深。如《卜算子·寄冬元》云：今日朔风时，更着金丝帛。裹暖心头一剪春，系出相思色。写一条丝巾带来心中的春意，以小形大，何等温馨。

又如《减字木兰花·我》：

我情似水，我捧丹心愁梦起。我驾云烟，我送冰山那朵莲。　　我传心语：我请小荷休慢步。我梦频来，我与雷池两费猜。

句句突出"我"字，忽天忽地，神光离合，用散点技法，来表现意识流，给传统诗词带来了一些新机与异趣。彩霞的近作《金缕曲·次韵敬和叶嘉莹先生西府海棠雅集》之作，更是一片豪婉兼呈，才情俱胜的力作。

故苑泠泠水。漾西园、翠波清丽，红楼曾纪。淡注胭脂仙子态，占尽春光妩媚。有老树、悲欢都记。一曲清词来海外，趁东风光照朱门邸。说世事，赏花美。　　海棠红透春光里。这园林、楼台七宝，万千情意。无数沧桑随眼过，多少红颜泣泪。都做了、斑斑文字。禹甸春风圆好梦，看神龙今已腾空起。浮大白，向天底。

和韵而不为韵束，意随笔转，举重若轻，毫无斧凿痕迹。上片一起五句，写海棠神韵，尽态极妍。后半结尾四句，想当今盛况，时代元音，涵盖天地。真一流词笔，令人拍案叫绝。彩霞青春鼎盛，才思俊丽。随机生发，如风行水上，自然成文，诚不易才也。持此不懈，则大成可期，其勉之哉。

癸巳初夏于影珠书屋

（周笃文，字晓川，湖南汨罗人。中华诗词学会、中华诗词研究院顾问。原中国新闻学院教授、中外文化研究所所长。中国韵文学会、中华诗词学会创始人之一。历任中国韵文学副刊主编、中华诗词学会副会长兼秘书长、《中华诗词》常务副主编、《中华辞赋》总编辑。当代著名诗人、理论家、报刊专栏作家。著有《全宋词评注》《中外文化词典》《宋词》《宋百家词选》《金元明清词选》《华夏之歌》《婉约词典评》《豪放词典评》《中华正气歌》《影珠书屋吟稿》《影珠诗话》等。诗风清蔚雄奇，自成一家。）

《白雨庐集》序

沈天鸿

就诗歌而言，现在当然是新诗的时代，但是，旧体诗也依然并存，表现出不竭的艺术生命力，虽然它不大可能再拥有唐诗宋词那样的辉煌时代，但不亚于古人甚至有所超越的作品，仍然在出现。只是有一个奇怪的现象，这就是写新诗的诗人们与写旧体诗词的诗人们大多相轻。新诗旧体诗都是诗，互相瞧不起既奇怪又不正常。

我一直认为，汉语新诗是以汉语写成的，写汉语新诗所必需的汉语的深厚功力，主要是从中国古典文学尤其是中国古典诗词中获得。五千年中华文明铸造而成的汉语、汉字的精湛表现力，与其表达的奥妙，都集中体现在中国古典文学尤其是中国古典诗词之中。从仅有近百年历史的中国新文学亦即白话文作品中虽然也可以得到一些，但是如果仅仅以白话文作品为营养来源，而又不是写小说，是在写文学最高形式的诗，那么肯定是会营养不良的。所以，写新诗的人应该有深厚的中国古典文学修养与功力，虽然不一定要会写旧体诗。写旧体诗的自然最好也能对新诗有欣赏能力和鉴别力。

新诗与旧体诗之间是不是"隔"？当然存在着隔。但这个隔主要是哲学性质，即现代哲学和中国古典哲学的不同造成的，而不是文言和白话的不同造成的——我发现一个很有意思的现象，这就是文言文时代的中国诗词，却基本摆脱了文言文的语法，也就是说，中国古典诗词的语法和现在的新诗的语法没有什么不同。为什么会这样？我觉得应该是因为中国古代诗词基本取消了古代汉语中的虚词而造成的——语法是什么？可以说，语法就是虚词。虚词的特定用法，形成了特定的语法。中国古代诗词基本取消了古代汉语中之乎者也等虚词，其句法和现在的新诗的句法就没有什么差别了。文言文的散文因为遵守古代汉语语法，它和白话文的散文在语法上就隔得厉害了。新诗与旧体诗语法上不隔，仅仅是哲学思想性质的隔，相对来说就比较容易被打通，何况它们都是诗，本质是一致的，不存在排异性。

只是从实践看，真正能打通这二者的（以写出的新诗和旧体诗词都达到相当高层次为打通的标准），在当代中国诗坛鲜有其人。那么，打通这二者还是很难的吧。但是，不论在何领域，如果要想取得和终于取得杰出成就，首先要面对并且要完成的一个艰巨的任务，就是"通古今之变"。

宋彩霞是初步打通这二者的诗人之一，虽然还不能说她已经完成"通古今之变"。

宋彩霞是先旧体诗而后兼写新诗的。我在给她的旧体诗词集《秋水里的火焰》所写的序里指出，她的旧体诗突出的艺术特色主要是——

1.注重构造意境，并且有她的构造意境的重要方法：建立起所写自然物象的空间关系，或对比，或深层变化，并且在这同时让它们相互联系、作用，既形成又处于这个相互联系、作用的结构之中。从建立所写自然物象的空间关系入手来构造意境，我以为是抓住了根本的——意境中境是依托，而境的性质就是空间。空间自身不能形成关系，必须借助于存在于其中的物才构成并显示出空间关系。自然中是这样，诗词中也是这样。所以，懂得并会运用这一构造意境的方法，是深得诗之三昧的结果与表现。而善不善于从建立所写自然物象的空间关系入手来构造一个具有美学意味的空间从而获得意境，则可以看成是功力如何的一个衡量标准。

2.具有象外之象，景外之景，味外之味，富有韵外之致，是宋彩霞诗词的一个突出特色。这特色使她的诗词的确是诗，而不是合乎格律的分行文字，同时，也使她的作品有了较强的艺术感染力和可读性。

3.诗词，浑然不可句摘是一种美，奇峭而多可句摘，也是一种美，甚至可能更令读者喜爱。善于以浑厚为整体气势，以奇峭之句点缀其表而不破坏浑厚，并且奇峭得自然，是宋彩霞诗词的又一艺术特色。

4.是其所是，但又是其所不是，从而是其所是，这是诗词创作的奥秘。从这本书里的作品看，晓雨对此是有领悟的，并且有把这体现于作品的能力。

在那篇序中我对此有比较详细的论证，有兴趣的读者可以参阅，这儿从略。这些艺术特色，仍然体现于这本集子所收录的诗词作品。

阅读这本集子中的新诗，我发觉我对晓雨旧体诗的评论，尤其是上述我指出的4点艺术特色，几乎可以原封不动用作对她的新诗的评论。而"是其所是，但又是其所不是，从而是其所是"，更是她打通二者的不二法门——它是旧体诗创作的奥秘，也是新诗创作的奥秘，一句话，它是诗歌成为诗歌也是一切艺术之所以成为艺术的关键所在。

或者因为新诗的自由体没有字数限制，"是其所是，但又是其所不是，从而是其所是"在宋彩霞的每一首新诗中，表现得比在她的旧体诗中更淋漓尽致，她的新诗也因此也更富有言外之意。例如：

黑的咖啡，白的伴侣。这组合/意味着世间/许多事物的融合？//我找不出/咖啡豆还长在树上/最先摇落的那抹青痕//去年的花，凋谢在热带/这苦味的咖啡/是它的果实，但已被粉碎//这粉末，是否真的需要/滋味相反的伴侣？/同处于一个杯中？//——是我们一直都需要/将这白色晶体溶入咖啡/搅拌，施加的一种温柔的暴力//造物主仅提供了这样一个杯子/但品尝者澎湃的心事/不在这容器里//非白非黑，非苦非甜/就像子夜，就像处于/白欧洲和黑非洲之间的我们//在时光的传送带上/走进又走出咖啡厅/溶进不知谁是伴侣的人群

是在写咖啡，但又完全不是在写咖啡，但仍然不得不承认那的确是咖啡。咖啡与人生与社会的频繁而又贴切的转换，建立在诗人独自发现的相似点上，而咖啡、人生或社会本是绝无相似之处的。其中还多有神来之笔，例如第一节和最后两节，其发现的相似，和由这相似经过字词组合而形成的表达所传达的暗示意味，都足以令人击节。

她的其他新诗也都具有类似优点。

作品的哲学性质方面，她的旧体诗体现的，显然属于中国古典哲学，而她的新诗中现代哲学鲜明地表现了出来。这是个有趣的现象。我能理解，因为我曾经想用旧体诗词来表现现代性质的哲学思想，以试图改造旧体诗词，但我失败了，因为平仄和韵字的限制，一字之差就使所表达的本质绝然不同。晓雨的新诗和旧体诗在这方面的差异，我想也是因为这个原因吧——旧体诗词的约束，绝对不仅仅是"戴着镣铐跳舞"；并且它也证明了，形式就是思想，以及语言是存在的家园，亦即

思维形式的性质是与它运用的语言形式的性质密不可分的（"思维形式的性质""语言形式的性质"是我写到这儿发明的两个术语。但在这篇序里不适合对它们展开论述）。

　　回到宋彩霞的新诗上来——我之所以说晓雨这些新诗中包含的思想是现代性质的，因为我大致认出了它们的来源，例如萨特、海德格尔、胡塞尔等的混合，有时是矛盾的混合甚至是冲突的并置。这对于诗人和诗来说很正常，因为诗人并不是哲学家，其作品是诗而不是哲学论著，不需要明晰的甚至是需要回避明晰的哲学及其表达。宋彩霞新诗关注的是人的生活和通过人的生活表现出来的在，有时她也追溯到存在，为什么在为什么存在。这种关注和追溯或者说思考，使得她的新诗内蕴丰富，并且时常获得了深刻。通俗地说就是，她的新诗具有内在的而不是外加的思想性。这种思想性，加上她的新诗很少有懈可击的表现形式，我以为，说这些诗是目前中国新诗中好作品的一部分是并不为过的。

　　现代诗旧体诗一人得而兼之，且都可读，这样的诗人在当今中国是很少的，是不是个奇迹呢？

　　谨以此为《白雨庐集》序，并祝贺它的出版。

2011年5月1日　于安庆

莫道女儿身　　亦有豪雄气

雷海基

宋彩霞女士的诗，诗中尽显婉约，亦不缺豪雄之气。如《望梅花·踏雪寻梅》乙未年"女子十二词坊"十二月社课：

遍寻芳径。为赏古梅疏影。真个不随桃李艳？老却风流和靖。佳句后人当拾得，岂可空虚此境。水寒光迥。瘦了鹭鸥闲艇。我坠世间香雪海，一醉花间不醒。柔骨谁怜天可证，必有诗情千顷。

诗中的"真个不随桃李艳""岂可空虚此境"两问，"必有诗情千顷"一句，成居高临下之势。又如《南歌子·万点流花细》：

万点流花细，轻盈十里沙。海天相接有无涯？又是嘻游时候、衬喧哗。　　雪浪收烦暑，清凉伴晚霞。鸥翔渔唱闹娇娃。更有三朋两友、钓鱼虾。

词起头接连两句写景壮阔，展现万点花，十里沙的宏大场面，壮丽风光。紧接着又是一个问句"海天相接有无涯"更添气势。唐代著名诗人、诗论家司空图将雄浑列为诗二十四品之首。可见豪雄浑沦诗风是最高品格的，向为名家推崇，也受读者喜爱。我想，这是宋彩霞女士的诗词广受读者喜爱的一个原因。尤其一介女儿身，能具如此诗风，更是难能可贵。

其豪雄诗风，首先是得益于有家国情怀，有忧国忧民的思想。

其诗时见家国之爱恨，这种崇高境界必然激发为国为民的豪气。如《南乡子·马江海战感赋之一》：

拍案怒盈腔，鳞甲横飞国有殇。鸥鹭不知人事改，迷茫，多少沧溟翅带霜。　　无语对洪荒，冷月无声照岸长。大雁已经南北去，苍黄，寸寸江河寸寸伤。

作者重温马江海战之殇，拍案而起，痛心疾首。发出"寸寸江河寸寸伤"的呼喊。又，《南乡子·马江海战感赋之三》是看到现在我国建设欣欣向荣，万象更新的气象，由衷发出了万丈豪情：

中国世无双，耕海耕滩接力长。龙越腾飞开万象，腾骧，四海欢歌意气扬。　　山海焕奇光，巨舰冲波遍五洋。万里飓风吹大纛，辉煌，战马高飞背夕阳。

这样的豪情，是花前月下，卿卿我我，醉生梦死的人没有的。唯有胸怀祖国，着眼于国家盛衰，民族兴亡的人才发出。故元人杨载云："作诗要正大雄壮，纯为国事。夸富耀贵伤亡悼屈一身者，诗之下品。"（《诗法家数》）

其次是胸襟开阔，眼界高远的反映。

这等胸襟，才能"骛精八极，心游万仞""观古今于须臾，抚四海于一瞬"。才能产生神思，思接千载，神通万里。如《与中华诗词学会诸子游瓜州古渡之三》：

与君千里下扬州，为识瓜州古渡头。

往日高名浑不见，谁人能忆六朝秋？

人赴千里江淮，心则驰骋于千年前的六朝时代。又如《朝中措·寄语2014中华诗词延安青春诗会诗友》：

长歌短调灿云霞，何况好年华。看了枣园青露，诗坛便见红花。　　雁飞高处，毫挥宝塔，铁板铜琶。万象森罗几许，鹏程万里天涯。

笔写延安诗会，却胸怀万象森罗，心驰万里天涯。又如《西江月·〈夏风〉创刊二十周年志贺》：

秦岭天增颜色，诗坛夏起长歌。春秋来韵上银河，摘得云霞千朵。　　廿载新词惊俗，一怀妙语穿梭。自持风骨耐千磨，喜见人才成夥。

桌上墨点《夏风》诗刊，心灵之手却上天"摘得云霞千朵"。她在诗中直接道出了自己的这样胸襟："胸怀正气，我拜古今师。"（《临江仙·谒顾炎武故居》）

再次是善于用语言营造雄浑气象。

其法大致有四。

第一法是用极端数字。一、九、十、百、千、万，皆为最大的或最小的，称极端数量词，她诗词中常用。如《玉楼春·初访金牛山》：

金牛山上初相见，如若乾坤新画卷。疏香轻艳结芳期，千步难分云母面。　　火云初布惊人眼，百紫千红花正乱。天然标韵立桥西，岸上万家情已满。

用了千步、万家、百紫千红三组四个极端大数字。用得多的如《燕归梁·2015"诗词中国"最具影响力诗人评选日，正值余搬家》：

织锦裁编夜色深。斗室千金。六回移宅五环寻。三瓣雪、透冬心。　　知它作嫁千般苦，终赢得、几成阴。好风吹面浩盈襟。激励我、有芳音。

算上斗室这个形容小的数量词，词八句用了六个极端数字，《鹧鸪天·荷塘逸趣》：

十里荷花醉也真，湖光潋滟独销魂。一枝一叶风流老，百媚千姿角色新。　　娇欲滴，趣缤纷，羞颜不碍拱桥亲。相期相约楼台会，留取巫山一段云。

八句有六个极端数字：《车发威海》

　　　　　　　隆声载我走新车，一枕燕山梦里赊。
　　　　　　　难得一轮今夜月，照人千里到京华。

四句有三个极端数字。以上极端数字皆令诗词平添气势。如果首句用极端数字，则起得雄壮，成虎头之势。如《瓜州古渡远眺》：

　　　　　万里洪流下，千帆已不回。
　　　　　孤山犹翠色，远水没尘埃。
　　　　　吹面何时雨，沁人昔日苔。
　　　　　恍惚蛟龙怒，直送海涛来。

第二法是用问句。

诗因疑问而生曲折，势因曲折而显雄厚。如《玉楼春·游文登樱桃园》：

芳林翡翠频频约，手挽东风来践诺。最怜来去鸟衔红，身影如同枝瘦削。　　酸甜总待红尘嚼，何必拈花怜坠萼？游园拾得自然心，我自携歌归淡泊。

《白马湖观荷未开三首》有两首是问的。

其一

> 我问花仙子，为谁等待开？
> 所期仍不见，恨雨过舟来。

其二

> 晴霞空似锦，水色可怜人？
> 问也徒然问，风吹浪不匀。

甚至有的一首诗多次设问，如《放歌》：

> 嫩柳初芽映碧波，泛舟听曲意如何？
> 神仙洞府神仙景，哪个诗家不放歌！

四句诗有两问。又如《洞仙歌·绥阳双河溶洞随想》：

> 细风轻雨，点双河容貌。可惜浓情为谁老？更嫌它、装束如此深沉，你到底、能有几多奥妙？看神泉碧露，玉骨冰肌，叠叠重重弄缥缈。　　水殿又疏星、送子观音，从天降、喜人怀抱。这次第、焉能再蹉跎早开发、环球永修同好。

上片两问，下片一问。一诗三问，可见其强健风格。

其问的方法变化多端，虽常用却不觉其繁。如《风摇花海》：

> 细柳千条正舞腰，红黄绿粉竞妖娆。
> 不知谁染相思海，原是秋风化此骄。

《邂逅》：

> 幽幽流水响叮咚，我与春风邂逅中。
> 诸色岂能空错过，高歌一曲小桃红。

都是有问有答。有的问而不答。

如《巫山一段·南尖岩远眺》：

> 青涨林成海，云低岭若天。纤纤小雨洒缠绵，婉约哪知边？　　思绪栏杆外，初心千佛山。风声无赖总回旋，一抹白云间。

有的反问。如《蝶恋花·春寒》：

> 烟柳不知风淡薄。斜倚枝头，弄影东南角。残雨潇潇檐上落，樱花却与春无约。　　花信今春难掌握。遍演疏狂，嫩蕾无从着。问责东君

该认错，因何不守春风诺？

又如《相思引·读秋》：

雨霖铃，风乱打。吹破楼头青瓦。千紫百红都落下。萧瑟何能假。　　一剪菊花如盛夏。烂漫媚人无价。我有长歌飞大厦，妆点清凉画。

两个均是反问。而《京城水灾》是正问：

> 大雨从天降，条条飞瀑汹。
> 波涛垂百丈，水府漾千重。
> 管道虚成道，车踪可有踪。
> 清明今又是，何处睹花容。

首句用问，则起始顿有雷霆之势，如《庙会》：

> 谁约莲花庙会开？红装绿袜任君裁。
> 才思最数摊前汉，一曲高歌一剪梅。

问句置于首尾两端，则气势饱满。如《牡丹》：

> 国色谁添一段香？一枝一叶耐端详。
> 此生能有辉煌日，何惧风霜雨雪伤。

第三法是用流水式或递进式逆挽句。一联之中用流水句或递进式，但正事反说，后句逆挽前句，一般用"不"字，成力挽狂澜之势。逆挽，如利箭欲向前飞，弓弦先往后拉，谓之张力。如《寄夫君依高昌先生〈迎春祝词〉韵》：

> 同经五十八番春，百载光阴有限身。
> 能在千途犹慎独，便无一字欠清真。
> 相逢应悟星河近，离别方知日月新。
> 晚岁躬耕存秘诀，今生不悔作诗人。

《听戏》：

> 河南小调响玲珑，四面京胡碧水东。
> 勾起诗情千万缕，谁人听此不春风。

这两个逆挽句皆万钧之力。

第四法是重点营造结尾，将诗的高潮置谢幕之时，留余味于无穷。

一种是用流水式或递进式。其中又分疑问、设问与逆挽两类。疑问、设问的，如《白岩山》：

> 祥云淡淡天如水，春色居然峰上起。
> 我摘鲜花款款行，何人种在白岩里？

此为疑问。

逆挽的，如《浣溪沙·慈恩寺怀玄奘》：

总把慈恩岁里匀，朝朝暮暮玉楼春。腥风苦雨去无痕。　　我佛光芒曾佑客，谁能来此不思君？三千界外霁时新。

谁能来此不思君？此为逆挽。

另一种，结尾用极端数量词。如《甲午新正走笔》：

> 嫁与诗词何惧贫，平平仄仄老天真。
> 翻偿寂寞三千卷，却得清和四十春。
> 每听民声开眼界，唯将国色写精神。
> 嘶风万里青云上，策马扬鞭又一巡。

"万里"与"一巡"两个极端数，令诗结束时平添气力。此诗八句，起句问，后四个极端数量词，气势非凡。

若又辅以流水式或递进式或疑问更添气势。如《访大青沟望火楼》：

> 已下大青沟，迂回望火楼。
> 高低关跃落，静远见沉浮。
> 仰觉群山绺，谦收小草柔。
> 我心何所愿？先借一天秋。

结尾气韵十足。一首诗若多种方法并用效果更佳。若极端数字加问句，气象尤为雄壮。如《访顾炎武故居》：

> 一雁愁书远，千灯觅旧痕。
> 残碑埋宿草，朴树绿堂门。
> 我此来高咏，贤人可得闻？
> 亭林松柏在，回首思纷纷。

前用极端数字，后用问句。又《初访唐山》：

> 地裂天崩后，常怀逝去人。
> 不知遭劫处，可有再生茵。

滴翠三千绿，歌传十万新。

　　凤凰今崛起，山海已成春。

　　自第三句始，问句与极端数字连接，随后再以递进句结束，气势一浪高一浪，直至结尾高潮。

　　如以问句起，以极端数字结，则气象圆满。如《朝中措·腾格里放歌》：

　　谁将汗水滴金沙，大漠已开花。朝看苇林叠荡，知她韵致多佳。　驼铃摇脆，轻云点缀，栈道嘻娃。可把一怀幽梦，放飞万里天涯。

　　《鹧鸪天·湿地幽情》

　　水面风荷傲野荒，芦青蒲厚几分长？日催碧照人将醉，波荡金潭夜未央。　心底月，梦中霜，自然生态溯流光。我来正是山花发，十里熏风一瓣香。

　　两问加极端数字，效果强烈。

　　宋女士有家国情怀，有阔大胸襟，立意自然高远，诗所表达的情感积极、昂扬、高雅、远致。再加善于用语言手法营造气势，其诗词充满豪雄之气，就不难理解了。

2016年7月19日于北京

　　（雷海基，江西省进贤县人，现居北京。现为中华诗词学会会员、江西省诗词学会会员、北京市诗词学会会员、解放军红叶诗社辅导老师、北京市朝阳区诗书画研究会副秘书长、诗词研究会理事、江西进贤县诗歌学会理事、东山诗社社长，《雅风》诗刊副主编。著有《诗词快速入门指导》《古今名家论诗词语录》等书。）

《黑咖啡》序

沈天鸿

> 我从五月奔向你
> 穿越那些数不尽的尘埃
> 为了能在彩虹的各种色彩中
> 在你面前出现
> 我这时开始允许下雨

这段诗怎样？挺不错的吧？尤其是后三行，又尤其是最后那行"我这时开始允许下雨"，足以让人惊讶并赞叹。可以把它当爱情诗读，当爱情诗读它里面的那个"我"既是柔情似水又是一个坚韧并有着可爱的蛮横的形象。也可以把它当作非爱情诗读，即"奔向"的是某种理想，其中的"我"仍然还是有着上述特征的形象，只是那蛮横要更换成自信与豪放。纯粹的爱情诗也同样让人可以让人惊讶并沉思，例如：

> 澎湃的银河
> 随你的节拍起伏
> 今夕不知何夕　爱
> 就是失去时间的感觉？
>
> ——《感觉》

"爱就是失去时间的感觉？"人人皆有而人人皆未能道的感觉，被诗人敏锐地发觉并写出——以我的经验，这样的句子是最能打动和抓住读者的句子，因为人人皆有或者人皆知道的就是普遍的经验或者体验，而又人人笔下皆无，所以一旦发觉并且写出，就能获得普遍的共鸣和欣赏。李白的"床前明月光"那首，貌不惊人却流传千古，原因就是它写了一种人人皆有而人人皆未能道的乡思。

> 无法停止步伐的邂逅！
> 我无法拒绝的秘密之花
> 不能允许却实现的美丽

俘获了我
——一个人必须要与
另一颗也是自己的心一起生活！

（《邂逅》）也是有同样妙处的诗。《海边》是另一种类型的诗。从开头看，它似乎是回忆童年。不错，它是在回忆童年，但它很快就显示，它在回忆童年时又超越了对童年的回忆——

海水坚硬，童年消失了/它依然不改模样/那些捕鱼的，云彩里散步的人/都消失在波浪里/构成了世界的喧哗//被时间捣碎而又还原于时间/沙滩的皱纹/让我心静如水——/海，寂静和咆哮/是你永远的两极

很明显，它指向的其实不是某个海边，甚至也不是这个海或者所有的海，而是整个世界；写到的也绝不只是"我"或者"我"童年时看到过的捕鱼的、云彩里散步的人。"我"是代表人类或者说所有人在回忆人的童年，而一代代人，不论他是埋头现实的（捕鱼的人）还是浪漫的（云彩里散步的人），都消失在波浪里。可见，生存与存在都是残酷的。但诗并不消沉，消失者虽然"都消失在波浪里"，却"构成了世界的喧哗"（喧哗在这儿不是贬义词，而是勃勃生机的一种象征），作者因此发现，一切都"被时间捣碎而又还原于时间"。相对于大海的巨浪微不足道的"沙滩的皱纹"，也能够"让我心静如水"，既是因为发现一切都"被时间捣碎而又还原于时间"，更因为领悟到"寂静和咆哮"是海"永远的两极"。在遣词造句上，也就是在写作技巧上，它也颇堪可圈可点，例如对海水下的形容词是"坚硬"，"海水坚硬"，违反海水这个事物的物质性质，但符合并且突出了海水这个象征性意象的抽象性质。"海水坚硬"后面是逗号，接上的是"童年消失了"，人为地使海水坚硬与童年消失乃至"那些捕鱼的，云彩里散步的人/都消失"具有了因果性逻辑关系。不从客观而从主观来看，这种逻辑关系是成立的。后面的诗句，还有其他的一些诗，都可以用我在这儿用的方法做类似分析，但那样所占篇幅就太多，不赘。要简单指出的是，这首表面上看是回忆童年的诗，因此有着丰富、独特并且可以说是比较深刻的思想内涵。而且，它的现代诗的性质也非常明显——传统新诗的诗人写不出这

样的诗。

由以上分析可以见出，说诗人的艺术造诣已经相当精湛，诗的主题也相当有广度与深度，并非溢美之词。

但是，这些诗的作者比传统新诗的诗人还要传统——她同时是一位有影响的旧体诗诗人。新诗方面的现代诗诗人和旧体诗诗人，在她，宋彩霞那儿获得统一。

看上去思维方式有异，哲学性质不同的现代诗和旧体诗，为什么在宋彩霞那儿能获得统一，并且相得益彰？2011年我在她的《白雨庐集》序中说过的一段话，可以看作是对这个为什么的回答："我一直认为，汉语新诗是以汉语写成的，写汉语新诗所必需的汉语的深厚功力，主要是从中国古典文学尤其是中国古典诗词中获得。五千年中华文明铸造而成的汉语、汉字的精湛表现力，与其表达的奥妙，都集中体现在中国古典文学尤其是中国古典诗词之中。从仅有近百年历史的中国新文学亦即白话文作品中虽然也可以得到一些，但是如果仅仅以白话文作品为营养来源，而又不是写小说是在写文学最高形式的诗，那么肯定是会营养不良的。所以，写新诗的应该有深厚的中国古典文学修养与功力，虽然不一定要会写旧体诗。写旧体诗的自然最好也能对新诗有欣赏能力和鉴别力。""新诗与旧体诗之间是不是'隔'？当然存在着隔。但这个隔主要是哲学性质，即现代哲学和中国古典哲学的不同造成的，而不是文言和白话的不同造成的——我发现一个很有意思的现象，这就是文言文时代的中国诗词，却基本摆脱了文言文的语法，也就是说，中国古典诗词的语法和现在的新诗的语法没有什么不同。为什么会这样？我觉得应该是因为中国古代诗词基本取消了古代汉语中的虚词而造成的——语法是什么？可以说，语法就是虚词。虚词的特定用法，形成了特定的语法。中国古代诗词基本取消了古代汉语中之乎者也等等虚词，其句法和现在的新诗的句法就没有什么差别了。文言文的散文因为遵守古代汉语语法，它和白话文的散文在语法上就隔得厉害了。新诗与旧体诗语法上不隔，仅仅是哲学思想性质的隔，相对来说就比较容易被打通，何况它们都是诗，本质是一致的，不存在排异性。"也就是说，新诗旧体诗都是诗，对于诗意的美学要求是相同的。

我曾经评论说，"是其所是，但又是其所不是，从而是其所是"，是她打通新诗与旧体诗这二者的不二法门——它是旧体诗创作的奥秘，也是新诗创作的奥秘，一句话，它是诗歌成为诗歌也是一切艺术之所以成为艺术的关键所在。

或者因为新诗的自由体没有字数限制，"是其所是，但又是其所不是，从而是其所是"，在宋彩霞的每一首新诗中，表现得比在她的旧体诗中更淋漓尽致，她的新诗也因此也更富有言外之意。这在上面对《海边》的分析可以见到。

又例如《咖啡》：

黑的咖啡，白的伴侣。这组合/意味着世间/许多事物的融合？//我找不出/咖啡豆还长在树上/最先摇落的那抹青痕//去年的花，凋谢在热带/这苦味的咖啡/是它的果实，但已被粉碎//这粉末，是否真的需要/滋味相反的伴侣？/同处于一个杯中？//——是我们一直都需要/将这白色晶体溶入咖啡/搅拌，施加的一种温柔的暴力//造物主仅提供了这样一个杯子/但品尝者澎湃的心事/不在这容器里//非白非黑，非苦非甜/就像子夜，就像处于/白欧洲和黑非洲之间的我们//在时光的传送带上/走进又走出咖啡厅/溶进不知谁是伴侣的人群

是在写咖啡，但又完全不是在写咖啡，但仍然不得不承认那的确是咖啡。咖啡与人生与社会的频繁而又贴切的转换，建立在诗人独自发现的相似点上，而咖啡/人生或社会本是绝无相似之处的。其中还多有神来之笔，例如第一节和最后两节，其发现的相似，和由这相似经过字词组合而形成的表达所传达的暗示意味，都足以令人击节。

她的其它新诗也都具有类似优点。

那么，为什么现在的中国诗坛上真正能打通这二者的（以写出的新诗和旧体诗词都达到相当高层次为打通的标准）鲜有其人？原因其实很简单，这就是现在写新诗的大多数是中国古典文学修养不够，甚至谈不上有这个修养。而中国的新诗应该是中国的，是公认的中国新诗要实现的目标。打通这二者，应该是中国新诗"自然"获得中国诗歌特色的重要途径。所以，出现更多的打通这二者的诗人，是必需的。

所以，宋彩霞现代诗和旧体诗都能写到这个程度，是非常可喜的现

象，值得注意。

谨以此为宋彩霞《黑咖啡》序，并祝贺它的出版面世。

2013年4月28日

（沈天鸿，安徽望江人。祖籍江苏。安徽省作家协会副主席。中国作家协会会员。某高校兼职教授。著名诗人、评论家。安徽省报纸副刊研究会副会长。）

踏着缪斯的节拍吟唱

——读宋彩霞词《满江红·乙未岁杪感怀》及其他

冯忠平

最近，在庆祝中国共产党成立95周年大会上，习近平总书记提出了四个自信，他说："坚持中国特色社会主义道路自信、理论自信、制度自信、文化自信，坚持党的基本路线不动摇，不断把中国特色社会主义伟大事业推向前进。"不言而喻，传统文化是一个民族发展的不竭动力，是文明的创造力和深层生长点所在，只有立足于优秀传统文化的沃土深根，才能保证中华民族的持续发展和健康成长。

上文所言，并非政治套话，更非偏离正题；殊不知正是通过这样的铺垫，把宋彩霞女士的作品放到这样一个大背景下观照，才能真正发现其作品的艺术价值和历史意义；其次，借此铺垫，确立一个评判作品的重要参照和大致标准。只有立足这样的理论高度和广阔的现实视野，才能真正发现宋女士作品的非凡之处。

兹将宋彩霞女士词《满江红·乙未岁杪感怀》（载《滏漳诗苑》2016年第2期），照录于下：

斗室千金，京城里、租房没辙。才让我、两回移宅，晓星残月。满袖风云人有梦，盈襟汗水头飞雪。问此情、能得几人知，休言说。　　编佳什，裁工拙。亲君子，涵凉热。想一年好处，砌横堆撇。昨夜星辰曾浩瀚，今朝日月真高洁。把冰心、伴着岁寒情，开新页。

这首词形象地呈现了宋女士的生存状态，上阕说生活，下阕道工作。当年白居易应举，初至京师，带着诗稿拜谒文坛领袖顾况。况睹姓名，熟视白公曰："米价方贵，居亦弗易。"乃披卷，首篇曰：离离原上草，一岁一枯荣。野火烧不尽，春风吹又生。却嗟赏曰："得道个语，居亦易矣。"因为之延誉，名声大振。而今京师米倒不贵，而房价则高耸入云，"斗室千金"，自非艺术夸张；而两度搬家，披星戴月，汗水盈襟，虽当时辛苦，而恰成诗境；君子以文会友，一片冰心，一支彩笔，呵护诗坛，评陟工拙，为古诗词创作事业呕心沥血。

这首词清晰地描绘了宋女士的文学道路，生活之源泉，结艺术之硕果。这首词命曰"岁杪怀"，当为一年之中的奋斗与劳作；而观此前的一首诗《寄夫君》，则透露出更多的讯息："同经五十八番春，百载光阴有限身。……晚岁躬耕存秘诀，今生不悔作诗人。"由此可知，宋女士生来就承载着诗人的宿命，无法逃避，也不想逃避。在乙未这一年里，编辑了诗友的几多佳什，评论了几多诗词作品，从作品以及与诗友的交往中获得了几多心有灵犀的共鸣？编辑和创作都很辛苦，为了追梦而至于满头飞雪，当是最真实的写照吧？

这首词真诚地表达了宋女士的执着追求，日月光华，旦复旦兮。宋彩霞《元旦诗》云："遇事宽怀便是春，生涯不许有沉沦。"不沉沦着何？向前奔也，向上飞也！创作的道路充满艰辛，而诗人从未因畏难而却步，从未因辛苦而懈怠。一年一度如是，一生一世如是，时刻以高标准要求，努力奉献优质作品。从字里行间流露出来的，是诗人的自信、豪迈和无悔！即使已经是高质多产的诗人，但仍然不断反思和检讨，"曾因合辙伤诗骨，深恐扬帆起雾尘"，这是何等的心肠和觉悟！而《寄夫君》尾联"今生不悔作诗人"，铮铮誓言，掷地有声！

这首词集中地展示了宋女士的艺术成就，本色当行，独立高标。宋代女词人李清照，不仅是艺术作手，也是理论名家。她著有《词论》一篇，梳理了词的发展历史，批评了欧阳修、苏东坡等人的诗化歌倾向和王安石、曾巩作品令人绝倒的毛病以及晏殊、贺铸、秦观词的诸多不足之处，进而提出词"别是一家"的理论观点。在《词论》中，李清照提出了词的四条标准——协律、铺叙、典重、故实；而自己的创作其实并没有完全贯彻这四条标准，协律、铺叙没有问题，典重也难非议，而故实一条，李清照基本没有遵循，在她的所有作品特别是最优秀的作品中，并没有使用什么典故——她高超的艺术才能，足可驾轻就熟，自铸新语，创造典范，这已经是文学史无可置疑的公正定评。

宋彩霞这首词上阕的前两段，纯粹使用貌似自然状态的口语，"斗室千金，京城里、租房没辙"，似乎在和老朋友拉家常，没有一点诗人作词的架势；"才让我、两回移宅，晓星残月"，除了随手撷取柳永

"晓风残月"稍加点染之外，同样是平常口语，如对朋友谈心倾诉，犹如说"你看我住京城，房价恁高，多不容易"！朴素，平实，坦率，直白，毫无修饰，更无造作。而与上阕形成鲜明对比的，则是语言运用的另一种风格——典重，语言的文雅与风格的典雅："编佳什，裁工拙。亲君子，涵凉热。……"整个下阕，文质彬彬，字正腔圆，气势豪迈，澎湃汹涌，一气贯穿，毫不滞涩——其句式，有如诸葛亮《出师表》文字的紧凑；其情怀，有如辛弃疾手把吴钩、栏杆拍遍的激越；特别是词的结句："把冰心、伴着岁寒情，开新页。"玉壶冰心，玲珑纯洁；岁寒不凋，坚贞节操；大胆创新，永不止步。说到这里，若有人问：什么是文化自信？

我不必引经据典，亦不必旁征博引，更无须长篇大论，而必答曰：能以坚定之信念，孜孜不倦地弘扬传统文化，并以创作实绩屹立于华夏文苑，以确证和标志着中国文化的价值和魅力。这，就是文化自信！

不息的人生诗梦

南东求

不久前，我在网上读到彩霞先生的一首词：《临江仙·威海至京华车中作》，全词如下：

我借长风临北海，今番高梦昆仑。人间天上觅诗魂。岭前千叠浪，眼里几星辰。　莫问红尘多少路，可怜凡骨凡身。春花谢了又秋晨。来时如梦令，去是画堂春。

顿觉眼睛一亮，心中惊讶。自叹人间有好诗。

一读诗题，便使人想起明朝书画大家董其昌，在他《画禅室随笔》中所载的一句名言："读万卷书，行万里路，胸中脱去尘浊，自然丘壑内营，立成鄄鄂。"威海，在祖国版图之东，黄海之滨。京华，是京城的美誉。屹于祖国之北，文物汇聚，人才荟萃，一国之都，国人所向也，故称京华。作者自威海启行，车向京华，途中有作。浅看，似写一次旅途所感。细品全词，方知作者所写，乃人生的大旅途。威海，京华，虽无万里之隔，然一路清风景色，足够洗去胸中许多尘浊。

词的开篇一句，即点明了主旨："我借长风临北海，今番高梦昆仑。"北海，是京城的名胜，东邻故宫、景山，南濒中海、南海，西接兴圣宫、隆福宫，北连什刹海，是京城诸"海"之首。此处当借指京城。长风，言其快也，暗示梦向之久，心往之急。后接一个"高梦"，便是这一心迹的直接吐露。这梦，可言之为作者的人生理想。这理想何其之大，何其之高，作者信手拈出"昆仑"用以喻之。昆仑，史称中国第一神山、万祖之山。因其势高耸挺拔，终年积雪，故又称玉山，喻其圣洁也。在作者认为，其心中的理想是高尚的，圣洁的。

写到这里，我们要问：作者心中的理想是什么呢？诗的第二句作了解答："人间天上觅诗魂。"这诗魂，当是"中华诗魂"。中华文学，源远流长，而诗词艺术，更是其精华的代表之一，故向来认为是中华文学的主流。它涌动的是一颗鲜活的灵魂。这灵魂，就是中华民族之魂。她寄寓着锦绣中华的雄伟形象，她是锦绣中华的精神支柱。她，大字包举，磅礴雄浑。其气概，有如"黄河之水天上来，奔流到海不复回"（李白《将进酒》）；其雄姿，有如"登高壮观天地间，大江茫茫去不还"（李白《庐山谣寄卢侍御虚舟》）；其美态，有如"庐山东南五老峰，青天削出金芙蓉"（李白《望庐山五老峰》）；其奇绝，有如"遥望洞庭山水色，白银盘里一青螺"（刘禹锡《望洞庭》）；其奥妙，则有如"曲径通幽处，禅房花木深"（常建《题破山寺后禅院》）。正因如此，"吾将上下而求索"（屈原《离骚》），或寻觅于"人间"，或探索于"天上"。诗人心潮起伏，浮想联翩。车借长风，一路奔驰。窗前涌起千重波浪，仰望云天，碧空深处，闪烁着数颗明星。这诗笔之雄，是何等的遒劲有力！这诗怀，是何等的气势磅礴！这理想，这追求，是何等的深远而崇高！

词入下阕，诗笔忽转。作者飘远的思绪，回到了现实。现实的艰难，世路的坎坷，人生的波折，旅程的遥远，而逝水匆匆，人生短促。这些，作者当然深谙其间的曲折，个中的艰辛。作为诗人，毕竟只是一个"凡骨凡身"，毕竟只是一个"平凡的个体"。要承担起这个寻觅"诗魂"的重任，谈何容易！但诗人很淡定，尽管寻觅途中，隐藏着无数的暗礁险滩和惊涛骇浪，但我心不变，矢志不移，于是发出"莫问红尘多少路"，即便"春花谢了"，还有那美丽的"秋晨"，我自一往无前，不会回头，不会屈服。正因作者有坚定的志向，有惊人的勇毅，有足够的信心，所以词至末尾，吟出两个绝妙的诗句："来时如梦令，去是画堂春。"如梦令、画堂春，本是两个词牌名，作者却能巧妙地移到这里，联成一个绝妙的对偶句。同时，又表达了作者的丰富情感，对理想追求的坚定信心。临行时，虽然带着如梦的人生理想，尽管一路风雨，尽管一路霜雪，但只要自强不息，奋力向前，未来一定是美丽的。待到归来时，眼前一定是百花灿烂、美景如画的春天。诗人惜字如金，却字字千钧，给人以力量，激人以振奋。

这首小词，虽仅六十字，其表述的思想内容，却是如此丰富，耐人寻味；其抒发的情感，竟如此动人，令人钦佩。诗人那坚定的向往，不屈的追求，崇高的精神，更是激人奋进。这是一首成功的词作。但人们皆知，一首成功的艺术作品，不仅要有深远的思想性，同时，还应有强烈的艺术性。我以为，这首小词，同样达到了这一艺术境界。

这首词的艺术构思，是很独特的。作者对"诗魂"的寻觅和追求，从写作角度而言，这只是一个"抽象"的理念，是一个"无形"的想法，因此如何写，对作者来说，得用心思考。但作者却能驾轻就熟，借形象思维的写作手法，将"抽象"化成"具象"，将"无形"化成"有形"，造设奇异、跌宕、优美的意境，抒其情感和志向。通过一次自威海至京华的旅途，表述人生的大旅途；通过一系列的具象，贯串于一条情感的红线上。将自己对"诗魂"的寻觅，对理想的追求，写得鲜明、生动、形象，给人力量。

作者对语言的运用能力，更是让人钦佩。其修辞手法的调用，几乎是信手拈来，任其所用。如以"北海"指代京城，这是"以小名代大名"的借代手法。或称之"约举"，即梁章钜《浪迹续谈》中说的："通行之语，谓物为东西。物产四方，而约举东西，犹史记四时，而约言春秋耳。"尚如，以"昆仑"喻其"高梦"。梦，是看不到、摸不着的，且前加一个"高"字，言其深远，更难以让人捉摸，但作者巧妙地移来一个"昆仑"。这就让人能产生美好的联想了。古称昆仑山，为中华"龙脉之祖"，所以历代诗人对昆仑的吟咏，世间对昆仑的传说，史上对昆仑的记载，可谓不胜枚举，如"若非群玉山头见，会向瑶台月下逢"（李白），"横空出世，莽昆仑"（毛泽东）。传说女娲炼石补天、精卫填海、西王母蟠桃盛会、白娘子盗仙草和嫦娥奔月，这些都与昆仑山有着密切的关系。而诗人在这里借昆仑的神奇、高大、圣洁，来喻以"高梦"，这就更富有感染力了。尚如对偶手法的运用。词的上下阕之末两句，也有未对偶的，但作者驾驭语言的能力很强，皆作对偶处理，且自然流畅，形象鲜活。细品其中蕴意，作者在使用对偶的同时，还运用了隐喻手法。如"千叠浪""几星辰"，显然有作者特殊指向的含义在内。读者可以凭借诗句的文字信息，驰骋联想，从而获得审美的享受。

纵观全词，其格调高远，气韵清奇；其探求和思索的精神，可谓顶天立地，内蕴一腔浩然之气，雄健脱俗，感人心魄；其构思则更见匠心独运，启首结尾，谋篇布局，一景一象，一词一语，看似平常，信手拈来，然细细回味，虽捭阖有度，却出人意料。其遣词造句，深妙新奇，融古于今，其词丽，其意曲，言外有言，境中寓境，给读者留下无限的想象空间。昔静安先生《人间词话》，开篇一句即曰："词以境界为最上。有境界则自成高格，自有名句。"我以为，彩霞先生深得个中奥妙。其境界，不仅有词内的境界，即其艺术境界，更有词外的境界，即其人生大境界。两者合而为一，融为一体，使其追求的艺术理想，得到完美的体现。细味斯词，回味无穷。诗人那寻觅的诗魂，那不息的诗梦，令人向往，催人感奋。

（作者为《东坡赤壁诗词》杂志主编）

《秋虹》拾翠

国印周

　　《中国诗词月刊》执行主编宋彩霞，昨晚通过电子邮箱，寄来她即将付梓的诗集《秋虹》清样，嘱我评估并提出意见。遍览此书，觉得好似如履花海，姹紫嫣红；如入秋原，枫染松挺；如临仙山，莺鸣泉唱；如步幽谷，蕙郁兰香。捧读之余，忍不住摘几片新叶，沏入茶中，细细品尝。

　　含蓄中诉胸襟。大凡成功的诗人词家，其作品都是讲究胸襟和气度的。宋彩霞的诗词作品，从日常生活中遴选题材，在刻苦创作中陶冶性情，以实现艺术和意境的高度统一。她的《木兰花·游樱桃园》，就表现了这种创作手法："芳林翡翠频频约，手挽东风来践诺。最怜来去鸟衔红，身影如同枝瘦削。酸甜总待红尘嚼，何必拈花怜坠萼？游园拾得自然心，我自起歌归淡泊。"且不说她运用了游樱桃园是受"芳林翡翠"的邀请，手挽着东风同来的含蓄的艺术想象。她着重阐明的，是"酸甜总待红尘嚼，何必拈花怜坠萼"的处事心态，和"游园拾得自然心，我自起歌归淡泊"的气度和胸怀。她在《次韵和胡望江"近重阳对菊"》的诗中，用"山色如人意，幽花似我心。登高能望远，何惧雪霜侵"来表现性情，达到的同样是这种艺术效果。

　　委婉中藏蕴秀。委婉细腻是婉约词赢得读者青睐的重要特点。此类作品，在《秋虹》中俯首皆是。《长相思·只说潮声涨几分》就很典型：

　　夜嶙峋，月嶙峋，梦雨过时滴露痕，风吹片片云。　　试相询，莫相询，只说潮声涨几分，天高一雁闻。

　　这篇仅仅36字的作品，采用虚写的手法，不写人物，却人物形象十分饱满；不写情感，却情感表露十分丰富。妙就妙在谋篇的高超和语言的凝练，妙在"不要说"和"只说"上。这里没有苏轼的月圆月缺，没有柳永的"执手相看泪眼"，但是它形成的效果比起前者毫不逊色。再看书中的另一篇写闺情的长相思《痴情一梦中》，"月朦胧，鸟朦胧，寂寞梧桐锁远风。痴情一梦中。喜相逢，恨相逢，更怨青天高九重。起看云向东"。是从另一个角度着笔，通过"喜相逢，恨相逢，更怨青天高九重"这种似乎矛盾的心理描述，使感染力变得更加强烈。这里的"恨"和"怨"，表现的都是爱，并且已经升华到执着。

　　淡雅中吐心志。"诗言志"自古已然。见过许多芸芸之作，或写花写柳，或写瀑写涛，诗中无我，读后不知所云。宋彩霞的诗，主题鲜明，篇篇融入自我，一篇既读，作者的心迹即明焉。如七绝《题残荷》：

　　　　凌霜沐雨可从容，污浊长磨岁月红。
　　　　藕卉当从泥水出，缘何苦苦怨东风。

　　意在律己，逢事不怨天尤人。五律《获全国诗词大赛某金奖感言》：

　　　　不肯逐轻肥，行吟自采薇。
　　　　丹青生羽翼，翰墨叩春扉。
　　　　叶外鱼才跃，花前燕始飞。
　　　　新词多未校，执笔试芳菲。

　　则是阐明自己不追风，不逐波，独立思考问题的习惯和方式。当今世界，灯红酒绿，物欲横流。诗人要立世，只有不慕虚荣，才能一步一个脚印地实现人生目标。《画堂春·答李晓鸢"宋彩霞诗词集读后有寄"》就展现了作者的看法："一江秋水泛清波，晚来小雨婆娑。菊花杨柳任吟哦，恨不成歌。应了枝头春约，忍教岁月蹉跎？梦中云影掠天过，不恋烟萝"。不肯让岁月蹉跎，把灯红酒绿、浮光掠影视作"烟萝"而"不恋"，就能保持良好的心态，正确的面对社会。这些正是宋彩霞在诗词事业上成功的经验所在。

2010年5月6日

（作者为河北省诗词学会副会长）

写诗者，格虏精神也

郑 河

在浏览文友博客时，读到晓雨新作的一首七律《席间答客说》。序言为：某日宴会席间，有客曰："写诗者，格虏精神也"。慨而复之。"此律如下：

剪绿裁红勤有约，春来赴约结秋鸿。
一窗花雨调唐墨，满榻书香漫宋风。
逢友每将词作北，闭门常与韵为东。
于人眼里成格虏，我却心中当彩虹。

细细品味之，诗中意境、意象鲜活明快，中间四句对仗工整，一副文人墨客以文会友、以诗会友的情景跃然诗里行间。然而最令人感动的是序言里的"写诗者，格虏精神也"的提问和晓雨的"于人眼里成格虏，我却心中当彩虹"的作答。其中的"格虏""彩虹"，是此律的两个关键意象。

何为"格虏"？说真的，我还是第一次听说。查询典籍辞书后有两种解释。其一，《汉典》解释为强悍不驯的奴仆。举例《史记·李斯列传》："故韩子曰：'慈母有败子而严家无格虏'者何也？"司马贞索隐："格，彊扞也。虏，奴隶也。"按《韩非子·显学》作"严家无悍虏"。其二，在线新华字典也解释为强悍不驯的奴仆。两者解释一致。但细解为，"格划分成的空栏和框子：格子纸。方格儿布。法式，标准：格局格律格式。格言。合格。资格；虏（虜）俘获：虏获。俘虏。俘获的人。"当我看见两种解释后，脑海里有了更为明晰的解释：格虏，格律的俘虏。

突然想起毛泽东关于诗的创作一段话："诗当然应以新诗为主体，旧诗可以写一些，但是不宜在青年中提倡，因为这种体裁束缚思想，又不易学。"（引之毛泽东给《诗刊》编辑部的一封信》1957年1月12日）是啊，格虏，格律的俘虏。诗词格律虽然是国粹，但并非是人人皆可为之的。读晓雨七律末句"于人眼里成格虏，我却心中当彩虹"，使人想到了对于传统文化的继承和创新的一种勇气，看见了一种对于诗词格律孜孜不倦的追求，看见了诗人心中的一种感人的情怀！写诗者，格虏精神也。大凡那些为弘扬国粹而诗词歌赋者，不都是这种格虏么。

点染秋虹是彩霞

苏岚烟

收到晓雨寄来的她的第二本诗词集《秋虹》已经是万家灯火的夜晚了，书，带着墨香，放到了我的书桌上。一丝感动，不由涌上心头。我只不过在给晓雨博客的评论栏留了一句："期待先睹为快！"。

和晓雨只是相识在博客中，至今未能谋面。晓雨加入我的博客圈《维扬诗社》时，我并不知道她已经很知名了。我只是当她为《维扬诗社》的一位普通成员，当我逐步发现她的才气时，才注意到她的身份。应该说，我是通过晓雨的诗词认识晓雨的。晓雨的诗词在很多报刊上发表绝不是偶然的，说明她得到了广泛的认知。《中国诗词月刊》杂志社社长马中奎先生给予她极高的评价，应该承认晓雨是当代颇有成就的女诗人。

晓雨的诗词，十分耐读。晓雨诗词的特点是真。她的诗词情真，绝没有时下流行的无病呻吟。《浪淘沙·辛酸能有几多长》中的"惊见"贫困地区学童照片，"顾影更凄凉，浊泪双行"。《菩萨蛮·写在汶川大地震默哀日》"伤情最是花凋去，家园破碎西南雨"。《蝶恋花·救援地震灾区有感》"伤我同胞三万九，已然沉陆能浮否？"。《忆秦娥·人民总理声如铁》中的"天寒彻，山崩吞噬同胞血。同胞血，家园失所，普天同咽。"《燕归梁·感和友人》"芳信天涯可寄鸿？烟雨万千重。盟鸥怨鹭也无踪。唯只有、旧情浓"的友情。《鹧鸪天·编刊寄诸诗友》"邀四海，聚五湖。浩然天地此时书。谁人能解其中味，请到燕山酒百壶"的诗友情。《读中奎社长诗有感回赠》中的"亏是今生与子期"洋溢着的师徒之情，知音之喜。；《奶粉事件有感》"钟馗门前立，凭说保汉廷"的怒目相对。《浣溪沙·喜雨》"昨夜东风与燕谋，送来琼浆下田头。"喜悦之情溢于言表。给人印象深刻的最近的新诗《出金都乐苑回乡》，小诗洋溢着回乡轻松之意，浓浓的乡情。"莺飞蝶舞满池东，我踏春风向晚中。诸色徒然频过眼，有情还是小桃红。"唯有情真，诗才真，才能打动人心。我们从晓雨的诗词里看到了她的拳拳之心，真真之意。

晓雨诗词的特点是善。作为一位女诗人，现代城市生活拉大了与一些弱势群体的差距。女诗人没有善良之心，绝写不出像《菩萨蛮·寻活》的进城务工人员找工作无着落，"日影下帘钩，人儿愁上愁"的窘境，没有善良之心是不会将自己的视线放在这样的弱势群体身上的。《河传·徒作伤心字》惊见贫困地区学童照片，赋出"一张残纸南窗底，难书意。徒作伤心字。小时衣，依旧披。"《己丑夏干旱祈雨》"无心裁妙句，但盼气氤氲"。《扶贫村感怀》："长作无端千载梦，相关总是故乡苗。田园菜圃因虫啃，院内生柴带叶烧。"观察细微，除了女性的细致之外，没有大善之心，是写不出这样的诗句的。《秋虹》里我们又看到了郑板桥的"一枝一叶总关情"。

晓雨诗词的特点是美。《得左志刚赠画》"鹅黄鹊绿樱花紫，鹭白鸦青鹤顶红。泼墨惊飞枝上鸟，回头却在画图中。"一幅画在晓雨笔下变得那么轻灵，栩栩如生。《雨韵》中的"小楼人醒三更后，忘却南窗碎雨声。"给人那种意境。《长相思·痴情一梦中》中的"月朦胧，鸟朦胧，寂寞梧桐锁远风"。如画的情致给人无限的忧思。《八声甘州·天尽头观海》更是一副海天画图："看水晶帘外海门开，浪狂没飞鸥。正暗潮千尺，风声涌动，急拍沙洲。山色雨晴浓淡，渐渐白云收。浩荡无涯际，谁识归舟。"大气，有王安石《桂枝香。金陵怀古》之韵味。《减字木兰花·初秋连日阴雨》"忽忆春宵，红伞翩翩过小桥。""红伞"与"小桥"，两样静物，用了"翩翩"和"过"连接，没有直接写人，却给人想象的空间，传递出美的信息。

晓雨的写作技巧日臻成熟，比兴的应用在《秋虹》里比比皆是。《木兰花·立春》"东风入梦将人劝"，《行香子·瑞雪深沉》"流云有恨，西风多妒"，《晚秋随吟》"花谢花开惟自解，云愁星恼各东西"。《喝火令·观樱桃》："燕亲花瓣鸟装乖。喜煞飞蜂，喜煞蝶徘徊。喜煞野鸥仙鹤，胜过凤凰台。"《次韵答沈天鸿和余忆菊》"西风憔悴也风流"。《北京金都苑之约》"秋风不解游人意，一味高声唱小诗。"《出金都苑回乡之问答》"春风一试兰花指，点染秋虹是彩霞。"《蝶恋花。春寒》"冷柳不知风淡薄，斜倚枝头，挂影东南角。残雨啸声檐上落。樱花却与春无约。"《忆秦娥·问》"天应哭，楼房尽倒学生屋。"《鹧鸪天·庚寅春节抒怀》"东风别问辞中味，旭日还弹象外琴。"《贺新郎》"清风不说心中事"，《鹧鸪天·天鸿先生生日有寄》"星种绿，月收红，百千桃李紧跟从。"《小重山·感事》"风解意，脉脉自难忘。"《答杨远建〈赠宋彩霞〉二首》"百花有意吐心声"，《晚间散步独吟》"相思忽被星粘住，幻梦还由月送来。"《和友人〈失眠〉》"窗前暗自数更清，断续蝉声梦里萦。不是由来情就苦，为何反侧到天明？"《摊破浣溪沙·天若有情天亦老》"天若有情天亦老，月如有意月何圆？莫叹草间皆白露，是缠绵。"《鹧鸪天·雪里客至》"梅香俏逐迎风舞。竹韵嫣然对客吹。"《鹧鸪天·除夕寄友人》"风浪漫，雪徘徊"。《轱辘体：为谁赋得百篇诗》"夜色朦胧星已瘦"。《卜算子·写在重阳》"明月总回头，为有情难了。"《定风波·刘公岛行》"紫燕飞来风满后，剪柳，飞花蝴蝶笑成堆。"《西江月·夏日夜兴》"神仙游戏在人间，笑问星星可羡？"《夜宿金都苑小区》"燕山如有意，翠竹自无私。"。《鹧鸪天·喜雨》"天一笑，做温柔"。

  掩卷后，一时不能尽意。愿借周彦文先生的一句诗作结，"云帆又挂之沧海"，愿晓雨诗词更上一层楼，结出更丰硕的成果。

秋之火灼灼　雨来自悠悠

《白雨庐集》读后

苏岚烟

继《秋虹》《秋水里的火焰》之后，今天又收到晓雨寄来她的第三本诗词集《白雨庐集》，如渴久之饮甘饴，一气读完。抚卷长思，感慨良久，欣欣然提笔记下读后感。

最先跃入眼帘的是《寄夫君二首》：

一

从来未有寄君诗，任我疏狂任我痴。
难得阿郎明大意，一生可贵两相知。

二

羁旅长安多少念，心香瓣瓣寄相思。
高情最是怜吾爱，汝是今生第一枝。

此诗明白如话，而不失其雅。诗之有情味方浓，两情相悦之最高境界"又岂在朝朝暮暮"。晓雨喜好诗词，为诗词事业远离家乡，没有夫君的理解和支持是很难想象的。"高情"就是"怜吾爱"，"任我疏狂任我痴"。层层叠叠，步步升华，最后唱出"汝是今生第一枝"。此诗明白如话、不假雕饰，不假颜色，少用典故，完全出之常言口语，一经朗诵，即难忘怀，实在是当代少有之白描佳品。两首诗全部口语化，使人不由想起"劝君莫惜金缕衣，劝君须惜少年时"和"慈母手中线，游子身上衣。临行密密缝，意恐迟迟归"这种白描叙事的大家风范。

晓雨诗句往往不同凡响，多有奇句。《相聚》也是不错的一首七绝：

云淡燕山月上迟，夜光杯酌晚凉时。
闲将一管描眉笔，写就听泉漱玉词。

转结巧妙，用在晓雨这样的女诗人身上恰到好处。唯有女性，才能想到用"描眉笔"，来"写"。其情，其景，其淡，其雅，其闲，其思。寥寥数语,立即勾勒出一幅淡墨山水画来。若没有深厚的功底,决不能达到这样巧思娴熟的笔调和境界。《裕华雅集听晓川师吟唱会感赋》更是妙句横生:"歌非有意能生韵,已会心音不用弦。"能够将"歌""意""韵""心""音""弦"几个字连成这样的妙句,绝非浅尝者所能为。所谓"练达"之笔,晓雨此句是当之无愧的。若不反复吟咏,推敲体觉,岂能得其真味。《次韵周星雷先生〈咏水〉》"执着横波多浑浊,不清也得向东流。"自是寄情于物,意在诗外,令人击节。正如 :"结句或就题结,或开一步,或缴前联之意,或用事,必放一句作散场,如剡溪之棹,自去自回,言有尽而意无穷。"《参加第25届中华诗词肇源研讨会感赋》"大韵醉人何必酒,幽香就在最高楼"也有异曲同工之妙。

晓雨填词与诗一样有其精彩处:

《太常引·辛卯初春三题之飞威海》

鲲鹏展翼向天涯,彼岸是吾家。碧浪洗银沙,忘不了、晨鸥暮鸦。　　回眸四望,嵯峨满眼,一瞬满天霞。山色幻轻纱,来不及、浓情淡茶。

此词应成于飞机之上。威海是晓雨的家乡。在北京工作的她,每到回家之际,乡情、亲情凝于胸臆。"彼岸是吾家",威海位处大海边,山俊水秀。"碧浪洗银沙","忘不了、晨鸥暮鸦",结句更是将浓郁的乡情、亲情融进"浓情淡茶"。其措辞造句自然流畅,绝无艰涩。寄情于景,融为一体。起伏跌宕,拉得开放得下。画意其表,诗情其中。古人认为词以含蓄为高,若事事直叙,便失之浅薄:

《临江仙·威海至京华车中作》

我借长风临北海,此番高梦昆仑。人间天上觅诗魂。窗前千叠浪,眼里几星辰。　　莫问红尘多少路,可怜瘦身凡骨。春花谢了又秋晨。来时如梦令,去是画堂春。

深得含蓄之要领。所谓"语贵含蓄。言有尽而意无穷者,天下之至言也。如〈清庙〉之瑟,一倡三叹,而有遗音者也。"音韵方面读来如高山流水，美轮美奂。《喝火令·梦路》"一夜秋风老，心潮逐浪高。瘦了窗外可怜宵。清露陌中盈满，待有几分潮？好梦因君系，闲愁此刻销。别来犹忆彩虹桥。路也迢迢，路也有蓬蒿。路也湿寒堆积，无计念奴娇。"三句"路也"排比而来，一叠一唱，余音袅袅。《玉楼春·游文登樱桃园》中的比兴也是十分高妙：

芳林翡翠频频约，手挽东风来践诺。最怜来去鸟衔红，身影如同枝瘦削。　酸甜总待红尘嚼，何必拈花怜坠萼？游园拾得自然心，我自携歌归淡泊。

完全人格化的写法，使诗人灵动地驾驭字句，胜人一筹。《摊破浣溪沙·秋情》可以看到易安的影子：

霜压梧桐落叶寒，心弦不敢向人弹。风歇钟停虽又暮，续残篇。　天若有情天亦老，月如无意月何圆？莫叹草间皆白露，是缠绵。

表面看来集前人之句"天若有情天亦老"，但接上"月如无意月何圆？"便浑然一体，更出新意了，足见其文字老到之功。

《南歌子·读红楼梦》

几点催花雨，三更梦不成。临窗默对一天星。那朵云儿脉脉向东行。　一卷红楼梦，悠悠石上情。灯花缭绕念曾经。可惜曾经都是落花声。

中从"一卷红楼梦，悠悠石上情。"到"可惜曾经都是落花声。"，即便曹雪芹在世，亦应有同慨。

聂绀弩是新中国著名诗人、散文家，湖北京山人。聂绀弩的诗作新奇而不失韵味、幽默而满含辛酸，被称作"独具一格的散宜生体"。晓雨的：

《蝶恋花·读聂绀弩秋老》

又是秋风吹旧帽。不卷珠帘，只卷灯前稿。阅尽人间衰盛草，黄花依旧清香绕。　老始风流谁会笑？语涩途艰，细看知音少。且向丛林寻一道，时时自有春风扫。

晓雨词中唱出"阅尽人间衰盛草，黄花依旧清香绕。"也是对聂先生坎坷一生的同情和宽慰。

《巫山一段云·望雪》

眼底风烟瘦，胸中雪意多。非经雨后始婆娑？暮色淡成歌。　梦为东篱舞，伤痕有几何。温柔必得付冰河？冰下也翻波。

一进一退，一咏一叹，推拉自如。"暮色淡成歌"已是奇句，令人赞叹。后接踵而来"温柔必得付冰河？冰下也翻波。"，可谓奇句送出。

从《秋水里的火焰》到《秋虹》再到《白雨庐集》，晓雨诗词又跃上一个新的台阶，其味隽永，值得精嚼细品。明都穆先生《南濠诗话》用吴思道诗云："学诗浑似学参禅，竹榻蒲团不计年。直待自家都肯得，等闲拈出便超然。"晓雨诗词高出一格，令辞藻堆砌者汗颜，令无病呻吟者愧步。知识积累成就晓雨，这是其勤奋的一面；十二岁能诗，是其天分的一面。她踏实好学，人品端正，热爱生活，深入生活，更是其值得关注的一面。

春华秋实，晓雨收获了她自己的秋果，如火焰一般，灼灼如霞。她的诗词，也像清晨的小雨，悠悠自来。

2012年6月

（苏岚烟，1949年生于上海，祖籍河北故城。中华诗词学会会员，上海诗词学会会员，中国西部散文学会会员，《西部散文选刊》（原创版）签约作家、上海工作站站长。上海苏氏联谊会理事，《苏姓文化》报副主编。《槐花开了》获2016年蒲松龄文学奖散文二等奖；《徜徉趵突泉》获草原蔡文姬文学奖散文二等奖；《情寄乌兰布统》获《西部散文选刊（原创版）》2017年度优秀作品一等奖；散文《樱花赋》获2018年中国（合肥）长丰首届樱花艺术节征文二等奖。）

秀枝知遇当清雨，雨霁欣观硕果图

——宋彩霞著《白雨庐集》赏析

李同振

借问何家白雨庐？彩霞晓雨孰堪如。

秀枝知遇当清雨，雨霁欣观硕果图。

笔者这首《白雨庐集出版志贺》，是写给女诗人宋彩霞的贺诗；同时，又是赏读后的感悟，句句重复"雨"字，实在是感染其闻雨之情，晓雨之意。

借问何家白雨庐？宋彩霞的名字，早有所闻，报刊上时常看到她的诗章，清新文字，高雅意境，深有印象。可喜的是，近年来，短信里，邮箱中，时而出现其锦瑟别弹，我有时亦酬唱奉和；相知三年，相识三日，去年在黑龙江肇源召开的全国诗词研讨会上，一位娟秀斯文的女诗人出现在我们面前，真不愧"一朵诗花座上开，温馨清雅紫金钗"（宋彩霞《鹧鸪天》），她就是曾在字里行间神往的宋彩霞。我在研讨会发言后，她向我祝贺有嘉，只是来去匆匆，未曾深入交谈。我了解到，彩霞还有一个笔名"晓雨"。我手笨眼迟，偶尔浏览一下彩霞的网页，发现她的网名亦冠以"白雨庐"。诗人为何如此缠绵"雨"？惹我猜测。近日，一部厚重的诗书赠来，更是署名《白雨庐集》，我翻看目录：春雨、夏雨、秋雨、夜雨、苦雨、淫雨、望雨、雷雨、太阳雨、不停的雨，如果连同冬雨——雪，还有瑞雪、望雪、早雪、雪灾、大雪纷飞、我从暴雪中走来……，好一个"雨"字连珠，赫然纸上，诗人何以对"雨"字情有独钟？清龚自珍《题红禅室诗尾》云"可能十万珍珠字，买尽千秋儿女心"，那就让我们快步迈入"白雨庐"大门，去倾听女主人的万言娓娓心声吧。

彩霞晓雨孰堪如。无云不成雨，在老家，笔者早就晓闻一些以云霞预报风雨天气的谚语，诸如：天上扫帚云，三天雨降淋；日落云里走，雨在半夜后……。云霞与风雨的天然联系，自幼成长在黄海之滨的宋彩霞更是多有领悟，一轮红日从海面喷薄而出，何许壮观；朵朵彩霞披挂在旭日当头，何等精彩！不知彩霞的名字是否有所因缘？可喜的是，当我读到其诗集之57页，眼前一亮，我终于找到"晓雨"的出处：

今朝大地响春雷，弄晴晓雨霏霏。廿年伤劫损红肥，多少人非。　　料得清光总有，来从海上东飞，水清山色月澄辉，终见崔嵬。

这首《画堂春·父母平反复出》小注："1958年母亲因'右派'下放农村，至1978年恢复工作，一家人悲欢交加，草赋一阕，以纪念也。"读之，使我震叹不已！"晓雨"，或是双关语。晓一作"晨"解，毛主席词云"东方欲晓，莫道君行早"，倘若清晨一场雨，会给行人以洗礼，同时也带来路途几分泥泞，可知出行四方的宋彩霞当颇有时遇；晓另作"知"意，毛主席亦词云"大雨落幽燕，白浪滔天"，雨可以润苗助长，犹会兴洪酿灾，作者多经风雨，正如其新诗篇《路上》云"后来/我懂得：流云必经哭泣/方成流水"可见晓雨之深沉。我想，晓雨之双关兼而有之，后者知雨或为主也。在以近年力作为主出版的《白雨庐集》中，作者特意推出感人心肺的《那时岁月九章》，乃是20世纪70年代的少女之作，小序言："时前偶尔翻翻日记，原来那时也有打油，这恐怕是余最早的韵语了。历史的记忆，不堪回首。"且录其三：

消息斜阳后，堂前万念灰。
焚书难了恨，泪眼问惊雷。

《焚书》，1974年

书里乾坤时有雨，成花字字尽生香。
夜深开卷星河近，纵有凡尘也惧霜。

《读书》，1976年秋

一城疏雨冷年华，却有灯光照菊花。
似梦缤纷迷醉处，醒来夜色满天涯。

《夜雨》，1977年秋

作者16岁时，花季年华，我们仿佛看到，焚书的火苗，蒸发着那晶莹的泪珠，化做一丝云彩，凌空飘去，伴随那一声惊雷，降来"夜雨"。其实我们的少年诗人，并未消沉，她从惊雷中有所期盼，时隔二载，又"夜深开卷星河近"，读书"字字尽生香"。我们眼前出现一位早年晓雨的诗人，真"不得不说是小荷初露尖尖角的少年颖妙之才"。（周笃文《序》）而随着时光推移，更是晓雨情长，她"天高雷自远，雨短梦偏长"（《端阳前夜寄胞妹》），依依浓意；"路远多风雨，灯长自管弦"（《母亲节寄家人》），脉脉深情；"唤得朝霞苏大宇，书来秋雨起风雷（《辛亥革命怀秋瑾》），几多高昂；"云海茫茫瑞露多，彩虹总伴雨滂沱"（《鹧鸪天·寒露二首》），若许潇洒……。

秀枝知遇当清雨。诗意蕴涵雨意，雨情造就诗情。笔者曾粗略统计，在177页码的《白雨庐集》中，"雨"字就出现118处，冬雨——"雪"字至少48处，合计就有166处；而尤以其词篇，计47页码，56雨，21雪，合计77处之多，真可谓张张页页得听雨，字里行间见雨情。诗人这般痴情晓雨，清雨如此助长诗人，"雨"，真乃"白雨庐"主人之知遇也！

宋彩霞自幼遭遇几多雨雪，饱尝凄凉，经受磨难，且赏其1970年冬12岁童吟《踏雪写黑板报》：一脚浅还深，迎寒雪满襟。真情随粉笔，黑白识童心。欧阳修《梅圣俞诗集序》云："予闻世所谓诗人少达而多穷。"即磨难出诗才也。少年脚踏雪地，手持粉笔，面对黑板，这岂止是在写黑板报，分明是过早地踏入世途的深浅坎坷，感受世态的炎凉苦辣，体会世间的黑白盈亏。"挥镰镰不语，草色任心裁"（《开山》1970年秋），她裁草用心；"火烧典籍伤无主，领略人间苦难深"（《焚书》1974），她痛心疾首；"身似浮萍赴北疆，穷天僻远正茫茫"（《与母亲赴新疆》1974），她问天茫茫；"怨柳秋蝉瞧见否？长天雁字一行斜"（《闻蝉》1975秋），她几分期盼。连篇少年之作，凄凉的遭遇，锤炼宋彩霞一颗迎难而上的心灵，也谱写出她少年早成的诗章。

开放之风，改革之雨，迎来了崭新的时代风云，也赋予了诗人的七彩人生，雨雪未能动摇根基，犹可助长成材。且赏其词章：

画堂春·暮归（2007）

晚来小雨盖行云，金珠尽洒烟尘。谁家抢种布辛勤？夜撑归人。　　又喜东风送暖，早回燕子衔春。田园美景唤精神，欲写诗文。

喝火令·春雨（2009）

梦过风声小，东君羽扇摇。白烟鹊起雨潇潇。惊起一汀鸥鹭，春信入西郊。借我巫山剪，裁云种碧桃。彩虹桥上掬风骚。不道天低，不道晓山高。不道旧时王谢，只道有秋毫。

宋·严羽《沧浪诗话》云："夫学诗者以识为主，入门须正，立志须高。"宋彩霞起步正，志向高，精神焕发，欲写诗文，不管天高地厚，不羡王谢富贵，彩虹桥上掬风骚。诗人"泼墨三千勤弄砚，挽秋毫撰我凌云字"（《贺新郎·感赋》），"绝句为长橹，新词作小舟，劈波迎浪竞风流"（《喝火令·用韵〈写秋斋〉记雅聚》），"把西风望尽，彩霞无数。几许烟尘山似海，此看雨雪苗成树"（《满江红·娄山关》），诗人就像一株青苗秀枝，在风雨中破土萌芽，茁壮成树。雨为诗章增加异彩，春雨增滋润，夏雨增淋漓，秋雨增潇洒，而冬雪更增苍劲。冬天枝头的冰挂，不是梅花，胜似梅花；铺根的雪被，并非棉絮，犹如棉絮，乍冷还暖，诗意盎然。

诚然，并不是诗集的每首都一定含有"雨"字，但确实许多诗句都隐涵雨情。

"喜看莲池春水涨"（《致喜海先生》），"海上风尘频涨满，山中旧宅苦飘摇"（《乡愁》）……是否同样可以见到雨的痕迹？正如其新诗《不停的雨》云："因此世界全部都是雨声/整齐而又凌乱/而雨和雨之间是无数空白"，几多含蓄，发人沉思不断！那雨柱之间的空白，谁又可以看见和占领？那里，应该是凝思，是求索，是痴情的知遇所在，是骚人的诗篇所在，也许在无数的空白中，就有一隅空间，那就是"白雨庐"，那就是《白雨庐集》……

雨霁欣观硕果图。刘勰《文心雕龙·隐秀第四十》云："秀者也，篇中之独拔者也。"宋彩霞的诗词创作日臻成熟，篇中独拔可见，堪称上乘秀者，成为活跃诗词界的一家。几曾经历苦雨、雷雨，又几番望雨，终于迎来诗坛的艳阳天。"无限芳菲，待卷绿扉红，一展琉璃果"，往日的青苗秀枝已经绽放灿烂之花，结出丰硕之果。一词《玉楼春·金湖观荷》可见诗人风采：

　　凌波仙子多情态，百媚千娇能不爱。含苞欲放立亭亭，收拾长塘成一派。　　从来不与争风采，月白风清犹自在。不知何日梦能圆，香满人间花似海。

　　好一个"收拾长塘成一派"，此时的女诗人，已是独树诗坛："豪婉兼呈，自成一家了。"（周笃文《序》）正如其《临江仙·获奖剪韵》词云"杏花开正好，烟絮坠无痕"，果是"一枝红杏出墙来"，诗人已经形成自己的风格，成为诗坛一道亮丽的风景线，为人所瞩目。

　　意境高雅，余味绵长，是宋彩霞诗词的深厚特色。当前，有些作者包括女作者，甚至有些韶华诗人尽是无病呻吟，消极悲观，愁绪何止三千丈，似乎非如此不显其深沉。而宋彩霞不然，儿时几多磨难，中年若许别离，她却积极向上，风雨中看到阳光，化愁丝为韵律。一则新诗《六月之遇》云"给天空打上封条/别让那些雨/将通向你的道路/变成泥泞……穿过那些数不尽的尘埃/为了能在彩虹的各种色彩中/在你的面前出现/我这时开始允许下雨"好一个宋彩霞，她可以向天上贴启封条，简直是雨的主宰！余味无穷。她"大河既得青云志，艺苑何愁思阕人"，愁化凌云；"门前沧海谁为主？我欲乘风驾小舟"，心神畅漾；她为学童冻伤而"怎不思量"，为贺新中国六秩华诞而"凯歌起，澄玉宇"，纤秀轻柔的女诗人时常发出时代的强音，她新诗《致远舰》感慨甲午风云"血肉之躯，铸造了灵魂和尊严/把耻辱和痛留在了海面上"，发人沉思不断，余音萦绕啊。

　　生活丰富，内容广泛，是宋彩霞诗词的突出特征。当前，有些作者沉湎于蜗居尺案，闭门造车，冥思苦想，仿古泥古，似乎非如此写不出名篇大作。而宋彩霞不然，她徜徉于天南海北，漫步于大街小巷，积累了丰厚的人生底蕴。真如其新诗《梦中》云"我为你写的诗/不在笔下/不在纸上/更不在电脑里/在我公开而又秘密的阳光里"，她的诗贴近生活，深入民众，她"惯看天地两茫茫，唤风起，吹雨入回肠"，"天地两无妨，丹青生浩气，骊歌长"，从山川到楼肆，从家人到百姓，无所不及，东西南北尽身影，五湖四海皆雅韵。

语言清新，文字流畅，是宋彩霞诗词的鲜明特点。当前，有些作者盲目因袭古文僻字，恍如隔世，恨不得让读者抬出康熙字典来读，似乎非如此不显其精深高奥；而宋彩霞不然，她是调动鲜活语言的高手，随你耳边俗语，身边物件，信手拈来，为我所用。开篇第一首"动情我以何相报，接过鱼竿钓小诗"，鱼竿可以钓诗；接下来的诗章词篇，"夜幕撩开星一角，低吟浅唱到天涯"，夜幕可以撩一角；"冲天不见飞黄鹤，一派秋声吩咐着"，秋声可以吩咐着；另外，"此真是，人生乐呵"，"听过雁，画天桥，从今无力再唠叨"，俗语即可入诗；"来时如梦令，去是画堂春"，"觅柳稍青，齐天乐，满江红"，"好唱满庭芳"，几多词牌，顺势点拨入诗，而更有叠字层出："袅袅""朵朵""款款""脉脉"……妙不可言。可见作者语言娴熟，运用自如。

《白雨庐集》诗篇、词篇和新诗三分天下，各有千秋，笔者均读不释卷；而相对而言，其词篇应更胜一筹，作者的辞章兼顾李清照之婉约和辛弃疾之豪放，与其称其为诗人，不若称其为当代词家。我们知道，李清照、辛弃疾都诞生在历史名城济南，倘若两位伟大词人长梦一醒，应为宋彩霞这位山东老乡的成就而欣慰，应和我们一起欢呼黄海之滨升起一颗新星。

对作者的新诗，因为笔者对新诗虽有涉入，但尚不深入，所以发言权不多。但我感到高兴的是，她已经摆脱当前新诗的朦胧迷茫的误区，更多的是含蓄和余味。总得提些期望吧，我还是希望新旧诗体结合，相得益彰。诗人刘章、高昌联合出版了《白话格律诗》专著，在新诗中引入格律元素，引起人们关注。《中华诗词》"新诗之页"主持人刘章主张"追求形式美，韵味美，把新诗写得有古典诗词韵味，易记，可背。"（《白话格律诗序言》）刘章老师和我都认为，凭着宋彩霞娴熟的格律手法，必将可以写出新旧诗体结合的篇章，为诗歌的创新和发展做出新的贡献。

宋彩霞的另一成就和奉献，就是集诗人与编辑于一身。在其篇辞章中，就有12篇记述"归威海""返京都"之作，占有较大比重，可见其眷恋亲情而又更热衷诗情，可喜的是，其中一篇《行香子·返京车中》就曾出现在笔者短信中：

来去匆匆，西北胶东。看窗前、变幻无穷。一兜新韵，千里行踪。听海滨潮，德州雨，历山风。　　向秋潇洒，辞晓从容。现如今、也做雕虫。锦囊太窄，好句难工。觅柳梢青，齐天乐，满江红。

宋彩霞是温馨家的主妇，更是编辑部的主任，她告别"任我疏狂任我痴"的丈夫和"花生北国，尽是江南色"的娇女，"作嫁生涯壮丽哉，莲池白塔尽诗材"，她舍小家，顾大家，令我们肃然起敬。我亦曾经拙句步韵奉和宋彩霞，借以表达对诗人词家的祝愿：

辗转匆匆，燕北山东。再回眸、思念无穷。半生心血，碧畔萍踪。恋海边鸥，海边雨，海边风。　　但求高雅，何乞雍容。拓方田、犹似诗虫。一刊韵广，万众词工。望彩旗扬，彩虹舞，彩霞红……

（李同振，河北省深泽县。清华大学毕业，高级工程师，河北省燕赵晚霞诗社副社长，《晚霞诗笺》主编。）

健劲清新白雨庐

阿 秋

最早读到宋彩霞的诗作，是在网上，在她的博客中。后来，见到她的诗作好评如潮，就萌生了进一步了解的念头，这就是读《白雨庐集》的缘起。坦率地说，我没有读过多少当代人的诗集，无论是古典诗集还是新诗集。在新诗中，席慕容是个例外，那么在读过《白雨庐集》之后，我也会说，在古典诗中，宋彩霞是个例外。

宋彩霞的诗词感觉不是婉约的那种，也不是豪放无忌的那种。她的诗词将这两者糅合为一体，有一种别样的味道，自成一体的那种感觉。这与李清照是不同的，李清照的诗与词判若两人，因为她执着于"词别是一家"的创作理念。宋彩霞的诗词不是这样严格分野的，不过她将清新流畅的感觉贯穿于诗词作品之中，间或夹杂着奇思妙语，可读可诵。

一、浓烈的诗人情怀。

"无情何必生斯世"，诗人尤其如此。没有感情的诗篇肯定不会有感染力。宋老师的诗篇常常饱含着深情。她的深情大多是寻常语，让人感到真切，她的深情也间或贯穿着新奇，让人感到诗心。

《踏雪写黑板报》

一脚浅还深，迎寒雪满襟。
真情随粉笔，黑白识童心。

此诗尽是寻常语，却把一个天真、认真、执着的少年形象描绘得淋漓尽致。

《京华两度仲秋寄母亲》

皎皎燕京月，临窗又独看。
离乡人半瘦，羁旅自孤单。
岸远追寻苦，山长孝悌难。
撩开天一角，寄语问平安。

此诗"撩开天一角"是寻常语中的奇语,真是诗心磊落,情怀真挚。

《端阳晨遇兼寄胞弟》

早起金都露,晶莹一岭新。
池塘藏意趣,短剑长精神。
野马红尘事,春车白发人。
何当风助我,直采俐江春。

此诗读来亲切自然,看似情浅,实则情深。

《移居莲花池公园寄师友》

柔毫两载入燕山,作嫁生涯不得闲。
月照春秋辉婉转,凤爬案侧逗循环。
行诗怎敢三平尾,驻足逍遥一舍间。
大义高情弥足贵,莲花水畔看斑斓。

由此诗可见,作者对诗词的感情以及诗词创作在作者心中的位置。

《清明祭父》

昨夜掀帘父进门,红砖绿瓦小渔村。
清晨惊梦音容远,入世甘尝教诲温。
壁上京胡依旧在,坟前宿草已盘根。
今生痛惜搀扶少,空把诗文对泪痕。

此诗语言朴素,感情充沛,读者含泪。

二、比比皆是的好句。

好诗必须有好句。一个诗人的炼句,那是很吃功夫的,宋彩霞的好句真是信手拈来,比比皆是。比如:"知识能当饭,虚心自得师。""松涛青有韵,石径白无苔。""湖光风外落,花影楫中流。""只恼亲难孝,应欣叶各繁。""点墨情关家国事,开笺意向道天书。""赋里秋光应独有,梦中曙色总难长。""紫蝶偏还青杏愿,红笺每与白鸥盟。""从来报与明凌月,毕竟追求大写人。""世上几人香在骨?灵中万树翠生烟。""怕将心事随词笔,写尽曾经一段香。""一枝一叶风流老,百媚千娇体格新。""岁月无多枝易老,乾坤虽大身难适。"

"两眼江湖看不尽,晚来小雨真难得。""生怕难期心底事,未宜轻屈凌云笔。"这样的例子,还可以一直举下去。

三、创新融入现代词汇。

古典诗词如何创新一直是个大问题。如果将传统的东西全都替换掉,那么,还能叫作古典诗词吗?如果一切都原样不动,那么,古典诗词写作的意义将受到质疑。宋彩霞的创作融入了很多现代元素,连最新出现的网络词汇也被她写进诗词之中,而且使用的非常自然、贴切,这不是那么容易就能做到的。

比如,上面提到的"知识能当饭,虚心自得师。""当饭"就是现代的口语,古人不可能用过,这样的诗句平易近人。《太常引·忆故里》"流云总系水之涯,梦里老篱笆。崖畔蔓初爬,漫数着、田头树丫。""田头树丫"也是现代的口语入词。"试问长轮多少尺?夕阳铺锦,朝霞给力,轧轧铿锵律。""给力"是较新的网络词汇,用在这里,不仅非常贴切,而且非常适合词意的表达。"磊落诗心凭快递,光昌气象付骅骝,澄圆明月正当头。""快递"现代名词,而且是近十年中才广泛使用的名词,与"骅骝"相对,很有匠心。"听过雁,画天桥,从今无力再唠叨。人间不必痴如我,辜负珠楼景色娇。""唠叨"是现代口语,亲切自然。"来去匆匆,西北胶东。看窗前、变幻无穷。一兜新韵,千里行踪。""一兜新韵",这个量词的使用也很现代。"从来报与明凌月,毕竟追求大写人。""大写人"三个字,完全是现代语境下的用词,与"明凌月"相对,不仅工稳,而且充满了现代的气息。

四、独具一格的词作。

宋彩霞的词作在《白雨庐集》中尤其出色,已经达到出神入化的境界。她的词用笔健劲,出语清新,词意流畅,具有很高的艺术价值和欣赏性。她的词没有艰深的典故,没有涩拗的用语,易于理解又充满回味。她的词音节和谐,节奏明快,是流淌着的天籁般的歌声。她的词精品迭出,佳作连篇,即便放在宋词最好的作品之中,也不逊色。

《青玉案·车中行吟》

　　两千旅路朝西北，海城雨，蓬莱月。又有樱桃流紫色。叶柔花媚，枝羞澄碧，送我东方客。　　怕瞧镜里眉间褶，渐见飞花发丝白。试问长轮多少尺？夕阳铺锦，朝霞给力，轧轧铿锵律。

　　这真是乘火车的绝唱，古人所无，今人罕有《临江仙·威海至京华车中作》：

　　我借长风临北海，此番高梦昆仑。人间天上觅诗魂。窗前千叠浪，眼里几星辰。　　莫问红尘多少路，可怜瘦骨凡身。春花谢了又秋晨。来时如梦令，去是画堂春。

　　这首词意象雄奇、感情真挚，可谓《白雨庐集》的压卷之作。《临江仙·红梅》：

　　柔骨偏傲轻雪色，多情天也难禁。清香自如识胸襟。不随桃李艳，为待那人吟。　　八表云停九月暗，参差仙籁而今。无痕宿梦苦追寻，横斜疏影瘦，如故是冰心。

　　古人咏梅的诗词何止千百计，但这首词出新入旧，别开生面，不同凡响《鹧鸪天·牡丹》：

　　细雨怜花醉太真，沉香亭北独销魂。一枝一叶风流老，百媚千娇体格新。　　寻画角，读缤纷，羞颜不碍夜嶙峋。相期相约瑶台后，留取巫山百褶裙。

　　这首词可以说是咏牡丹的绝唱，"一枝一叶风流老，百媚千娇体格新"。不仅牡丹如此，《白雨庐集》中的词作又何尝不是如此？《浣溪沙·流云》：

　　幻化千年哪是家？化来冰雪即当茶。三千弱水报春花。　　一径香寒风满地，半窗花影月笼纱。非烟非雾走天涯。

　　这首词诗心匠意、小巧玲珑、信手拈来《行香子·瑞雪》：

　　瑞雪深沉，漫涌黄昏。以痴情、独守清芬。人生如梦，梦却无痕？有七分淡，三分苦，九分真。　　流云有恨，西风多妒，把心香、仍付红尘。鸥盟虽美，可与何人？问天仙子，西江月，牡丹魂。

这首词忧伤淡淡，是婉约精品《朝中措·浮萍》：

浮萍日夜在流沙，哪里是仙家？寂寞人间背后，多情唯有芦花。　　高天碧水，闲愁飘溢，岁月烟霞。借我扁舟一叶，乘风破浪天涯。

这首词一洗古人诗词中人生无奈的浮萍意象，别出新响，用语健劲。《浣溪沙·赏梅》：

一树梅红独自看，风吹轻雪也缠绵。神驰已忘暮钟寒。　　世上几人香在骨？灵中万树翠生烟。此花与我最相怜。

这首词婉约中有健劲："世上几人香在骨？"上下四方，古往今来，不知有几人可以当得此问。《卜算子·池塘漫步》：

不是不伤秋，六合依然远。作嫁生涯不得闲，渐失韶光面。　　人在小池塘，踏浪飞花灿。文字清华小楫舟，携入芙蓉卷。

这是诗词中的随笔，于随意中，下笔成韵。《画堂春·父母平反复出》：

今朝大地响春雷，弄晴晓雨霏霏。甘年伤劫损红肥，多少人非。　　料得清光总有，来从海上东飞。水清山色月澄辉，终见崔嵬。

此词写作年代较早，却气象不凡，好词、好韵、好牌，真是"忧患又添无数困，笔下千言，都是沧桑韵。"《行香子·返京车中》：

来去匆匆，西北胶东。看窗前、变幻无穷。一兜新韵，千里行踪。听海滨潮，德州雨，历山风。　　向秋潇洒，辞晓从容。现如今，也作雕虫。锦囊太窄，好句难工。觅柳梢青，齐天乐，满江红。

又一首乘火车的绝唱，真词人的直率之语，才华横溢。《渔家傲·重铸河山收苦雨》：

怒问天公何太恶，几回涂炭殃无数。忍看西天云已暮，千障阻，尘沙弥漫疑无路。　　我欲乘风穿蜀雾，雷霆万里开新曙。重铸河山收苦雨，情万缕，燕莺齐向行人语。

此词感情迸裂，调韵拗怒，寄望尤深。《满江红·祭英烈》：

暴雨拍窗，茫茫夜，狂风不歇。抬望眼，怒潮翻滚，众帆残裂。唤起军车行似箭，飞来将勇言如铁。斗波涛，断水击中流，增威慑。　　沧江乱，惊涛叠。担大义，游龙越。妒狂澜吞噬，虎年豪杰！每念娇儿慈母泪，常怀壮士英雄血。祭君魂，浩气汗青存，冲天阕。

此词节奏促迫，将事急斗勇中的英雄气概展现得淋漓尽致。《小重山·感事》：

谁给梅花做主张？一枝春有约、勿商量。横斜疏影有清香，风解意、脉脉自难忘。　　天地两无妨，丹青生浩气，骊歌长。中流击楫藐沧浪，鱼龙跃，丽日正辉煌。

此词流畅自然，合婉约与豪放于一体。《蝶恋花·读聂绀弩秋老》：

又是秋风吹旧帽。不卷珠帘，只卷灯前稿。阅尽人间衰盛草，黄花依旧清香绕。　　老始风流谁会笑？语涩途艰，细看知音少。且向丛林寻一道，时时自有春风扫。

此词用笔苍劲，寄意犹深，却似信手拈来，娓娓随道。

以上随便列评，竟有15首之多，而耐读耐诵之作于《白雨庐集》中仍随处可见。其实我最喜欢的却是宋彩霞的两首《满江红》，一首《秋思》，一首《秋荷》，"岁月无多枝易老，乾坤虽大身难适"。这是怎样的一种词笔？"生怕难期心底事，未宜轻屈凌云笔。"这是怎样的一种情怀？"隔烟波，不灭是相思，来生觅。"这是怎样的一种期许？太喜欢的缘故，我不愿将它们全文录在文章中，知音者只有独自去探寻了。

五、意象新奇的新诗。

宋彩霞的新诗，全是小品，新奇而且深沉。据她说，她是先写古典，再写新诗，不过，她的新诗没有古典的痕迹，是真正的新诗。在她的新诗中，耐读的句子很多。

《致被拆去的海草屋》：屋顶的草渐渐混同于陆地，海水有了灰尘的气息……我在漂泊中养育了一种忠诚，在眷恋中学会了，残酷的遗忘。

《回乡》："没有什么比沙滩的白色，更让人难以矜持。"《走在返乡的路上》："刹车声惊醒了童年，回家的路，多少水土流失，多少东西一再被磨损。"《礁石》："不属于陆地，也不属于海，这不能分类的石头，每天重复着，被拥抱被抛弃的命运，一直沉默。"《夜观沧海》："黑暗创造寂静，万物都是，寂静的某种裂纹。"《海边》："抛锚的船与风，让沙滩，长出皱纹，只有往事依然湿漉漉地，不能晒干。"

《海边散步》："流动的路永远波涛起伏，潮湿的沙岸，仅供无关者行走——看见并非理解，岸和水，永远是不同的世界。"《一个人面对塔山》："我看见一只蜻蜓的翅膀，瞬间被昨夜的雨水弄湿，外表却不声张。面对塔山，浩然长风让我依稀觉得，一个人的内心远比一座山高远，而一座山的孤独，近在咫尺，但谁能看清？"

《在阳光下》："你的所有都光芒四射，你与月亮像河的两岸，不能拥抱但也分离不了。"《写作》："门把世界关在外面，但允许其中的某些部分，来到我笔下，如同节日。"《在邓世昌铜像前》："岸，仍然在那里，沉睡的锚，被残忍地绞起——，一说起沧桑的往事，潮汐，立刻滔滔不绝。"《梦里》："在最初的碰撞里，我多么愿意，长成一株槐花，淡淡守住内在的质朴和香气，不为外物所伤。"《梦中》："我为你写的诗，不在笔下，不在纸上，更不在电脑里，在我紧紧拥抱着的，公开而又秘密的阳光里。"《梦外》："被虚无劫持的心啊，静静吸附所有的热烈，我终于明白：烈日炎炎下咆哮的海，为何都能被岁月说服得安静下来。"《一滴泪》："一滴泪在眼眶里深居简出，——火山无法迸发，疼痛与炽热，压抑在内部。从内心回到内心，时光之露滴满我们共有的杯子，加上冰块亦镇不住想哭的感觉。"《路上》："有一万朵怒放的梅花，就有一朵寂寞的菊花，后来，我懂得：流云必经哭泣，方成流水。"

《迎春花》："——你永远沉默，但如果我倾听，就能听见你开花的声音。"《摩天岭》："所能看见的都是表面——，没人能听懂那咆哮的涛声，为何呼喊，如同，没人能看懂只是石头的你，为何渴望天空。"《长短句》："生活，也许是午夜时写下的，一首诗，那里面有月亮，有鲜花与露水，它们的外面才是，冬天和整个世界。"《错过》："我走向一夜都未曾言语的黎明，可惜我的脚步，羁绊在蜿蜒而泥泞的小道上，而你，总是和公路一样，高速远去，让我，只靠一首诗取暖。"《河流》："望着你，所有的河流，都在我的身体内轰鸣，欲以澎湃震撼天空！"《流云》："缥渺远山，如一张沉入水中的底片，一直不能改变的显影，与风一样虚幻，脚印全无却处处留痕，谁肯伸出双手接住，半途坠地的虚无？——水是你的前身，雨是你的后世，现在你只能是云，默默孕育闪电。"《露珠致太阳》："一生到底得放弃多少东西，那未享受，未说过的，都是谎言。"《早雪》："你来得不是时候，如果有人问起，明知道盟约只是泡沫，你为何还要步入红尘？从十月的江南，到菊香缭绕的北国，你在沿途幻化万形，上演了多少的不合时宜！"《雪灾》："天空沉甸甸地挣扎，但仍然向下、向下，熄火的车辆，即使它是铁，也不能活下去——"《我从暴雪中走来》："是近于盲目的降落，从瞬间到瞬间，几只鸟儿却叫得那么和谐！连那些树干上，也长出了充满生命的白——"《悲欣交集》："没有什么再能界定天空，星光缤纷，接近我的脸，荡漾的，却是令我窒息又再生的火。"《寻找》："这世界唯一不会消失的，是一直在消失，就在此刻，这些诗句一被写出，就离我越来越远，被他人诵读，音节铿锵，但我不可能听见。"

我读过新诗，也写过新诗，但是我真的说不明白什么是新诗，我觉得也没有人给新诗下过贴切的定义。但是《白雨庐集》中的新诗是我十余年来读过的最多的新诗，是我十几年来仔细读过的新诗。《白雨庐集》中的新诗不强调表面的韵字，有一种别样的深沉，没有古典诗的痕迹，却有一种固定的律动在里面。

人品与作品

——阅读宋彩霞博客诗词一得

马天豪

我特别喜欢宋彩霞老师的诗词作品。自从今年夏天无意间看到她的博客后,就被琳琅满目的精彩内容吸引住了,真有喜入宝山,美不胜收之感。于是我常常下载打印出来,随时诵读学习,受益匪浅。

清代现实主义诗人赵执信主张"诗中要有人在",这话很有道理。通过阅读宋彩霞的诗词作品,我看到了宋彩霞的人品,深深感到她是位品德特别高尚的人,集众多美德于一身:朴实厚道而又聪慧机敏,文雅持重而又热情随和,忧国忧民而又勤恳务实。我常常在想:正是这众多的美德,构成了宋彩霞美好的人品,同时也成就了她众多优秀的作品!因为高尚的人品本身,可以使她站在一个全新的高度上看待一切的人和事,更加敏锐地领悟到事物美好的内涵,从而揭示出它的意义所在。人品高,境界自然就高,"则自成高格,自有名句"。(王国维语)例如:她对杜甫的理解是:"会得茅庐意,能生笔下春。千年诗圣道,忧国不谋身。"1. 多么深刻的见地,多么精辟的概括!她对煤矿工人的理解是:"凿尽沧桑倍苦辛,长留日月照他人。"2. 多大的魄力,多么无私的胸怀!她对所任工作的理解是:"国粹承担不敢忘。"3. 是:"雪月风花皆不见,唯关国事与田桑。"4. 她对读写的态度是:"细嚼春华读汉书,轻研竹露写梅庐。"5. 是:"清梦好,醉冰壶,诗间紫燕剪荒芜。"6. 是:"无须粉黛迷人眼,却得风云入锦囊。"7. 这些感人的诗句,无不体现着她的学识、修养和高尚的人品,能引起读者强烈的共鸣,具有震撼人心的力量。不仅如此,有了这种境界,即使是人们司空见惯地写过千万次的事物,也能高屋建瓴写出不同凡响的诗句,如她写漓江是:"谁借天堂美丽胚?疑为醉酒在瑶台。"8. 写海滩是:"万点流花细,轻盈十里沙。"9. 写思念是:"相思忽被星黏住,幻梦还由月送来。"10. 是:"秋冷风声也是霜,况兼明月照波光。"11. 是"壮士胸怀皆可解,女儿心事总难收。"12. 写乡思是:"流云总系水之涯,梦里老篱笆。"13. 是:"只有多情春夜雨,飘飘洒洒滴天涯。"14. 这些独具匠心的描写,是多么含蓄、细腻、深刻!读来令人回味无穷,过目难忘。

　　从这些诗词作品中,我们能够清晰地看到宋彩霞美玉般的人品。人品高,诗的格调就高,加之她深厚的文学功底,出众的艺术才华,凝成了这么多感人的诗篇,成为诗坛一束绚烂夺目的奇葩!

　　在学习宋老师作品的时候,联想到她的为人和经历,我常常不自觉地和冬青联系在一起。冬青,没有松柏的高大伟岸,却有着不畏严寒的坚强;没有牡丹的富贵、玫瑰的娇媚,却有着清新悦目的英姿;没有梅菊的清高孤傲,却有着朴实无华、乐于奉献的美德(如:结成篱笆呵护花草,在公路边连成绿色长廊呵护行人)。我试写了一首《冬青颂》,祝愿宋老师的人品和作品四季常青!

　　　　大地植根雨露丰,栉风沐雪自葱茏。
　　　　修身曾耐千回剪,铁骨欣发百载青。
　　　　甘为篱墙呵紫艳,未缘冷暖改仪容。
　　　　倾情何计瘠腴地,水远山高处处同。

坚守西楼绽芳菲

——宋彩霞女士新作赏析

单济康

  我赏读过一些名人名作，也出版过《近现代名人名作赏析》的册子。捧读了她的作品，突然觉得眼前一亮，如同从遥远的天际，传送来一道艳丽的霞光！

  宋女士的佳作构思新颖，语言精美，辞章隽永，独树一帜，体现出一位女诗人的非凡才华和杰出诗家的天赋。她很善于写"意"，不仅意象新，意境美，意蕴尤深，特别是《读聂绀弩组词》，深沉中透出炽烈，颇得老先生原作要旨，很是耐人寻味。她以一种词牌写了多篇，写得都很好，不易，足见功力深厚。就整个组词而言，收篇之作《北荒草》，不仅概括出老人遭遇的悲惨，更揭示出他意志的坚强，对其为诗、为人及其影响力的评价，客观、准确、深刻。"片片诙谐，片片还如铁""字字生雷，字字皆高洁""北大荒人谁最烈，牛山尽染英雄血"，气势大，含量大，力度强，磅礴豪迈，铿锵作响，极为感人！

  宋女士的《杂咏三首》，继承古代女词人李清照辞章婉约神韵，淋漓尽致地抒发出内心深层的情感。不同的是，词人李清照抒发的是独处深闺的愁怨，展示出的是古代才女的个人情怀，而宋女士的佳作主要展示出的则是一位职业女诗人致力坚守的心境，折射出当今经济社会发展对文化人带来的共感，是颇具现实意义的。就艺术角度审视，三章各具特色。《八声甘州·忆旧》写离别家乡的回忆，有情有景，情景交融，通篇贯串了她的眷念。宋女士爱海，熟悉海，着力写了海。她先写海滨，善于从生活积累中提炼词语。着"逗""踏"两动词，状写形态；"软""柔"两形容词，揭示其感。有形的外在动态描写，细微的内在感觉描写，两相结合，使喜悦、快慰的记忆，得以具体再现。特别是一个"逗"字，不仅写到人，更写活了海水和海滩。分明是海水扑着海滩，却说海滩戏弄着海水，颇多趣味。"软""柔"两字的采用，也极具想象力。接着，笔触由近涉远，瞩目于海面：有画船喜载情侣的戏浪，有活泼少年的飞渡竞泳，有慢悠悠划着扁舟的闲适老人，尤为见妙的是，着笔不解人意的海鸥飞来绕去点缀，将海上风情渲染得更为生动。末句"独钓清幽"，是渔翁垂趣，亦是诗家的赏怀，诗情画意，尽得其中。下片描绘家山的情景，转换手法。先写楼区环境，以"红砖绿瓦"的建筑与"叠翠向天收"的丰茂林木相映衬，接着典型选择踏着舞步、追求童趣的邻家老辈特写，缩影一幅现代居民的生活画。最后则以斜阳覆照下的吟唱，抒发出游子对故里"一串清秋"的怜爱和怀念，情深景美，余韵悠长。

　　第二章《瑞鹤仙·秋心》，写文化人面对经济社会发展的失落感怀。辞章先是以意象自喻，直述"芳菲"悄然"递减"之境况，接着设问，揭示内心的不平，再接着以一个"叹"字勾连上下，再现身处"寒漠漠"的秋冷环境，不仅遥在"天涯海角"的"琼瑶"求之不得，长期郁结的苦衷，也因"雨急风高"，难以吐个痛快。下片写自慰。既然理想追求难得，只有以"共酌"道自慰，求得内心一时的"快乐"，可是借酒浇愁愁更愁，时光一瞬过去，赢得的仍是"空山瘦削"。辞章由自叹到自慰、以多手法、多层次的铺垫，最后着一句自述，"却依然，有个人儿，寸心守约"，收束全词，执着坚守如此，是何等崇高，亦又是何等无奈，令人感动，更令人深思。

　　第三首《湘月·遣怀》乃第二章的姊妹篇，主要写原来的知己同好，不堪"雨急风高"和"霜寒"的紧逼，弃约别离，激发诗人自我坚守到底的更大决心。辞章开始，以畏寒的紫燕，飞向温暖的南方为意象，比喻贴切精当。先是责问他人，接着以"甘苦能同谁说"，揭示自己内心的苦闷，既是真情袒露，亦是辞章技法曲意变化的展示。面对负面影响的又一冲击，坚强的诗人没有退却，相反却促使自己突破了困惑的重围，进入到一个新的境界。"别样芬芳，琼枝摇曳，招引娇娇月"，感觉何等美好！"西楼从此，万千风露凝血"，为振兴诗坛，决意奉献一切，这又是何等精神！下片承此作具体展现。年年月月，日日夜夜，结伴看"霜花"耕耘，即使在睡梦中，也是"徘徊生羽翼"，追逐着"多少鸳鸯蝴蝶"。本是一位美丽的女性，为了坚守，却远离了红装胭脂。"鬓发萧萧，词情杳杳，望断黄金阕"，如古代人的浪漫，不梳不理，散着秀发，犹痴情吟咏不止。亦如深沉的老夫子，为得一字稳，呆呆望着远方，索求到字穷、辞尽的地步。执着，辛劳，全身心投入。琼瑶，黄金阕，依然天涯海角。末句"芳菲常在，望中多少奇绝"，写自信。她摈弃虚幻，继续金梦的放飞。她的芳姿变美了，不再随岁月流逝而递减。她遨游到了一个更为绚丽的诗的自由王国，收获到无比丰富、奇绝和辉煌，享受到真正的快乐。她成为当代真正的文化人，一位心境净化了的诗人！

我欣赏她的佳作！我赞佩她的诗品、人品！我祝愿她美丽的艺术青春，在坚守西楼的不懈和唱中，永葆光华！

原载《如东日报》2013年4月14日

（单济康，如东县新店中学退休教师。退休后勤于钻研，笔耕不辍，结集出版了《探心咀华——近现代名人诗词赏析》一书，该书已由中国作家协会独家出版。）

赏宋彩霞《读聂绀弩十二拍》

田子馥

案头上摆放着宋彩霞的《读聂绀弩十二拍》，不时读来，总能眼前一亮，鲜活动人，拍拍珠玑，撩人心魄。这《聂绀弩十二拍》不同于《潇湘十二拍》，那是从生活中提炼而来，而这里是要从遍读聂氏诗词中捕捉，而且要读得深、读得透，深谙真谛。宋氏的词，并不是重复或者复述聂氏诗的意境，而是超拔于前，开辟崭新天地，而是借聂氏的画意，而赋宋氏的灵魂，高阔胸襟，意境清新。

如《秋老》释秋释老，纵情开发"不卷珠帘，只卷灯前稿。阅尽人间衰盛草，黄花依旧清香绕"，不着一字，尽得风流之妙。这些词句，使人悟道自然时序，不可违逆，但也是良性循环。特别尾句"且向丛林寻一道，时时自有春风扫"，虽然"老始风流"，却不哀伤，依然提振新的希望。

再如《咏珠穆朗玛》，聂氏只引"金身"一典，而宋氏则不是见山是山，而是"山非山而山"，视珠峰为佛祖，"亿丈金身，亿丈云霞绕。柱地擎天青月小，万山都被光环照"，形象高大无比，柱地擎天，佛光普照。这就是见山不是山而是佛身，意境超越一格。

纵观宋彩霞主任，深谙填词之道，往往一言三叹，双声叠韵，到自然界去搜寻感情的对应物，抒发缠绵悱恻之情。如《推磨》"一梦""一种""一敞""一阵""一番"，五个"一"连缀，意蕴叠加，夹议夹叙，如诉如泣。《北荒草》中"片片诙谐，片片还如铁""血泪斑斑多少叠，乾坤一担挑寒月"，"字字生雷，字字皆高洁"，层层递进，"乾坤"委以妙用，亦实亦虚，自有大比、大兴、大智慧，意在隐喻大荒不荒，内涵丰富，颇含"英雄血""挑寒月"之美。

宋氏词，自有风格，自成一体，意境不凡，"笔下千言，都是沧桑韵"。而尾句犹妙"花落风狂诗霹雳，乌云一路朝天立"（《归途》);"杯底玉山无好计,酒清酒浊迷宫里"(《杯底》);"收拾盃盘虽草草,灵均独醒人间少"(《咏珠穆朗玛》),这些诗句眷恋着诗人复杂情感,气势恢宏,饱含着诗人历史评价、人生评价、社会评价,乃至审美评价,往往现实与历史交织着,隐喻颇深,耐人寻味。

(历任《新文化报》总编辑,国家一级编剧。中国作家协会会员。)

读宋彩霞《秋虹》与《白雨庐集》札记

方先进

《秋虹》与《白雨庐集》是两部有特色的诗集。其清新流丽，典雅精工；象外之味，隐曲蕴藉；构图缜密，章法严谨；反常运笔，色彩鲜明等方面，放在名家行列完全可以比肩。

我读《秋虹》《白雨庐集》，想到"嫩绿枝头红一点，动人春色不须多。"眼前总闪动着"赤、橙、黄、绿、青、蓝、紫"；我读《秋虹》《白雨庐集》，耳边总响起焚书声、风沙声，边塞的车轮声，生活的惊涛声、细雨声、花瘦声、行旅声、诗潮声。我边思、边记，属于偶思，断想之类。重点思考的是艺术特色，算是札记吧。

《秋虹》与《白雨庐集》，在追求诗句新颖、新意、新境方面，视野开阔，想象新辟，语言新奇，一扫语言的平板、陈腔，给人留下独特的探索脚印。如《蝶兰花·读聂绀弩〈北大荒草〉》一词，诗人的运笔，显示了新奇的语言张力。赞聂绀弩高洁的人品，铮铮的铁骨，全词主旨意脉相通，一气贯之。诗人饱含幽愤之情，运用新奇的笔触，解读"千顷雪"，怒对血泪"叠"，冷看"挑寒月"，这些有容量、有深度、有膨胀力的意象词语，隐喻了聂绀弩所历人生之浩劫。面对如此厄运、逆境和流落之冷，聂绀弩的"片片诙谐"，"片片"如铁，如此量化的词语，不但新奇，而且深藏愤情。读来字字生雷，字字高洁，字字如血。"英雄血"，"谁最烈"，聂绀弩是也。还类遣词，有弦外之音，象外之象，味外之味，有高人一筹隐曲之笔，实属上品之作。

想象新辟，语言新奇，是《秋虹》《白雨庐集》诗集另一大特色。《巫山一段云·冰下也翻波》在立意，遣词上也是不步寻常轨迹，而是奇趣横生，匠心别具。在营造意境中，善于选取合乎情境的意象，长于将情意用隐曲之笔来表达，在模糊中拓展艺术空间。词的上片"风烟瘦""雪意多""淡成歌"。"瘦""多""歌"皆吐语不平常，构成的意境，其绪淡淡，其意浓浓。一个"婆娑"为下片"梦"舞东篱，勾起了伤痕，形成了合境合意、合乎起转铺垫的氛围。故下片"温柔必得付冰河""冰河用问号，问得令人深思，'翻波''彰显'在沉默中爆发"之情。

  诗人在遣词中善于动态化。《玉楼春·晚秋寄远》将秋之形态化成"成千孔""遭作弄"，挂满星河"颠倒梦""谁能懂""牵与共"一气贯之，铸成"风雅颂"。这里仅就"抓把夕阳红"，作点浅析。形容"夕阳"常用语有"夕照明""黄昏""斜阳""几度夕阳红"等，为了突破惯常，增加情态、奇趣，一般"把"是量词，称"抓把米"，但这里却用"抓把夕阳"，读来就产生奇趣感。夕阳是"光"的色彩，是无法量化，诗人却一反日常语言习惯，将"抓把"与"夕阳"直接粘连，这样用不但新奇，而且将"口头语"活用，其珍重"夕阳"的情态，跃然纸上。

  苏东坡说："诗人奇趣为宗，反常合道为趣。"奇趣就是一种特别的情趣。获得奇趣的途径之一，就是反常合道。反常就是不用日常的语言连接习惯，采用违背常规的思维方式，一反陈旧的句式和陈旧的想象，写出与常规仿佛相反的诗句，乍看"出人意料"，细看又"入人意中"。从哲学眼光看，反常就是矛盾，就是对立，合道就说和谐统一，合乎生活的艺术证法。

  《秋虹》《白雨庐集》在突破日常语言思维定式，突破陈旧的套语，在创造新鲜想象，拓展思维空间，从静到动，动静结合，妙用反转，在语序倒置，具象与抽象，逻辑与非逻辑，夸张的大小伸缩，调动多种色彩，开辟新境界等方面，创造了奇思奇趣，奇妙的诗意新境界，试看下面两例。

  "金秋远水高情约，我驾东风来践诺，空调不予小窗寒，车上心花开一角。"《玉楼春·威海至京华车中作》上片。

  "芳林翡翠频频约，手挽东风来践诺。最怜来去鸟衔红，身影如同枝瘦削。 酸甜总待红尘嚼，何必拈花怜坠萼；游园拾得自然心，我自携歌归淡泊。"《玉楼春·游文登樱桃园》

  这两首词均运用拟人与不合理的夸张笔法，以独特的形容，产生一种深刻的震撼。"远水"不可能"约",东风更不可能"挽";东风不可能"驾",也不可能"践诺",但由于诗人奇绪奇趣横生,夸雄逞奇,故意与常理不合,这种绝美超常的形容,就会产生别有一番情怀,别有一种风姿,在反常合道中,让人约"翡翠""嚼红尘""鸟衔红"。拾"自然心""携歌归淡泊",结语更是妙语如珠,心淡如水,怡然自得,给人以想象,给人以回味,给人以诗趣,这样就大大扩展了艺术空间。

对自然、生活、社会,能认真解读,不浮光掠影,有着一种深刻的审视,并注重独辟蹊径,就能让想象充满灵性。前人有"饥嚼梅花香透脾"。《秋虹》《白雨庐集》集中有"身影如同枝瘦削""酸甜总待红尘嚼""游园拾得自然心""鹦鹉洲头帆寂寞""心碎能有几多长"?这种能产生情恰能称景,景也恰能传情和无穷的诗趣和诗味的神来之笔,故能开拓想象空间,能让人从回味中思考生活,认识生活。这类诗语非有丰富的人生阅历和知识功底,非有奇思妙构,难达到如此极致。

再如《读金也度诗集》中"朝听鱼读水,暮写鹭翔天"。"野渡铺明月,祥风剪远烟"。从这一诗例中,我们可以看出,《秋虹》《白雨庐集》两部诗集中,将抽象与具象,逻辑与非逻辑的意象紧密结合,并融于自然情态中,读后觉得奇思袭人,奇趣横出。"鱼"不可能读"水",但诗人却听到了,这就是奇思。这种奇思来自诗人对大自然的挚爱,是一种回归自然的心态,是诗人内在的情趣与外来意象相融合所产生的移情作用。这样写就突出"鱼"对合乎生态自然的依恋之情,依恋之密。配合天空中飞翔的鹭,地上明月铺野渡,那淡淡朦胧的远烟,任吾剪裁,这是一幅何等的天人合一、回归自然的极乐园,读这样一幅画图,确令人回味无穷。

运用汉字音形义的构字特点,利用化形析字中的离合字形的修饰手法,妙翻前人吴文英的"何处合成愁,离人心上秋"词句,在《卜算子·秋情》中有"不是不伤秋,只是秋难控,心上徘徊一个秋,寂寞秋声共"就是运用离合字形的修饰方法,但在化用时,巧于翻新:一是前人只是将"秋"与"心"组合成"愁"。此诗却增加了"徘徊"修辞语,这就突出了浓浓的情态感;二是全词扣住一个"秋"字,有"伤秋""秋声""秋趣""秋歌""秋波"等不同的"秋韵"的词语，并用"秋波"送情。这种层层熏染，从不同侧面的描绘，比单一组合，则"情"字的"宽度""密度""厚度"就大大增强了，其思维空间也就更加开阔了，故承用前人之句，在翻新上做文章，这也是创造。

《秋虹》与《白雨庐集》，弥漫着一种独特的艺术情绪，其艺术境界，涵盖的层面十分丰富。本篇札记只是从反常合道，重视语言张力的一个侧面，记录了一些肤浅的看法。一鳞半爪，不成曲调，仅供诗家参考。

《秋水里的火焰》序

沈天鸿

司空图说："文之难而诗尤难。"为什么？因为诗要有象外之象、景外之景、味外之味，总之，要有韵外之致。但这韵外之致如何才能获得？没人告诉你。羚羊挂角，无迹可求。先读一词一诗：

《长相思·只说潮声涨几分》

夜嶙峋，月嶙峋，梦雨过时滴露痕，风吹片片云。　　试相询，莫相询，只说潮声涨几分，天高一雁闻。

《晚间散步独吟》

竹径幽微怜夜露，池边石老着青苔。
相思忽被星粘住，幻梦还由月送来。
多少远山云去后，无边沧海浪初回。
心情不可和人语，只付春风任意裁。

读了以后直觉的感受是什么？意味弥漫。

——如果要用最少的字或者一个艺术范畴，来概括中国文学艺术的美学特征或者性质，我选择的就是"意味"。意味从哪儿产生出来？从意境。中国文学艺术重表现，重心灵，人与自然或者物与我并重甚至同一，因此几乎必然地要创造意境。也只有有了意境，人与自然或者物与我并重甚至同一才有了存在的空间，才能形成象外之象，景外之景，味外之味，具有韵外之致。这个特征或者性质，在中国古代诗词中体现得最为突出并且充分。也正因为如此，中国古代诗词决定性地影响而且规范了中国其他艺术样式，例如绘画、书法甚至包括园林建筑等等在内的美学构成与艺术精神。

以唐诗宋词为代表的中国古代诗词，的确是辉煌灿烂，尤其是到达中国古代诗词艺术巅峰的唐诗宋词，元明清均只能望其项背，遑论超越。但这并不意味着今人在旧体诗词的写作上,就只能对着辉煌遗产顶礼膜拜,消了锐气——在整体上一个时代的文学成就是否能与历史上的某个时代比肩,甚至超出,那不是作为个体的作者所能决定的事情。而且,整体上一个时代的文学成就如何,对作为个体的某个作者的文学成就如何并没有决定性。所以,今人写作旧体诗词,仍然可以写出好作品。由此推论,读者也仍然是有可能读到好作品的。

现在我在读的是诗人晓雨的旧体诗词集《秋水里的火焰》,上面那一词一诗就是这本集子里的作品,应该说能当得起一个好字:《长相思》是真正的短调,八行,三十六个字,并且还有两个叠句,可用的字数极少,但这首却极尽委婉曲折,意义繁复,意味幽深:嶙峋,瘦也。夜瘦了,月瘦了,梦中的雨点点滴滴,这瘦了的夜瘦了的月都感觉到深深的寒意了吧。醒来发觉梦雨已过,而那仍然点点滴滴落地的声音留下的,到底是露水的痕迹还是梦雨的痕迹?不知道。也不可能分得清,能清楚地知道的,是那风儿在不停地吹动一片片云。

下片更精彩,一句就是一个转折:想试着询问?切莫相询!只说说潮声又涨了几分吧——顺着上涨的潮声向上望去,天空是那么高不可及并且浩阔,什么也没有看见,可偏偏有一只雁的鸣叫声清晰地传来(那是一只孤雁吧?),使昊天的高阔益显寂静、微茫……

一切都没有说出,但一切又的确都说出了。

七律《晚间散步独吟》也有这同样的特点。

"一切都没有说出,但一切又的确都说出了"正是"象外之象,景外之景,味外之味,韵外之致"的现代表达。

诗人是如何做到这一点的?即:一切都没有说出,但一切又的确都说出了?答曰:构造意境。如何构造意境古人今人都已经说得很多很细,但也很含糊,缺乏操作性。读晓雨的诗词,我觉得她构造意境的重要方法是建立起所写自然物象的空间关系,或对比,或深层变化,并且在这同时让它们相互联系、作用,既形成又处于这个相互联系、作用的结构之中。例如在《长相思·只说潮声涨几分》中,"夜嶙峋,月嶙峋"是对比,梦中的雨和现实中的露水是对比,夜、月、梦雨、露痕、风吹片片云、涨几分的潮声和高天、啼雁,显示的则是空间关系中深度层次变化（其中最精彩的是梦雨与露痕这两个意象的叠加：一虚一实，一幻一真，是虚实和真幻的叠加，叠加后虚实真幻既保持界线又浑然一体，象外之象和韵外之致油然而生）。这些对比和深度层次变化的作用构造出一个有美学意味的空间，从而传达出"我"的心情和诗的旨意。

从建立所写自然物象的空间关系入手来构造意境，方法不仅独特，而且我以为是抓住了根本的——意境中境是依托，而境的性质就是空间。空间自身不能形成关系，必须借助于存在于其中的物才构成并显示出空间关系。自然中是这样，诗词中也是这样。所以，懂得并会运用这一构造意境的方法，是深得诗之三昧的结果与表现。而善不善于从建立所写自然物象的空间关系入手来构造一个具有美学意味的空间从而获得意境，则可以看成是功力如何的一个衡量标准。

我不能说晓雨在这方面的功力已经炉火纯青，但的确已颇可让人首肯——仍然以《长相思·只说潮声涨几分》为例，除了上面已经分析到的对比和空间关系中深度层次的变化，还有值得特别说一下的是对远近的把握和处理："夜嶙峋"，既近又远，由近及远；"月嶙峋"，远；"梦雨过时滴露痕"，或近或远；"风吹片片云"，由近及远；"潮声涨几分"，远；"天高一雁闻"，远而益远。其总与分的变化和变化时的过渡，都在恰当的把握之中。古代诗论往往强调"远"，要求"无远弗至"，"若见若不见"（杨延之《二十四诗品浅解》）。为什么要强调"远"？没有明说。可以看成是解释的有谢榛之语"凡作诗不可逼真"，因为远了方能"妙在含糊"。但这也仍然没有真正回答为什么要重视远。在我看来，是为了建构诗的空间并且是具有广度和深度的空间。因为，逼仄的空间是没有美学意义可言的。而空间就是距离，距离是与人的心理对应并且因而能够言说的。换句话说，诗中的远本质上是人的心理之远。但一味的远也不可取，因为那就真正是含糊而且空无一物了。

"远"的另一个功能是化实为虚，却又以虚写实。"风吹片片云""天高一雁闻"等等都是。化实为虚却又以虚写实产生的美学效果是"只能意会，不能言传"，它产生的是模糊、弥漫的意味，而不是清晰明确的意义，因此，它使诗常常具有多层意义，比如这首《长相思》，可以从浅层次上理解它就是写相思的，但也完全可以进一步把它理解成是写人生追求的，是人生和宇宙意识的综合体。

可见，"远"对于《长相思·只说潮声涨几分》十分重要，因为所表达的"思"是由于有了词中的种种远才真正"长"起来的。

这些，在这本书中的其他作品里是一以贯之的，限于篇幅，具体分析从免了。

自古至今，皆认为中国诗歌是时间的艺术。我的看法相反：中国诗歌是空间的艺术。或者说，是善于将时间化入空间的艺术。中国古代诗歌和诗论皆强调意境包括强调"远"证明了这一点，强调天人合一的中国古代哲学和诗歌美学也证明了这一点：天人合一只可能是在空间中的合一，而不可能是时间上的合一。永恒，永远是空间意义的。

所以，晓雨在这方面的自觉和在写作中体现出来的上面说到的她所运用的方法，对于她写出好作品无疑是重要的。

具有象外之象，景外之景，味外之味，富有韵外之致，是晓雨诗词的一个突出特色。

这特色使她的诗词的确是诗，而不是合乎格律的分行文字，同时，也使她的作品有了较强的艺术感染力和可读性。

诗词，浑然不可句摘是一种美，奇峭而多可句摘，也是一种美，甚至可能更令读者喜爱。善于以浑厚为整体气势，以奇峭之句点缀其表而不破坏浑厚，并且奇峭得自然，是晓雨诗词的又一艺术特色。例如"夜嶙峋，月嶙峋"（夜瘦了，月瘦了）、"觉沧溟此刻也玲珑""悟青山碧水不相逢"（《木兰花慢·观涛》）"苍天也有相思"（《清平乐·雨》）、"风移花影声如铁"（《踏莎行·风移花影声如铁》）等等，都出人意料之外而奇、而佳，并且自然。奇而自然，是因为她是用她独特的感悟，而不是用奇特的比喻来构造奇句。是"遗去机巧，意冥玄化，……气冲交漠，与神为徒"的（符载《观张员外画松石序》）。而用奇特的比喻来构造奇句，常常是一种失败的冒险，有奇峭之句而失之于晦涩或者孤立于整体，或者无益于全诗。这在古代某些大家的诗中也多有例证。

这儿只分析一下"风移花影声如铁"这句。风移花影其声如何能够如铁？奇显而易见。为什么又甚佳呢？

首先，它将前两句落到了实处："若不清心，何能解脱"是因为"风移花影声如铁"，并且，又因为风移花影声如铁而益发有若不清心何能解脱之感。

其次，"风移花影声如铁"补救了一、二两句的直陈与抽象。它自身也十分精彩（风移花影：风吹动花，花的影子无奈地被移来移去，而夜色中花本身也朦胧如花的影子，在空中无所依傍地不停摇荡。这情境已经很是传神并且能暗示心情了，却再加上无理而妙的"声如铁"。），并且具有转的功能——其实在现代诗和散文里也是这样，在不得不有直陈、抽象的句子出现时，紧随其后的句子就极其关键，它要在能以生动的形象对前面予以补救的同时，还要自身也十分精彩，并且起到转的作用。在诗词中，不能如散文那样用几句甚至一段来完成这个任务，只能是一句，寥寥几字，所以难度更大。"风移花影声如铁"完美地完成了上述多重任务。

再一点，"风移花影声如铁"无理而有理。说它无理，是因为现实之中，风移花影虽然有声，但怎么可能其声如铁？所以，不仅无理，而且是极其无理。可细品，却又极其有理，而且其理妙极非常人可以想道：其声如铁，是词中的"我"的心理感受，是超越客观之理的理——这儿需要注意，"风移花影声如铁"不仅仅是说那声音像铁被敲打时发出的声音，更重要的是说风移花影的声音就像铁本身或者就是铁。

句奇而又承担并且完成了这么多功能，可以说是佳者吧。

晓雨诗词中的奇峭还有不在句而在整体的，《木兰花慢·观涛》就是如此。这儿只说说上片：波静云空，沧溟玲珑，写尽柔情之极。而这柔情是以大海以沧溟来写出，前所未见——大海、沧溟历来只用于写豪放写壮阔，柔情历来是用"杨柳岸晓风残月"之类性质的意象来写的。反其道而行之，奇就自然得之了。能这样反其道而行之却成功，当然也是因为不是故意反，而是诗人对于对象物、对于人生和生存的独特领悟使然。

"善于以浑厚为整体气势"是指她的诗词多浑然一体，内涵厚重（当然，也包括雄浑苍劲，例如《念奴娇·祭辛弃疾》《江城子·重游蓬莱仙境》等，女诗人而能为雄浑苍劲之作，并绝非做作，是不多见的）。即使是如《长相思·只说潮声涨几分》这样婉约的短调，也因为可以进一步把它理解成是写人生追求的，是人生和宇宙意识的综合体，而显得厚重。

是其所是，但又是其所不是，从而是其所是，这是诗词创作的奥秘。从这本书里的作品看，晓雨对此是有领悟的，并且有把这体现于作品的能力。

值得再说一说的还有晓雨诗词的结构，限于篇幅，这儿只说说结构中的转。

文似看山喜不平，无论是文是诗，转都非常重要。在词中，换头处都是转，并且必须转。《木兰花慢·观涛》换头从容，干净，自然——"峥嵘。/刹那醒蛟龙"，寥寥数字便从上片的柔情过渡到下片的豪情。一转也。"尽失西东。/迷蒙"再转，引出"共涛起伏，悟青山碧水不相逢。/虽睹乾坤鼎沸，旷怀举世谁同？"从而使旷放豪壮又与上片就有的柔情结合起来，使全词不至于"一国两制"，而是包含了丰富的不一样的统一。可以说，转得如何，是对作者的整体结构的把握和驾驭功力的检验。值得注意的是暗转："悟青山碧水不相逢。虽睹乾坤鼎沸，旷怀举世谁同？"两句两个暗转，分别在一二句和两个分句之间。前者从沉思（内心）转向鼎沸，后者从面对的鼎沸乾坤转向内心。妙处在于制造了跌宕起伏之势，并且，旷怀谁同前人已经多有写出者，但这儿有了前面的"虽睹乾坤鼎沸"，"旷怀举世谁同"就胜前人一筹：这是面对乾坤鼎沸向"举世"向整个乾坤发出的一问，便益加苍茫，其旷怀之旷便已无以复加，却又仍然不失旷怀的旷放本质：豪放、阔大，但细品，又有柔情之柔蕴含其中，这便又暗暗呼应上阕，在情感的性质上不令有断裂之嫌。

"试相询，莫相询，只说潮声涨几分，天高一雁闻。"则有三转，"试相询，莫相询"是明转，斩钉截铁；"莫相询，只说潮声涨几分"之间是半明半暗地转，最后是暗转。第一个转是为后两个转做引做铺垫的，妙的是后两个转将词的空间越转越开阔，乃至浩茫，也将词的诗意越转越委婉越浓郁，余音不尽，余味无穷。

由此可见晓雨诗词的结构也颇可圈点。

晓雨在诗词创作上已经有如此可喜的成绩，基本能够既俯拾即是，著手成春，又能超以象外，得其环中，假以时日和她的继续努力，扬其长，补其不足，有更多更好的作品供读者欣赏当是可以期待的。

谨以此为《秋水里的火焰》序，并祝贺它的付梓面世。

2008年8月26日

（沈天鸿，安徽望江人。祖籍江苏。安徽省作家协会副主席。中国作家协会会员。某高校兼职教授。著名诗人、评论家。安徽省报纸副刊研究会副会长。）

一扫毫端俗媚尘

《秋 虹》序

周彦文

  我在《格律诗一席谈》中说过,许多学写格律诗的人不敢看当代人的格律诗,而看唐宋诗词。这是为什么?我们要想弄清楚其中深层次的原因,就不能不谈到当代诗词的俗媚:连篇累牍多是歌功颂德之辞,积案盈箱不脱阿谀奉承之状。

  《秋虹》是山东籍女诗人宋彩霞即将出版的第二本诗词集。宋彩霞这名字有点俗,可宋彩霞的诗词一点儿也不俗,所以,她的诗词能让我们读下去。她的七律《惊闻汶川地震》写道:

    欲问苍天何所怨?无端地裂万山崩。
    已知生命轻如蚁,更恨人间鬼逞能。
    遥想汶川风雨戚,怕看江海月光澄。
    救灾声里同祈祷,快快重明万户灯!

  这是我看到写汶川大地震最好的诗歌之一。她将人祸和天灾结合起来写,又能写得如此大气磅礴,深情感人,真是难能可贵。诗中一位具有人道主义、悲悯情怀的人物形象跃然纸上。她远在天涯,却心系汶川,她的殷切期盼和祝福成为历史的真情定格和艺术的珍藏。全诗层次感强,又浑然一体,击其首则尾应,击其尾则首应。

  宋彩霞的诗词超凡脱俗,也表现在能够较好地汲取古典诗词的精华,继承那种浩然正气和顶天立地的精神。儒家认为阿谀奉承是小人所为;道家觉得信言不美,美言不信;释家看来,摇尾乞怜乃禽兽之态。故此,屈原、陶潜、李白、杜甫"不折腰"的品格得到后世诗人的尊崇和传承。李白绣口一开吐出半个盛唐,然而,李白极少有粉饰太平的诗。即使是应制诗,也无露骨的吹捧,因为中国古典诗歌重要的美学原则是含蓄。"九天阊阖开宫殿,万国衣冠拜冕旒",这是王维对盛唐气象的诗意概括，可是，没有给人丝毫肉麻吹捧的感觉。

诗主情，以情动人而非以理胜人。此乃放之四海而皆准的真理，无人怀疑。但是，情是受思想观念支配的，人之喜怒哀乐常不凭空产生。20世纪50年代末，大饥馑就要降临，彭德怀、黄克诚等老一辈革命家奔走呼号，而当时数以万计的新民歌却依然夸张地赞颂丰衣足食、莺歌燕舞的升平。现在想来都让人感觉到那是一个酒精乃至毒品陶醉的陷阱。如此血的教训岂能忘怀？当代诗人的贫困是有目共睹的，比如汶川大地震后，诗是诗人写的，而捐款多为其他行业的人。但是，我认为当代诗人最缺乏的既不是金钱，也不是才华，而是思想。因为思想贫乏，诗作就容易流于俗气。

菩萨蛮·寻活民工 （宋彩霞）

余每见家乡三五寻活民工瑟缩、紧靠，一个馅饼，一碗水，吞下的岂止是苦涩！

浓云薄雾循环织，面容憔悴伤心碧。日影下帘钩，人儿愁上愁。　江湖音浩渺，消息依稀少。海角又天涯，萧萧两鬓华。

是写务工人员找工作无着的：当代小说界缺乏曹雪芹、鲁迅，正像当代诗坛缺乏李杜苏辛一样，然而，为何当代小说多读者，而当代诗词却少读者呢？因为前者有较深刻的思想，较广阔的视野。而当代格律诗人仅仅是几首节日颂歌、旅游观感、吟风弄月，伤情离别。从他们的诗词中读不到民间疾苦、历史沧桑、现实风云、人间情怀，一句话，感觉不到李杜苏辛那一颗颗为国家兴盛、正义真理而乐而思的拳拳之心。

离情别绪，唐宋人已经写到极致了，今人超越极难。有些诗人明知山有虎，偏向虎山行，精神可嘉。可是，在当今通信交通高度发达之下，你还"晓来谁染霜林醉，总是离人泪"，不是浪费感情吗？今天外出打工哪有《走西口》的伤感？有的可能是"战略转移"的豪壮。何不关注留守儿童呢？没有母亲的日子黯然无光，仿佛大自然失去了太阳。我本来就够没头脑、没思想了，岂料更有甚者！

虽然写什么和怎么写是诗人自己的事情，甚至诗作俗媚与否也是诗人自己的事情，他人无权干涉。但是，倘若诗作在社会上流传，读者也有评论的权利。不是有关节日和离情别绪的诗不能写，关键是怎么写。宋彩霞有首《水调歌头·贺新中国六秩华诞》：

六十庆华诞，举国贺金秋。凤凰台上回望，历史入双眸。敌寇硝烟焦土，壮士枪林血雨，惊浪涌难收。铁臂挽沉陆，赤帜染神州。　凯歌起，澄玉宇，上层楼。百年奥运，风起云涌竞风流。已访嫦娥宫阙，还截三峡别浦，业绩莫能俦。华夏长春色，朗日照金瓯。

这首词好就好在有历史的沧桑感，而非肤浅的欢乐，轻浮地手舞足蹈。有人说当代诗词是节日的锣鼓和焰火，虽有必要，却瞬息寂灭。此话有些刻薄，然而，从拓宽诗人的视野、襟怀，深化思想来看，也不无道理。固然，"江山也得文人捧，堤柳至今仍姓苏"，张继的《枫桥夜泊》是经典例证。倘若作者思想浅薄，情感浮泛，也写不出有感染力的诗词来。词在明代衰落，却于清初振兴，出现了吴伟业、纳兰容若、朱彝尊这样的诗人，为什么？

从宋彩霞的诗词看出，她认真思考过这类问题。她的诗词从宏观，如精神气韵；到细部，如字词句读，都较好地继承了传统，又感应时代变迁，贴近现实生活，却不仅是旧瓶装新酒。诗人的创新屡在其中。比如关于雨的组诗有28首，这是形式的探索，我称其为"规模效应"，是根据当代人的审美特点而设计的。探求和思索，是其作品脱俗的又一个原因。

"大漠孤烟直，长河落日圆。"千古名句！王维把中国山水画的点线经营完美地体现于格律诗中。然而，在21世纪的我看来，这正是一个坐标轴，那黄河是横轴，代表历史，从悠远的远古滚滚而来；那孤烟是纵轴，代表现实，从苍茫大地冉冉升起。落日是当代诗词，由于燃尽了思想，正在历史和现实的坐标上沉落。可是，一旦在深沉一夜中，经思想的海水浸泡，便将像出浴的新鲜美人从东方升起，在云涛晓雾之上，在星河欲转之中。

这是我对当代诗词的憧憬。

这需要更多像宋彩霞这样的诗人不懈的共同努力，才有望实现。为共勉，我用新韵赠宋彩霞拙诗一首：

一扫毫端俗媚尘，晶莹肝胆壮昆仑。

云帆又挂之沧海，道骨仙风诗是魂。

2010年3月29日写于京华老虎庙

（周彦文：系中华人民共和国新闻出版总署原理论处处长，广州出版社、《广州文艺》主编，《中国当代散文精品》主编、《中国诗词月刊》顾问，中国散文学会常务理事。）

《秋虹》跋

马中奎

数年前已在网络上知道了宋彩霞这个名字，即使在京的几次精英论坛会议上也都遗憾的未曾见面。以后有几次的电话交谈中使我更加渴望与这位诗坛颇有名气的女诗人见面。应该非常感谢《中国诗词月刊》杂志社的创建，让我们终于走到一起共同做事。

圈内人都知道她是山东威海人，有一个优越安适的家庭条件，但因她更有一颗对中国诗词酷爱之心，所以她不远千里来到了北京。在繁忙的编辑工作中，她兢兢业业，但仍利用空暇之余，积极创作。有一天她告诉我：又组了一本诗词集，让我起名，《秋虹》便成了她的第二本诗词集的名字，并要我为她写点什么。

这本诗词集全书共分《空谷幽兰》《兰心古木》《木兰花慢》《漫步春秋》《秋水涟漪》五辑。每辑每首无不充满着真情实感。唐大诗人白居易说过："诗主情而不主于理"。写诗的目的不是孤芳自赏，是要给读者看的。如能得到读者认可的话，就必须要感动读者。她的作品就突出了"真情"二字。比如：

菩萨蛮·寻活民工（宋彩霞）

余每见家乡三五寻活民工瑟缩、紧靠，一个馅饼，一碗水，吞下的岂止是苦涩！

浓云薄雾循环织，面容憔悴伤心碧。日影下帘钩，人儿愁上愁。　　江湖音浩渺，消息依稀少。海角又天涯，萧萧两鬓华。

没有刻意华美的酸风，有的只是真情。一首诗是要有精气神的，也就是诗之三昧也。诗无三昧，即使写的再有严谨的格律、华美的辞藻，也不过像一个植物美人罢了。她的：

蝶恋花·观白蝶梦

翼翩翩难得歇，不怨东风，只怨心头月。因近清香身似雪，无端识得凉和热。　　一点尘缘容易绝,走过花期,便是人间别?轻倚阑干相思切,雨声滴上鸳鸯结。

真可谓托物言志,物中有我,我中有物,又如庄生梦蝶,我也蝶也?蝶也我也?如梦如幻,如醉如痴,这就是天人合一物我合一之高妙手法。

综上所述,作者善于联想,捕捉美妙意象于平凡当中,而不落于空洞的、教条的理念化俗套之内。巧妙驾驭词汇的方舟、高扬着文字的风帆,任意遨游于诗海之上。跋涉至此,我由衷地感觉到,她的作品已臻完熟,自成风格:词语缠绵而不失轻佻 ;文风庄重而又富于空灵。窃窃私语如谷兰低诉,脉脉深情似涧淌琴音。其绝句优于律诗,其长短句更高于律绝之上。个人之见,不知诸名家、同仁认同否?见仁见智,不亦乐乎。谨以小诗一首祝贺《秋虹》出版:

题《秋虹》

秋水长天万里虹,长天秋水锦笺中。

相思不尽黄花染,一瓣心香别样红。

(马中奎,《中国诗词月刊》杂志社社长、主编)

总为歌憔悴　甘心不得闲

高　旭

　　唐代贾岛骑驴作诗,当吟诵到:"鸟宿池边树,僧推月下门"时,一时在"推"和"敲"的用字上无法定夺,不巧冲撞韩愈出行的仪仗队。韩愈很是不解,让卫兵询问何人,当他得知是一位诗人在琢磨作诗时,他非但不生气,还说"敲"比"推"好,既有动感,显出礼貌。这就是"推敲"典故的由来,让我们看到贾岛忘我的作诗精神。贾岛也成为中国诗歌史上著名的苦吟诗人。无独有偶,在当今诗坛上,也有一位诗人,因苦吟作诗,竟然多次坐火车,坐过了站。

　　《乘车酌句多次坐过站》
　　总为歌憔悴,甘心不得闲。
　　他乡生白发,字里有青山。
　　酌句过三站,谋篇绕四环。
　　邻家均问我,何苦月中攀?

　　这是一首咏怀诗,所谓咏怀诗是指吟咏抒发诗人怀抱情志的诗,它所表现的是,诗人对于现实世界的体悟,对于生命存在的思考,对个体生命的把握,对未来人生的设计与追求。此种诗长于遣兴、咏怀、言志,抒发诗人的理想、情操和抱负。

　　"总为歌憔悴,甘心不得闲。"诗人以感喟的语句开头,以"总"字领起,提纲挈领,高屋建瓴。此句体现了"永远不断的追寻,就是生活的真谛"。正是"无意气时添意气,不风流处也风流。"歌者,诗也。憔悴,瘦弱、疲惫、烦恼、困惑时脸上表现出来的一种不好精神状态。诗人常常因为作诗苦吟而疲惫不堪,劳心伤神。甘心,即痴心也,乐此不疲的一颗执着之心。因为诗人酷爱诗词,勤于写诗而憔悴、疲惫,但是甘心情愿,乐此不疲。乍读此句,疑为叙事,实则抒情也。诚然写诗是件艰苦的事,有人觉得如火在胸,热血沸腾,有人觉得如病在身，受尽折磨。有人为写诗而废寝忘食，疲惫憔悴。所以古人多有体会，杜牧曰："欲识为诗苦，秋霜若在心。"杜荀鹤曰："世间何事好？最好莫过诗。""鬓白只因秋炼句，眼昏多为夜抄书。""典尽客衣三尺雪，炼精诗句一头霜"。在诗人看来，"宽心应是酒，遣兴莫过诗"（杜甫名句），大有王维的"晚年唯好静，万事不关心"的味道。可见诗人淡泊名利，不慕虚荣的襟怀。此法开篇，说明诗人深通开合擒纵之法也。

"他乡生白发，字里有青山。"颔联紧承首联的"憔悴"和"甘心"，以"白发"和"青山"承接展开描述，采用对比、映衬的手法，且诗中的"白发""青山"，承接首联的"憔悴""甘心"，衔接的十分紧密。笔法简洁，承接自然，意脉流畅，景情适会。试想作客他乡的游子必然思念故乡的亲人，常常是写诗作赋，吟风弄月，抒发自己的情怀、幽思。诗人尝尽了"露从今夜白，月是故乡明"的羁旅滋味；满怀着"感时花溅泪，恨别鸟惊心"的思乡离愁。此联的"白发""青山"用了借代的手法，有喟叹，也有欣慰，喟叹的是"白发"，欣慰的是"青山"。诗人虽然作客他乡，聚少离多，孤独寂寞，幽怀难遣，可怜白发生，是谓其苦也，但是诗人笔下青山，胸中日月，扬葩振藻，含英咀华，茹古涵今，冰心玉壶，是谓其乐也。正是"不经一番寒彻骨，那得梅花扑鼻香"。

"酌句过三站，谋篇绕四环。"颈联的写法，按照惯例要"与前联之意相应相避，要有变化，如疾雷破山，观者惊愕"（杨载），"五六必耸然挺拔，别开一境"（沈德潜），这就说明颔、颈两联，因为都是对偶句，必须工稳而精彩，严整而灵动，但又必须注意奇正之变，化板为活，在整饬之中求得飞动流走新境别开之趣。这首诗的颈联，要言不烦，简洁明快，对仗工稳，转接精妙，是此诗的点题之笔，精彩至极。诗中的数词"三"和"四"，可以是实指，也可以是泛指，因为古人长以"三"为多次的意思。"酌句"和"谋篇"为互文。即酌句谋篇过了三站，绕了四环之意。诗题为《乘车酌句多次坐过站》，读诗首先接触到的诗题目。好诗就要有好题。诗抓人不抓人，有时题目起到引导作用，有的题目，读者觉得新颖，有意思他便想读下去，反之，则不然。

一首诗的立意，固然重要，但命题亦不可轻视。命题与立意是联系在一起的。古人有"题高则诗高"的说法。诗题往往是诗的一部分内容，有长有短，细看题目，便增加了对诗的内容的理解。题目与内容，互为补充。诗要精练，尤贵含蓄。诗中言乘车，言酌句，言多次过站，凡题目所当发者，诗皆一一道出，可见诗人在行文时，处处顾及题目。诗，不能有字无句，也不宜有句无篇，好的诗，必然在炼字、构句、谋篇诸方面皆为上乘。诗句中的"过"和"绕"皆为动词，堪称颇有炼字、构句、谋篇之功夫，且形象、生动、传神，诗眼无疑。

"邻家均问我，何苦月中攀？"尾联与首联呼应，诗中的"邻家"也是借代，非单指邻居，可以泛指他人、同事、朋友等。"月中攀"是指诗人每每在夜深人静，明月中天的时候，聚精会神，比排敲韵，吟诗作赋。尾联的"月中攀"与首联的"不得闲"互为呼应、衔接，使全诗在富于变化之中呈现和谐完整之美，让人玩味不尽。此联以疑问作结，宕出神韵。即"故作疑问以见余韵"，"借疑问以抒发感慨"。古人常以此法作结，如王维："春草明年绿，王孙归不归？"王翰："醉卧沙场君莫笑，古来征战几人回？"极力表现诗人爱诗达到了痴狂的境地，令人百思不解，都劝她何苦劳神费力地爬格子。此联洞见诗人的精神、品格、志趣。作者在她的另一首诗《三载京华作嫁数次搬家》中写道：

> 栖身唯一室，辗转北东西。
> 背负三兜雨，书沾两脚泥。
> 今生皆雅债，孤旅有难题。
> 但使精神在，其余我看低。

试想，在今天，能够坚信诗意是生活的必需品，并且惬意而恬淡地生活在诗意的王国里，让山水入怀，使人生浩荡！诗人的这种"但使精神在，其余我看低"的品格和追求，是弥足珍贵的。此句正如老杜所云："字向纸上皆轩昂。"正因为"今生有雅债"所以才能有令人不解的"何苦月中攀"。好的诗句，好的结尾，正是言有尽而意无穷，把读者领入了一个诗的境界，展示了更为广阔的想象空间。

诗贵精练，五言律诗更是惜墨如金。故刘勰说："以少总多，情貌无遗"（《文心雕龙·物色》）李渔曰："意则期多，字惟求少"一滴水珠虽小，它可以反射太阳的光辉；一片叶子无华，它可以包容全部的秋天；一首小诗虽短，它可以写尽人生的豪情壮志。"诗者，志之所之也，在心为志，发言为诗。（《毛诗•大序》）诗言志，抒发性灵。诗人有志，成就一个诗人；诗人作诗，熏出一颗诗心；以诗言志，洞见诗心，以诗观人，能见傲骨。诗人正是凭借着"总为歌憔悴，甘心不得闲"的执着"；时刻不忘"今生有雅债，孤旅有难题"的信念；秉承着"但使精神在，其余我看低"的精神，才能笔透千层纸，墨韵万花香，丹心蘸激情，诗歌写壮志。正是诗心与壮心长在，激情与抒情齐飞。我认为此人、此诗、此志三者齐备，成就了诗人的一脉馨香！

　　这首小诗，一个难字也没有，一个典故也没有，正如梅圣俞所说"作诗无古今，欲造平淡难"。整篇都是深入浅出，通俗易懂的语言，写得自然、贴切、生动，没有任何晦涩或故作艰深之笔，毫无雕琢、造作之处。在这明白晓畅的语言里，却蕴藏着让读者有会于心的深情远意。且音节和谐，叙事自然，写景简约，抒情别致，对仗工稳。皆源于诗人胸次不俗，笔下超然，有神有采，有韵有味，达到了语浅情深的美学境界，诗人的志趣、情怀、追求跃然纸上，呼之欲出。犹如一盏清远的香茗，长久地芬芳在读者的唇间和心头。

　　这首诗的布局谋篇，"起承转合"也很自然老到。看起来是先总、次承、再转、后合的写法，布局善于变化，各联之间略有起伏，既一气呵成，又富于变化，把叙事、写景、抒情、言志有机地结合子一起，互相照应，意脉贯通。首联，先"总"，写自己酷爱诗词创作，为歌而憔悴，甘心而不闲，是起；颔联是"分"，是"承"，写出由"他乡"引出"白发"，由"字里"蕴含"青山"；颈联是"点题"，也是"转"，重在写"酌句""谋篇"，因而"过"三站，"绕"四环。成为整篇的精彩所在。尾联是"合"，和首联相呼应，问而不答，"邻家皆问我，何苦月中攀？"重在强调，含蓄未尽，余韵邈然，耐人寻味。这些都是诗人的高明之处，也是值得我们学习的地方。

一网捞春色　千钩钓月丸

高　旭

叶嘉莹教授说："须知写诗和读诗乃生命之本能。"读诗使人灵秀，"腹有诗书气自华"。多读一些古典诗词，对于陶冶情操，滋养性灵、提升品位、历练人生、丰富生活都具有重要的作用。好的诗歌真是一个万花筒，特别是富有穿透力和审美情趣的诗歌，具有无穷的魅力，能够在多棱镜里折射出五彩缤纷的光芒，令人久久凝望、沉思、玩味。近读《船上人家》一诗，不禁眼前一亮，为之惊叹！尤喜其中的对句"一网捞春色，千钩钓月丸。"不禁情致笔端。

船上人家

世代宿河滩，涛声枕上弹。
声为清夜细，志逐大湖宽。
一网捞春色，千钩钓月丸。
心头存万象，不变是长竿。

《船上人家》是诗人参加洪泽湖采风时的作品，是一幅以船为家漂泊湖上渔民生活的素描。清代厉志《白华山人诗说》："到一处名胜之所，似乎不可无诗，因而作诗，此便非真性情，断不能得好诗。必要胸中本有诗，偶然感触，遂一涌出，如此方有好诗。"诗贵有感而发，至真性情从肺腑中流出，尤贵切题，偶然感触方有好诗。《诗品序》说："五言居文词之要，是众作之有滋味者也。""指事造形，穷情写物，最为详切。"钟嵘认为五言诗是各种诗中最有滋味的。作者擅长五言，尤工五律。

"世代宿河滩，涛声枕上弹。"起句点题，以自述的口吻开篇，就像拍电视剧时的话外音，然后接着是一组广角镜头，定下一个宏大寥廓的背景。然后再具体表现苍穹、夜月、河滩、渔船等环境的静穆幽远，最后把镜头推向滚滚而来波涛、摇曳的渔船、阑珊的灯火、熟睡的人们、激越的涛声。首句的关键词是"宿"字，一般可以理解为住宿，但这里应该当"居住"讲，通过它连接"世代"和"河滩"。"世代"极言时间久远，一般而言能称得上世代的，恐怕应该是几百年以至上千年的历史。祖上就以船为家，捕鱼为生。"涛声枕上弹"次句承接首句，由"河滩"引出"涛声"，贴切自然，意脉贯通。可见诗人写诗讲究呼应、衔接、照应。这里的"枕"，呼应上句的"宿"。诗中的"弹"字用得极妙！试想，春天的夜晚，月明星稀，静静的河滩，放眼望去，远山近水，渔船泊滩，灯火阑珊，劳累一天的船家，甜甜地进入了梦乡，微风习习，不时地吹皱河水，卷起千万朵浪花，摇晃着渔舟，涛声袭来，仿佛是琴声铮铮入耳。"枕上弹"，点明时间应该在午夜时分，"弹"字用的美极了，使激越的涛声，富有了音乐的美感，大自然的天籁之音，真的是美妙无穷啊！诗人采用白描的手法，以极其简练的笔墨，灵动的笔法，为我们勾勒出了一幅皓月当空，枕梦听涛的"船家月夜图"。

"声为清夜细，志逐大湖宽。"颔联紧承首联，此联的结构罕见，一般五言的结构多为212或221，此联的结构为1121，"声——为——今夜——细"，与杜甫的"露从今夜白，月是故乡明"结构相同，颇有杜诗的境界和神韵。不仅用字工切，情景融洽，而且人的心胸隐约可见。涛声因为清夜而轻细，心胸因大湖而宽广。颔联一动一静，一实一虚，景情适会，直抒胸臆，饶有理趣。作者所写的不完全是客观实景，而是融入了自己的主观感情。大湖泛波，清夜细浪，本是眼前景物，无甚差别，但是诗人驰骋想象，由广阔壮观的湖面，进而联想到自己的心胸也因此而宽阔，激越的浪涛，胸襟因此而澎湃，这种触景生情，有感而发的情感，这种亦幻亦真的手法，古人称之为"移情"。这种"移情"的手法却并不使人觉得于情理不合，这是因为它极深刻地表现了作者的心志，突出了诗人的豪迈情怀。这两句堪称是"随物宛转，与心徘徊"。在炼句上也很见功力，它要说的不过是"清夜细浪"，"大湖喻志"，只是将词序这么一换，语气便分外矫健有力。诗人采用对比的手法，一笔清夜，一笔大湖，声声轻弹，婉婉细语，月夜的宁静、柔美、妙曼、多情，摇曳生辉；胸襟的跌宕、起伏、宽阔、高亢，心潮澎湃。诗人为我们精心造设了一种诗情画意的氛围。王得臣在评价杜甫的诗句"露从今夜白，月是故乡明"时说："子美善于用事及常语，多离析或倒句，则语健而体峻，意亦深稳。""声为清夜细，志逐大湖宽。"从这里也可以看出诗人化平板为神奇的本领。

"一网捞春色，千钩钓月丸。"这联"会景而生心，体物而得神"堪称绝对佳联，凭此联该诗得以传世则不为过誉。律诗是最讲求起承转合的，此诗的前两联作为绝句（截句），未尝不可，但律诗的奥妙在于体物细致、精深，善于展现较为复杂的思想感情。颈联表面上看是依然承接颔联，记叙描写渔家生活场景，但仔细研读，还是颇有玄机的。"一网捞春色，千钩钓月丸。"且问"网"能捞春色吗？"钩"能钓月吗？作者在这里运用"无理而妙"的手法，这种手法应用在古典诗歌中十分普遍。例如，谢灵运的"白云抱幽石，绿筱媚清涟"。所谓"无理"，乃是指违反一般生活情况以及思维逻辑而言；所谓"妙"则是指通过这种似乎无理的描写，反而更深刻地表现了人的各种复杂感情以及因这种逆常悖理而带来的鉴赏者所以意想不到的诗美、诗味。这种写法别具一格，诗人往往把本无关联的景物人事与情理联系起来，虽有悖常理，却别开生面。更巧妙曲折地表现了复杂的感情。严羽在《沧浪诗话》中说："诗有别裁，非关书也；诗有别趣，非关理也。"显然，诗歌之道，不在书，不在理，但特别在情，有了真情，才有好诗。清代袁枚在《答蕺园论诗书》中说："诗者由情生者也，有必不可解之情，而后有必不可朽之诗。"诚言，从诗抒不可解之情来说，是讲不得理的，是不受知识逻辑所控制的，中国古诗词在审美追求上讲求的是言外之意、味外之趣、无理而妙、痴情真趣，一语生辉，妙想成趣道出了理与情的艺术辩证法。"一网捞春色，千钩钓月丸"。诗人巧妙地运用了比喻、拟人、联想、夸张、对比的手法，把无边无际的春色，用一网捕捞，把远挂天边的一轮明月，用千钩钓得，多么浪漫主义的想象和夸张。这里的动词"捞"和"钓"，堪称"诗眼"，足见诗人练字炼句练意的功夫，何等精深独到啊！胡仔云："诗以一字为工，自然颖异不凡，如灵丹一粒，点石成金也"。清人沈德潜也说："古人不废炼字法，然以意胜，而不以字胜。故能平字见奇，常字见险，陈字见新，朴字见色。"诗人运用以小见大的手法,把无限大、难以表达的"春色"与相对何其小的"一网"相连接;把远在天边的一轮明月,倒映在水里,由高到低,由天空到水里,用一"丸"作喻,呼应协调,煞是美妙。真是"船征千叠浪,网捕满天秋。"一种难以言传的奇思妙想,一种把一切主客观元素加以综合酝酿后的一种艺术化的情意……这是诗人把自己的生活体验过的情感移植到景物身上的结果,这是诗人驰骋合理的想象精彩组合的结果,这更是诗人长期积累、涵容酝酿的结果。"笔力所到,自然成格"摇曳生辉的圆月,倒映在水里,仿佛是闪闪发光的硕大珍珠,又好像是一轮"月丸",用千个鱼钩,万缕情丝钓起。契合题旨,协调情趣,语意两工,对比鲜明,画面感极强,既饶有情趣,又呼之欲出。古人常喜欢诗画并提,强调诗、画异体同貌。"诗画本一律,天工与清新"。所谓"一律"是指塑造巧夺天工的艺术形象,使艺术在创新上能与自然媲美并胜过自然。这两句堪称是写船家的精彩之语。诚然,艺术的经典需要艺术家的天才与辛劳。这样的诗句"一经道出,便成独得"。

"心头存万象,不变是长竿。"为诗结句,总要健举。作者笔锋一转,放开一步,为结句蓄势。清人沈德潜说:"收束或放开一步,或宕出远神,或本位收住。"南宋陈善《扪虱新话》中说:"文章亦要宛转回复,首尾俱应,乃为尽善。"此诗深得此法。研读尾联,有任凭世界千变万化,唯我稳持钓竿的味道。"万象"在这里,既可以说是佛家的"大千世界""物象""意象",又可以理解为道家的"大象",也可以泛指尘世的万事万物,既可以是自然界的风雨雷电,阴晴圆缺,山川风物,花鸟虫鱼,也可以是人的思想感情,七情六欲,悲欢离合,耳闻目见,优美的故事,动人的传说等等。在垂钓者看来以上这些"万象",虽然是客观存在,随处可见,但都与他关系不大,都过眼烟云,他只关心在意手中的钓竿,网中的鱼,一家子的生计,常态化的生活。这种抱穷守拙、安贫乐道的生活方式,是他无悔的追求和坚守,传达出船家独特的民以食为天的朴素道理。清人沈德潜说:"诗不能离理,而贵有理趣"。(《清诗别裁》)这里说的"理趣",就是指用生动具体的形象传达一个普通而又深刻的道理。诗人观察事物,独具慧眼,深入而细致，往往忽发奇想，联类无穷，或因事见理，或触景生情，或有感而发。他们往往借助诗的形象，把自己的所感所悟表达出来，既富有情趣，又深刻隽永，给人以哲理性的启迪。诸如：王之涣的："欲穷千里目，更上一层楼。"杜甫的："会当凌绝顶，一览众山小。"王安石的："不畏浮云遮望眼，只缘身在最高层"。这首诗与这些名家的诗句有异曲同工之妙。这三句诗既展示了诗人们开阔的胸襟和壮志豪情，又深刻地阐释了只有站得高才能看得远的哲理。"心头存万象，不变是长竿。"这种心态，这种境界，这种坚守，是一个社会底层劳动者——渔家船夫的简单、朴素、豁达原生态生活的真实写照。是一个传统的特定的富有浓郁地方特色的人群，任凭别人风花雪月，我自柴米油盐的生活缩影。此联景情适会，妙合无垠，意味隽永，饶有情趣。诗句富有理趣"乃一篇之警策"（《文赋》）是诗人思想感情的凝聚和升华，在诗中起到了画龙点睛的作用。谢榛说："诗不可太切，太切则流于宋矣"宋代的诗过于写实、说理，缺乏形象思维，味同嚼蜡。古人论诗中有虚中有实，实中有虚，亦虚亦实的说法。此诗的尾联，一虚一实，参差错落，相得益彰。"一语天然万古新，豪华落尽见真淳。"全诗对中国传统格律诗的音乐性、绘画感、结构美以及动静互衬、虚实相生、景情适会的把握，都力求绕开前人的窠臼，在独辟蹊径的组合里，把极富表现力和感染力的诗词元素与景情元素融会贯通，使无数精灵、美感、理趣、韵致、境界纷至沓来，交织在一起，颠覆传统的同类题材，言他人所未言，具有挑战性的书写，令人耳目一新，未尝不是一种诗艺学的考量和探幽，也可说是美学上的贡献和建构。其思想张力，构思苦心，表现内功，亦古亦今，似他似我，浑然一体的和谐之美，恰是值得我们洞悉和惊异的地方。

　　全诗语言朴素，体物细微，构思精巧，比喻新奇、拟人生动，动静结合，虚实相生，对比鲜明，画面生动，为我们展现了一幅幅优美动人的渔村船家的生活画卷。

2015年3月20日悟明斋

灵犀一点寄疏狂

——宋彩霞《辛卯抒怀》的虚词运用

崔景舜

宋彩霞诗无斧凿痕迹，意蕴丰富，表情达意。多用虚词，例如：

辛卯抒怀

曾经泼墨问苍茫，始信烟尘也惧霜。
赋里秋光应独有，梦中曙色总难长。
无须粉黛迷人眼，却得风云入锦囊。
只恐东君辜负我，不如先自理疏狂。

这首诗对虚词的锤炼，恰到好处，开合呼应，悠扬委婉，活跃情韵。带给读者化板滞为流动的美学效果。首联起句、对句，均以虚词发端。"曾经、始信"两个表示时间的副词，构成一条自然的时间隧道。达到振起全篇之目的。衍生下文意韵，引起读者的兴趣。颔联句法严谨，语言锤炼，当视为佳句。虚词"应独有""总难长"最有神韵。"应"与"总"对举：一个"应"字，至关重要，既起到盘旋连属的作用，又加重语气。"独"字渲染气氛，用虚拟的推理，幻化朦胧的情思。对句一"总"字，明显是为了制造波澜，使上句的"应"字显得更加含蓄。再加上"赋里"与"梦中"、"秋光"与"曙色"的小类工对，彰显出作者不凡的学识。其中："赋"对"梦"是名词相对，"里"与"中"是方位词相对，"秋"与"曙"是时令词相对，"光"与"色"是名词相对。有了首联的铺垫，颔联就显得承接自然：秋光，即秋天。对句使用小类工对，顺其自然地过渡到梦中曙色上。"赋里秋光"如诗如画，景美情致。"梦中曙色"，在梦中迎来了朝霞曙色，有此"曙色"，把诗人的"梦"涂上了一层亮丽的色彩，带来昂然向上的朝气，给人以联想不绝之感，虽然我们难以知道是一个什么样的梦。给读者留下想象的空间。

诗篇后四句抒发人生感慨。颈联两句诗意精炼，含意极为丰富。"无须""却得"两个副词相对，以反语转折，力避行文平直，充满调侃的情调。读起来确有起伏顿挫之感，是作者心绪如丝的情怀展现，是全篇的高潮所在。

尾联用副词"不如"作结，应答上句东君的"辜负"之意。"只恐"是跌，"不如"又振起，极为曲折。由于尾联一般是诗的情感回味之处，所以宋彩霞表达强烈感情的诗，在尾联宜用反诘，把情绪推到激越处，引起读者心灵的共鸣。结尾"疏狂"二字为此诗之目。

这首诗，结构严谨。细细品读，其言也雅，其情也娴。妙在虚词旋转期间，使气势顿宕，情韵欲流。从中不难领略炼"虚词美"的重要性。

境不见底 意可动天

——赏析宋彩霞《玉楼春·登黄鹤楼》

熊志扬

2011年11月，在新浪网上有幸读到现代女诗人宋彩霞的一首《玉楼春·登黄鹤楼》，使我久久不能忘怀。她的原词如下：

玉楼春·登黄鹤楼

临阶一曲梅花落，鹦鹉洲头帆寂寞。梦中历历是新歌，北塔晴川曾有约。　　冲天不见飞黄鹤，一派秋声吩咐着。烟波莫问醉如何？我与诗仙来对酌。

今天再读，时看时新。宋彩霞的这首《登黄鹤楼》，初读则空灵深远无际，如带你行走于高路云端，享受一片悠然；细品则紧扣时代脉搏，如带你游历于盛世奇观，享受锦绣人寰。《登黄鹤楼》起句"阶前一曲梅花落"，以优雅的古典乐曲"梅花落"引人入胜。三国时期始建的这一江南古楼，早已名冠天下，誉为"天下江山第一楼"，词中将它配上汉宫李延年大师的《梅花落》玉笛声，古韵古景，超凡脱俗。恰是天作之美、双玉合璧。以其他任何一种乐曲入景，都要逊色几分。就起句的背景来看，也给人莫测的惊叹。搭配如神、布景幽远、余味深长。而不是凭空找点东西渲染气氛，勉强为之。诗人借意李白《与史郎中饮听黄鹤楼上吹笛》中的"黄鹤楼中吹玉笛，江城五月落梅花"而升华出来另一番入景意象，可见其高明之处与不凡功底。当然，我不很赞成作诗填词都要用典。只要用典自然、宜情、宜景，该用必用、恰到好处、画龙点睛，能收到意外的艺术效果，这是诗词大家用典自如的过人之处。

"鹦鹉洲头帆寂寞"。给读者揭示了一个哲学道理和世变规律。即世间万物都是运动的，在运动中也是变化的。昔日崔颢笔下的鹦鹉洲也不再是芳草萋萋的旧貌。斗转星移、大浪淘沙，新洲更比旧洲美。唐时的鹦鹉洲，如今"滚滚长江东逝水，排空锦浪接云天"。曾经往来如梭的白帆不知了去向，万顷碧波之上，只见无数往来的现代巨轮展现着人间辉煌。

"梦中历历是新歌"。此句把握住时代脉搏，唱响了主旋律。以前的百里晴川，不仅是历历在目的汉阳古树。城市的繁华，呈现出万家灯火、歌舞升平。三更幽梦，都要被现代化突飞猛进的节奏声催醒。无论是梦呓中唱出了新歌、还是梦中听到了新歌，语中都散发出时代光辉和蓬勃向上的气息。将新时代前进的轨迹以梦为载体、以歌为载体表现出来，这种移情换景法，是诗歌艺术表现形式的一种高度。

"北塔晴川曾有约"，北塔指诗人工作所在的北京西城区附近的白塔寺周边环境。北塔晴川，万水千山。诗人的心思被什么牵引了？约了谁？因什么而预约？这些设问，为下片的南北千里聚会埋下了伏笔。读词至此，串串悬念，吊人胃口，你想不继续读下去都不行。这是填词过程中最难掌握的技巧，也是最具捕捉力的手法。

"冲天不见飞黄鹤，一派秋声吩咐着"，自然过片，承上启下。作者登上黄鹤楼，不见黄鹤，只闻秋声。情绪发生了急转，突然觉得丰富的情景中缺少什么要紧的东西。可以看出，善感的诗人触景生情，从心灵深处顿生出一种惋惜和愿望。她抚今追昔，思绪万千，对一去不返的黄鹤精灵发出了呼唤：破壁而去的黄鹤啊，你真的不回来了吗？空余的黄鹤楼，几度朱颜换，千年心不改。正独立在瑟瑟秋风中望眼欲穿，苦苦地等着你哩。楼因鹤而名，楼鹤不能分啊，你回来吧，回来看看故园翻天覆地的变化。

"烟波莫问醉如何？我与诗仙来对酌"。结句传神，转笔宕开，词意发生了奇特变化。烟波依旧在，愁随大江东。身临美景，百感荡胸。巧用一"醉"字，凝聚了无限情思。是身醉？还是心醉？抑或身心俱醉；是为楼景而醉？是为盛世年华而醉？不管如何的醉，这时的诗人在烟波缈缈中已然醉了、飘飘欲仙。醉意突发，给读者留下了广阔的想象空间，也将描写对象的赞美程度爬高到了极致。词意高潮迭起。一个"醉"字，无声胜有声，胜似许多天籁之音，让那"烟波江上使人愁"的沉韵自然逆转和翻新。

约了太白，对酒而歌，想象大胆、奇特。表现了诗人对诗仙的仰慕与崇敬，此时此刻、此情此景，她没有想到别人，唯有想起李白，这是诗人的另一个巧妙用意。以穿越式的手法，浓缩了几千年历史时空，拉近了古今诗人距离。诗人与诗仙共话国粹前景，非常人所思。意与象发生剧烈摩擦，迸发出作者思维的火花和词意的光芒。崇敬先贤，是中华民族的传统美德，更是当今弘扬中华诗词和文化强国的一种现实需要。同时，也给出了千里相约的答案。胜景醇香，引得诗仙复活，为词作平添了一层神秘的面纱。

  精彩结句，狠狠地拨动我灵魂深处的琴弦。我一直不敢写黄鹤楼诗词的念头受到了颠覆。使我突然悟出李白"眼前有景道不得，崔颢题诗在上头"的摇头叹息，原是受一种过谦心理和别样高风影响的结果。使我明白"横看成岭侧成峰"，是因为选择的角度不同而不同。永远都以"道不得"定论，人为地掘了一道鸿沟，让许多素有"别样高风"的人因心理作用而不敢跨越。诗路通天，各行其道。其实，一个崔颢堵不了来者之路。我佩服作者不让须眉的文胆与才华，长了现代文人敢于创新、探索的勇气和志气，也传递出一个"眼前有景人人道，只为抒怀不比高"的信息。

  相对而酌，意不在酒。词作最后导演了一幕趣味横生的镜头：推杯换盏间，一贯豪放不羁的诗仙，依然有景不道，若有所思。老前辈把酒凭栏，面向高峡，久久凝望栏外长江后浪推前浪的风景。趁着酒兴，或许回去改写"有景道不得"的定论也未知。诗仙当年无作而归，永远成了诗词界的一大憾事，这是更深层次内涵。

  这首《登黄鹤楼》，暗引"黄鹤楼中吹玉笛"意象提起全篇，以与太白煮酒论诗意象收结，气脉贯通，首尾呼应。意得象先，神行语外，意象相融，堪为一奇。其境不见底，其意可动天。只恨池墨有限，方润发肤。

  （熊志扬，笔名热水河，苗族，生于1963年3月6日，大学文化，主任科员。系中华诗词学会会员、中国楹联学会会员、石阡县作家协会秘书长。）

心中锦绣章　清和四十春

——简评宋彩霞诗词

耿建华

　　宋彩霞是近年来崛起词坛的女词人。在中华书局"诗词中国"组委会主办的2015"诗词中国"最具影响力诗人评选活动中,她荣获2015年最具影响力诗人称号。她的诗词从宏观的精神气韵,到局部的谋篇字句,都既能继承了传统,又能顺应时代变迁,贴近自己的现实生活,表现出较强的创新意识。受到了名家的好评和大众的喜爱。周笃文教授说:"彩霞诗词措辞深妙,句丽而意曲,字新而韵峭,的是词家本色。"

　　当下诗词界有个倾向,有人一味拟古似古,写出的诗词好像穿越回古代,穿古人衣,行古人事,说古人腔。完全忘记了"诗当合为时而作"。我们创作诗词不是做一场模仿秀,而是要旧瓶装新酒,要用传统诗词的瓶子装自己新酿的美酒。

　　当今的诗词家应当也必须把自己的生活装进去,把大众的生活装进去,把今天的时代装进去,只有这样千年的传统诗词才能发新枝,开新花,结新果。宋彩霞的词就把自己的生活装进去了。她为了自己喜欢的诗词,离开家乡,来到北京,过起和爱人长期两地分居的生活,她虽居陋室,却梦中有香:

　　　　租人旧屋一间房,编我心中锦绣章。
　　　　雨露轻丛无所属,风烟小浪又何妨。
　　　　当时智慧难医疾,从此缪斯有主张。
　　　　雾阁茫茫深似海,虚怀淡定梦才香。

　　为了"编我心中锦绣章",她虽居陋室,漂流京华而不觉苦,吟出"雾阁茫茫深似海,虚怀淡定梦才香。"的诗句。在《甲午新正走笔》中,她写道:

　　　　嫁与诗词何惧贫，平平仄仄老天真。
　　　　翻偿寂寞三千卷，却得清和四十春。
　　　　每听民声开眼界，唯将国色写精神。
　　　　嘶风万里青云上，策马扬鞭又一巡。

　　她为了诗词事业甘愿清贫，她"听民生""写国色"，陋室生活虽然寂寞，但也难得清和。因为她"从小诗词便许身，终生不改此天真。"正是无悔的精神追求使她才选择了这种生活。她离开家人，孤独感也会有的，她在《京华两度仲秋寄母亲》诗中说："离乡人半瘦，羁旅自孤单。岸远追寻苦，山长孝悌难。"她还有《寄夫君》的诗："从来未有寄君诗，任我疏狂任我痴。难得阿郎明大意，一生可贵两相知。"有了"两相知"的理解，她也就减少了分居两地的压力。

　　宋彩霞的诗词题材开阔，她并不局限于自己的个人生活天地，她乘高铁、坐飞机来来往往，既阅人间春色，也感民生疾苦。她这样咏珠穆朗玛峰"一览群峰斯世纱，亿丈金身，亿丈云霞绕。柱地擎天青月小，万山都被光环照。"（《蝶恋花·读聂绀弩〈咏珠穆朗玛〉》）她同情天南地北的打工郎："别却妻儿与老娘，山南地北打工郎。三方眷恋孤人泪，万缕辛酸一碗汤。"并呼吁："谁知忧患为何物，但有民心不可伤。"

　　诗词是以抒情见长的文体，它最适合展示诗人的内心情怀。宋彩霞读聂绀弩的一组《蝶恋花》词，充分展示了她对聂绀弩诗的欣赏，也表现出与聂诗相同的情感和审美格调。她称赞聂诗是"疾电奔雷风料峭，毛瑟三千，勇气堪称道"，并感叹"灵均独醒人间少。"她在《蝶恋花·读聂绀弩〈秋老〉》中说："老始风流谁会笑？语涩途艰，细看知音少。且向丛林寻一道，时时自有春风扫。"她的确是聂诗的知音。

　　宋彩霞虽是女词人，但她的诗词却很少婉约，更具有男子汉的豪迈之气。其为人称道的《临江仙·威海至京华车中作》，就是其中代表：

　　我借长风临北海，今番高梦昆仑。人间天上觅诗魂。眼前千叠浪，岭外几星辰。　　莫问红尘多少路，可怜凡骨凡身。春花谢了又秋晨。来时如梦令，去是画堂春。

上阕有快速的时空转换："眼前千叠浪,岭外几星辰。"从北海、昆仑犹如梦中的一瞬。她"借长风"旅行,为的是"人间天上觅诗魂"。豪情充溢于词语中。下阕抒情巧妙地用了"如梦令"和"画堂春"两个词牌,把这次诗意的旅程刻画的如梦般美丽。再如《蝶恋花·读聂绀弩〈推磨〉》:

一梦输人牢忆记,一种襟怀,一敞何容易。一阵春雷全国醉,一番天地中宵泪。　　把坏心情磨粉碎,齐步迷宫,不越雷池意。已作三千长久计,卷宗就在环行里。

延伸了聂诗的诗意,融进了自己感悟。境界阔大而深远。宋彩霞钟爱诗词,她追求那种"香在骨"的内在气韵,最后就用她的《浣溪沙·赏梅》作结吧:

一树梅红独自看,风吹轻雪也缠绵。神驰已忘暮钟寒。　　世上几人香在骨?灵中万树翠生烟。此花与我最相怜。

(耿建华:山东大学教授。曾任山东大学中文系现当代文学教研室主任、新闻系主任、山东大学文学与新闻传播学院副院长,教授。教育部新闻学科教学指导委员会委员、山东省诗词学会副会长、山东省当代文学研究会副会长,山东省影视评论学会常务理事、山东省作家协会全委会委员、诗歌创作委员会副主任。研究方向:当代诗歌,新闻学。著有《中国现代朦胧诗赏析》(合著),《台湾现代诗歌赏析》(合著),《诺贝尔文学奖获得者诗歌赏析》、《新时期诗潮论》(合著)、《陈源抒情诗赏析》、《诗歌的意象艺术》、《新闻写说学》(合著)。诗集有《青春鸟》《白马》。主编《三上文库》《中国古典诗歌卷》《桃花》《山东新时期诗选》等。)

不同艺术的对话与启示

冯仲平

任何艺术门类，无论使用何种媒体、何种造型方式与何种结构样式其精神内涵和美学规律都是相通的。近读2015年第3辑《滏漳诗苑》刊发的宋彩霞女士《蝶恋花·读聂绀弩十二拍》，可以认为这是一次词与诗的成功对话，其中还涉及诗词与绘画的交流，读之颇觉耳目一新，于是想简要谈点感想。

首先，谈一下涉及诗、词、画同一题材且密切关联的三件作品。苏轼曾有"诗画一律"说，《东坡题跋·书摩诘〈蓝田烟雨图〉》云："味摩诘之诗，诗中有画；观摩诘之画，画中有诗。"在"诗画一律"层面，宋彩霞的读聂词有《蝶恋花·读聂绀弩〈丁聪画老头上工图〉》，这首词涵盖了三件作品的内容，下面逐次道来：

一是丁聪的漫画《老头上工图》，从画面看，很容易判断主角显然不是个老农民，而是一个身穿破衣的落魄知识分子，落款文字为"此画原稿于动乱年间丢失，现凭记忆重作"，时间是"一九八六年"。而据聂诗所言"小伙轩然齐跃进，老夫耄矣啥能为"，明示丁聪画中人物驼背猫腰，鬓边堆雪，弱不禁风，肩扛铁锹，摆出一副上工劳动的架势。显而易见，这么一个人，能干重体力活吗？

二是聂绀弩的题画诗《丁聪画老头上工图》（此诗载于《北荒草》），乃是聂绀弩观赏著名漫画家丁聪作品《老头上工图》之后的再创造，现将这首七律诗引于下面：

驼背猫腰短短衣，鬓边毛发雪争飞。
身长丈二吉诃德，骨瘦嶙三南郭綦。
小伙轩然齐跃进，老夫耄矣啥能为。
美其名曰上工去，恰被丁聪画眼窥。

聂绀弩描绘了画中人物的外表特征（首联），接着运用类比的方式点化了人物的社会身份和精神特征（颈联），老头是堂吉诃德式的人物，与社会大潮格格不入，生活在自己的幻想世界，又是一个南郭子綦式的人物（《庄子·齐物论》所描写的那个物我两忘、清高淡泊的典型）；而即使如此，这个老头也不能避免被当时的风潮所席卷，因为整个社会"小伙轩然齐跃进"，你虽然"老夫耄矣啥能为"，也必须扛起铁锹下地干活，哪怕干不出实际成效，上阵装装样子也好。诗画结合，相得益彰，不仅增加了诗和画各自的思想内涵，而且有助于读者对诗和画主旨的正确理解——画呈现出来的形象，它的意义是宽泛而模糊的；加上题画诗，即可使画家意图更为显豁，作品定性更加准确。题画诗和观画诗一样，都是对绘画作品的解读，以欣赏的态度发表自己的审美感受，因而也是对绘画作品意义的阐释。

三是宋词"蝶恋花"，这是宋彩霞在聂诗基础上进行的再次创造，词引如下：

驼背猫腰难得歇，不怨荒原，只怨风呜咽。毛发争飞飞冀雪，无端识得凉和热。　一点尘缘容易绝，月面珠眉，胖二何分别？乡梦频回村上月，照人寂寞千千结。

比较聂诗，宋词赋予描写对象更多主观的成分。在聂诗中，表达作品主人公内心感受的只有"老夫耄矣啥能为"一句，而在宋词中，表达作品主人公内心感受的则至少有五句，他"不怨荒原，只怨风呜咽""无端识得凉和热""一点尘缘容易绝""乡梦频回村上月"等等，至于老头"怨"还是"不怨"，无须身临其境仔细揣摩，词人和读者自能准确理解，其他内心感受亦当如此看待。

对三件作品进行比较可以看出，丁聪漫画由于二维平面艺术的特性，呈现出来的只是一幅形象的图景，主观情感深深埋伏在线条与笔墨之中，只有欣赏者凭借语言形成审美判断才能体验绘画赋予形象的内在情感，才能真正领略画家想要传达的思想题旨。而诗、词都是文学作品，文学是语言的艺术，语言本身就承载着明确的思想意义，只要能够准确地理解诗句语词的含义，就可以正确把握诗人想要表达的思想感情。而由于诗、词体制的不同，从而具有各自表达方面的特长与侧重，故聂诗与宋词又产生了明显的差异。

王国维《人间词话》云：词之为体，要眇宜修，能言诗之所不能言，而不能尽诗之所能言。诗之境阔，词之言长。以王论律聂诗与宋词，其间差异十分清楚。诗之与词，均有各自的本色当行，诗长于言志，词善于抒情；而在丁画、聂诗与宋词三次创作叠加形成的序列中，逐渐依次增加了艺术品的思想情感内涵，从丁画的纯粹形象呈现，到聂诗的客观描写为主，进而发展到宋词集中于主观情感的表达，形成了一个由外到内、由客到主的递升序列。

艺术作品追求创新，我想宋彩霞女士在写作《蝶恋花·读聂绀弩〈丁聪画老头上工图〉》之前，会找来丁聪的漫画看一下，就像我在写本文之前至少要看十二首聂诗甚至大概了解聂绀弩生平与创作的整体情况那样，起码先要找丁聪的这幅漫画来看看，否则就难免隔靴搔痒痴人说梦。

三件作品，核心形象就是这个"老头"：老头的形象处于画面中心位置，从正面说是顶天立地，但其实身处狭窄天地而显得过分局促，可见他的生存空间十分狭小，而且与世隔绝如同堂吉诃德和南郭子綦。老头的形象不是完全的静态，他的脚步是向前迈进的，喻示虽然艰难窘迫而仍有一定的活动余地。这样的一个形象，处于这样的一个环境，被置于一个特定的时空背景，他所承载的意义自然就十分明确了。

其次，谈一下宋彩霞女士《蝶恋花·读聂绀弩〈北荒草〉》与聂诗"北荒草"的联系与区别。聂绀弩出版有多种诗歌集子，如"三草"（1981）即《北荒草》《赠答草》《南山草》，再如《散宜生诗》（1982）即《北荒草》《赠答草》《南山草》之外再加上《第四草》。关于《南山草》结集的时间和性质有些争议，我认可《南山草》是《北荒草》定稿之前的一个未成稿，故聂绀弩的诗歌主要就包括在《散宜生诗》这个集子之中了。

聂绀弩是个奇人，才华横溢，精通古典，文武双全，经历坎坷，命运不佳——从考入黄埔军校到参加国共合作第一次东征，从考入莫斯科中山大学到回国在南京任职，从参加"左联"担任上海《中华日报》副刊《动向》编辑到加入中国共产党，从历任中南区文教委员会委员、香港《文汇报》总主笔、人民文学出版社副总编兼古典部主任到被送往北大荒劳动，可谓跌宕起伏变化万千令人目不暇接。

1959年10月，聂绀弩调到牡丹江农垦局《北大荒文艺》编辑部当编辑，次年冬结束劳改回到北京，安排在全国政协文史资料委员会任专员。《北荒草》乃是聂绀弩在北大荒劳动改造期间的作品，题材比较集中，几乎全是当时劳动生活的纪实；内容十分丰富，在描写劳动生活的间隙夹杂着大量的历史典故；风格诙谐老辣，在外表轻松的笔调中寄寓着深沉的严肃思考。兹就宋彩霞《蝶恋花·读聂绀弩北荒草》一词略谈一些看法。先引宋词如下：

　　我读马山千顷雪，片片诙谐，片片还如铁。血泪斑斑多少叠，乾坤一担挑寒月。　　十载煎熬荒草页，字字生雷，字字皆高洁。北大荒人谁最烈？牛山尽染英雄血。

　　这首词对聂绀弩在北大荒期间作品的思想内涵与艺术风格给予了整体概括，从聂诗体现出来的高洁人格、刚烈个性、非凡才华与独特意象进行了高度评价。

　　我国古代文学理论家刘勰著《文心雕龙》，其中《知音》一篇曰："夫缀文者情动而辞发，观文者披文以入情，沿波讨源，虽幽必显。"此其谈文学批评也。而文学批评有多种样式，就中国传统批评而言，除了评点、序跋、论文之外，还有独具特色的以诗论诗的体裁，如杜甫的《戏为六绝句》，讨论了先秦到初唐几个重要诗人及其作品，提出了诗歌创作应该坚持"别裁伪体亲风雅"的原则和"转益多师"的方法；再如元好问的《论诗三十首》，同样运用绝句形式比较系统地阐发诗歌理论，评价自汉魏至宋代的许多著名作家和流派，提出了天然真淳、反对雕琢、追踪风雅、重视独创的美学标准。以诗的形式论诗，也包括针对相同题材的诗歌作品，如唐代王维、韩愈和宋代王安石都有以"桃花源"为题的诗歌作品，当然他们作品的面目和精神都有了新的变化，每个诗人也都具有自己独特的艺术个性。晋代以来产生了许多和陶诗，宋代苏轼一人就以"次韵"的方式做了"和陶诗"一百〇九首，堪称和陶的大家与典范。苏轼和陶，除了借此抒发自己的内心积郁、喜欢陶诗的风格之外，更主要的是崇尚陶渊明的为人，与陶渊明具有深层次的精神共鸣。

　　统揽宋彩霞女士的读聂词（十二拍），在我看来，除了基于对聂绀弩高洁品格的认同和对其高超诗艺的欣赏之外，更多的是对聂诗形象意境与思想内涵的重建、引申和发挥。词有一个别名叫"诗余"，从文字游戏的技巧层面，任何一首诗都可以改造组装成一首词，当然，如果在形象、意境和题旨等方面没有任何创新，仅仅满足于文体形式的变化，由诗句的整齐划一变成词句的参差不齐，显然没有什么积极意义。而宋词的成功，恰恰在于突出了聂诗形象的鲜明性，拓展了聂诗的意境和增强了聂诗的抒情性。兹举《蝶恋花·读聂绀弩咏珠穆朗玛》为例简要分析。聂绀弩诗云：

珠穆朗玛志冲霄，苦被白云抱住腰。
一览定知天下小，万山都让此峰高。
忧天可作擎天柱，过海难为跨海桥。
积雪罡风终古事，金身亿丈不容描。

这首诗以珠穆朗玛峰为描写对象，但是几乎看不到任何直接形象，珠峰的真面目始终处于云山雾罩之中，诗人从头到尾全部以比拟、类比、烘托、想象等间接描写出之。首句"志冲霄"，将来时也；三、四句"天下小""万山都让"，烘托之词也；五、六句"擎天柱""跨海桥"，想象之词也；尾联两句，虽历经万古千秋，而亿丈"金身"又终无法直接描画也。而宋彩霞词曰：

一览群峰斯世纱，亿丈金身，亿丈云霞绕。柱地擎天青月小，万山都被光环照。　　疾电奔雷风料峭，毛瑟三千，勇气堪称道。收拾杯盘虽草草，灵均独醒人间少。

在形象层面，"亿丈金身""亿丈云霞""柱地擎天""疾雷奔电"等，都是直接的具象描写，通过这些词句，读者可以直观珠峰高大雄伟、岿然屹立的庞大体积和不畏风雨雷电的崇高之美。在意境层面，有进一步的拓展，增加了社会性的内涵，如"毛瑟三千，勇气堪称道"和末句"灵均独醒人间少"，暗合了刘勰"登山则情满于山，观海则意溢于海"的艺术创造规律。也正因如此，宋词与聂诗相较，更增加了情感的内涵，既符合体制的特征，也拉近了自然物与人的距离，使读者产生了与审美对象的亲近感。

第三，就宋彩霞词作涉及《北荒草》作品略谈一些看法。宋词

"十二拍"中,第一拍是《蝶恋花·读聂绀弩〈北荒草〉》。这首词从宏观角度统揽诗集《北荒草》的思想内容与审美特征,已经超出了《北荒草》的范围,如首句"我读马山千顷雪",乃是马山集》的作品内容,其实还包括其他集子和非北大荒"劳动改造"时期的作品,题材十分宽泛,内容十分丰富。

如《蝶恋花·读聂绀弩〈秋老〉》一首,词曰:

又是秋风吹旧帽,不卷珠帘,只卷灯前稿。阅尽人间衰盛草,黄花依旧清香绕。 老始风流谁会笑?语涩途艰,细看知音少。且向丛林寻一道,时时自有春风扫。

而聂绀弩《赠答草序诗》云:

秋老天低叶乱飞,黄花依旧比人肥。
风前短发愁吹帽,雨里重阳怕振衣。
尊酒有清还有浊,吾谋全是又全非。
感恩赠答诗千首,语涩心艰辨者稀。

相较二者内容,与宋词对应者,无乃此首欤?未经深查,姑妄言之了——就聂诗所写,深秋天气,落叶乱飞,黄花吐蕊,重阳节至;而当此令之人,则是短发破帽,语涩心艰,孤苦伶仃,进退失据,知音难觅,竟是"人比黄花瘦"了;在宋词而言,显然增加了心的内涵,在苦苦追寻之后,在秋风衰草之中,已经预示了"春风"的讯息,在聂诗的压抑低沉基调上添了一抹亮色。

《北荒草》所收作品,题材大多为当时劳动生活内容,如搓草绳、清厕所、刨冻菜、削土豆、放牛、伐木、推磨、挑水、铡草、脱坯、拾穗等;而宋词所及出自《北荒草》者,计有《丁聪画老头上工图》《推磨》《伐木赠尊棋》《冰道》《归途》五首。

如前所言,不同的艺术门类具有相同的艺术规律,而同属于"文学"范畴的诗和词当然更是基于共同的艺术规律了。别林斯基曾说"诗人用形象来思考",又说"诗人用形象和图画说话",指的就是诗歌艺术的深层规律。

词作为诗的变体形式,骨子里不可能剔除诗的精神血脉,而只是表达形式有所变化而已——同样的事物,你可以那样说,我可以这样说。

如聂绀弩《推磨》诗为：

> 百事输人我老牛，惟余转磨稍风流。
> 春雷隐隐全中国，玉雪霏霏一小楼。
> 把坏心思磨粉碎，到新天地作环游。
> 连朝齐步三千里，不在雷池更外头。

首联以自嘲的口吻切入"推磨"的劳动场景：我这人干什么都不如别人，只有推磨能够发挥我的特长。颔联承接上文，直接描写磨面的具体样态，"玉雪霏霏"的诗意发现，颠覆着枯燥生活的常态；磨扇单调沉闷的声音，幻化为"春雷隐隐"的兆萌。

腹联陡然一转，升华到思想淬炼的高度，如同炼狱中的凤凰涅槃般，在苦难的煎熬中酝酿着新的期待。但是尾联又以无解的循环，表达了看不到希望的苦闷。

而宋彩霞的《蝶恋花·读聂绀弩推磨》，则在以词的形式重建了聂诗的意义之外，更增加了主观抒情的内容，使整个作品被浓郁的抒情色彩所笼罩，"一梦输人牢忆记，一种襟怀，一敞何容易"，开头就奠定了作品的基调，给人以悲慨深沉、回肠荡气的审美感染：

> 一梦输人牢忆记，一种襟怀，一敞何容易。一阵春雷全国醉，一番天地中宵泪。　　把坏心情磨粉碎，齐步迷宫，不越雷池意。已作三千长久计，卷宗就在环行里。

再如聂绀弩《伐木赠尊棋》，除了颔联"斧锯何关天下计？乾坤须有出群材"饱含着呼唤杰出人才的愤懑之外，全诗感觉情感比较平淡，诗人以静观的态度描绘了伐木的劳动场景——宁静的林中环境和简单重复的拉锯动作，寄寓着深藏于心的无奈：

> 千年古树啥人栽，万叠蓬山我辈开。
> 斧锯何关天下计？乾坤须有出群材。
> 山中鸟语如人语，路上新苔掩旧苔。
> 四手一心同一锯，你拉我扯去还来。

而宋彩霞词《蝶恋花·读聂绀弩〈伐木赠尊棋〉》则呈现出与聂诗不同的情感基调，作品引述如下：

古树千年筋骨健。耸出云头，志欲参天蔓。万叠莲山齐许愿，开门不尽青青岸。　　斧锯何关天下乱，四手同心，莫厌春光晚。管却红尘多少患，乾坤必有神机算。

　　作品上阕直接描写了"古树千年"的坚挺刚健形象和"志欲参天"的生长态势，接着以拟人的手法抒发了积极乐观的思想感情。下阕的情感流动持续着上阕的走向，以勇往直前的信心牢牢把握现在，并以坚定不移的信念憧憬理想的未来。与其他读聂作品不同，这首词重在翻出新意，抒发一种身处逆境而不坠青云的志向。

　　聂绀弩《冰道》一首，写得最为铿锵顿挫，既有"铁板铜琶"的刚健之美，更有黄钟大吕的慷慨悲壮：

　　冰道银河似耶非？魂存瀑死梦依稀。
　　一痕界破千山雪，匹练能裁几件衣。
　　屋建瓴高天并泻，撬因地险虎真飞。
　　此间尽运降龙木，可战天门百八喝。

　　这首作于北大荒的诗，前六句描写利用冰道运送木材的情形，造句奇怪，形象奇特，意境奇崛——把雪白的冰道比作天上的银河，景象何其壮观！把固体的冰道说成死亡的瀑布，思维何其诡谲！"一痕界破千山雪"，景象何其阔大！"匹练能裁几件衣"，与上句对比何其强烈！"屋建瓴高天并泻"，有李白"黄河之水天上来"的豪放气魄；"撬因地险虎真飞"，有"使人听此凋朱颜"的心灵震撼！尾联"降龙木"二句寓意深刻，托物言志，抒发了怀才不遇的愤懑与感慨。

　　再看宋彩霞词《蝶恋花·读聂绀弩冰道》：
　　最盼人间春水涨，冰雪壶天，可否澄无浪？俯仰银河听半晌，殷勤重把阳关唱。　　梦里依稀非过往，地裂风狂，瀑死如何向？冰道参天风口上，可曾冻结愁模样？

　　从整体意境层面看，是在诗歌基础上的延伸，寓有"向死而生"的哲学意蕴。再坚硬的冰道，到了春天也将化作淙淙流水；而杨柳青青，别情依依，曲奏阳关，梦中景象——化悲慨崇高为柔情旖旎，不过白日梦幻而已。下阕翻作凛冽之语，最后又以雕塑般的意象保持了与聂诗的精神统一，只不过聂诗如夔坎铠鞳、宋词如细语倾诉罢了。

《归途》是聂绀弩《北荒草》的末篇，诗云：

> 雪拥云封山海关，宵来夜去不教看。
> 文章信口雌黄易，思想锥心坦白难。
> 一夕尊前婪尾酒，千年局外烂柯山。
> 偶抛诗句凌风舞，夜半车窗旅梦寒。

离开北大荒，算是一段背运的结束，但更是下一段厄运的开始。命运不可预测，但在这首诗中的确看不到一丝喜悦的气息，难道诗人有对危险的灵敏感应吗？宋词《蝶恋花·读聂绀弩归途》曰：

> 信口文章容易得，一笔尊前，滴尽东风黑。雪拥关山天道窄，锥心坦白人愁直。　扪虱纵横成痼疾，暮去朝来，不辨江南北。花落风狂诗霹雳，乌云一路朝天立。

仍然是暗昧不明，仍然没有出现亮色，"花落风狂诗霹雳，乌云一路朝天立"，盖李贺诗"黑云压城城欲摧"之先兆乎？别林斯基说："诗人用形象来思考，他不证明真理，却显示真理。"海德格尔说："存在在思想中形成语言，语言是存在的家园。"作为语言艺术的诗词，凭借语词呼唤物的现身，使世界达到敞开，而存在的敞开即喻示真理。宋彩霞的词与聂绀弩的诗一样，通过想象构成形象和意境，使读者能够看到和记住那个特殊的时代，洞察和体验那个时代的人的心灵感受，为创造未来更为合理的生活、创作更好的艺术作品提供有价值的借鉴。不同艺术的对话与启示。

原载《心潮诗词》2016年第5期

（冯仲平，1953年1月出生，汉族，河北人。教授，博士。广西民族大学"少数民族语言文学""中国古代文学"专业硕士研究生导师、"中国古代文学"硕士点学科带头人。同时兼任广西师范大学"文艺学"硕士研究生导师。主要著作有《中国诗学流变》、《美学基础》、《孙子兵法的现代意义》、《平乡诗文集》（校注）、《平乡县旧志校注》、《中国古代小说理论名家研究》（第一作者）。其中论文《语言本质与写作功能》获中国军事写作研究会二等奖，《中国诗学流变》获山东省首届优秀博士论文奖。）

彩笔生花　霞映诗坛

《威海日报》记者王歌

因"中华诗词学会专家座谈会"在滨城举行，记者得见荣成籍诗人宋彩霞。

1957年出生的宋彩霞，虽已退休3年，却仍身兼数职，担任着中国诗词研究会副会长，并受聘于《中国诗词月刊》杂志社（北京）副社长兼执行主编。她曾在《诗刊》《中华诗词》等著名刊物发表诗词800余首，作品多次在诗词大赛中获金奖，并被收录到多部著名文学典卷中，部分作品由国家图书馆收藏，她曾被授予"中华诗词贡献百人""中国文学六十年杰出诗词艺术家"等荣誉称号，代表著作有诗词集《秋水里的火焰》《秋虹》。

难以想象一个出身普通农家的女子，竟有这般卓尔不群的才华，带着这样的惊喜与好奇，记者走进了宋彩霞在威海的家。

简约的书房，简单的书桌，但处处弥漫着书卷的香气，书柜上错落有致地摆着许多与诗词相关的书籍，从纸张发黄的唐诗三百首到装订精致、厚实的文学古典名著，透过这些，我开始触摸宋彩霞多彩的人生……

邂逅文字结缘诗词。

"我和诗词恋爱过。"宋彩霞笑称。

这段"恋爱"始于她6岁时。那时的宋彩霞尚不懂诗词的真正含义，却已在爷爷的教导下把唐诗三百首熟读成诵。于是，酷爱诗词的种子悄悄种下。

对诗词，宋彩霞爱得痴迷。宋彩霞不是一个过于浪漫的人，却每天都带着"平平仄仄"和诗意的心情出门，在路上聆听自己灵魂的低语，把它们捕捉到自己的笔下。她的身边，时时有诗词鉴赏辞典这类工具书伴随，虽然还是懵懂新人，不十分顾得对仗与平仄，但比照着古典诗词照葫芦画瓢，想哪写哪地抒发着情感，倒也身心愉悦。而后她逐渐研究各个词牌的章法，读中悟，悟中思，思中写，每走到一个地方都会用诗词的形式记录下所见所闻、所触所感，并在挥毫成诗后，将其推敲到极致。每遇到一位前辈、老师，或是诗友，她都不忘上前讨教一番，把新创作的诗词奉上，力求赐教。工作的原因，她白天劳作，夜晚有时还要出去应酬，但无论忙碌之后归家，还是应酬后带着一身微醺，她天天不间断地伏案苦读，业余时间全身心投入到诗词研究创作中。于是，宋彩霞在诗词的道路上虽蹒跚但却执着地起步了，近五十首对仗不太工整但却发自内心的诗词从笔端流淌而出。

2000年以后，学会了上网的宋彩霞诗词创作上又有了新的飞跃。利用网络，她建立起了诗友们交流诗词的桥梁，深深地投入到了自己诗词创作的角色中，从爱威海百姓网的"一江秋水"到威海新闻网海岬社区的"晚来小雨"，再到网络诗词论坛"当代汉诗观止"的"晓雨"，宋彩霞以网络诗友的身份，将自己1000多首诗词展现在网络平台，供爱诗、懂诗之人欣赏、评鉴。从中，她获取了更多的诗词信息，诗词的平仄、对仗、押韵格律都已掌握熟稔，在情感的抒发上也更加沉淀、细腻和巧妙，题材多样、形式多变，婉约者如出自翩翩少女之手，豪放者似出自风度男儿之笔，令她被几位爱诗爱才之友识中，帮助和鼓励她在国内各大刊物发表诗词作品，也使她迎来了2007年到2009年的创作高峰：2007年起，宋彩霞先后在《诗刊》《中华诗词》等刊物上发表诗词800余首，曾获得"新视点全国诗书画大赛"金奖、"天籁杯诗词大赛"金奖等一系列奖项，作品和传略选入了《历史的记忆》《中国改革与求是》等诗卷。最让她欣慰的是，2008年和2010年分别出版的两部诗词集《秋水里的火焰》和《秋虹》，广受行家里手的高度评价。

以诗为媒 与诗为伴。

诗是内心的一缕灯光，让诗人在深夜中找到自己，在光芒中看到那些所爱的人和物、平原和山岩、江河与大海、果实和花朵。

翻读宋彩霞的诗词集，诗味浓郁，词风古朴，涉猎广泛，韵味深长。诗词所用词牌达90余种，对仗工整，结构严谨，内容也很丰富，游走间的写景寄情，生活中的离情别绪，对现实的评述，对友人的情愫，对诗歌的评鉴赏析等等，无所不包。

汶川地震时，她泣写一首七律《惊闻汶川地震》：

欲问苍天何所怒？无端地裂万山崩。

已知生命轻如蚁，更恨人间鬼逞能。

遥想汶川风雨戚，怕看江海月光澄。

救灾声里同祈祷，快快重明万户灯！

采风威海风景名胜仙姑顶，她挥就一首五律《登仙姑顶感怀》：

直上仙姑顶，风光八面开。

松涛青有韵，石径白无苔。

大殿清风拂，环廊碧玉堆。

诗心应有待，万象不需猜。

宋彩霞尤爱写雨。笔名"晓雨"的她在《秋虹》诗词集中创作了近30首描写雨景的诗词。《虞美人·望雨有怀》中她写道："流云自古难为主，一阵风催雨。轻雷柳外再回眸，琼玉跳珠飞泻、下帘钩。"《醉太平·雷雨》中她写道："星藏月藏，风狂蝶狂。雷声划破南窗，令人惶鹊惶。"每首诗词都情景交融，运笔细腻，意境幽深，委婉蕴藉。景不同，情也不同，秋雨、夏雨、春雨、太阳雨、黄昏雨、夜雨，皆在她的笔下鲜活灵动。

有人这样评价她的文字：写春华秋实仿佛可以触摸，写良辰美景俨然能够置身。没有歌功颂德，没有粉饰造作，灵性和诗意俯拾皆是。

如今退休了的宋彩霞，并不比退休前清闲。"本以为退休后就可以在家中休息了，没想到我现在比工作的时候还忙！"现在，她对《中国诗词月刊》倾注了所有的精力，从管理到编辑，再到创作，孜孜不倦，乐此不疲。她始终保持一份对诗词不倦的爱，并为之执着前行。

天地悠悠，生命短促，宋彩霞最希望得到的就是创作时的陶醉和满足，而不是有朝一日名扬四海。生在秋天的宋彩霞，毅然收起那些过眼繁华，只留下了这柔情似秋水、热情如火焰，静静迎接下一季节中更卓越的自己，更沉淀、更富神韵的自己，她要继续挥洒那只妙笔，用诗词铺就一片绚丽的彩霞。

原刊于《威海日报》，2010年8月10日

嫁衣尽占彩霞光

宋彩霞新作《鹧鸪天·岁杪》读后

杨学军

有朋友见我经常转发诗人宋彩霞的作品，便问我：为何不写写与其相关的赏析文章？况且，你与她这么熟悉。

我与宋彩霞熟悉么？作为《中华诗词》的忠实作者，该刊编辑（后为副主编）宋彩霞肯定编发过我的作品；我获得的上一届"中华好诗词"奖的证书上，有她和其他评委的签名。遗憾的是，我与她至今未曾谋面，因此称不上熟悉。但，我读过她的选集（包括诗词和文稿两卷），浏览过她发在网上的几乎全部作品，对于她作品风格，理论水平和创作质量，自认还是了解一二的。每当看到她的精品力作，也曾有过赏析一番的冲动，但总是因担心笔力不济而作罢。

及至今日，朋友指着彩霞《鹧鸪天·岁杪》说："就赏赏这个吧！"我只好勉为其难。

宋彩霞的作品如下：

鹧鸪天·岁杪

十载殷勤作嫁衣，一怀诗醉阜城西。破寒晓夜孤吟在，搜尽邮箱赏陆离。　　倾碧草，爱红梅，小心陪护与相偎。生涯只剩词人笔，顺口回环又一枚。

这首词于作者来说，应是个陈旧的题材。从她2008年担任《中国诗词月刊》执行主编起算，她"为人作嫁"已达12个年头了。其间，每到年末岁初，她都少不了一番感叹。在她的作品选里，就可以随手翻到《京华作嫁杂咏（四首）》《元旦抒怀》《返京城》等数首。这些作品，既直观地反映了作者客居京城，终日奔忙的紧张状态，也清晰地表现了作者只争朝夕，图强自新的精神风貌。我发现，在彩霞的这类诗词中，"嫁衣"是使用频率较高的词。所谓"嫁衣"，原指女子出嫁时所穿之新衣，如明代何景明《乞巧行》中有"贫家女巧世所稀，只为他人缝嫁衣。"后特指编辑为作者编辑修改稿件之事，如近代何满子《赠黄伟经》所云"羡君珍护繁花圃，不怨为人作嫁衣。"宋彩霞频繁使用这个词，当然与其所从事的职业有关。眼前的这一首，依然是从嫁衣起笔："十载殷勤作嫁衣，一怀诗醉阜城西。"直白地交代了作者的工作时间、工作地点、工作性质等诸多元素。如果从2010年8月应邀二次进京，在阜成路的一座大厦里，从事《中华诗词》编辑工作算起，到如今已经十个年头了。其间，她编织了多少"嫁衣"，她身边发生了多少故事，绝非"殷勤"二字所能囊括，也非"一怀诗醉"能够包含的。这，也就为诗境的进一步宕开，提供了必要和可能。

如果说这首词的前两句只是一般性的概述，那么，随后便应该进入"说具体"了："破寒晓夜孤吟在，搜尽邮箱赏陆离。"这恐怕就是作者工作生活的真实写照吧？据我所知，彩霞一家三口长期天各一方，"晓夜孤吟"应是女词人最逼真的生活常态。她曾在一首《玉楼春》中吟道："芳菲新酿谁同酌，幸有诗缘关注着。"上下两句，一抑一扬，相得益彰。

"倾碧草，爱红梅，小心陪护与相偎。"词的过片，既是承接，又是转折。如果处理得当，必将使全词的意境得以升华。回看这首词的过片，也确有耳目一新的感觉。这里的"碧草"和"红梅"，显然并非实指，而是指代诗词作者和作品，或者专指优秀作者和上乘作品。对于这些作者和作品，理应给予小心的培养和呵护，这就让人联想到辛勤的园丁。是啊，报刊编辑何尝不是园丁呢？甘为园丁的心态，与前面提到的"作嫁衣"之说，无疑是一大进步。宋彩霞的一首《蝶恋花》里曾有过"赤橙黄绿青蓝我"的句子，当时看了就觉得很别致，现在想来，竟恍然大悟：作为"园丁"的彩霞，早把自己融入了诗词园地的七彩世界。

"生涯只剩词人笔，顺口回环又一枚。"如果没有前面的铺垫，我们或许会认为词人是在表达无奈甚至无聊的情绪。我猜想，为人妻、为人母（如今已为人姥姥了）的彩霞，在家庭、身体、年龄与工作之间，也曾有过选择的彷徨。因此，她也曾发出过"作嫁渐无锦绣章，吾心一瓣总彷徨"的感叹。但是，经过多年多岗位的历练，到了2017年的副主编宋彩霞，已经十分喜爱并充分胜任自己的工作。即使是快乐的生涯中，只剩下一枝词人笔了，这又何妨？当下最可以做的，不是还可以顺口吟出一首词么。在彩霞心目中，一个诗词杂志的副主编，首先应该是一名好的词（诗）人。如此而已！正是：

每逢岁杪说彷徨，暖色园丁有主张。

自信柔肩多给力，嫁衣尽占彩霞光。

2019年3月2日 于金陵寓中

杨学军：男，祖籍山东诸城，大学文化，公务员退休。1978年起发表作品，2006年起学写诗词，偶作诗词评析。作品散见于《人民日报》《解放军文艺》《解放军报》《光明日报》《诗刊》《词刊》《中华诗词》《中华辞赋》《长白山诗词》《扬子江诗刊》等。为江苏省作家协会会员、江苏省诗词协会常务理事、宿迁市诗词协会主席。出版有《三岁集》《旧韵新吟》《宿迁：建市之后的那些事儿》。

后　　记

　　诗艺的本质是以自由的心灵去发现宇宙万象的新境。从而创造独具性灵的佳作以感染读者，提升人们的审美品味与精神境界。刘勰在《文心雕龙》的《原道》篇中，首先指出："故两仪既生矣，惟人参之。性灵所钟，谓之三才。"又说："缀文者，情动而辞发；观文者，披文以入情。"为鉴赏诗文，指示了门径。即从文字入手，以获得性灵的感悟。杜甫则说："陶冶性灵存底物，新诗改罢自长吟。"依然是强调性灵的陶冶。巴尔扎克进一步说："真正懂诗的人，会把作者诗句中只透露一星半点的东西拿到自己心中去发展。"而清人周济更说："作者虽未必然，读者何必不然。"俨然给了读者以发展创新文本的权利，这就是接受美学的基本原则。

　　诗词评论和鉴赏，是一门艺术美学，而我写的那些文字，不过是一个诗词编辑读诗审稿过程中，或面对诗词创作中出现的一些好的和不好的倾向问题，随时记下的一些感想，或提出一些供人参考的问题。大多急就章，肤浅偏颇之处一定很多。距离美学层面的诗歌评论，差距很大。

　　《诗潮蔚蓝》是笔者十余年来有关诗词鉴赏的文章及序言，诗论诗话除外。他人赏析我的文章和诗评的结集。收录诗词100首，收录鉴赏的诗词164首，鉴赏文章59篇。分为四部分。

　　第一部分《诗词精选》收入诗词近百首。

　　第二部分《品味佳酿》收入鉴赏文章二十几篇。

　　第三部分《评点美什》收入诗词点评一百多首。

　　第四部分《诗情感铭》收录诗友赏析我的诗歌六十多首，鉴赏文章三十多篇。

这里还需申明，这本集子，自然还不足以望见前人留下的已经成为诗词文化经典的"鉴赏"的项背。这一个"项背"编入的全部诗话，充其量，它只是记录了一个诗词编辑，在精心发现好诗，热情推荐新人，倾尽全部心力，留下的点滴轨迹。在编辑过程中，我的女婿吴颖哲、女儿梁榕付出了很多心血。借此机会，向那些我所认识的和不相识的诗友，向那些给与我的点滴点评和洋洋洒洒的大评，向诸多前辈，向我新诗旧体诗的老师沈天鸿和周笃文先生表示诚挚的谢意。

　　向赵安民先生和吕梁松先生敬礼。

　　夕阳无限好，黄昏最精彩。我要活到老，学到老，研究到老，创新到老，写到老。

宋彩霞
2019年3月1日于京华白雨庐